寂灭

白银丸纪实

谭元亨◎著

中国长安出版传媒有限公司
中国长安出版社

图书在版编目（CIP）数据

寂灭：白银丸纪实 / 谭元亨著. — 北京：中国长安出版传媒有限公司，2021.12
ISBN 978-7-5107-1072-8

Ⅰ.①寂… Ⅱ.①谭… Ⅲ.①纪实文学—中国—当代 Ⅳ.① I25

中国版本图书馆 CIP 数据核字（2021）第 202662 号

寂灭：白银丸纪实

谭元亨　著

出版发行		中国长安出版传媒有限公司 中国长安出版社
社　址	北京市东城区北池子大街 14 号（100006）	
网　址	http://www.ccapress.com	
邮　箱	capress@163.com	
电　话	（010）66529988-1323	
印　刷	唐山玺诚印务有限公司	
开　本	710 毫米 × 1000 毫米　1/16	
印　张	22.75	
字　数	380 千字	
版　次	2021 年 12 月第 1 版	
印　次	2021 年 12 月第 1 次印刷	
书　号	ISBN 978-7-5107-1072-8	
定　价	68.00 元	

前　言

　　香港沦陷后不久，被视为"巨轮"的白银丸便出现在广州南石头、广州湾、海南岛。人们熟知的是，它掳掠了数以千计的香港人到海南岛当劳工，为日军开矿产。被掳者大都客死异乡。但很少有人知道，南石头居民多次看到的这艘"巨轮"，连同其他被拦截在南石头江面上的千艘客轮、大木船，一共载来的香港难民数以十万计，他们均寂灭于船上、难民所里和所谓的"广东省立传染病院"——这是全世界人类有史以来规模最大、死亡人数最多的细菌战大屠杀。本书以广州十三行"八大家"中的杨氏家族三代人登上白银丸后各自的遭遇为主线，讲述他们早年到达香港，希望实践实业救国，却全部寂灭于白银丸上和难民所里的结局。

　　抗战胜利前夕，臭名昭著的白银丸上，载有大汉奸陈廉伯等一干人，想逃往大洋洲，却被盟军飞机炸沉在粤东近海。这个当年闹商团叛乱反孙中山，后来又投靠日军、无恶不作的大汉奸，终于葬身鱼腹，得到了应有的惩罚。

　　从香港多次运难民前往南石头，也多次运劳工前往海南岛的这艘白银丸，可谓血迹斑斑、罪恶多端：它正常的舱位可容纳八百人，可每每装人过千，坐白银丸送死的难民，又何止以千计数？白银丸沉没大海，罪有应得！而跟随白银丸开往南石头的宜阳丸、云阳丸、南海丸、海珠丸等数以十计的客轮与上千大木船，所载的香港难民又何止十万计……即便能从白银丸等难民船上下来，也没有一个香港难民能活着走出南石头难民所。

　　天何言哉！较之泰坦尼克号、太平轮，其之惨烈，有过之无不及。

目 录

上 卷

一、覆巢之下，焉有完卵 / 2

二、活下来等于中彩 / 14

三、是祸躲不脱 / 27

四、人心难测 / 38

五、坚壁清野 / 50

六、一票难求 / 61

七、生命的承诺 / 72

八、名字是随机撕去的标签 / 83

九、白银丸的黑市票 / 94

十、天道无亲，常与善人 / 104

中 卷

一、难民身份 / 116

二、归乡证 / 127

三、浮尸 / 137

四、虎列拉 / 147

五、尊严荡然无存 / 159

六、孩子之名　　/ 170

七、妈妈，我要回家　　/ 183

八、死不瞑目　　/ 194

九、断无再辱　　/ 205

十、岸上只有难民所　　/ 216

十一、生何如死　　/ 226

十二、封闭的船舱　　/ 239

下　卷

一、空村　　/ 252

二、历史如此近即　　/ 262

三、"传染病院"　　/ 272

四、石灰改变了命运　　/ 283

五、不仅仅是灭门　　/ 295

六、杨家最后五个人　　/ 303

七、人类史上的空前绝后　　/ 314

八、同时撕裂的灵与肉　　/ 324

九、生命最后的尽情挥霍　　/ 334

十、没有一个香港难民能活着走出南石头　　/ 346

后　记　　/ 352

上 卷

一、覆巢之下，焉有完卵

大凡每年立春之日，在港岛杨公馆的这栋小洋楼里，总有一次规模不大，但规格不小的聚会。也就是说，这不是一般人、一般团体，诸如同乡会、宗亲会之类的聚会。到会者不是同乡、同宗姓或者同学什么的，他们之间有着某种神秘的却颇具韧性的联系。这种聚会，没有一百年，至少也有数十年之久，从未间断过，哪怕是海盗劫掠、疫症流行之际也是如此。这当是出于一种承诺，一种已逾越了宗法、亲情的纽带在起作用。有人说，这是财富的凝聚力，可他们身份各异，或巨星，或医生，或教授，或工程师，未必都是商人、老板。他们之间的信诺，比这"东方的天，西方的地"的现代契约观念还要更牢靠，或许章太炎的"俱分进化论"在这中西合璧的都市才更说得通……总之，要读懂这样一种聚会，局外人永远只能是隔靴搔痒。

无论在内地，还是在香港，人们对杨公馆这种不时的聚集，都不会感到诧异。虽然有的外国研究者会视之为一种"秘密结社"，如同反清复明的天地会、后来的洪门，乃至今日的致公党，都似乎有这种意味。但是，在杨公馆中，当年行商后裔集聚，恐怕是一种自然的，甚至无目的的行为，与血缘无关，与姓氏无关，与宗族无关，甚至与行业公会也无关，毕竟这些人，如今有的活跃在教育界、科技界，或医疗卫生部门等，恰恰都与他们祖上十三行的"职业"行商无关。他们只是因为祖上某种无形的呼唤而联结在一起，而且是松散而非密集的，绝非利益攸关使然。这一条，无论是港英当局，还是日本占领军，都是几乎难以理解的。

这不仅仅是一种文化纽带，当然，他们的前辈行商，一度代表了先进的或者说进步的历史传承，一度对中国走向近现代产生了潜在的、深刻的影响，这也不可以用民族传统、家国观念来为指归……总之，他们自然而然地聚在了一起，遵循的更应该是来自心灵的召唤、可能的愿景……

可心灵的召唤又是什么呢？

是人性、人道，当然，也有人缘。

香港沦陷之前，十三行著名的潘家的后人，已经很少见，而作为历史上首富的伍家，也同与之相关的英国、美国银行先后撤离了。著名的"八大家"——潘卢伍叶、谭左（即左垣公梁家）徐杨，尤其是叶、谭、梁、徐、杨，都与香港有各种因缘。徐家应是去了澳门，卢家则留在新会潮连，几乎没有人出来。"八大家"之外的颜家，这个在十三行中期的大家，几乎与所有家族都有姻亲。人们说，颜家旺女不旺丁，这么多年，几十个颜家女几乎都嫁了"八大家"的后人，所以颜家也与"八大家"走到了一起。但这不是主要原因，后面我们会说到颜家女中的一位——医生颜蓉。

说不清，那就不说了。

缘来缘去，缘聚缘散，或许，佛家的缘多少可说得上。

这当是一种大慈悲。

对人类，对历史，对所有说不清的无秘密可言的"结社"。

只是此刻，说这些已没什么意思。

因为此番聚会，大异于既往任何一次。在过去，参会的不是西装革履、衣冠楚楚，就是长袍大褂、道貌岸然——这一景象已经不再，来人都穿得十分随意，有的更是衣衫褴褛、胼手胝足，一句话，十足的难民模样。

自然都是难民，因为这是1942年2月立春之日。

大家自然明白，日军发动太平洋战争已近两个月了，也就是说，日军攻打香港同样已近两个月，而香港宣布"投降"也有四十天了……不过，离这一年中国人的新年，即春节，却只有十天了。那么，这一年的春节该怎么过呀？

小洋楼外的大门已经紧闭，所有的窗户，不仅关上，原先贴上防玻璃反光的十字交叉的纸条，依然保留，还钉上了若干木板，所以外边一般是很难看见内里情景的。而小洋楼外，则是一片凋敝的样子，残花败草，无人打理，虽说已经立春，冒出了不少野花，也算是一些点缀，但有谁关心春天的到来呢。

此刻，小洋楼一入门的正厅里，却已聚集了好几十人，有仰靠在沙发上的，有端坐在太师椅上的，也有半靠着楼柱的，更有席地而坐的。所有人都不拘一格，没了过去的派头，彼此间打了招呼，寒暄上几句，但都很细声，几步外就听不清了。末了，他们大都屏息静气，沉默了。

这番景象固然不能引起外边的注意，日军巡逻队路线离这里不远，偶尔还会传来几声枪响，大家已习以为常。但这并不是大家敛声的主要原因，因为这栋小楼的主人要出场了。

终于，主人出来了。

他走到了大厅当中的吊灯底下。这吊灯如今已是摆设，电的供应基本上断绝了，靠的是煤油灯，好在此刻天还没黑下来。

老人当已年过古稀，蓄了长须，全白，而且锃亮，颇见精神。倒是头发还是花白，额头很宽，发际线推后不少，使额头更显丰满。按相法，当是个有福之人，天庭饱满，两颊有点内陷，却显示出很强的决断力。虽说"人生七十古来稀"，可一双黑漆漆的眼睛，还是那么犀利，炯炯有神……他环视四面的人等，有几分悲戚，却不曾气馁：噢，有几家没来，不是已经走了，就是来不了，你们能来，实属不易。

众人回复：杨公，杨公，是你家收留了我们。

被唤作杨公的主人，抚着长须，声音洪亮了起来：十天前，说在九龙半岛酒店，日本仔出面请了香港文化界人士，到会数十人，还称梅兰芳致了辞，为其捧场。这全是假的，我见过梅兰芳，他称自己是"蓄须明志"，绝不为侵略者演戏，怎么会有致辞捧场的事呢？这完全是造谣，我们切切不可上当！

在场的所有人相互看了下，小声道：这日本仔也太会讲大话，想蛊惑人心，挑拨离间，造谣生事，以为我们香港人容易中计，没那么容易……只是，梅兰芳等几人会怎样？

这令人担忧。

杨公继续说，日本仔暂时不敢对他们怎样……日本仔在南京杀人，肆无忌惮，完全丧失了人性，令全世界一片哗然，连他们的轴心国盟友德国也觉得脸上无光，不得不出面谴责……我想，在香港，他们一时还不敢这么过分……好了，今天让大家都出来，聚到一起，是商量一下，离春节就十天了，节是过不成了，可日子还得过，只是不知道我们还能留在香港几天……光躲着不是办法，也躲不住……

话没落音，就传来了敲门声。

似乎已训练有素，片刻间，二楼围栏里的十几个人便消失了，楼下的十几个人,也一闪身,不见了,只余下杨家的老人、管家、子女、仆人。

儿子正想扶杨公到太师椅上。

去开门的是厨工,他回过头,说:是约好的,两短一长,自家人……

可消失的人并没听到,不曾出来。

从1941年12月8日日军攻打香港至今,这种恐惧不曾稍微减弱,只会一天比一天加大,这么个"躲"法也习以为常了。

门开了,进来的是一个二十多岁的年轻人,背带裤,灰衬衫,人有几分精明,没在意厅中有多少人,只是走向了杨公,说:好不容易过了渡,从铜锣湾走回来。

虽说是冬天,但他已满头大汗。

仆人房的小门打开了,一个十来岁的妹钉扑了出来:大哥,我怕你过不了海呢……

闻瑛,你大哥在港九往来不下十次,机灵得很呢。

这是杨公插的话,之后,再问找到了明训没有?怎么没跟你回?

人没找到,但消息是有的,你放心好了,他是设计事务所的事头,心事重,想把下属安顿好。我们一个同事,无故被日军士兵射杀,他去收的尸,应该是去安抚死者的亲人了。

唉,这孩子心慈,从小就只顾别人,不管自己。

这明训,是杨公的大儿子,其实也快五十了,经营了一个建筑设计事务所。来人,也即闻瑛的大哥司成,早两年在国民大学毕业,因与杨家是世交,到明训名下当技术员了。战争一起,杨公发话,让他带上几个姊妹,住到港岛,躲过九龙的炮火,所以在这里也住上了一个月。

说话间,各个大大小小的房间门先后打开,下边的回到了大厅,上面的则在二楼围栏边。

此刻,来一个人,都巴不得多打听点消息。兵荒马乱,谁都命悬一线,打听的,其实都是自己可能的命运……

司成不会说自己一路的惊险:搜身、抢夺、流弹,没必要让大家再受一番惊吓。他讲的只是大新闻:早两天,日本仔已经从陆路打到了新加坡。

不是水路上已围了一个多月了么?就是同打珍珠港、香港的同一天开始的。

这是杨公在问,他有兄弟在那边。

司成说，不知我爷爷逃出了没，他是从柔佛一路南下，逃到新加坡的，觉得英军厉害，尤其是在海上数一数二，新加坡当是不沉的航空母舰。

杨公长叹一声，我们本以为，英军守香港，可确保无虞，加之陆上还有中国军队……可没想到，才几天，杨慕琦就打着白旗渡海，上半岛酒店乞降，开始还找错地方，出了笑话……这新加坡，当然比香港经打。

英国人不会放弃在东南亚这最后一个基地的，听说，南洋的华侨自己组织了义勇军，打得很出色，让日本仔吃了苦头……

司成倒是颇有信心。

他的爷爷半个多世纪前，就在马来亚开锡米——如今叫锡矿，经营得还相当不错，杨公的兄弟就是上那边同他合伙，入了股份的。

管家又把大家聚拢来：好了，消息也打听得不少了，杨公刚才的话还没说完，大家静一静……

杨公又从太师椅上站了起来，走到吊灯下边，这回，不知怎么挂上了拐杖，顿了一顿，有了几分威严：刚才，大家都听到了，日本仔的野心大得很，已经打到了南太平洋……香港的粮食、煤炭什么的，应该也有人看到，一船一船地往南边运，他们是不会顾香港人死活的。早就传出话来，他们要疏散几十万香港人，甚至更多，最后只留下十万他们认为有用的。所以你们也看到了，他们成立了什么归乡指导委员会，说白了，就是赶你们走，要赶不走，就逼你走，逼也逼不走的话，那恐怕就要下手了。亡国奴不好当呀，国没了，安有家？覆巢之下，焉有完卵？人的命都很化学（粤语，脆弱的意思），一捏就碎，一烤就化。我们岂可坐以待毙……几十年间，我们几家人，还有在座的难友，无不一直相互扶持，守望相助。150年前，我们杨家泰极否来，是谭家接了盘，才让我们免了灭顶之灾……

他的目光投向了司成、闻瑛兄妹，大多数人都知道他们姓谭，可近些日子才进入这栋小洋楼的并不知道。至于两家的旧事，除了老人外，大都不为人知。

杨公还在说：俗话说，夫妻本是同林鸟，大难临头各自飞。我们几家，当然有联姻，而且我们的关系，比夫妻更牢固，国难当头，不曾劳燕分飞，反而走到了一起。人说，十年修得同船渡，百年修得共枕眠。我们何止百年？今天，同到了这栋小楼里，香港一两百万人口，茫茫人海，我们这几十号人在这里相遇、相识、相守,是多少辈修来的缘分,所以谁也不会置谁的生死于不顾……

杨公的话,深明大义,令人动容,都什么时候了,谁都自身难保。可是,他还顾得上这一大屋子人,有旧时相识,也有近日方知,更有慕名投靠者……

司成听得眼都湿了。

正在这时,他觉得自己的衣尾被人扯了扯。

回头看,正是明训的新抱,也就是北方话说的媳妇,虽然已经是耳顺之年,但还出落得像大姑娘一样,一双丹凤眼扑闪着,轻声道:你真没见着明训么?

司成赶紧走到一边,两个人上了一侧的过道,好说话。

过道有点昏暗,已是垂暮时分,又背光,倒是说话的地方。

玲姐,我见过明训,不假,你信我,我们之间,还能打诳么?

你就没劝他一道过海回来?

我哪能不劝?他只是说,他要办的事没办完,回不来。

给多年的同事收殓么?这是应该的,可也用不了这么多天呀。

你没出门,兵荒马乱,如今办点事,就没那么简单,总得把同事送回老家吧。人家就是葵涌的人,好不容易置到一口木棺材,还得找部人力车拖回去,半路上也不能撒手呀!明训是个重情义的人,那同事在事务所也做了好几年,比我还到得早……

唉,也难为他了。

女人的泪水已经禁不住。

司成只好劝她,我本要顶他去的,可他说,你顶不了,老爷子还托他有更重要的事,只有他才办得了,玲姐,大哥是老爷子最信得过的……

难怪,刚才你说没找到人,只有消息,他也不追问。

我们心照不宣。

那他托你大哥什么事?

司成沉吟了片刻,才说:玲姐,我们这小洋楼,能是久留之地么?

日本仔没少来骚扰。

是呀,躲得了初一,躲不过十五呀!

你是说，大哥要去为我们这几家人逃出生天想办法？

正是。不过，这说出去，大哥去了这么多天，回不来，再传出去，所有人知道了他真正外出的原因，岂不更慌？

因此，世伯临危不乱，不露声色，让我感佩。

明白了。

玲姐揩了揩泪水，不知你大哥几时回得来？

我知道大哥没准过两天就回了。

其实，老爷子今天召集大家，是算定大哥一回来，就有法子离开这里，所以让大家有所准备。

可我这回来，说大哥一时回不了，这会岂不开早了？

老爷子不会乱了阵脚的。

两个人说上几句，又回到了大厅。

杨公依旧还那么有中气，神采奕奕，一点也不似在危难中。果然，他说到了大儿子明训，他不能不说，这里，这栋小洋楼，所有的事，以及所有的人，最有担当的还是明训，年富力强，在香港惨淡经营了那么久。老人家当然是主心骨，却只能起点拨作用，毕竟年事已高，不可再奔波了，就算他是董事长，可话事的，还是总经理，这也是规矩。老人是这么说的。

明训回来后，对大家都会有个安排的，一个都不会落下，放心，我了解大儿子的为人。这几天，他不得不为同事的丧葬操心……凭这事，你们也当信得过他的为人，不多说了，他与你们也一道在这里待了一个多月，从最危难、最恐怖的日子，一直捱到早几天，他不会丢下大家不管的。他一时三刻没回，也是尽职，人死为大，何况几十年的同事呢！

杨公在稳定人心。

下边的窃窃私语似乎不再了。

他看到司成和阿玲回到了大厅，便接上话：刚才，我不是说到，1792年，我们杨家乐极生悲，接了美国"大土耳其"号的单子，本想又可以赚上一大笔。那时，我们做外国商舶的生意，已经有三四十年。我们先是跟着人家做，之后，底气足了，就自立门户。自立门户后，头几年，参加"接"一包船中国"皇后"号，不久又是大小"土耳其"号。美国人当时很急，胃口大得很，我们家刚入行，也有些操之过急，结果资金周转不过来，借了西人的钱，人家说要你还你就得还。那时的朝廷，一听说你借了西人的钱不还，太丢大清的面子，就要严惩。坐牢，流放，死在牢里的也有，我们祖上慌了，幸亏你们谭家当时资金雄厚，接了我们的盘，让我们躲过一劫。只是，过了几年，我们也把谭家拖垮了。好在谭家也学我们的样，天涯退步抽身早，毕竟还有个顺德老家可退……祖上没少说这事，我们两家就这么成了世交……

司成忙说，这回，我家在九龙北边的院子被炮火炸平了，好在明训跑去把我们一家子全接过了港岛，住进了你们家……

这是应该的，不足挂齿，世交有难，我不出手谁出手？你不必太挂怀。

老人说到这，司成忽地明白，他这么说，是让住进这里来投亲靠友的所有人都放心，只要他在，他都会想办法帮忙的，再难也会帮。

离开几天，司成发现，大厅里已经又多了几个陌生人，不用说，这都是老爷子把他们收留下来的。

我们有难同当。这也是杨家的祖训。

杨公的话，掷地有声。

司成心领神会，接着说，我出去了几天，也看到不少香港人相互扶持，好熬过难关。在法西斯的铁蹄下，老百姓度日如年，在生死边缘挣扎，不知什么时候一颗子弹飞来，就一切结束了。过去说，生命同蝼蚁，今天可以说，蝼蚁都不如。也罢，把生命看轻一点，来不及患得患失，反而无所挂碍，敢于搏到尽。世伯在香港最后沦陷的前夕，不管说什么都得过海，在"嘉年华"会前一天的晚上，到了半岛酒店。那时，孙夫人在那里举行晚会，召集在港的党派、团体为盟军募集赈济捐款。大哥明训说，他去代表就行了，世伯年纪大了，渡海浪大，可世伯一定要亲自去，说，我是香港人，更是中国人，不让日本仔打过来，我也有一份责任。结果，他还是去了，捐了一笔大数。他说，仗打起来，钱就只是个数字了，现在捐出去，还作得用。也就是那个晚会后不到两天，日本仔的炮就响了，飞机轮番轰炸，我们家没几天就被炸了，这才来到这里……

杨公笑了笑，别说得吓人了，孙夫人是开战后第二天才上飞机走的。那时，机场也挨了炸，孙夫人临危不惧，我们出几个钱算得了什么？我老了，本来日子剩的也不多了，钱财更是身外之物，留下何用？倒是你们，捱过了这几年，也就如孙夫人临走时说的，一定能苦尽甘来，最终的结局不会是苦难……

　　一个司成不认识的青年女子站了起来，说：杨公，我们听你的，我们会坚持下来的……

　　杨公笑了，有你颜医生在，我们这群人当百病不侵，更什么都不怕了。

　　颜医生？司成脸上似乎有个问号。

　　杨公看出他的疑惑，说：这颜家可是有来历的，与我们杨家打交道，比与谭家还早二三十年呢。

　　被叫作颜医生的女子淡淡一笑，是呀，我们是世交了，我没嫁给杨家，可我的大姑却是杨家的新抱。

　　谁呀？

　　在旁的一个老妇人轻轻"嗯"了一声。

　　她是杨公的夫人，人们习惯叫她杨夫人，却忘了她的本姓。夫人平时话不多，对杨公言听计从，看得出当年是大家闺秀，琴棋书画一样不差。

　　还是大姑让我学医的呢。

　　颜医生这么一说，杨夫人也不得不开口了：我们家，一百年前就弃商从医了。当然，主要是中医，到了香港，才开始学西医，我这个侄女也就迷上了西医。本来，女流之辈，学什么工呀、医呀，能相夫教子就行了。

　　幸亏我学了，赶上乱世，派上了大用。

　　你呀，嘴巴子不让人，不用你争。

　　杨夫人一副宽厚的样子，嘴角还噙着一丝笑。只是，你来到我这里，只怕回不去了。

　　有大姑在，我不想家。

　　你是走不了，要不要司成送你回去？

　　颜医生看着才二十来岁的司成，他行么？路上不怕我这把嘴折腾得团团乱转……

　　杨公打了个手势，制止了姑侄的斗嘴，继续往下说了：大家在这里，恐怕也很难安心，长久下去，有什么变故，谁都保不住，虽说有医生护驾，可是，人祸不比老天的病，却不是医生能治的，所以今天召集大家，其实就一句话，香港已不是人住的地方，我们早晚都得离开，但离开免不了有风险，所以来个群策群力，争取早日逃出生天。

　　杨夫人赶紧补上一句：不是我们家赶大家走，告诉你们，我们肯定也是要走的，再走不动也要走，不想让日本仔喝来吃去……当然，我们会最后走，你们不安排好，我们不走。

有人叹了一口气，也难为杨家了，我们这么多人，走投无路，聚集到这里，虽说有来有去，却不能总是这样下去。日本仔这么逼，想待久了也不行……我们先各自商量一下吧。

杨公点点头，我等的就是大家这句话。当然，我们也在想办法，一有什么消息，也会让大家知道，不会撒手不管的。大家先做准备，收拾行李，尽量简单一点，说走就能……

小儿子又扶住老人，你该去休息了，讲了这么久……

杨公这才被扶了进去。

没多久，司成、颜医生等几个人，就被叫了进去。

司成看到，进书房的杨公，与在大厅里的杨公，似乎成了两个人。一下子变得满脸蜡黄、印堂发暗、有气无力，斜躺在靠椅上，眼也半闭上了，喘着气。

颜医生赶紧到了他身后，在他肩头拿捏：刚才你太劳神了。

夫人叹了口气，他就是个操心的命，当着那么多人，他不得不打起十二分精神，怕影响大家的心情。一进屋，就似散了架子，倒了气，回了原形。唉，也难为他了，一个多月，一下子涌来了这么多人，有钱也没用，港纸不换军票，人家不认，刚开始两张港纸可以换一元军票，如今得三四张了。光港纸还不行，还得换粮食。好在开战前，老爷子有远见，家里囤了好多粮。不然，挨不到今天，可再拖下去，粮食也会坐吃山空……还有菜呀什么的，能将就就将就，他却怕怠慢了大家……

杨公搔搔头：你就不能少说几句。

夫人不语了。

杨公这才问：谭姓、颜姓的都来了，叶姓会随明训过来，卢姓的已经走了，他们回新会，不用经广州，走澳门、唐家湾都行。往年，少说有十大姓，都在这立春之日相聚，图个好意头，一年之计在于春，可今年，恐怕一半也不到了，四五个姓，也没什么好意头，只图个相安无事，却也未必办得到。司成，你这是第几回来？

第四回。

对，你刚到香港就来了，你父亲呢？

他好几个月前就回顺德老家了，留下我们几个兄妹。

嗐，你兄妹多，八个，就你一个是男仔。

已经四代单传了。

因此，你可千万不能有闪失。

没事。

可我还是不得不用你，这几家人，就你年轻、精明。

有什么，你尽管吩咐。

我会吩咐的，这时候，没什么客气可讲。唉，伍家在香港也没人了，他们主要在美国、大洋洲，虽然香港的怡和银行与伍家不无关系。

过去，伍家就叫怡和行伍家嘛。

潘家也不见人了，百年前，他这首富，垮得很惨，后代都改行了。其实，我们杨、谭两家，也不能说没改行，谭家上了南洋，经营锡米、橡胶，我们家是木材，不然，这栋小洋楼怎么早早起了？不再是通过经商，而是通过做的实业……

老人陷入悠久的历史回忆之中。

话说到这，人们才明白，在这小楼里的神秘聚会，不独独是战争难民的，而是一直承传着一个鲜为人知，但无比坚忍的传统，比姓氏、乡情更牢固。他们全都是一百年前，名扬世界的广州十三行中，中国行商的后人。有不少人猜度过，说这帮人，多少与"天地会"有关系，甚至就是"天地会"的成员，只是当年说出去，是要掉脑袋的。不过，十三行在明清时期把世界贸易搞得风生水起，让西方的人文思想进入中国，他们也就无形中成了大清这个封建王朝最早的掘墓人。不过，十三行出名并不是因为这个，而是出了潘家、伍家这样富可敌国的世界首富。坊间的传说五花八门，包括伍家出了三百万两银子，作为广州的赎城费，才让英军退了兵……可今天，有银子退得了日军么？

杨公老泪纵横。当年，十三行的"八大家"，潘卢伍叶、谭左徐杨，我们杨家是殿后的。今天看来，就让我们杨家来断后好了，我们杨家也只能做这么多了。

他没料到，这竟会一语成谶。

现在，我们剩下几家，除了叶家人还没到外，其他都到齐了。明训不知几时回得来，我们得起个主心骨的作用，主意还得靠我们几家拿，外面让他们去商量好了……

话没落音，外边响起了敲脸盆的声音。

惨惨惨，查查查……

这脸盆分明敲多了，声音发哑、发沙。

一听，所有人脸色都发白了。

这是街坊们的约定，一旦有抢匪、烂仔，或者找事的日本仔来了，就敲脸盆预警。

老人看了看司成。

司成立即表示，我上天坪看看……

二、活下来等于中彩

天坪，也就是天台，是杨家小洋楼的制高点。

此时，天已黑了下来，楼里的煤油灯，也已闻敲脸盆声吹灭了，因而得摸黑上几层楼。好在楼梯平日已经走熟悉了，走慢点，还不至于摔倒。司成屏住气，一层一层地上，最后推开顶上的盖板，爬了上去。

天坪不小，平日晾衣的竹竿不曾撤去，只是现在没人在上面挂衣物了，生怕日本仔当作什么信号来找麻烦。

楼不算矮，天坪上就能看到海。

谭、杨两家平日常有来往，司成也习惯上天坪去看海。对岸九龙，自然是万家灯火，尤其前几年，内地战事吃紧，多少人来到香港，视之为避风港。一时间，香港人口多了一倍多，市面也有了从未有过的兴旺，港湾更是舟楫如织，巨轮就如浮在维多利亚海湾上的楼宇。这是一种怎样虚假的繁荣，一阵炮声便统统化作了泡影。当时，司成就觉得这不像是真的，也许父亲带了一家从厦门逃到这里，一路的兵荒马乱，骤然遇上香港的歌舞升平，就已经在心中失真了。此刻，骤然黯淡下的港湾，反而似举手可触的真实，没有了霓虹灯，没有了轿车连成的光环，更没有了几大酒店叠影的灯火……虽说不似打仗那几天漆黑一片，对岸有的煤气街灯已若有若无，但居民楼依旧不会有灯光。日本仔至今还未取消入夜不得点灯的禁令，港人即便在屋里，甚至连洋烛都没胆点，有胆大的点了，也把窗户捂得严严实实……黑暗无所不在，唯有它才最真实。死亡同样无所不在，生命只能是虚幻的。多少人，一刻钟前还鲜蹦活跳，如网里捞上的鱼，一搁上岸，颠扑几下，也就眼翻了白。谁也不知道自己下一刻的命运，活下来等于时时刻刻中彩。

司成不忍看黑漆漆的海湾，这个月有太多血腥的记忆。他只是认真辨别脸盆声的来处，那是西环荣华台一带，是普通市民的居住地，平日受烂仔的掳掠最多……但隐约能听到车声。此刻，只有军车声，也不知在抓捕什么人。一种悲愤顿时上了心头，事务所被枪杀的同事，平日温文尔雅，从不得罪人，怎么就惹上了日本仔的枪弹？

司成打了个寒噤，朝后退了几步。

好在零落的枪声，只在海湾那边，当是针对入夜开始偷渡的港客。为何夜间才搭船？白天不已恢复轮渡了么？

人各有命，想不了那么多，尤其在这草菅人命的岁月里。

脸盆声倒是戛然而止了。

这样一个死寂的世界，没必要打破它。

才几天，灯红酒绿、纸醉金迷的香港，就变得尸横遍地、血流成河，海湾漂浮着无数死难者的肿胀遗体。人间地狱！谁都记得，不到一年前，香港还在欢庆开埠一百年，为港英当局脸上贴金，天天喜庆，日日狂欢，夜夜笙歌。多少粤剧名角都粉墨上台，马师曾、薛觉先的大牌翻了又翻，戏迷们趋之若鹜。好莱坞的名片《浮生若梦》几无间断，纵然邻近内地战火纷飞，这里却一般歌舞升平。先施、永安、大新、新新四大公司的霓虹灯闪着媚眼，招徕着如鲫的来往客人……维多利亚湾灯火如织，红头阿三巡走在各个街口，异国船员、水手搂着咸水妹求欢，街上卖艺者招来声声喝彩……

其间，大都还是华人。

正是"商女不知亡国恨，隔江犹唱后庭花"。

百年前，英国人靠船坚炮利，打了两场鸦片战争，用炮火夺得了这个天然良港。百年后，日本仔虎视眈眈，要把这个花天酒地的一隅收入囊中，成为其南进，继而征服世界的跳板，依旧用炮火攻打已成的自由港……

历史谁说不会重演？

司成发觉，自己已退到了天坪的下楼口，一转身，扶住楼梯，急急地下去，一层又一层。

回到了杨公的书房。

怎么样？不知是谁在问。

煤油灯太黯淡了，几乎看不见人脸。

应该没事，是西环那边的。

那就好，这听得出是杨公的声音。

而后，似乎是无边的沉默。

黑暗中，没有人说话，黑暗本身就具有重量，压迫着每个人、每个声音。每个人都是一面黑墙，一动就会撞上，被倒下的墙压倒——这是怎样的窒息感？没有经历过，是无法体会的，所以你不想，也不能说话。怕一开口，墙就倒了，压下来，压下来……没有空间，也就没有时间，生命给卡住了喉管，发不了声。

不知谁在试图把油灯的火苗拨大一点，可一不小心，适得其反，反而把火拨灭了，一丝光也没了。

不用点了，又是杨公无力地说。

可还得由他打破死寂。

司成，如果明训这几天还不回来，有的事还得由你去跑，还得渡海。唉，如今人多，却没几个可用之人。

传来一个女声：我可以去跑，姑父，我在这里三四十年了，蒙了眼也能走出去，你放心。

不行！老人的声音一下子决断起来。你一女流，这非常时刻怎可以上街，我不是不放你走。当然，你留下来，能帮到更多的人。你抱过来的受了伤的小妹钉，离得开你么？我们老了，油尽灯枯，不抱什么指望，可小孩子，哪怕一口气，能救过来还得救……

这个我知道，我快去快回就是。

外边，还出了什么慰安妇的招募帖，成心是骗女子卖身的，强奸的事你就没听说。虽说你已大三十了，还是有几分姿色，人家老太婆也没放过，何况你，去不得。

我前天过来，找了几条不为人知的小路，避过日本仔。

也不行，这没商量。

轮到司成回话了：世伯，怎么也该我去的，你列个清单，该办几件什么事，我一定办妥，几时走？

不急，我还没想好。

我同司成老弟一道去，多个人，多个主意，我比他老道。还是那个女声，司成听出来了，是颜医生。

我说不行就不行，这一大屋人，老的老，少的少，伤的伤，病的病，胆小的，被吓坏的，甚至想自杀的，都离不开你呀！

司成也说：颜医生，你跟上我，反而成了我的负担。你要有什么事，我一样可以为你去做……

杨公补充了一句：我给你颜老太爷写封信，让他把你留在这里。这样，两方面都可以放心了。你说呢？

这时，油灯终于拨亮了，公寓朝外只有一扇窗子，全用木板封上了，不会透光出去。这一来，室外几个人的脸，大都能看出个轮廓。杨公还是很疲惫的样子——他在硬撑着，脸色更是难看。颜医生有几分憔悴、几分焦虑，脸色也不好。杨颜氏，也就是老夫人，一脸悲悯，也一脸无奈。她的小儿子明俊则有点站立不安，审视着各人的反应。

要么，让明俊跟司成去，把明训换回来。

杨公马上把夫人的话驳回：俩儿子都出去了，万一都不回来，这不行。

明俊不吭声。

司成，你把这几天在外边的所见所闻说一说吧。

司成看看在座的几个人，想了想才说：当然，比刚沦陷的那些日子，还是平静了些，大规模的烧杀掳抢，也有所收敛。当然，有的地头还在烧，不少地方已是一片断壁残垣……还是几乎不见女人上街，虽然早十几天，日军头子酒井隆在半岛酒店召见一百多位香港名流、议员、绅士，宣称要稳定市局，要求尽快恢复市面，但市面上响应不大，倒是小摊小贩出来的多了。他们大都变卖家中的细软、金银器，折几个钱，应付生计，但随时还会被抢，烂仔抢，日本仔抢。一有什么动静，便如惊弓之鸟，立马就走得不剩人影……港九过渡说是恢复了，也得看运气，我没上渡轮，租的渔民小艇。听渔民说，日本仔扣了将近一万条三支桅，就是我们常说的大眼鸡……

说了一阵，忽然有人敲书房的门。

明俊把门打开，来人说：胡太太又昏过去了。

颜医生立即站了起来，跟了出去。

老夫人有点悲戚：胡太太昏了不止一次。

杨公问司成：胡家也是最后期十三行的行商吧？

司成点点头：那时，我们家、胡家，都住龙溪新约，我同胡家小儿子一道在就近的南武中学读书。那一片地方，过去是素馨花田，潘家先到，有大祠堂、大院、祠道、潘家花园，伍家也有花园，小楼还很讲究……

噢，中后期的"八大家"，倒是没胡姓，也许我家出局得早，不似你们，德源行在鸦片战争前不久还为人知……

也许，胡家虽说入了行，可是时间不长，生意也不大。对了，颜家不也在"八大家"之外么？

老夫人说：颜家可比杨家入行得早，他家做得很大，中期的生意，甚至比刚刚起家的潘家还大，所以与各家的联姻就多了。看来，女儿多也不见得不好……

颜医生嫁的谁家？也是"八大家"的后人么？

不，她没嫁人，一直在教会医院做事。用那里医护人员的话说，嫁给上帝，才能全心全意救死扶伤，没有私心。这次，教会的医务人员没逃过一劫，够惨的了。大都是老姑娘。

那颜医生呢？我听说，连救伤医院里的白人护士，都被强奸了，一不遂意，便给杀了……禽兽不如呀！

这么说，颜医生也遭遇过不测。

她没有说，始终没说，可我们知道，她一直没离开医院，一直在尽一个医生的天职。

那她怎么到你家来的？

老夫人沉吟了一阵，才说：她是背着一个浑身血污的女仔敲响了我家的门，那女仔才九岁……她说不下去了。

司成不好再问了。

颜医生颜蓉，天生就是大家闺秀。这几乎是她原来学医的大学，还有她后来从业的医院一致公认的。

她从不描眉点唇，而是素面朝天，有一种中国女子天然的美，月牙眉，丹凤眼，鼻头有点高，鼻骨颇棱，透出一种坚忍和从容的气质。看人，每每轻轻一瞥，就似乎已看透了对方的一切。热情、大方，却不失分寸，该亲则亲，该疏则疏，不会让对方有非分之想。脸色永远是白里透红，每每带有善意的揶揄，却不"高斗"（粤语，高高在上的意思）。时代女子的短发，让她分外精神抖擞，洗练精干，什么都能独当一面。

走路总有几分匆匆，这是南方人尤其是港人的积习。她的步履优雅、轻巧，大腿秀硕、颀长——这是西人所好的，也是家族的遗传，圆脸近方，双眼皮，嘴角常抿住一丝微笑……不难想象，她在大学里不知成为多少男生的梦中情人。只是她心无旁骛，专注医学，尤其是艰深的中医典籍。一开口，也就少不了几句文言文——这又让人在生活中对她有点敬而远之。

总之，她就是她。

颜蓉是在圣士提反书院——它被征用为临时战区医院——受到蹂躏的。当时，她在那里救护上百名伤员，就在英督投降那天，两百个杀气腾腾的日军士兵冲进了这临时战区医院，旋即便是惨无人道的大屠杀，针对伤员，也针对医务人员——后者大多是女性，西人与华人女性，她们死得更惨烈，先奸后杀，甚至分尸。

颜蓉也遭到几个日军士兵的凌辱，纵然她机警且灵活，设法躲过一批又一批兽性大发的日军士兵，可最终还是被发现，被提溜了起来，摔在了台阶上……前边被奸的姊妹，大都被杀了。由于她躲了一阵，被折磨一个多小时后，军官突然出现了，称港英政府已正式投降，战争状态结束了，所以停止杀戮，公务员成了俘虏，也就不能处决了……

颜蓉宁愿一死，却偏偏没死。

可她的心已死了，遭凌辱时，她觉得身子已被割裂开来，肉体与灵魂的剧痛，让她以为自己不复生还。枪声停止后，她还以为自己到了另一个世界，却被一个受伤的姊妹扯了起来。走！快逃！

她就这么昏昏沉沉地随那个姊妹逃了出来，甚至在什么地方、什么时候与那个姊妹走散的，都浑然不知。只一味地跑，假如前边是海岸，是深潭，她也会一头扎下去。生与死，本已无区别。

是的，被糟蹋，失了身，在传统中国人心目中，身心尽毁，无论从肉体上，还是精神上，都意味着彻底的摧毁，断无活下去的可能。即便在香港受了西方的影响，也改变不了多少，身子不仅不干净，而且下身一直是撕裂地痛，不时有血水渗漏流出来——这也顾不上了，更谈不上洗一下、换裤子什么的……

她这么发疯地逃……

直到遇到几个日本仔在对一个未成年的阿妹实施刚刚对她实施过的罪行……

她立即扑了过去，要与日军士兵同归于尽。

没想到，也许自己当时的样子太狰狞、太骇人了，几个日军士兵反而被吓坏了，提上裤子，叽里哇啦地落荒而逃。

抢救阿妹，让她这活死人，重新意识到生的责任。

不知从哪来的一阵风，这回把煤油灯彻底吹灭了，书房里陷进了浓得无法化开的黑暗中，什么声音都没有，连个人的呼吸声也听不到。显然，颜医生没说的事，老夫人不愿再说下去的事，就如磐石一样，沉甸甸地压在每个人的心头，想掀开也不行。

远处，又隐隐传来零星的枪声。

终于，听到有人过来的脚步声。

门被无声地推开了。

感觉得到是颜医生回来了，而后是她在发问：怎么，灯没了……我来点灯吧。

杨公发话了：今晚，散了吧，灯也别再点了，各自回房间吧。还不知怎样呢，胡太没事吧？

一个个慢慢地起了身。

司成跟在颜医生后边，到了大厅后，两个人的身边不再有什么人，他才问：你救过来的女仔怎样了？

你知道了？想看看她么？明天吧。

明天。

立春了，可这一年能有春天么？

明天，谁知道明天会怎样？

甚至，不知道有没有明天？

这是一个不会有明天的世界，对于这样一个大家族，对于失去祖国的人们，对于炮火连天、血腥、恐怖乃至死亡的世界，谁都害怕明天的到来。

对于"八大家"里杨家的小洋楼来说，同样对明天充满了恐惧。

可这样的明天还是要来。

胡太的昏厥，当是精神紧张。本来，立春日的惯常聚会，杨公只是给大家抚慰，多少安心，却还是有人过分解读，认为这栋小洋楼保不住了，不如早早离开，甚至仍有人以为，杨公是暗暗下了逐客令。这一来，胡太能不急昏过去么？好歹还是当年的千金小姐，弱不禁风，如何过得了这风刀霜剑严相逼的日子？好在颜医生善解人意，又问诊，又号脉，说是急火攻心，缓解过来就好，先睡上一觉吧。

其实，包括年轻如司成、明俊，以及几个未出阁的女儿，又有谁那么容易合上眼呢？

况且，外边的寒风又呼叫了起来。

真不想明天到来。

果然，一夜合不上眼，到天亮时才迷糊一下，就被愈来愈近的敲打脸盆的声音惊醒了。

少语的明俊，此时却分外醒水，一声令下：男生统统出来，抄上方棍，能用的都用上。女生留在房间里，千万别出来。

司成一听就明白，这回，烂仔打上门来了。

门被"呼呼呼"地打响，还带有脚踢的声音。

门闩已经挡不住了，几个男人抬来了沙发、立柜顶住。

这么嚣张，看来，不仅仅是烂仔，还有"大天二"——地霸，以及"胜利友"——其实是投敌的汉奸，杨家楼只怕难逃一劫。

明俊方才是在二楼上喊人，人来得差不多了，他往下边看了看，吩咐道：别挡了，打开门，他们就五六个人。

听这么说，大家才把沙发、立柜挪开，猛地把门闩一抽，外边的人用力过大，往前一扑，倒下了两个，让屋里几个男人按住了。

后边四个人，仍挥着刀子、铁尺在逞凶：识相点，我们不是好惹的。

被按住的一个，也狐假虎威，拧着脖子：不给保护费，你们往后休想安宁。

明俊示意让这两个人起来：你们要来文的，还是武的？

厨子拿着菜刀晃了晃：我们有上十条男子汉，你们几个算什么狠，收拾了再说！

拧着脖子的"大天二"见楼里人多势众，忙表示：我们不过是来收保护费，当然是文的，文的。

明俊反问：凭什么收？

这块地头归我们管。

谁给你们的权力？

一个戴了袖章的"胜利友"歪了歪脑袋：我说了还不算么？

司成这几天在外走得多，知道这号"胜利友"仗着主子的势，什么坏事都干得出，真惊动其主子，麻烦就大了。他向明俊使了眼色，接上了话，既然说来文的，那就来文的好了。大家都退后，我跟他们谈。

厨子，还有其他男眷，也就退后几步，靠着门、墙站住了。

司成说：来一趟也不容易，总不能空手回去吧。也罢，讲讲条件，港纸，还是军票……

"大天二"横了一眼：我们只要值钱的。

兵荒马乱的，就算是真金白银，只怕也换不来填嘴巴的食粮吧？这些，多少人家都当出去了，你们还想要？不怕来晚了点么？

"大天二"与"胜利友"对视了一下，"大天二"才说：这如今，只有什么奎宁之类的药品最值钱，我们要的就是这个。

你们要，我们更想要！

不知什么时候，颜医生竟从里间走了出来，插了一句话。

另一个烂仔嘻嘻地笑了：我认得你，你是不远的圣士提反书院临时战区医院里的医生，今天就是冲你来的。

"大天二"也说：这下子找对了人，医生家里没收藏点药，敢把人往屋里带么？

原来，颜医生背着浑身是血的小妹钉过来，竟被这伙心怀不轨的家伙盯上了，这万万没想到。

明俊赶紧说：她也不住在这里，我们也不是行医的人家，只是亲戚，救人要紧，正好离这里近，她才背上小妹钉过来的。她伤得厉害，又被日本仔带上了梅毒，没奎宁还真不行。你们有，快拿来，救人一命，胜造七级浮屠。

这下子，打上门来的这一伙烂仔没词了。

没想到，颜医生还反盯上了他们：侬你们说，你们如今正在搜罗、囤积奎宁……

烂仔说：是又怎样？

这可是军备物资，查出来要成打靶鬼的。

这个不用你们操心。

我只是提醒你们，不过，你们手头真要囤积了奎宁，我还真想要。

你要干什么？

明知故问，我这不是有个被日本仔荼毒了的小妹钉么？再不打上几针，我这个医生也回天无力了。

你们要，要得起么？

那个烂仔眼睛发红了，像要凸出来一样。

能救人，多少也不论。

真要？

当然。

烂仔与"大天二"对视了一下，"大天二"点点头，烂仔便开了口：你说话算数？

这里就我当医生的，救人的事，我说了算。

那好，一支三百港纸，或者一百军票。

你这是天价！

你不看看这是什么时候。

军票没有。港纸，五百两支，不够。怎么再找你们要？

你不找我们，我们也就不找你们了？行，五百就五百，拿来。

不，一手交钱，一手交货。

"大天二"开口了：那好，先交保护费，药改天送来，三百，保你们小楼无事。

司成想说什么，却被明俊掐了一下。

明俊说：三百好说，我这就去取，可药，你们得送来。

他转身往里屋走去。

那个"胜利友"没有多话，只是上上下下、左左右右地扫视、张望了一下。他自然是坐收渔利者，口角处有一撇冷笑。

明俊很快就出来了，拿出了三百，一叠六张，五十一张。

颜医生也从身上七找八找，找出了一堆散纸，数了数：不多不少，一百吧，算那两支奎宁的定金。

烂仔眉开眼笑：当医生的居然也很识相。如今，散纸好用，百元大钞反不好办，你余下四百也准备点散纸好了；如今，连银行一次也只给提五十呢。

"大天二"一手把那三百先夺过去，而后一挥手：走人！

片刻间，六条黑影鱼贯而出，眨眼不见了人。

明俊对颜医生说：你呀，救人心切，白给烂仔一百，这号人不会讲信义的。

司成说：他们恐怕也想很快出手，赚一笔算一笔吧。我看这烂仔，同"大天二""胜利友"还是有点不同，细皮白肉的，沦陷前不会是混社会的，大凡是个人，总归有点良心吧。

明俊说：你看得出来？

这几天在外边跑，遇到烂仔不少，各色人品都有，有些只是生活所逼，想装也装不像。

承你吉言。

我也是往好处想。

舍财消灾，舍财消灾。

是呀，这个时候，没有什么想不开的。

所有人都散开了。

总算是有惊无险。

只是这样的"明天"多几个，还有这种侥幸么？

司成很惊诧，当男人们在对峙时，颜医生作为一个女人，为何竟突然冲了出来，而且脱口而出，说"你们要，我们更想要"，最终化解了一场剑拔弩张的局面。

因此，人散去后，他独自跟颜医生说：你不是让我看看你收容的小妹钌么？现在可以了么？

颜医生哀怨地看着他，说：我昨天是搪塞你的，没想到你这么固执。不过，我还是劝你不要去看。

我这些天在外边，什么血污都见过。

还是不看了吧，等孩子好一点再看，好么？我求你了。

话说到这份上，司成只好不要求了。可他还忍不住问：刚才，不是让女眷都躲起来么？你怎么又突然之间冲到我们的前边？

我在门外一直听着，躲不住了。

可对你太危险了。

我已经什么都无所谓了，现在谁要我的命，我都不会有犹豫的，这算什么？

这时，司成才仔细端详她的脸。

这一脸的灰黯，如同蒙上了一层尘埃，看不到多少女性的妩媚和清纯了——可分明底下应是这样，眼角的鱼尾纹似乎是一夜之间挤出来的。该是因为不断要阻止泪水的奔突，眼里没有多少神采，不是无奈，而是充满了绝望，偶尔的光点，只是挣扎出来的，闪烁几下，便又消失了……她究竟经历过什么？

没容司成多想，杨家的大儿媳阿玲便走了过来，说：我妈请你们两个人过去——正好你们在一起。

两个人便跟阿玲走了。

杨颜氏在一个小客厅里，仆人刚刚泡了一壶咖啡，香气四溢，让司成精神为之一振，多久没有嗅到这熟悉的气味了。

老太太苦笑了一下，说：这是马来西亚的咖啡，你从小喝惯了，可惜，这是最后一杯了，这里再也没有了。

司成说：有心了。

老太太这才问：你们两个人都认识了？

司成与颜医生都点点头。

可你们还不知道，彼此是亲戚，而且很近。司成，你该叫颜蓉为小姨。

两个人都睁大了眼睛。

老太太叹了一声：司成，只怕你爷爷再也见不着了。听说，日本仔在南洋专杀华侨，因为华侨反抗得最厉害，所以你不会知道，你祖母也姓颜，她是我的大姐，明白了么？

司成这才恍悟过来，说：你与我爷爷同辈，颜医生是你的侄女，所以长我一辈，我得叫她小姨了，应当，应当。

阿蓉太苦命了，本来，当医生的，只管救死扶伤，挂上红十字，飞机都不能炸，可日本仔连世界上的规矩也不管，医院照抢、照打不误……唉，不说了，不说了。

颜医生这才开口：姑姑，莫提了，好么？

老太太老泪纵横：那小妹钉有救么？

我会尽力的，今天，那烂仔让我们天价买奎宁，我们也答应了，还付了定金，指望他们信守承诺。

老太太说：人总要有点恻隐之心吧，我信这一回。

我等着。

我们十三行的人，转行搞实业的多。伍家、谭家，还有我们杨家，都说实业救国，可飞机一炸，什么实业都没有了。救不了国，救人总行。听说潘家也有后人从医的，我们颜家更是几代人都从了医。进则兼济天下，退则独善其身。从医，算是进退之间，不独是独善其身。救不了国，救人总可以，可这也做不了……这世界，还是人的世界么？豺狼当道……

姑姑……颜医生忙去抚她的胸口。

老太太缓过气来：我知道，你要同司成出去，是想为小妹钉去找药，我们没让你去，你不可以再一次受害。这不，不管人家有没有歹意，要多少钱，给。只要送上几支奎宁，你就可以不出去了。

颜医生说：开战之前，我已半个月没回过家，现在都两个月了，家人惦记……再说，家里的确存了些药，毕竟一家人都是医生出身……

明白，什么也不用说了。

忽然，明俊走了进来，说：有个日本军官，带着那个"胜利友"朝我们这栋小楼来了，来者不善……

所有人的脸都黑了。

三、是祸躲不脱

已近中午时分。

港岛上空，依旧一片愁云惨雾，阴风阵阵，却还听得到港湾上鸥鸟"哑哑哑"的叫声，听起来有几分艰涩、沉滞。寒冷的海风，从楼外透过一切缝隙袭入屋里，让人冻手缩脚。多少年都没有这么低的气温了，冻到骨头缝里了。

而门外一步一步的军靴声，却比这砭骨的寒风更甚。

明俊没有判断错，它们是冲着这栋小洋楼来的。

那帮烂仔才走了一个时辰。

杨公已拄着拐杖过来了，是祸躲不脱，躲脱不是祸，去开门。

明俊忙说：我们年轻人去应付，你们留在里间好了。

杨公却说：我倒要看看他们有没有三头六臂。

老太太没阻挡他，大家也就不多话了。

司成、明俊陪着杨公上了大厅。

颜医生则进了旁边躺有小妹钉的小屋。

门被敲响了，不重不轻，不急不缓，倒是有分寸。

明俊把门闩拉开。

是刚刚见过的那个"胜利友"推开了门，然而乖巧地闪到了一侧，让日本军官大步踏了进来，身上还挎了把剑。

"胜利友"称：这是大日本太君，有事要问你。

杨公稍侧了一下身子，把手指了指一旁的椅子：坐吧。

"胜利友"一蹙眉：不看你年纪大，我会照译的，连一点礼貌也没有。

日本军官也不客气，就坐上了椅子，叽里哇啦地说上了一顿，不时把挎剑拉一拉，颇有威胁的意味。

"胜利友"译道：你就是这栋楼的主人？

杨公回答：没错。你不就是这里人么？你不知道？
　　我问的与他问的不一样。
　　是不一样，人家没当你说人话。
　　"胜利友"有点恼，可日本军官又叽里哇啦地说上一段。他也只能赶紧译出来：你是不是南洋回来的华侨，早些日子我们出了布告，不知你们看过没有？
　　杨公没说看过或者没看过，只说：但闻其详。
　　日本军官向"胜利友"翘了翘下巴。
　　"胜利友"说：太君让我告诉你们，这布告发下时间不短了，你们如果是南洋华侨，就要向民政部门报告。这样，你们就可以得到特别保护，之前发生的事，以后就不会发生了。明白么？太君是专门优待南洋华侨的。
　　杨公道：这么说，刚才几百港纸的保护费白交了？
　　那你们是南洋华侨了？
　　未必，这栋楼是清末民国初建的，建筑形制都是那个时代的风格，证明我们那时就住在这里了，所以不是在南洋挣了钱才回来造的，只怕你小时候就已经见过。
　　"胜利友"一怔，一时不知怎么翻译，憋了好一阵，才结结巴巴地向日本军官说上一番。
　　日本军官似乎"哼"了一声，又叽里哇啦地说了一顿，倒是显得有耐心了。
　　"胜利友"消化了一阵，才翻译道：没关系，是不是南洋华侨不要紧，对于你们这些有资产的人，日本当局还是尊重的。你们该知道，英商买办、当年广州商团的统领陈廉伯先生，是个很识时务的商界领袖，现在已出来说话了。我们已打算让他成为华民代表会的四大代表之一，由他代表民意。你们应当效仿陈先生，宜早不宜迟，愈早愈主动，看得出，你也是一个有脸面的人物，也当站出来了。
　　杨公装懵懂了：什么陈先生？是人是鬼？
　　陈廉伯，不知道，不会吧？香港闻人。
　　不对，他不是中国人。
　　这不对吧。
　　他是入了英国籍的，当年他们在广州闹商团叛乱，与孙中山对抗，被打得呜呼哀哉，所以才逃到香港，入了英国籍，得到英国人庇护，又重新做起了生意，我与他没有交道。

这就对了，识时务者为俊杰。

这么说，如今他又入了日本籍？

那是当然的。

此人也快花甲之年了，一肚子花花肠子……

如今可威风啦！

他是威风……

日本军官瞪着"胜利友"，显然是有点不高兴。两个人说话，把他撇在了一边，问了又问。"胜利友"只好解释半天，他的脸色才算缓解过来，重复了蹩脚的三个字"陈廉伯"。

杨公没想到，自己清清白白一辈子，与这个"华民代表"四人之一的陈廉伯没有任何交集。何况自己比这个无耻之徒要年长一轮。却没料到，在余年竟会在同一条船人与这个人有了关系。

这条船就是二战中东方战场上赫赫有名的日轮"银河丸"。

两个人都殒身于一条船上。

一个铁骨铮铮，一个遗臭万年。

冥冥之中，上苍自有安排。

对日本军官仿中文叫"陈廉伯"的名字，杨公已是一脸不屑，不予搭理，这让"胜利友"很不爽，担心日本军官会认为他没尽力，更没说清楚，怪罪到自己头上，做奴才就这般心态。

所谓"胜利友"是香港沦陷前自己叫出来的，说到底就是"第五纵队"。在日军发动进攻前，他们就认定日本人会打过来，自觉或不自觉地以必胜"自诩"，并为日军送去情报。当然，他们大都还懂点日语，或者与在香港的日侨有密切的关系。当日侨因战争被带走，他们却因为不是日本人，反而更肆无忌惮。夜里，日军侦察机来了，这些"胜利友"便发信号，尤其是轰炸机来了，更是放火点火、接应，炸掉英军的军事设施。在最后沦陷前，他们还刺杀知名的抗日人士，制造谣言和混乱。当然，"胜利友"中不走运的，一旦暴露，就被"锄奸队"抓了起来，有的更被正法了。但英军一投降，这班以"胜利友"自居的内奸，便公开露面了，恬不知耻地自命为"胜利友"，而且猖狂至极，横行霸道，耀武扬威，欺压无辜的港人。

只是奴才还是奴才，在主子面前，还得规规矩矩，而且无时无刻不提心吊胆，生怕拂了主子的意。

这个"胜利友"的小心翼翼，可谓本性毕露。

虽然可以看出，这个日本军官，过去应做过文职，脸颊白皙。日本人也许大都比中国人白一点点，这也成为他们"脱亚入欧"上不了台面的理由，自是不充分的理由。不过，此人眼神依旧有点直，虽然不能说是鹰眼，但颇阴鸷，可见其内心并不平常。因此，"胜利友"惧他，不是十分，而是十二分，时刻得察言观色。

"胜利友"不能不把他的原话译给杨公：香港商界，应该以陈先生为表率，协助我们把香港治理好，你们应当感谢我们，是我们把你们从英国殖民者的统治下解放出来，你们不再是白种人统治下的二等公民……

就这么发挥了一通。

杨公也不正眼看他一眼，更没发表什么评论，连"嗯"一声也没有，显得有几分呆滞样。

"胜利友"终于不耐烦了：你在听么？

我年纪大，听力不好，集中精力，尖起耳朵在听，还是不得要领，你不可以大声点、简单点么？

杨公按了按一边的耳朵。

"胜利友"终于不干了，叽里哇啦地向日本军官说上了一通。日本军官脸色变了，霍地站了起来，用鼻子猛地吸了几下，狠狠地盯了在场几个人几眼，吆喝了几声。

"胜利友"得意了：太君说，情况不对，他分明嗅到了这屋子里有一股血腥味。

司成道：这如今，哪没有血腥味？

"胜利友"阴阴地瞥了他一眼：后边还有话呢，他怀疑你们包庇、私藏、隐藏反日分子。他们负了伤，逃亡到了这栋楼里，这是有人看见的……

这下子，所有人的脸一下子刷白了。

显然，这是"胜利友"在添油加醋。不，这个时候，是落井下石，不完全是日本军官来这里的本意。

日本军官用剑点了点几个房间的门。

杨公心中一沉，这几个房间，各自住了不同的人家，一间少说在三四个人，一旦全打开，人有近二十个，怎么解释？显然，方才烂仔来，出来了十多个人，就引起"胜利友"的怀疑。此刻发现有这么多人聚集，随意扣个什么"密谋"的罪名，后果就不堪设想了……该怎么对付？

司成、明俊也面面相觑。

又是这个时候，一个房门拉开了。

走出来的，是手上还有血污的颜医生。

颜医生似乎不经意地抹了一下脸，脸上也有了血迹，她一直走到了杨公前边，断然说：血腥味是从我这个医疗室里透出来的……

"胜利友"愈发得意了：我说了嘛。

日本军官"哇哇"了几句，"胜利友"马上大声了：太君说了，他要亲自去察看，是反日分子，格杀不论！

颜医生却无一点惧色：你们不可进去。

凭什么？

里边的，都是女人。

女人就不能是反日分子？

反日分子，别乱扣罪名了，不可能。

那又为什么，不让人进去？

你们作的孽，还要去欣赏么？

什么话？

日本军官自然没听懂这些话，但看得出彼此在顶撞，于是，不由分说，用佩剑拨开了前边的人，独有颜医生不动，衣服也划破了一个口子，可他仍往前走。

太君非进去不可！"胜利友"提高了声调。

剑到底没扎进颜医生的身体，是司成一把将她拉开了。

颜医生泪如泉涌：去不得，去不得！

她连司成等男子都没让进去……可这个日本军官却不由分说，把已掩上的门一脚踹开，往里冲去。

是立功心切？

司成、明俊也不得不跟在后边，生怕出什么意外。

颜医生却已经跌倒在地。这回，她是在哭喊：去不得，去不得的……

可"胜利友"还是踢了她一脚：太君什么地方不能去？

屋里，已扔满了未来得及收拾的满是脓与血的纱布、棉球，这已够可怕的了，而一张小床上，一张厚毯铺着，乍一看，里面并没什么似的。

可日本军官用剑一挑，把毛毯划拉了下来。

立时，传来了一声惊恐的嘶喊……

喊的什么，没人听得清，也许并没什么字眼，只是一个孩子，而且是女孩子本能发出的求救声。

无疑，她第一眼就看到了穿上军装的日本军官，看到了一道佩剑的闪光……

喊声戛然而止。

日本军官立时倒退了一步，连佩剑也落到地面，"哐当"作响，如不是"胜利友"赶紧去拾起，在地上还得响几下。

所有人看到的是一具立时便昏厥过去的小妹钉，由于个子小，显得才七八岁，比实际年纪还小几岁。

由于浑身被撕咬、掐捏的印子太多，需要一处一处清理，她无法穿上衣服，纱布更不能全包扎起来——裸露不仅易于清理，也有利于愈合，所以平日只能盖上一张毯子……但让人不忍目睹的是，她下体部分，却塞满了棉纱……

惨不忍睹，更不忍描述。

颜医生此时已让人扶了起来，扑进门来，不顾一切，把毯子拉起，给小妹钉重新盖上。

你们——你们……作的孽！

这回，"胜利友"不敢译过去。

日本军官自然也明白了是怎么回事，他没从"胜利友"手上接过佩剑，而是用手捂住口鼻，一转身，用另一只手一挥，走出了房门。

而后，更一步不停，从大门走了出去。

"胜利友"捧着剑，头也不回地跟了出去。

这边，杨公半靠在椅子上，也软瘫下去，只剩下出气的份，大新抱阿玲一边抚着他的胸口，一边接过二女儿递过的滚水，让老太太去喂……

司成来到大门口，正准备关上，却正好看见，"胜利友"弯着腰，把佩剑递上去。日本军官接过剑，"啪啪"两声，左右开弓，给了"胜利友"狠狠几巴掌。

为什么打？

是"胜利友"让他难堪，"谎报军情"么？

只怕不尽如此。

"胜利友"连哼也不敢哼。

日本军官正准备继续往前走，"胜利友"又是一副谗佞的样子，不知又说了什么……

两个人竟然掉过了头。

不会说自己在偷看吧？司成赶紧把大门关上。

可他又偷偷从门缝往外看。

此时，两个人已正面对着小楼，"胜利友"用手指这指那，上上下下、左左右右都指遍了，应该是介绍这栋小楼的来历、小楼的格局，以及外观什么的。

一直说到日本军官眉开眼笑。

当然，司成听不见，就算听见了，也不懂。

两个人打的什么主意？

司成顿时打了一个冷战：莫非，他们要打这个小楼的主意？找个借口没收？

这……不会是过度解读吧。

司成再往门缝看去，只见两个人已在转向，日本军官一副志得意满的样子，"胜利友"更是一副邀功求赏的丑态。

司成转过身，背靠着门闩，沿着门板，整个身子往地下滑，一身都软了。

杨公看见了，司成，你看见什么了？

司成挣扎着站了起来，否认道：没，没看到什么，方才该是饿的，脚……脚……

没事就好。

只是，司成能说出自己的担忧么？这栋小楼的人，只怕再也经受不了惊吓，唯愿最后的日子能迟一些到来。

贤惠的阿玲端来了一碗白粥，说：早上起来，你忙上忙下，我也顾不得给你上早餐，将就着吃点吧。

司成已经回到了椅子上，连声道谢，又一口气把偏凉点的粥喝了下去，而后才说：阿玲嫂，不，该叫你阿玲婶了，明训比我大一辈，这是昨天你妈讲的。

我比你大得了十岁么？别把我叫老了……世道都乱了，还讲什么辈分，让它乱去好了。

那明俊更大不了我几岁，叫哥叫惯了，可一改叔……

明俊在旁一笑，叫小叔好了。

杨公在一旁听着，终于开口了，问：你们讲讲，今天日本仔来这么一趟，开始还一本正经的，后来差点剑拔弩张，他们究竟要干什么？

明俊说：黄鼠狼给鸡拜年，不安好心。

那安的什么心？司成，你说。

老人显然是对司成那一下子瘫倒在门闩下的变故狐疑重重，这才故意点的将。

司成一怔，说：明俊说得对，没安好心……一开头，不是问我们是不是南洋华侨么？还说对南洋华侨有优待，专门给予保护，有这么回事。我也见到过布告。

可说要登记，只怕没那么简单。

司成想了想，宣布优待，保护南洋华侨，是造谣说梅兰芳、胡蝶与他们合作的一个酒会上说的。那时，日本仔想安抚人心，便找些头面人物为他们站台，所以特地留意南洋华侨，因为这些人大都有实业、有资本，能起到安定人心的作用，多少也是面上的功夫吧。

杨公颔首赞同。

但司成话锋马上一转，只是现在情况不同了，日本军队打马来西亚，攻新加坡，虽说一路推进，但遇到的反抗却顽强得多，炸香港时，也同时炸了新加坡，可新加坡至今还在英军手中，从南洋传来的消息，说抵抗的最厉害的，就是一路上的华侨。在香港，英军没把香港华人的力量当一回事，才输得那么快，举了白旗。可马来西亚的华侨武装力量，打得很顽强，所以日军消耗得很多，恨透了华人，于是，专门下令，对华侨格杀毋论，无论抵抗还是不抵抗，对华侨一个也不放过，杀得尸横遍野……

杨公一脸严峻：你是说，今天日本仔问我们是不是南洋华侨，重申差不多一个月前的什么优待、保护的鬼话，目的就是引诱我们上当，好马上翻脸？

司成忙说：好在世伯当时已防了一着，否认了我们是南洋往来的华侨，让他们进不了兵。

杨公嘴角抽搐了几下，说：如果我们认了是南洋华侨，那么他们又会怎样？

顿时，大厅死一样沉默。

大家都垂下了头，不敢说什么。

杨公这回又盯住了司成，这些日子，你外出得多，消息也多，你心中该有数。

司成不能不说了，到底杨公还是把他隐藏在心中的话逼了出来。是呀，要是世伯不把他们追问的话挡了回去，一旦承认，他们就有借口翻脸，说我们与南洋侨胞是一条线的，到时抓人少不了，恐怕，小楼也保不住了，成了他们的"敌产"，不正好没收么？

杨公合了一会眼，说：迟早，他们会这么做的……看来，我们在这里住的日子不会太长了。

司成安慰他：总有一天，我们会回来的。

杨公却眼泪长流，说：只怕我们回来，这栋楼未必在了。

司成一惊：莫非日本仔把楼也拆了？

杨公无言。

没有人知道，恐怕永远也没有人会知道，当杨家的人有可能回来的时候，杨家已经没有能回来的人了，就算有，也见不到这栋小洋楼了，这里已被夷为平地。人们很久很久以后才隐约得知，日军在附近有个细菌研究所，并曾把这栋小楼据为己用。在仓皇逃窜之际，研究所连同这栋小楼则被彻底炸毁，几乎不留下任何痕迹。

连司成也找不到它了。

杨公又一次一语成谶。

不是他把什么事往坏里想，而是这个时代比他想的更坏。

突然，传来了一阵女人的哭声。

其中，就有颜医生的哭声：阿妹，阿妹，我对不起你，我怎么把你送回家去？我答应过你的呀……

厅里的人一惊，知道出事了。

大家兀立着，不知所措。

良久，房门开了，司成的妹妹闻瑛，携着颜医生靠在了门槛上。

颜医生断断续续哭着说：我没救得她过来，没救得过，我真没用……

只有闻瑛才把事情原委说清楚。

原来还指望弄到奎宁，打上几针彻底消炎，这阿妹的命还有希望保住。平日，只是用的中药，药力不够，痊愈更慢，但好歹还拖上几天……可是，刚才颜蓉帮她清创、去脓，折腾一阵，满以为还可以维持几天——还指望烂仔会送奎宁来呢，可万万没料到，没多久，"胜利友"就把日本军官带来了，当剑把毛毯一挑，半昏半睡的阿妹一惊，张开眼，迎面就是当日轮番糟蹋她的穿着军服的日本鬼子，惨叫了起来……当日本军官退出房门后，阿妹已挣扎着滚到了床下，她脑子里大概就只剩下逃，不断地逃，亡命地逃的念头，无论颜医生怎么安慰她，用毯子裹着把她一次又一次地抱到床上，可她却一次又一次地挣扎着要逃走，从床上滚到地上……

最后，她滚到地上后，就一动也不动了。

颜医生探探她的鼻子，已经没气了。

脉搏也没了。

几番挣扎，带走了她生命所余下的气息。

其实，她还不到九岁，当然，远没有成年。

杨公拄着拐杖来到颜医生跟前：你刚才叫的阿妹？

嗯。

那你应该知道她是哪家的。

我问过她。

叫阿妹的，是客家人，新界那边的。

可她家搬到港岛了。

噢，也是个有身份的人家，她叫什么？

骆海宁。

噢，骆姓是客家人，当年十三行中，也有骆姓的客家人，记得有年立春聚会，就来过，莫非就是这家？

司成补了一句：前中期的十三行中，是有个骆家，同我家先祖有不少交往，还留下不少诗文。

杨公沉吟了一会：你同明俊，去找一下她家，颜蓉，阿妹给你讲过地址吧？

讲过，我大致知道怎么去。

还是让明俊去吧，这边明俊比你熟悉……你留在这，给阿妹擦擦身子。对了，陈管家，家里还有几副床板，你找几个人，锯出来，好歹钉个棺材，让她家人把她入殓……

杨公压住满腔的悲愤，有条不紊地吩咐下一件立即要办的事。

这边，明俊带着司成出了门。

按颜医生口授的地址，绕了几个弯，避过日军巡逻、设哨的地方，终于找到了骆家。

司成说明了来意。

没想到，听了噩耗，骆家的兄弟脸上还是一片木然，而后才由一个年长的说：能把尸找回来，也算是好事，难为你们了。

司成禁不住反问：你们怎么这样说？

我们还能怎么说？这样的年头，谁敢去想好事，唯愿坏事少一样就少一样，这就算是好事了！

这句话让司成浑身一震，更让他记住了一辈子！

四、人心难测

门外听到骆家兄弟说了那么一句话，司成半天才说上话：跟我们走吧，把你们阿妹接回来。

兄长这才说：还是先进屋吧，你们过来只怕也不容易，一口茶总归是要喝的。

明俊点点头，两个人跟着进了门。

这却是十分简陋的平房，屋顶上的明瓦已经破损，勉强用什么遮住，使得屋里有点发暗，屋里的台案、桌椅不甚分明，且已有几分残破与陈旧。当中是一张寻常的八仙桌，两侧则是条凳……过了一阵，瞳孔适应过来，这才发现屋里的几根木柱上，竟还挂了裱得很是讲究的楹联。

朝外的，是重钝的颜体字：

　　年深外境犹吾境　　日久他乡即故乡

这是大多数客家人可以脱口而出的迁徙诗中的一副对子。

往里，则有点柳公权的笔锋：

　　散粟施贤姊之仁　　传檄惊武后之愧

司成是学建筑的，对这副对子的意思不甚了了，只大致知道与骆宾王这位初唐四杰之一相关。

没想到从不多话的明俊，却有了感慨：我们都成南冠了。

这时，骆家兄长眼里才闪出几点光来，附和道：你也知道，西陆蝉声唱，南冠客思深。不堪玄鬓影，来对白头吟……这两个月，人没老，头却白了。

其弟也接过话：露重飞难进，风多响易沉。无人信高洁，谁为表予心？

能背这样诗的人，哪怕在绝望中，也不曾死心，明俊抬头看看正面的匾额"耕读传家"，如是说。

骆家兄长，却不似个书生，显得像个农夫，似乎顾左右而言他，你们也知道对联的典故？

明俊摇摇头，知道得不多。

初唐四杰你们是知道的，凡会背唐诗的都会知道，诗也知道，诗名就是《在狱咏蝉》，故有"南冠"的用典。骆宾王为徐敬业起兵讨伐武则天写了檄文，文章雄浑有力，字字千钧。武则天看了，倒没生气，反而说，像这样的人才当为我所用，宰相却让他流落不遇，大过也！这便是这副对联的来历……其实，武后……

司成忍不住了：我们来，不是来讲诗的。

兄长看住他，良久才说：我们只是不想讲剜心的事。

你就不想知道阿妹的事么？你知道最后几天……司成说不下去了。

兄长只好说：不想。

为什么？

知道了又怎样？再往心中扎上一刀？

其弟叹了口气：我们已经知道，阿妹是被不远的圣士提反书院临时战区医院一个医生救走的……之后怎样了，不敢问，可你们来了，我们也就知道后来怎样了。难为你们了，更难为那个医生，不知道她还经历了怎么更残酷的事。

司成明白了，不再责备他们。

明俊站了起来：那我们这就走吧，接你阿妹回家，总不能把她扔在外边不管吧。

兄长这回眼睛真的湿了：接阿妹回家。

司成不想问他们什么事，也无意说起谭家与骆家过去在十三行也是世交。显然，骆家离开十三行很早，后人身上，早就没了商绅的味道，倒是恢复了昔日的文气。世事沧桑，别说一两百年的事难料，这如今连一两日的事，谁也料不及，比当年骆宾王兵败亡命不知所终，更为悲惨。

兄长站了起来。

四个人默默地出了门，上了路。

路不算远，可一路上并不太平，四人七弯八拐，又兜了几个圈，总算来到了杨家小洋楼。

进了大厅，已是急就的小棺材放在当中了。家中的管家和佣人手脚还很快，木棺也算规规正正。

颜医生迎至门口，说：阿妹还在屋里，已经擦洗过了，没办法似你们的习俗，到河边去"买水"，可我们尽力了。

骆家小弟问：你就是临时战区医院的医生？

颜医生点点头：对不起，我没能把她救过来……

不，我们听说，你也被那几个杀千刀的鬼子害了。

不提，不要提。

小弟叫过兄长：过来，这就是从鬼子手上抢出小妹的医生，我们该给恩人叩个头。

两个人一下子跪倒在颜医生跟前。

颜医生连声道：使不得，使不得。

末了，两个人见杨公从里边走了出来，也立即跪着向前，向杨公又叩了三个头。

杨公扶起他们：还是去看看阿妹一眼吧。

两个人站了起来，随颜医生走进房间，司成、明俊也跟着进去了。之前，颜医生一直不让他们去看还活着的小妹钉——粤语是这么叫的，后来知道她是客家人，才叫上阿妹。

而现在，见的只能是死去的阿妹。

两兄弟看到的，已是穿着得整整齐齐的小阿妹。

当然，身上什么也看不到了，谁也不会打开衣服，衣服还算合身，至少有八成新，而且还是大红的，不知老太太是从什么地方找出来的，这让阿妹躺得很安详。

脸不仅擦得干干净净，而且还打了胭脂，淡淡的红，就似活人一样。虽说人已被摧残得难以形容，可几经点抹，客家女子通常圆圆的脸却完全恢复过来，似乎还有点活气，就要从床上端坐起来一样——也不知杨家几妯娌怎么用的心思。

骆家兄弟又似司成刚见到的一样，木然地对着自家小妹的尸体，什么也没说，眼泪也不见。

末了，弯了几下腰，算是道别吧。

小弟托上了阿妹的尸体，一步一步地走到了大厅，把她放在那口小棺材里。

小弟最后对阿妹说：你总算遇上一户好人家，乱世中还能有一副棺材，只怕连我们都没这份运气。

管家拿出了一条长杠，绕上了麻绳，从棺材底下托了过去，还绷了绷，看看结实不结实。

倒是这时，颜医生却大哭起来。

她哭，是想起了阿妹临终前，被日本军官用剑挑走了毯子的那种惊恐、绝望的样子，如果不是这无法再承受的恐怖，阿妹也不会这么猝然离去，她本已经受够了，不应该再受这最后的一击。也许，正是她的惊恐、惨叫，当然，包括毯子挑走后现出那羸弱并伤痕累累的小身体，连那个道貌岸然的日本军官也受不了，才匆匆地退了出去。

女眷们也大放悲声。

反而轮到骆家兄弟来劝了，别哭了，这些日子，我们见的太多了，太鲜血淋漓了，可哭又有什么用呢？我们都会记住小妹的死，这样一个无辜孩子的生命，是不会轻易消失的……

他们的眼眶终于红了。

我们走。

两兄弟，一前一后，抬上了长杠，把小妹的木棺抬了起来。

颜医生追了几步，哭倒在门后，小妹，我还会来照看你的，不要几天……

两兄弟一同回头看了她一眼，还是默默地走了。

所有人都站在了大门口，不再走了。

阿玲扶起了颜医生，说：别哭了，小妹总算回家了，你也了了个心愿。来，我帮你把泪水揩干，你不可以再哭了。

两个人在前面，先进了屋。

杨公也拄着拐杖，回到了大厅。

这是怎样的一天呀！

再有几个这样的一天，这屋里……还能剩几个人？

还会有怎样可怕的事发生？

天快黑下来吧，把一切的污血，一切的罪恶，统统盖没下去。让一切不再发生，过去的不曾发生过，以后的也不再发生，让时间就此打住！

明俊攥紧了拳头。

可这样的日子还特别长，别说气都透不过来。

烂仔、日本仔，阿妹断气、骆家来收尸……这已经够多事了，直教阴阳颠倒，可日头还没西下，还会发生什么？

好不容易，已是下午时分。

杨公把明俊、司成几个年轻人又叫进了书房。

进去时，他正在清理书柜，拿一本，翻一本，好不容易，咬咬牙，扔到了地下一本——却也已有了齐膝头的一堆，见明俊他们进来，他才罢手。

司成不解，这些书不要了么？

就算要，留得住么？

为何现在清？

厨房说：能烧的木柴已经不多了，得开源，这就打上书的主意。

司成低下头，床板还可以烧的吧？

他这么说，心里想的是，世伯早知道柴火不够，可还要凑上几张好板子，给阿妹拼了个棺材，这就是做人呀。

杨公答非所问：书总归是带不走的，而且，留下来，没准还会惹祸。这两年，抗日的书，明训他们看得过瘾，买回来的很多，如《法西斯细菌》什么的，还想带学生去演。

明俊赶紧说：那是我，不是大哥。

那你小瞧大哥了，他买回的书，不会比你少，可今天，却不能不烧，日本仔上午来过，是个信号，有可能是来踩点的，紧接着还不知要来什么狠的，不得不防……因此，这些书得先清了，留下的，当然也管不到了，就随它去吧。

世伯一生嗜书，心疼。

不说书了，叫你们来，是还想起一件事，得马上做。

什么事？

我们家的私家车。

司成想起了，仗打得厉害时，杨家的私家车没少在外跑，都是明训开的车，而且当谭家被炸后，正是明训及时赶到防空洞口，接走了他一家。

那炮火连天的一幕，让他终生难忘。在防空洞里，感觉到飞机轰炸已经过去了，他带着闻瑛、晓玉两个妹妹，艰难地爬出洞口，远远一看，自己住的院子，只剩下几根烧焦的梁柱，半边坍塌的屋墙，几堆烂砖乱瓦，什么都没有了。好在父母早些日子已回老家，他们老了，跑不动，只怕就逃不掉了。两个小妹看见断壁残垣，即时就大哭起来，闻瑛还想过去，司成拦住她，大火还没有完全熄灭，断墙仍在陆续倒塌，去了，人会伤着的。只是，此刻他也没了主意，住的地方没有了，连下一顿饭都不知在哪里吃，这如何是好？

正在这时，身后响起了小车的喇叭声。

一回头，却见事务所的明训，从司机位下来了。

听说这边被炸得厉害，我心想，不好，警报一解除，马上就开车过来了，果然不出所料。

司成立马对两个妹妹说：救星来了。

闻瑛倒是认识明训：噢，你是大哥所里的事头。

上车吧，什么也不用说了。

上哪？

我家呀，我们是世交，两家一百年的交情，我们不来接你们过去，谁来呀！

就这样，小车在硝烟中穿行，还挤上了港九间的轮渡，来到了这所西式小洋楼。

因此，司成对这辆私家车印象再深刻不过了。车灯很亮，过渡时期才熄下来，车身也擦得很亮，五六成新的车，看上去就似八成新，可见车主的呵护……即便烟尘滚滚，一开进小楼的后院，明训也是必提上一桶水，把车上的尘土全抹去。

只是现在，要对这车怎么了？

杨公叹了口气，元旦后不到一个礼拜，什么民政部，就发了通告，所有的私家车都得先行登记方能允许使用。黄鼠狼给鸡拜年，他们是要把车征用，别想再还。

难怪，沦陷后，我几乎不见小车进出，还以为开走了。

就在后院，你不留意，就看不到，挖了个浅坑，让草盖没了。你没发现，是你没心，可有心的话，还是不难发现的。

你把车藏起来，没去登记？

凭什么去资敌？拆了也不给。

那，你要我们干什么？

现在看来，车里藏不住了，可我不能让日本仔把车开去祸害百姓呀，只能毁了它。

明俊有点不舍：把坑挖大点，先埋起来。

这场仗，打到猴年马月？

不是听说东京被美国飞机炸了么？

可如今，还是日本仔走上风、气焰最盛的时刻，不是几天就可以扭转得了战局的。

埋下去也不行。

是呀，还是会被发现，人家狠起来，要挖地三尺的。

怎么办？

拆了。

全拆？

大卸八块。

其实，拆下关键部件，譬如汽缸什么的，不就可以么？

就算是汽缸，他们还可以配。

明白。

明俊向司成使了个眼色，我们去拿工具吧。

杨公站了起来，反复叮嘱道：千万小心，不要搞出大的动静来。从今天的情形来看，只怕我们已被人盯上了，动作要快，时间要抓紧，但不要大意。

司成说：放心吧。

离天黑还有点时间。

两个人拿上扳手、千斤顶、老虎钳什么的，从后门出去，来到了面积不算大的后院。南方，虽说是冬春之交，地上的蒿草还是照长不误，更何况战乱，没人打理，都长得比人还高了，正好把整部小车掩没掉了，不容易发现。

先对车的"心脏"下手。

明俊把车头盖打开，试图先把汽缸拆下来，可太急，用不上力，司成劝他从边上的配件下手，这样速度也会快些……就这样，两个人配合默契，天黑之前，汽缸已取出来了。明俊走出一丈多远，下力挖了几个深坑，先把它们埋了进去。

不觉得，天色已经黑下来了。

方才还度日如年，可有点事做，时间倒打发得快了，心无旁骛，人也要轻松了一些。

明天再来。

轮子还没卸下，当然已经瘪了，但还是完好的，打上气，还能用到别的车上，也只能明天再说了。

夜风起了，寒气刺骨，这个冬天——虽说已立春，却跟在冬天一样——恐怕是这些年来最冷的。天冷，身冷，衣物大多数人都不够，而心更冷。

阿玲寻了过来，说：回屋里吃晚饭了，天一黑，又不能点灯，什么都看不见，拆不成的。

两个人终于罢手了。

身上汗津津的，还没回到屋里，让夜风一吹，一下子便又冰凉了。回到室里，阿玲已立时端来了烧好的热水，先擦擦身，这个天气，热水澡洗不了，擦擦身算了。

难得嫂子，不，婶操心。

得，叫阿玲就行，什么嫂呀、婶呀，听了别扭。

擦过身，吃过一顿还算正常的饭——累了，也饿了，多吃了几口。好在管家和佣人要早早分头去筹米，家中在开战时已赶紧备下存粮，暂时还不算困窘。

两个人还不知道，其他人已被"限粮"了，他们算是破例。

已经吃不了几天了。

饭吃完，天已全黑了。

屋里屋外，一片死寂。

油灯不再点下去，早早吹灭了。

外边，偶尔还传来零星的枪声。远处，不时还有敲脸盆声。太静了，除了忽紧忽缓的海风外，甚至还能听到海湾浪水拍岸的声音。

但愿这宿无事，白天事太多，晚上当不会有了。

总算一夜无事。

可第二天——从"立春"聚会算起，应是第三天了。一大早，天还只是蒙蒙亮，外边的雾还没散去，几米外人就看不分明了，却已有人轻轻在叩门。

一家人都没起床，连厨子也没睡醒。

倒是颜医生警醒，也许是一夜未眠，听到叩门声，开始怀疑自己听错了，定定神，再听，叩门声又起，没听错，便赶紧起身，披上衣服，出了房门。

这么早，有谁会来呢？

日本仔？不会。烂仔？也不会这么早。该是明训回来了，过去他是摸黑过渡，天不亮好赶回家。

只能是他了。

颜医生也就放心去开门了。

门一开，她却大吃了一惊。

迎面，是当日与"大天二""胜利友"一道来的烂仔。不过，他的衣服却穿得稍微整齐了一些，不显得那么匪气——那天，他是敞开外表、头发乱蓬蓬一团糟的样子。

你——

我是……送奎宁来的。

颜医生在小阿妹死了之后，已打消了等奎宁的念头，大家说得没错，烂仔的话不能算，无非讹你几个钱，拿走了怎么还会回来送药，别做开口梦了。

你……真有药？

我还能骗你，你看，不是两支，是一盒五支。

烂仔赶紧从口袋里掏出一个针盒来。

颜医生仍将信将疑，真的假的？

你是当医生的，应该辨认得出来，应该不假吧。

颜医生借门外的光线，天哪，这居然是自己在教会医院用过的，印了英文的那一批，连批号也大致不差。她还是有点不敢相信，打开看，一支一支审视，没错，就是那批。

你是怎么弄到的？

也是转手了好几回，才到了我这里，你该识货，不假吧。

不假。

烂仔松了一口气，说：那就好，真能救上人了。

他不这么说，颜医生还没想得太多，可这么一说，则不由得悲从中来，脱口而出，还救得了谁？我要救的人，昨天就被日本仔和与你一道来的"胜利友"活活吓死了……别在我这里假惺惺的，这药已经用不上了。

烂仔一下子眼发直了，说：人真的……死了？救不了啦？我还一大早摸黑过来，以为还赶得上。

死了，她家里人昨天下午都来把她接走了……这药我要了，还有什么用，别想从我这里再拿钱。

真的这样，对不起，对不起！

当烂仔说出"对不起"三个字，颜医生才抬起眼看了他一下，心中暗暗有点诧异。

烂仔却还在身上摸索，摸了一阵，摸出一叠港纸来：用不上了，那我把定金退给你，分文不少，我没有用过，真的，没用过，你数数。

这时，颜医生才揩干净泪水说：人死了，钱就更没用了，你回去吧……以后，你也别干这种事了。

她有点不舍地把药盒递还给烂仔——也许是一种医生的本能，手中有救命药是不会轻易放弃的。

烂仔准备接，可手一挨到药盒，却感觉到对方的手有点粘住的样子，似乎感悟到了什么，手立即就一缩，连声道：不，不……

颜医生愣住了。

正在这时，听到了拐杖点地的"笃笃"声。

是杨公来了。

老人家每每醒得早，隔天远，离地近，自然一天要多醒一点时间，把生命拉长一点。因此，他四五点钟便醒了，再也无法入睡。他耳朵再不好，却很敏感，觉得大厅有人，而且……有事，所以也就穿上了衣服，再披上大衣——早上，是最寒冷的时候，这才打开房门，走出大厅。

他已听到前边几句话了，说：颜蓉，你怎么不请客人进门？

显然，他已听出了内中的隐情，也听出了……人。

颜蓉一震，这才让过身子让那个烂仔走进大厅。

杨公已很客气：请坐。

烂仔有点怯场：是我么？

是，你认得颜蓉，说她是教会医院的医生，我也认得你……

认得我？

过去三条街，你在那开了个小档口，卖点杂货，我去过，虽然去的次数不多，见的货少，可见事头颇多。

烂仔有点哆嗦了：我，我对不起你们。

唉，你也不算坏人，原来自食其力，日子还过得去，可日本仔来了，档口开不成，只怕也给抢了，不得已，才与那帮人混在一起。

老先生见谅，我不是人，不是人。

你做小生意，多少还讲点诚信，所以方才你还要退我侄女买药的定金，可见天良未泯。

烂仔跪下了：您大人大量，我没脸见祖宗。

杨公长叹一声：颜蓉，你该把药收下。他说得对，你识货知道不假，所以你收下，能用得上，能救人，到他手上，转来转去，过了期，就糟蹋了。我做主了，这一盒我全买下了，归你颜蓉用，有用得上的时候。

烂仔忙说：这钱我不要了，不敢要。

钱还是得要的，你那小档口，就算重新开张，一天也挣不了几个钱，糊个口，养活一家人，也难。

这时，管家也出来了，站在杨公身后。

杨公回过头，吩咐他：你去拿一千港纸。记住，是散纸，五十以下，大的面值，如今不好用。你知道的，去吧。

管家应声进去了。

杨公给颜蓉说：把他扶起来吧，再跪，我也消受不了。药你就捡起来，留着应急用。

颜蓉把烂仔扶了起来，烂仔起来前，又叩了几个头，千恩万谢，我不是人，真不是人呀！

坐吧，我们说说话，待管家取来钱。

烂仔只坐了半边屁股。

贵姓，多大了？

姓沙，有大三十了。

同我大儿子一般大，什么地方人？来香港多久了？

阳江的，父亲那代已经来了。

家里几口人？

父亲早早走了，生病，没治好，妈妈很快就去了。现在就一个老婆，两个孩子，一男一女，一大一小，大的十来岁，小的才六岁。

杨公说：没等到你药的妹钉，才八九岁。

就在这时，管家来了，拿了一堆钱。

刚好一千，你点点。

不敢，不敢。

做生意的，该点，不然，回去后，说我们不守信用。

烂仔只好点了。

点完后，杨公挥挥手，你走吧。

姓沙的烂仔走了。

颜医生把门闩上了。

回过头来，颜医生不无感慨地说：这药自然可以救人，可姑父这回救的却是心。

杨公摇摇头，说：救得了一时，救不了一世，人心难测。不过，这人良知还没一下子全黑了。

老人见得多了。

那药呢？颜蓉抚着此刻无比珍贵的药盒，有句话，她没有说出口：药，救得了病，可救得了命么？颜蓉记得，约十年前，自己刚到医院实习，其中一个伤员在她悉心护理下已基本痊愈。没想到，他却被港英当局带走，后来听说给引渡到了广州，关在一个叫南石头的地方，那是一所监狱，从此便人间蒸发了。

白银丸、南石头，还有姑父提到的细菌，很快，对她来说，一样都摆脱不了，宿命呀！

五、坚壁清野

就这样,又一个不企望到来的"明天"来了。

当杨公叫住了"客人"的时候,小楼一、二层住的人,无论是亲戚,还是非亲戚,也都醒了,起床了。明俊、司成更下了楼,目睹老人"救心"的一幕。

姓沙的烂仔走了之后,老人见颜蓉手中还攥着药盒,说:留下药好,以防万一,有备无患,你还是保管好。

我是医生,我懂得,对医生来说,药有时候比命还重。可我,却没早早得到它,迟一步,就那么半天,我以为我救得了阿妹。可我现在又想,就算救过来,我救得了她心中的创伤么?你几句话,唤醒了姓沙的良知,让我很感动,我反问我自己,这我做得到?阿妹的死,是死于恐怖,是死于已经绝望的心,我的心也死了,我怀疑我自己还有什么资格再去救人。

颜医生说得痛心疾首。

这一番话,把老人也问住了。

杨公张张口,什么也没说出来。

见状,司成拉了一下明俊,捏上一旁的工具袋,去开门。

杨公这才说话:去拆车么?

是的,趁早餐还没上,多少还能干点活。

那就去吧,抓紧点。

门打开了,杨公又说:一定要拆干净,任何还能再用的零部件,不能毁掉的,也得深埋,让谁也找不到,车轴、底盘等,尤其是车胎,一样也不留,免得让日本仔拿去派上用场。决不能为敌所用,杨家不能为此蒙羞——这在内地叫什么?坚壁清野。对,就这个词。

老人说得很决断,可愈决断,却愈透出不忍与不舍来。

老人还在说:明俊悄悄地拉了司成的衣角,出门去了。

来到后院，打落乱草上的霜露，明俊却不动手了。

司成问：你怎么啦？

你要知道，要把这辆从欧洲买回来的轿车拆掉，父亲得有多心疼。这在他，不仅仅是座驾，而是他的梦想。

梦想！

很早，只怕我刚出生，父亲就立了誓，要攒起一笔身家，建个厂，哪怕不大，能造汽车就行，没法冲压汽车的外壳，就算用铁锤也得把它敲出来。你别看这车子有七八成新，可它的车龄都十多年了。父亲买回来，就是想做个模板，好有朝一日，哪怕依样画葫芦，也要把轿车造出来。本来，香港是最理想的制造业基地。国际口岸，什么都不愁买不到，就算拼装也不太难。这比在内地，无论如何，还是少一些关卡与约束。从银行贷款，也不是太难，虽然英国人并无心发展，可四十年前就有电车公司、巴士公司，的士也有。你们家与我家，十三行之后，总结出来的经验，不就是改做实业么？实业救国，颜家、潘家，要悬壶救世，那是无奈，无补于世。可这十多年，国内并不安宁，这辆车刚回来，东北易手，上海有"一·二八"事变，日本仔已虎视眈眈。打了一个多月，停战了，这不过是试探，日本不会死心。之后，就是七七事变了，本来，那时父亲就请了技工，要把这车拆了重装，看看门道。

司成苦笑道：没想到，今天却真要拆了，却不能重装。

你说老爷子伤心不伤心，没准，他正偷偷地在二楼的窗子里，往下看着我们。拆车，等于拆他自己。

两个人往上看，倒还一时没发现。

我本来要上英国学机械，没去成，才留在香港，改学文科。不然，拆起来也不会这么笨手笨脚。

嗨，动手吧。

两个人用千斤顶把车轴顶起，把放了气的轮胎剥了下来，再把整个车轮卸掉。

明俊边干边说：不过，这辆车子，这几个月，也都是出生入死，穿过枪林弹雨，做了它本来做不了的很多事。

是呀，你大哥，就是开这辆车，把我们一家，从炸后的废墟上拉到了这里，警报刚停，车就到了。

这是应该的，我们本是一家人，它可运过不少伤员去医院，也帮忙运过弹药上前线。好几回，炮弹就落在了车后边，甚至车被气浪掀翻侧倒在路边，好多人才把它扶正过来。它可是为打日本仔立了功的，怎可以为日本仔所用？

　　忽然之间，二楼朝这边的窗口打开了，是杨公探出身子，喊道：司成，你先上来，很快上早餐了。

　　好，这就上。

　　明俊一笑：果然，他就在上头一直看着我们拆车，我们没预料错。你先上去吧，老爷子一定有紧要事。

　　你待一会就上厨房吧，一定饿了。

　　司成用乱草搓了搓手，把手上的油渍多少弄掉一点。而后，他绕到后门，在水池上用肥皂洗了洗。不过，身上的汗味却从衣领口透出来了，昨天只擦身是去不了汗味的。之后，他赶紧上了姑父的房间。

　　颜医生已在里边了。

　　司成看到的是，颜医生一副凄绝与决断的脸，仿佛一幅冷色的油画，被撕裂成无数的碎片。而后，又勉强重新拼凑起来，每块碎片都是不可言说的被蹂躏后的无奈与绝望。对于一个不到三十岁的大姑娘——医院里称女医护都为"姑娘"，这是粤语多年的习俗了，本还应有几分青春的红晕与亮色，可现在已经没有了，黯淡了，灰哑了，甚至不可称之为人脸……司成进来，颜医生都不曾抬起眼睑看他，而似乎只盯住胸口的一颗纽扣。司成想，小阿妹的死，对这样一个以救死扶伤为己任的医生而言，打击太大了，颜医生有可能认为是自己力所能及却不能救护的……最后一个受害者——她虽然没这么说，但是分明已让人感觉到，这一来，她除了绝望，还能有什么呢？

　　杨公也只扬扬手，让他坐下。

　　司成无声地在另一把椅子上坐下。

　　司成不敢问什么，杨公却也不曾开口。

　　外边，只隐约传来明俊拆车的声音，虽然已很轻，很轻了，但杨公还是挥挥手，指着窗外，让身边的管家过去，让明俊再"静"一来。显然，杨公担心声音会传到外面。

管家点点头出去了。

杨公嘴巴翕了翕，还没说出话来，却传来一阵小提琴声。

声音先是高音部，很明亮，但立即便跌落下低音部，奏出低沉、哀婉、充满忧伤的旋律。

杨公先是一惊，立即便向后一仰，斜靠在躺椅上，默默无声，脸色依旧忧郁。

曲调由中板转向缓板，小提琴拉出了新旋律。

这是一种凄美的忧郁。小提琴的旋律轻盈、含蓄，心在漂移，脚步迟缓，反复地变奏。

颜医生禁不住开了口：你们家，还有人能奏出这么讲究效果与技巧的名曲，是谁呀？

司成也一愣，说：这应该是我的小妹晓玉的小提琴独奏，是萨拉萨蒂的《流浪者之歌》。

颜医生自言自语道：她是预感到自己马上要成为流浪者了，这个小妹钉，心思多了。

司成说：从九龙过来前，我没少听过她拉的曲子。不过，她那些时候，演奏的是贝多芬的《第五交响曲》与柴可夫斯基的《1812》，炮火连天，她要用音乐抒发内心的激情。

可今天，只有《流浪者之歌》了。

这时，杨公终于发出了一声"唉"。

小提琴声的旋律愈发感伤，让人悲从中来。

杨公显然想到往后这些日子将经受的艰辛、磨难乃至不测，几滴混浊的老泪，从眼角缓缓地流出，爬上了脸。他也没用手去抹，任其落在久已未剔去的花白的胡须上。

颜医生已泪水如洗。

司成擦了擦眼，不让泪水落下。

小提琴演奏，由缓板急变为快板，而且极快……

突然间，几声有力的钢琴声骤响，让杨公一下子端坐了起来，分明是谁在伴奏——音调一下子变了。

直到这时，杨公才明白什么，脱口而出：不好！

司成也立即站了起来：我去！

杨公一挥手：快！

司成循钢琴声追寻了过去，这自然还在二楼上，很快便推开了一个小客厅的门。

司成一见，是晓玉与杨家才十岁的小妹在演奏。

你们……疯了？

可杨小妹还使劲按了下钢琴，以做回复。

晓玉帮腔道：我们把房门都关得紧紧的，小楼的门窗也关紧了，传不出去的。

杨小妹更说：这有什么好怕的？

司成叹了一口气：音乐声是怎么也挡不住了，晓玉，你知道的，低音传得最远，高声传不远，但日本仔要就近走过，更容易惊动，你这钢琴也会成了他们的战利品。

杨小妹刚烈地说：我弹完，就会把它拆了、砸了，尸都不留给日本仔，像父亲的小车一样……

她兀地收了声。

司成一回头，竟见杨公拄着拐杖走了过来。

杨公含着眼泪说：我知道我女儿钢琴弹得好，我也知道，这么久了，你们也憋不住了，我不是来责怪你们的。

杨小妹扑到了父亲的怀里：这是什么日子呀，我宁愿去死，拼一个够本，拼两个有赚……

杨公推开了女儿，问：知道如今我们这栋小楼里，有几户人家，又有多少人？

倒是晓玉回答了：除了我们谭、杨两大家外，还有五户人家，将近四十人，女的为多。

噢，晓玉是有心人。

小妹这才说：对不起，父亲，我没多想，可我无论如何，也不应该弹响钢琴，这会害了所有人。

不弹就是了，不用自责。

晓玉拂着小提琴，说：对不起，是我今天先拉起小提琴的，小妹听到了，才弹上钢琴伴奏的，我再也不拉了。

杨公却说：总还会有再拉的时候，只是那时，不仅仅是《流浪者之歌》，还能有……

晓玉说：我会用小提琴演奏《客途秋恨》。

不，应该还有《赛龙夺锦》《雨打芭蕉》……

小妹一下子醒水（粤语，省悟的意思）了：对，到时该有《狂想曲》《月光曲》《圆舞曲》《海上风暴》，还有贝多芬的《第九交响曲》……

杨公抱住了她：还是我的小女儿知心。

他又马上把小妹推开，说：不过，今天，我还是得把钢琴处理掉才行。

小妹失声道：这就拆了、砸了？像你的小车一样？不，不……让它再陪我几天，最后几天，行吗？我保证不再弹了，保证。

话说间，她泪水扑扑地直掉。

杨公摇摇头，说：不，不拆，不砸……我不忍心，这同小车不一样。

小妹揩干了泪水：可留得住么？

所有人都看住了杨公。

杨公前后看了看，这才说：这个客厅虽说小，可前后偏长，左右偏窄，把它缩小一点，不会引起陌生人的怀疑。

司成忙说：你是觉得，把后边截去一点？

对，把钢琴藏到最里边，而后砌上一面薄墙，把钢琴完全封在里边，不显山不显水，不会引起外边来的人怀疑，尤其是日本仔。

管家即时问：这就砌了？

宜快不宜慢，只是，砖块不够。

小妹说：我记得，后院草丛中，还有不少断砖。

这还是不够。

杨公说：那，请一些厚一点的书，不是有句话么，书比砖头还厚。现在，当可把书作为砖用了……

管家说：那就好办了，泥浆和好，抹上一层再刷上白灰，一点痕迹也不露。

家里还有白灰？

有点，足够了。

小妹顿时破涕为笑，一拉晓玉：走，我们去寻砖头。

晓玉说：小提琴也砌到砖墙里么？

杨公说：不用，小提琴，说不定还可以带上，一路上，有清静的地方，还想请你拉上几曲，解解困乏。

晓玉也破涕为笑，跟小妹到后院寻断砖去了。

杨公这才示意，让司成与颜医生回书房。

杨公回到书房，叹了口气：也难为两个细妹钉了。

颜医生说：她们嘛，说懂事却不懂事，说不懂事却又懂事，乱世女子，命最苦了。

杨公这才问她：想好了么？

再让我想想。

杨公说：你再想想，还是回一趟家吧，不是我赶你走，小阿妹不在了，你也尽心了，该回去了。

姑父，你别逼我……

颜医生已是悲声。

你……去帮小妹她们，把钢琴砌到夹墙里，我先同司成说说话。

颜医生低头走出去了。

待颜医生出去后，司成才问：世伯，我该出去了吧？明训还不见回来，这里又是七八家人，外边风声紧，日本仔又骚扰，一天不得一天过……

是呀，我本来把你叫来，是打算让你过九龙时，将颜蓉带上，把她送到家里。她一个人走，我不放心，女流之辈，这一路太危险了。的确，上次她要回家为小阿妹找药，我没应承。

没问题，我往返几次了，保证把她安全送到家。

可她又坚决不回去了。

司成点点头：阿妹死了，她不用再去家里弄药，加上手上又有了一盒奎宁……

这都不是不回去的理由，开战前，她已经有些日子没回去了。开战后，又过了两个月，家里一定很惦记。当然，明训或许已经把她在我家的消息传递过去了。

你是说，她不愿回去，别有原因？

其实，她的遭遇，明训未必同她家里讲，她家里未必就知道。所有医院的医护人员，大都遭到凌辱，这在港九早已传开了，教会医院并不例外……她只是觉得，无脸去见父母，怕父母伤心。可这能怪她自己么？保住了命，已是万幸，不必把遭遇到的事太看重，她也是受欧美教育的……

如果不是后来救下阿妹，她还是个寄托，否则已经没人了，可现在，阿妹没了，她死的心又有了。唉……

明白，这样吧，我会劝劝她，争取这次渡海，把她带上。

拜托你了，这成了我始终放不下的心事……这样吧，你先去砌墙，顺便同她说说。

杨公已浑身无力，挥挥手，让司成出去。

管家正好给他端早餐过来，只是一碗白粥。

这边，晓玉、小妹，还有阿玲、闻瑛几个女子，已在后院乱草中翻找断砖与乱石了。

已经找到了一箩多。

司成摇摇头，叫上颜医生：看来，还是世伯的主意，我们去取一些厚书，有的精装版，坚嘢（粤语，硬货的意思）比砖头实用。

颜医生苦笑道：这是什么世界？书也遭殃，得发配去当砖头，字怎么当得重量，所谓"一字千钧"，如今只当空话。

当两个人上了书房，没想到杨公已经在了，问：来搬书砖的？

是呀！

早些天，还选来选去，现在想开了，就算留下来，未必就保得住，有的砌到钢琴的隔墙里，有的只能用来当砖砌墙。书各有命，同人一样，你们搬吧。

司成拿过一本，是《牛津英汉大辞典》……

存不了，砌了吧。

老人这么说，大辞典也只能当厚砖了。

其实，未必亏待了它，战乱反成就了它，让它去保护钢琴，还有更要紧的书……

老人指着一排一排的书，这排就当砖吧，这排码在里边，留着，这一排……

话里却是无限的辛酸。

他读过私塾，也上过洋学堂，更到过西洋。不然，当年哪有雄心壮志在香港造中国自己的轿车呢？可是现在，包括专业书籍，犹疑半天，也只能当"砖"了。

居然装上了五六箩，比真正的断砖还多。

司成与颜蓉抬了过去。

钢琴已推到了墙角。

司成终于问到，那天我不在，你怎么把小妹抢出来的？

颜医生摇摇头：不说好么？我到底没救活她。

可你还是拼了命救她的呀。

颜医生沉默良久，眼里干干的，没有泪水，只说：当时，我只是路过，听说日本仔当街抓过去一个十岁左右的妹钉，我立即想到自己曾有过的不幸，要落到一个年少不更事的小女孩身上。当时，我觉得自己马上就又疯了，所以不顾一切扑了过去……

别人没拦你么？

也拦了，拦不住，我想，我那时的样子一定很可怕，蓬头污面，一定还张牙舞爪，眼里冒出了血，口里还号叫着……

所以把日本仔吓坏了？

可我冲过去时，还是迟了，要是少几个人拦我，也许还不会让阿妹受那么大的伤害……几个在狞笑的日本仔，一见我没命地冲过来，吓得拔腿就跑，裤子都没提上。

他们也知道，撞上一个不怕死的了。

我本来就想死，没什么怕不怕的。

可你想死，却又看不得阿妹被辱，受你一样的伤害……

颜蓉不语了。

司成趁机说：其实，这样的事，你也别视为死的理由，《红字》的小说你看过么？

看过。

可见，过去，西方也把这类事看得比天大，什么女人失去了贞洁就唯有以死来赎，可这种偏见到现在不已经不再了么？因此，你不应该觉得没脸见父母，天下难为父母心，你怕为他们添堵，可见上一面能添什么堵呢，不见才让他们肝肠寸断……

司成见她已泪如雨下。

还是回去一下吧。

我……再让我想想。

司成也不想逼她，显然，她已经动摇了。

然而，战乱岁月，瞬息万变。
还没等颜医生想好——其实是想好了，只是不曾告诉司成。
司成却走了。
而且不是一个人走。
就在这天下午，来了一个司成早就熟悉的人。
司成叫他叶大叔，上次过海，在明训那里就见过。
叶家是每年立春聚会必到的十三行的"八大家"之一。其家族，比谭、杨都大得多，排名更在前面。如今，人们熟知的是文化名家叶梦龙，而叶梦龙的父亲叶廷勋，却是十三行巨商，只是全身而退，不似有的行商被抄家、流放。叶梦龙的书画、典籍收藏尤为了得，这家族遗风……不多说了，只是如今这叶大叔，没着长袍戴礼帽，而是一身夹裤短袄，平头百姓打扮。
他什么时候出现在杨家的，无人得知。
司成被叫到一间偏房，叶大叔已在等他了。
司成，又得让你出征了。叶大叔这么说。
上吧？什么时候？
先是过海，在九龙一个地方集中，很早，四点半。
这天没亮。
是一个同乡会组织的，当然，都是信得过的人，一行有上百人，五点前就得出发，得走上四个小时，然后，再有船来接。
船？怎么走？
走到东江，再上去，这条线走了不少，比较安全。当然，会有人专门带路，尽量减负，轻装。除了吃的外，最好什么都不带。
清早，特别冷呀。
走起来就不冷了，你负责把人带过九龙，这边有渔船接头，九龙那边也有人接，万一没接上，有地址，准时赶到就行。
我们这里走多少人？
十来个，有三户人家，杨公已安排好了，别的不走的人家，不会被惊动，免得出意外。到时，由你带着，走到有渔船联系上的地方，过去后，把他们送到九龙的集中地，你的任务就完成了。

之后呢？

你去找明训，他会安排你的。

你呢？

我这就得走，还得通知其他人，也是明早同你们一起走的。

叶大叔拍拍司成的肩膀，说：我是看着你长大的，由你带人，我放心。

说罢，他就出了大门，走了。

司成也想到，是否带颜医生走，可是，也不知颜医生拿定主意没有，更何况叶大叔又说了，不要惊动什么人。毕竟杨公已有安排，自己不可以节外生枝。偏偏这一天，他又去拆车了，没能见到颜医生。

就这么一闪念，一切都错过了！

六、一票难求

午夜，寒风萧瑟，星光黯淡，黑云在港湾上空一团一团地移动着，显得重钝，挪不动，也吹不动似的。听不到脸盆声，枪声则很远，不知是在什么地方响的。仗在这里已没什么可打的了，地下的抵抗当是无声无息了。

司成在门厅把三户人家集合起来，没有点灯，只是小声地问：罗家的来了么？胡家的来了么？何家的来了么？

三家人都有来的，但人数却不对。原先说有十来个，可来到门厅，一数，却不到十个人。为什么？各有不同的回答。有的说，我们这家人年纪都偏大，年轻的少，照顾不过来，说过了海后，得走个几十里地，好几个都说吃不消，打了退堂鼓。更多的说，听说陆路上不怎么太平，土匪出没，抢走东西也罢，一不中意，就动刀子、开枪，要死人的。这也是没办法的事，乱世中劫道的早不是新闻了，就算是中彩吧！不怕冒险的，也就跟着过来了，怕的还想等，等世面上平静一些，路上更安全一些。自然，没少听到半路被打劫的事，更有半路折回来的，不敢再前行了，吓坏了。当然，还有更重要的原因，离开九龙时，能带多少口粮，这沿路少不了搜身检查的，只怕多了，会被没收，少了，走不了一半路，就得饿肚子了，还怎么走？听说又折返回来的人说，饿死的比被土匪打死的人还多……

而更可怕的是，遇上日本仔，三句话不合，开枪就打，才不管你是游击队，还是什么。这一路，生与死，每每只在片刻之间，没有什么道理或因果可言。

当然，还是有人要走。留下来，不一样生死难卜么？一走，还能搏出几个生的来。

最终，跟司成走的，剩了两家八个人。

可也得把他们带去。

司成悄悄地把他们带出了门。

出门时，他在阿妹的房门前迟疑了一下。他知道，颜医生就睡在里面。他举起手，想轻轻敲一下，可又放下了。厅里的动静，颜医生多少会听得到，如果她有心要跟着走，就会出来了，也许，没想好吧。

只是，错过了就错过了，这样的眼看着，不会有第二次。

就这么上路了。

就近到约定的渔船停靠位置，也得走上近半个小时，得绕过日本仔一个哨卡，还得防备半夜巡逻的"胜利友"、伪军。每每奴才比主子还狠，这帮"胜利友"堪比狼狗，无论什么人都乱咬一气，以示对主子的忠心。

"嘘——"

司成按住嘴唇发出轻轻的声音，八个人马上就趴在街角上最暗的地方。

只见一队巡逻伪军，从前边的街口走了过去，皮鞋踏得"嘎嘎"响。

其实，他们之所以走得这么响，是为了给自己壮壮胆，内心更害怕——怕被摸哨。

待皮鞋声远了，司成才又站了起来。

正好，往巡逻队的方向走，这反而安全了。

跟上，跟上……

好在，八个人不多，五男三女。

有惊无险——这是最好的结果。

司成路熟，穿街过巷，几乎是瞎子摸路，却总归不会有错。听得到海湾的涛声，已近黎明，涛声愈紧，仿佛就拍在脚底，路已变湿了、滑了。

平日二十多分钟的路，走了半个多小时。

听到了几声拍桨声——这是暗号。

紧绷的神经松弛了下来。

到了，跟紧点，一个一个上船，小心，别踩歪了，船小，小心……

就这么摸黑到了水边。

几个人？

八个。

声音觉得有点熟悉，只是对方没问，为什么人少了？也许是习惯了，临时有几个退缩，不足大惊小怪。

司成是最后一个上船的。

海湾的浪不小，波光闪烁，忽儿照亮一张张脸。

坐稳，要有巡逻艇过来，大家尽量趴下，千万别抬头，更不要站起来。

这声音，分明不久前听到过，带一点新界那边的客家韵。

渔船在海湾，不会选取最近的直线距离，那才是最危险的，而且还得躲着水中的暗涌，免得被带出去太远，回不来，这危险性就更大了。这两个月，司成不少于十次往返于这个海湾，开始是险象环生，亲眼见几个无辜的港人被日军射杀，只因没及时回答，或者偏了航线。总之，日军有日军的理由，哪怕是不成理由的理由。

船尾一个接应者轻轻一点篙，船就离开了岸，开进海湾了。

整个港湾，黑沉沉的，九龙与港岛，只有几处朦朦胧胧的街灯。只不过，这并非电灯。发电厂在战争中被炸了，只恢复了少量的生产，根本用不到路灯上，这大都还是煤气灯发黄，仿佛被黑暗扼住，没什么光。而海水更似浓重的黑浆，在起伏着，甚至喘息着，要把一切都吸到无底的深渊。这小艇，几近一片残叶，在黑浆上颠簸着，不知什么时候就会散架，四分五裂，从而被黑暗彻底吞没，连渣都不留。酷寒，北风，若隐若现的呼啸声，看不见五指的黎明前的黑夜，还有……死亡，这两个月，海湾漂浮过的、沉没掉的尸体，何止万千？此刻，死亡就隐藏在泥浆般的黑浪中，令人窒息的带有腥味的空气中，以及远近暧昧的波光或灯光里……船上的人，有直面这种黑暗的勇气，有随时赴死的准备，想到沉入海底深处让鱼蟹吞噬的情景？或许有，或许没有，更多是一种麻木、听天由命罢了，走一步看一步，过一天算一天，生命永远只是一种侥幸，不，更是一种奢侈，在这人不如蚍蜉的时空。小艇在波动，不时侧过四十五度，只差没完全翻过去，把人全盖没掉。奇怪的是，竟没人叫出声来，哪怕是女人，平日叫得再凶的，也噤声了。

都在静候命运的裁决，抑或宽恕？

司成在船尾也已坐下，他不想说话，也没话说，唯一的念头，是盼船靠到对岸。

这却是没时间可以揣算与保证的。

桨划得很轻，但并不慢，渔夫当是经过风浪的人。

有人拍拍司成的肩膀：是你负责带的这些人？

是的。

交代给我活的人，说你是福将，这些日子，哪怕枪林弹雨，你都一样渡海，不下十次，从没出事，这回，我们还得沾你的福气。

谁这么说我？

不这么说，我们敢接这活么？

别把我说神了，这些日子，能活过来的都是有福之人。

你还是不一样。

我这是头回带人渡海。

是呀，已过了一半的水路，还相安无事，平日里并没这么顺利。往后，有你带的，我都接。

都是落难的人，都该接。

凭这话，你是心善的人。心善者，自有菩萨保佑。

你就这么吃定我了。

吃定了。

那我带人，再来找你。

不用，我会找你的。

司成吃了一惊，是呀，对方的客家音是有几分熟悉，大凡客家人都这个调，可区分这个或那个客家人，自己却分不出了，莫非，他真是……阿妹的兄长？

却不敢问，怕勾起对方伤心。

对方却开口了：我们认识你，一上船，就认出了你。

司成说：你们是……阿妹的两个老兄么？

你没看清我们，我们倒看清你了，难为你们救出阿妹，还给她治疗，虽没能最后把她救过来，这份情意，我们是记住了的。这些日子，敢舍身救人的不多了。

救她的是颜医生，本来，她应该今天上你船的。

我们都听说了，不是她，阿妹当时就没了……嘘，趴下，日本仔的巡逻艇过来了。

骆家两兄弟息了桨，弯下了腰。

一船人大气都不敢出。

很强的灯光，从水面上扫了过来，扫过船的上方，显然没发现什么。

"突，突，突……"

巡逻艇总算开过去了。

小船又在泥浆般的黑浪上划动了起来。

司成这回先开了口：小妹已入土为安了吧？

是呀，当天就送上山了，只是……

只是什么？

最后，还是只能用你们给的毛毯把她裹起来入土。

我们不是钉了个木棺么？

别提了。

又怎么啦？

就是在上山的路上，遇到烂仔，还有那些狼心狗肺的"胜利友"。

司成一惊：他们把木棺抢了？

烂仔说：活人都没木柴烧饭用，死人凭什么还带了木棺进到土里。

简直……无赖、无耻，没人性！

就这么把棺材抢走了，我们也没办法，只好抱着阿妹上了山……辜负了你们一番好心。

这是司成万万没想到的，居然还有人对装了死者的棺材下手，只为做木柴烧，简直是良心丧尽……这会是什么人呢？

烂仔？

会是那个姓沙的小贩么？是的，他当夜没有来送奎宁，而是第二天才来的，如果是他，应该知道阿妹已经死了，再送来没有什么意义了。唯一的目的，就是想换到手一笔钱，不仅仅是五百，最后收了一千……但是，应该不会是他吧，没那么巧。

只是，杨公当时对这个人有点不咸不淡，而且不无教训的话，让他别再为点小钱，去干伤天害理的事。司成还认为，他多少还算是良心发现，让颜医生把针剂收下。

这种时刻，人恶人善，好分清，也不好分清。

司成不由得问道：这帮人，你有印象么？

平日，烂仔是烂仔，"胜利友"是"胜利友"，不会，或者说，很少走到一起的，所以还留意了。

几个人？

六七个吧。

没别的什么人？

没有。

那几个烂仔什么样？

倒也是面黄肌瘦、食不果腹的样子。

有听他们互相叫什么名字么？

好像有，什么豪仔，什么沙仔，什么高佬的。

有个沙仔？你确定？

确定。

司成咬咬牙，没想到，人可以坏到这种程度……如果不是他们先闯进我们的小楼，要收保护费，嗅到楼里有血腥味——正是你家阿妹换纱布透出来的气味，跑到日本仔那里去邀功领赏，引来了日本军官，非要进阿妹的房间。这一惊吓，阿妹的毯子被刺刀挑开，人就滚到地上，没了……

是这样，那个沙仔来了么？

他倒是没有，是同行的"胜利友"引的路，倒是第二天，沙仔来了，还假惺惺送来了奎宁，从我们手上讹去一千块钱，人没了，药有什么用？

害死了人还要来讹钱，这心太黑。

骆家兄长咬咬牙，使劲划了几桨。

船绕了个弯，前边能隐约见到岸了。

司成在想，到底杨公会看人，当时就很轻蔑那个沙仔的下跪。男人膝下有黄金，沙仔不是为请罪而下跪，而只想多要几个钱，装得佝像的，做鬼做马，骗得了年轻人，却没骗过杨公。

一路上，风不起，水不兴。

唯有天还那么黑，却因为黑，掩盖了很多，很多……

到达了目的地，八个人一个一个上了岸，司成也最后上去了。

骆家兄长左右看看，问：这边没人接么？

没有，给了个地址，让我们去。

什么地方？

司成说了去的地址。

骆家兄长说：这个地方不大好找，只怕你们不能按时到达，人家不等，你们就走不了啦。尤其是天黑，四点半前赶到，不熟路，几乎不可能。

司成说：我尽力吧，争取赶到。

骆家兄长沉吟了一会，对他的弟弟说：船就留给你了，你水路熟，不必等我，我带他们走过最难的一段，好人做到底。

他弟弟回答：你带他们走吧，天一亮，会有人渡海上港岛，我就回去了。

司成千恩万谢。

这就走吧。

一共十人，就这么上了路，别指望天会亮起来，不到六点，天是亮不起来的，这是一年里夜晚较长的日子，所以四点半抵达目的地，只能是摸黑走。但听说这一路的安排，多少还有保证，大家才会跟着，早些日子，不少归乡的队伍，还没到新界，就被抢劫一空，留下一条命，只能沿原路返回。这次应该能走出新界，过深圳河，之后就不得而知了。

骆家兄长走得很快，不时催大家跟上，我得多绕点路，确保大家平安到达。

才走出不到一里地，一个女客便差点惊叫起来，好在及时堵住了嘴，用手指着……

原来，她的脸竟碰到了人的脚指头，伸手一摸，冰冰的，再抬头，隐约看到上边挂了好几个人……

司成怕吓了大家，忙说：低头，弯腰，往前走……

尽管是大白天，也够吓人的，大概是日本仔抓了什么人，反抗者？不顺眼者？或抢劫者、烂仔什么的，给吊在高一点的栏杆上，一排不知有多少个，少说也有三五个人吧。吊时，是死是活都不知道，可现在，肯定是死了……

大家惊魂不定，加快了步子。

终于，四点刚过，到达了指定地点。

那是一个位于半城半乡之间的祠堂，因为靠北边，两个月前少不了挨炸，祠堂的顶已被炮火掀掉了，只是墙壁还残留了几面，地上则是碎瓦乱砖，凹凸不平。选这个地方集中，还是用了心思的，挨炸后，很少有人来，而墙头还算高，当能挡住一点光——有人点着了一盏马灯。

主事的问：港岛过来的？

得到肯定回答后，又问：归乡证明呢？

是离港证明书吧？

是的。

司成忙问跟来的八个人，离港证明书都有吧？

有，杨公找人，帮所有人都办了。

司成松了口气，他自己还没有呢，也没问过杨公，总归是要走的，回杨家楼后问问，看办了没有。

有人悄声说：为办证，日本仔讹了不少钱呢。杨公没钱的话，我们还真办不了。据去的人说，办证时，手续很多，成心刁难，都得用钱开道。

司成问：你们三家，回哪？

有说是南海，有说是三水，还有四会，路程都不短。

这时，领路的在点人数了：……七、八、九……二十、二十一……一百、一百零一……一百七十二、一百七十三……一百九十八……

超过了两百人。

大家听着，第一程，我们趁黑走，保险，如今，六点才有天光。

我们四点半出发，走上两小时，能走上二十里地，不要掉队，掉队了，自己追，大队伍不会等，再走个十多里，天大亮，就有船了。上船后，我们广肇同乡会就不再负责了，看大家运气，关键是上船前这四十里，估计土匪会少一点，太早了，这正是我们选择时间时考虑的问题。我们两百多人，就算一股十来人的土匪，也不敢轻举妄动。到时，得抱团，不可以水牛角、黄牛角，各顾各，要那样，就死紧了……

灯光下，司成看到这一群人，有挑箩的，有提藤夹的，有挽包袱的，也有用背带兜着一岁左右婴儿的，或者手牵手七八岁男仔妹钉的。自然，还有一担子两头都是小孩，或者大大小小的麻袋……如此沉重的负载，走上几十里——这还是第一段的路程，都吃不消。之后呢，水程旱程，真要回到老家，千辛万苦，山路泥路，何时可到？香港人的顽强、坚忍，那种求生的热望，无视一路的风霜，以及种种不测，令人动容。

该出发了。

司成与八人一一道别。

他这才看清，这八个人，多少都在杨家楼里见过面，尤其是——他万万没料到，胡太也在里边，当日在小楼里，她不是昏倒过两次，让颜医生救过来了么？

你也来了……这一路上？

胡太竟一反昏倒时的憔悴，有几分亢奋：能回老家，我就是爬也要爬到。

司成叮嘱她身边的那个年轻人——是胡太的大儿子：这一路上，你得多担待。

她就是在楼里憋昏的，一上路，精神就来了。

那一路小心。

二百来号人，在"沙沙"的脚步声中，消隐在夜色里。

只余下司成与骆家兄长。

我们一道走吧……我还忘了问你的名字呢。

我么，单名远，骆远，小弟名高，骆高，远近高低。

有点意思。

上你家，应是读书人吧？

我们老家，农民都是读书人，蟾蜍罗，咯咯咯，唔读书，无老婆……我们还没老婆，不算读书人。

好奇怪的逻辑，司成想，不过，你们也不大像撑船佬。

你看出来了？

我没想到是你们来接人。

看来，我还得操练操练，不然，搵不到饭钱了。

天终于慢慢有点发白了，蒙蒙地，似雾非雾，笼罩在这刚刚雪藏了一夜的"自由港"。两个人走到了一个岔路口。

同我一起渡海么？骆远问。

不了，我在这边还有事要办。

后会有期。

就这么分手了，平常又不平常，只是，后会何期？也许今生已不复相见了——战乱岁月，这更是平常。

司成向骆远挥挥手，上了另一条道。

杨公吩咐了他不少事要办——当然，首要的得去找明训，让明训尽快回家。一家人，不可以只少一个，而且这个，是当下扛起这个家大梁的，杨公毕竟已是古稀之年。

待走到工作多年的设计事务所，已经是大亮了，觉得肚子也"咕咕咕"地叫了起来，紧张了一夜，不觉饿，一放松，就饿了。

果然不出所料，这么早，事务所里已经有人了。

"建筑设计事务所"七个大字，还端端正正地挂着，虽说蒙上了尘土，但还笔笔都有。虽然这时候不会有什么业务，没人来找，也找不到人，可创立这个所的明训，却还在坚守，不为别的，只为把所里十多个雇员，不，同事，一一安置，有个着落，他才会离开。

司成轻轻敲响了门。

门一开，便是明训高大的身影。

此刻的明训，已经变成胡须佬了，该有好些天没刮须了。这样一来，人显得苍老了，居然已有几根白胡子，脸也消瘦了，显出了几道颇深的皱纹……只是眼里还很有神采，一见司成，就来了个西式熊抱：我想，你也该来了。

世伯叫我喊你回去的。

是该回去了，这边也忙完了。

得回去操持我们几家怎么离开香港的事了。

我今天刚送走三家，不是全部，有人不敢走旱路。

旱路的风险早有所闻。

所以走的不多。

水路呢？现在，走水路的多得不得了，一票难求。

我也听说了。

回去，一家人好好商量，几乎天天有船，大船小船，走粤港线为主……日本仔巴不得把港人赶尽杀绝呀！

因此，上船的风险有多大，我们不知道……你天天看报纸么？

如今所谓的中派报纸，其实还是为日本仔说话，不过，细看还能琢磨得出一些问题来。早些日子，日本的白银丸参与了粤港的航班，谁都知道，这是大船，光舱位就有八百个。也就是说，他们在加大把香港人运往广州的数量，尽快减少香港的人口压力。

不是说白银丸运劳工到海南岛，一船装上一千人，超过舱位，有的衣着无着的港人也就去了。荒岛上，气候条件恶劣，瘴气很重，这些人生死难料。

我有点疑惑，不仅白银丸来港了，而且，日轮的云阳丸、宜阳丸等也都来了，加入了粤港航班……

我们回港岛，到上环看个究竟。

两个人商量，第二天过海回去，这天，把事务所收拾一下，关上门，钉上窗户，再加几把大锁……最终要离开了。

把杨公交代的事办完，已是下午了，司成拿出了颜医生的地址，问：这个地方，你去过么？

明训一看，这不就是外公家的地址么？

司成这才恍然大悟：那你一定去过，外公还在吗？那天，你妈说起，论辈分，我得叫你叔。

外公已经不在了，不过，我去那里的日子不少，小时候就去了，大舅、二舅都在……只不知，这两个月没联系了，不知道他们有没有离开。你是……想去看看？我一直没时间去，也真要去看看了。

司成讲了颜医生的事。

明训黯然了，说：那，这就去吧！

七、生命的承诺

　　一整天阴雨绵绵，到黄昏时，日头却出来了，血红血红，轮盘一样，辗在西边的城头上，把地平线都变得血淋淋的了。就似天空被炮弹穿透，淌下无尽的血……却久久不沉下去。

　　在司成、明训眼中，香港就是一个血海。

　　他们不比躲在杨家楼里的几家人，进来了就不敢外出，再血淋淋，除了阿妹外，别的就没有看到。他们见的太多了，都怀疑自己的眼睛已被染成血色……上九龙塘的路，依旧还有血腥味，不少倒塌的房屋，两个月前的轰炸，该多惨烈，真不敢想象。

　　颜家诊所，还在九龙塘往北。

　　愈走，两个人的心头愈是悬到了喉咙里。

　　直到日头沉没，才算走到。

　　说是诊所，几近诊院，占地不小，颜家一直是开医院的，救不了世，总可以救人吧，就这么一个简单的理念，百年行商，也就成了百年国手。其实，没地址，在附近一问，无人不知。

　　上天保佑，颜家的宅院，居然完好无损。不出两三百米，便是塌下的洋楼、烧焦的梁柱，断壁残垣，让人不忍目睹。天的余光，把这座宅院衬得更凸显了。

　　只是，听不到里边传出的任何声音。

　　这也难怪，如此恐怖的日子，哪一家敢弄出一点声响来？杨家楼不一样，悄然无声么？

　　可明训、司成心中却隐隐有点不安。

　　路上已不见什么行人了，大都躲进了屋中。

　　两个人终于走进了颜家宅院。

　　外边诊所的牌子已经不见了，不知是被摘下收了起来，还是被外人拆了去当柴烧？

　　院门敞开着，铁栅式的大门，分两边斜倒在地，漆已剥蚀泛出了锈色，分明倒下有些时日了。

　　两个人在铁栅门前门待了一会，才往院里走。

　　院当中的主楼，大门紧闭。

　　明训尝试敲了几下，没有回应，又敲了几下。

　　两个人索性到一侧的窗户下，踮起了脚，往里看去。

　　里边一片缭乱，好在还有点微光，大致可以看到，医药柜几乎都扑倒在地上，而地面上，则已是狼藉不堪，分不清有什么，散着细弱的反光，该是有什么物件砸在地上成了碎片……

　　明训说：记得这个位置是药房，看病后出门前便在这里抓药，该不是被抢了吧？

　　两个人又回到了大门前。

　　明训还是不甘心，又敲了几下，依旧没回应。

　　司成说：只怕他们已经走了很久。

　　明训却有点担心：不会出什么事吧？

　　没挨炸弹，却保不住被洗劫。

　　天已经黑了下来，只好走出院子。

　　司成被地上什么绊了一下，摔出去好几步远，还好，没栽倒在地，可手撑在地上，让碎石戳出了血。

　　明训跨过一步，扶住了他。

　　到了院子外边，两个人还是忍不住看了看。

　　可是，院里依旧没有任何动静。

　　站了好一阵，明训只好说：我们还是走吧。

　　司成说：还是到邻里问一问，我回去好给颜蓉说，本来，她今天应跟我一道来。

　　正准备往最近一家走去，路旁却闪出一个年轻人。

　　你们是来找颜家的医师么？

　　两个人又站住了：是呀。

　　来看病的？

　　不是，我们是亲戚，他叫舅舅，我叫叔公。司成说。

噢，是这样，他们走了，走了有半个多月。

怎么走的？上哪了？

年轻人叹了一口气：不走，也待不住呀。那些天，他们收了不少伤员。日本仔来了，他们千方百计把伤员疏散了，毕竟有个红十字，料想军队不会来侵扰，可他们大意了。没过几天，来了个伤兵模样的，在里边成心捣乱，还抢走了不少贵重药品……他们这才意识到，在这里只怕待不住了，先是把诊所关了。人嘛，先住进邻居的家，等候机会。果然，没出一个礼拜，就来了日军士兵，把院子洗劫了一番，铁栅门推倒了，楼里抢劫一空，还朝天放了几枪，不仅是显威风，还是要警告……

司成说：准定是"胜利友"告的密，说这里收容过伤员。

这你说对了，他们收伤员时，就有"胜利友"威胁不让他们收。他说，我们行医的，见伤就治，不分什么人，这是医生宣过誓的，希波克拉底宣言。

司成忙问：你也是学医的？

是呀，我也在这个诊所干过。

就住在附近？

倒不是。

那你今天……这么晚怎么还在这？

我么？受人之托，颜家是一大家子走了，好几代人，没落下一个。他们设法找了一艘渔船，代渔船付了几百块，重新买了派司，可以往来澳门。

派司相当于执照，渔船出海，得重新批准。日军来时，光九龙这边，就扣下了好几千的三支桅渔船……这些，明训倒是弄得很清楚。

司成急切地问：他们去成了么？

也试过几回，最后，一个不落，去成了，只是……

还有一个，没回得了家。司成说。

你知道？我就是受颜老医生之托，在这里等他的那个女儿颜蓉。年轻人眼里忽地一亮。

这么说，颜蓉在你们那里？……你们，是颜蓉委托来找家人的？

是的。

这么说，颜蓉没事，还活着。颜老说，日本仔洗劫了好些医院，只怕蓉儿也难逃一劫，一直不见回。太好了，我马上捎信去澳门，让他们家放心。

难为你了。

不难为，我同那条渔船熟，是我把他们一家送上船的，让渔家捎个信，我今晚就去。

船在？

我会找到的。

那就拜托了，可只能是口信了，本来应该让颜蓉亲自写上几个字，就更妥帖了。

不要紧，有口信了，他们就安心了。

太感谢你了。

不用谢，应该的。我不仅当过这个诊所的医生，颜老本就是我恩师，而且我还是颜蓉的大师兄。

难怪你每天都在这守候……对了，还没问你的尊姓大名。

不用问，你们见了颜蓉就知道了。知道她安好，我的心就归位了……不知道，我还能见到她么？

你愿意，当然能，不过，得渡海，在港岛那边。

我知道，就在教会医院不远吧。

是的，你去过。

去见过她，那是打仗之前了。

你真想见她，现在就可以跟我们走。

真想见，只是，现在不能跟你们走。

为什么？

我得找那艘渔船，把颜蓉活着的消息尽快送过去，好让她家人放心。

还得给你家人说上一声吧。

年轻人黯然了：这倒不用，他们都不在，一家人就只留下我一个了，全闷死在防空洞了。

司成才留意，他双手的手指已烂得不像样子了，应是扒防空洞里的泥土扒的，不由得有几分伤心，说：其实，颜蓉不一定想见你。

你怎么这样说？你……怎么知道？

她连家也不愿回，她伤得太严重了，生不如死，不想让家人伤心……我劝她回来看看，她一直没答应。

年轻人几乎站不稳了，说：不，我一定去见她，无论她伤得怎样，把地址给我，我找到渔船之后，马上去。

寂灭：白银丸纪实

  明训从口袋里找出一个烟盒，撕出一块，借着微弱的天光，写下港岛杨家楼的地址。

  司成看见年轻人痛不欲生的样子，分明感觉到他不仅是大师兄、同事的关系。历时两个月的奔波、逃难，年轻人的脸显得很是苍白，当医生的皮肤，也许平日就白皙，这下子更由苍白向惨白变去了。头发已经很长了，不时搭过眼睛，得用手拂开。胡须虽不多，但分明不曾有多少修剪，双眼已深深凹了进去，与西人差不多了，泪光莹莹，且收不住……于是，司成试图讲几句安慰的话，可讲什么呢？

  未等明训写下地址，司成已轻声地说：颜蓉真了不起，连命也不要，硬是从几个日本仔手上抢下了一个八九岁的小妹钉。

  他听得出，对方说的是白话，白话才称小阿妹是小妹钉。

  年轻人含泪说：她就是这样的人，在医院里，为救人，用嘴去吸脓，这事也亲自去做……医生嘛，本就是一个神圣的、无我的职业，大凡有恻隐之心都会这样。

  你能早点来就早点，我们也说不准，说走就走了，日本仔逼得紧……

  我原本打算跟一个慈善团体走的，这样吧，我力争早点来，同你们一道走，一定要见到颜蓉。年轻人脸上焕发出一种特有的光芒，不能同日生，也要同日死。

  明训把地址交给了他，说：不要说不吉利的话，你会见到她的，一定。

  司成发现这个身材秀硕、一表人才的年轻医生眼中，只有绝望与求死的神色，那么黯淡，如果有一颗子弹飞过来，他会巴不得迎上去。

  只是，他怎么能守在这里如此之久？

  司成终于忍不住问了。

  赵南天垂下眼睑，看着这个应是同龄的难友，是这么回答的：如果没有一件我承诺了的，而且能由我，只能由我来做的事，我只怕也上了一线，同孤军的士兵们血战到底，了此一生。

  什么事？

  颜家撤往澳门时，他们左等右等，也等不到颜蓉回来。可他们坚信，颜蓉是不会死的，一定会找回来，在这里一定能等得到她……当时，他脱口而出，说：那我就在这里等，一直等到颜蓉回来，至少也得等到颜蓉的消息，把消息送到澳门，我才能离开。

所以你留下了。

因为这是我一辈子剩下最后一件要做，也能做到的事，做完了，我再别无牵挂。承诺重于一切。

又有谁知道，他与颜蓉又是在怎样的情形下，如愿以偿见到了面？年轻人"不能同日生，也要同日死"却未能实现，不过，比这更惨烈，没人可以想象到的惨烈——人类的劫难，从来就不是人类所能想象的。

明训当然也不知道这个承诺会变得如何残忍。

年轻人当夜就去找渔船了，有没有找到，不得而知。

明训、司成与他分手后，回到了设计事务所，那已是午夜之后了。事务所里空空的，不会有人垂涎，从柜子里拿出棉胎，便可以对付一晚了，明训过去几天就是这么过的。

两个人躺在床上商量，第二天，不妨去已经开通的尖沙咀到铜锣湾的渡船。这样也许会快一点，反正身上没什么带的，盘查搜身都无所谓，不必冒险去找偷渡的渔船。虽说骆家兄弟留下了联系的办法，还是先不用了，除非万不得已。

商量好了，一夜无语。

第二天醒来，天已经大亮了，日头早升了起来，虽说有点阴阴惨惨的，日影朦胧，彤云沉降，但到底还算是一个多云的天，不会下雨。

出事务所不远，找了个小摊，喝上一碗味粥，勉强撑饱了肚子，也好上路。

没走多远，却见到一个布告。

布告是，务必立即清除掉所有的英文字牌，包括港岛、九龙、新界的各个商店、洋行的招牌，以及街头的广告等。布告称：

英文乃烦碍观瞻，应予肃清，须如期擦去或除（取）下。
时间分两期：一期是一月二十九日至二月五日止。
二期是二月十日至二月二十日止。

明训说：现在，第一期过了，第二期还没到。

听说，连路名、街名都得改，不留下任何英文，不，有的已经在改了。

说香港人被殖民化了，成了英奴，他们是解放者，亚洲是亚洲人的亚洲。这维多利亚湾、皇后大道等，不都得改，看改出什么名堂？明训冷笑道。

骂我们是英奴，是支那人，可他们号称解放者，又是怎么对待同是亚洲人的中国人？对英军俘虏，他们多少还讲点所谓的国际法，白人在集中营里虽然也有被虐待的，可中国人呢？格杀勿论，满街砍头示众的，有一个白人么？我是没看到，全是香港人，黄种人，还中日亲善，没这更欺骗得狠的了……我看了报纸上的一个酒会报道，说会上到会的人员，是香港史无前例的，全部都是东方人，无一西人、白人……可杀东方人，眼睛眨也不眨！

嘘，声音小点。

可恶的是那些什么"胜利友"，不知世上还有"羞耻"二字。

走到汉口道，似乎已见前边人挤人了。到了道南，却发现都是排队的。一行四人，也就是并排分四队，已经从尖沙咀排到半岛酒店门口了，而且还在延伸，沿着铁轨转过路头，仍看不到队伍的尾。

别去了，这都是要在尖沙咀渡海的。

只好等了。

可等到什么时候，稍晚一点，就关闸了，得要明天了。

不至于吧。

你看，这人群移动的速度，这时排在后面，无论如何，是没指望的。

怎么办？

今天起床晚了，明天赶早吧。

别的渡口呢？

只怕好不到哪里去。

还只能找渔船了，前天送我们来的那一条，留了地址，不妨找找。

这个风险大么？

人家已往返不下百次了，很好的人，我信得过。

那就去找吧。

去的是避风塘，路上，从佐敦道转进了上海街。佐敦道的牌子已歪倒一边，不知给涂上什么名字。天气湿，把字弄花了，也有可能是港人气不过，悄悄弄花的。可一进上海街，却人声嘈杂了起来。

明训苦笑道：日本仔说要整饬市容，要显示在他们的占领下百业已迅速复苏,"大东亚共荣"嘛,所以下令让商店开业,新闻没少跟进……这样一来,正儿八经的商铺未必敢开,烂仔们却纷纷过来摆旧货摊。这下子,从南到北,整条上海街都挤满了人。而这些旧货,大都来历不明,毋宁说是烂仔们抢来的,得赶紧出手,所以还算便宜。

司成想到那个沙仔倒卖的奎宁,准是从医院里抢来的,一如颜家宅院的药房,早就被抢劫一空。他不由得说:药品会有么?如奎宁。

明训皱了一下眉头,这是战备物资,公开上摊子,打死也没这个胆……偷偷的或许有,你怎么想到这的?

果然,街上不时就出现了三两个一伙的日军士兵。不过,他们不是来巡逻的,而是在问价,想买点什么。

走到街上的一头,人少了点,司成说:我们小楼里,如今还有好几家,就算上路,无论旱路,还是乘船,难免有谁会生病,有备无患,总归心安些。

要真弄到,上码头渡海就不行了,一搜身,等于找死。

如果这样,只能找渔船偷渡了。

没想到,还没走出街口,却被一个烂仔盯上了。

那烂仔看住明训,问:你……不会是当医生的吧?

司成敏感了:是怎样?不是又怎样?

是的话,应该识货。

你手上有什么?

看来是了,我手上的货,很紧俏的。

司成冷笑道:我明白,这货不赶紧出手,没准就招是非,所以留不住。可不出手,一分也收不回,到头只能自毁,这又实在划不来……

正是,正是。

说吧,一盒多少?

就一百。

你斩人么?

五十,十港纸一支。

司成看看明训。

明训说:我们还得去找渔船,要是找不到,这些紧俏货要拖累我们。

烂仔立即明白了,说:你们想过码头?那不行,一定查得出,到时把我也咬出来,我就惨了。

片刻间，这个烂仔消失得无影无踪。

现在，司成才明白，那个沙仔出手的那盒，不仅昧了良心，还趁机敲诈了上千港纸，不，一千一百港币，真做得出。

此刻，上海街突然乱成了一团，人们纷纷往街口这边逃。明训一看，不远处有几个日本宪兵在掀翻来不及撤走的小摊，货物滚到了街心上……这样一来，所有的摊贩，无论有证没证的，也无论摆在合法地段，还是非法地段的，个个都慌不择路，夺路而逃。

明训赶紧拉了司成一下，跑出了街口，绕到了小道上。

之后，才设法逃过岗哨，到了司成前夜上岸的地方。

然而，这个避风塘里，已不见一艘渔船。

一打听，说这天早上日本仔在这里打死了两个人，还用巡逻艇把几艘小渔船撞翻了。至少，这三两天，不会有人敢在这里偷渡了。

这是不曾料到的，也是避免不了的。

没办法，还是回事务所过上一夜，第二天赶个大早好了。现在到别处找船，找多久也不知道，反误了明天的早起。

明训是个有主见的人。司成立即点了头。

第二天一早，天边才现鱼肚白，两个人就起了身。

老天还算开恩，除了风寒一点，雨水三两点，开门看，路已经湿了，有的地方已积起了一汪汪的水。

刚好事务所有一把雨伞，明训说：记得还有一双雨鞋，找找，用上就是宝。

果然在杂物间里找到了，有好几双。

两个人把穿的胶鞋脱下，扔在门里，换上雨鞋，打上雨伞，上路了。出门就踏出一路水花，半夜必下过大雨。

果然不出所料，从尖沙咀排出的队伍，已有一里路长，而且来得愈来愈多。两个人顾不得找地方吃早点，就站进了队伍中。而后，后边人排过来，明训才对后边的说：我们去买点吃的，去一个……后边的人却不认可，这个时候，谁要出列，回来还是最后边去。

只好空着肚子排队了。

第一班轮渡过了十点才开，自然没两个人的份。等了差不多两个钟头，才有第二班，还是没排上。此际，谈不上什么正点不正点，有渡轮来就上。

快三点钟了，终于轮上了。

上船前，有一小队日本仔在搜身、验证。

两个人倒也坦然，搜就搜吧。

出示了身份证明书，再把双手张开，表示没什么夹带，可还是全身搜了个遍，自然没什么可搜出来的。

两个人同时过了关。

突然，刚走出几步，便被喝停了。

两个人一惊，好像出什么问题了。

一回头，只见日军士兵指着两个人的脚下。

在旁的一个似为译员的港人说：把雨靴留下，这是军用物资，不可以带走。

不容申辩，雨靴只有脱下。

惊魂方定，上船了，又过了半个多小时，轮渡总算启动了，在维多利亚港湾上航行。

对面的码头是铜锣湾。

下船，又得搜一次身，这回总算没什么刁难。

不过，上岸后，要走到杨家楼，路程也不短，少说也得一两个小时，没有鞋穿，光穿着袜子，路上坑坑洼洼的，寒气由下而上，人已经半冰冻住了，又冷又饿。明训年纪大点，牙齿已经在打架了，司成还算年轻，可也觉得膝关节已冻疼了。本来，跑一跑，热热身，也是个办法，可敢跑么？没准把你当逃犯，一枪给崩了，枪子总比人跑得快。

过了中环，路边有一座酒楼，倒是灯火通明的，还传来日本音乐。听得出，在举办酒会，而且在跳舞。"嘭恰恰，嘭恰恰……""朱门酒肉臭，路有冻死骨。"这是两个不同的世界……想想，还是不从正门过吧。

可脚下不争气，袜子早磨破了一大个洞，脚板就直接落在又湿又冰的街道上。

却又一次被截住了，是日军士兵拦住并搜身。

这回连雨伞也给没收了。

好在雨不算大，但头发还是很快被打湿了，往下边淌水，弄得眼睛也睁不开。

眼看杨家楼在望，却又是一个岗哨。

见两个人的衣服已湿漉漉的，贴在了身上，显然已藏不住什么，便一扬手，放行了。

走出一二十米，一拐弯，两个人第一次跑了起来。

这回天已经黑下来了。雨天，天上云重，早早黑了。

司成跑快了几步，跑到大门前，拍了几下：是我们。

应声来开门的，是颜医生。天哪，怎么成了落汤鸡，又没雨伞，还光着脚……

别提了，别提了。

两个人赶紧进去，阿玲、闻瑛都闻声出来了，不知谁在大声喊：两个大哥都回来了。

陈管家先把他们带进厨房：先换衣服，这里还有点剩饭，热起来快，也就着暖暖身子。

很快，两个人的两套衣服便送过来了。

热水擦擦身子，再吃饭。一天没吃了吧？管家问。

擦过身子，换上衣服，顾不了那么多，就大口大口把剩饭往口里扒……

司成吃下一碗，不解地问：算定我们回来？

不，是有人走了。

谁走了？

黎家、吴家……

这时，司成才发觉，楼里有点空，是感觉空了。平日，一间房间一户人家，可他和明训回来，有几个房间却没开门，更没人走出来。

发生了什么？

这时，杨小妹也过来了，吩咐道：你们吃完，上父亲那里，他有话要问你们呢。

有点不对劲，杨公早挂着拐杖下楼来了。

八、名字是随机撕去的标签

夜已深了，雨稍停，风不断，星月无踪，彤云依旧。

等到明训、司成吃完，上了楼，却说老爷子已让明俊扶上了天坪，在天坪等他们。

两个人又赶紧上了天坪。

杨公已坐在一张藤椅上，面朝北方。夜的微光，投在他苍老的脸庞上，只是一双眼还在发亮。亮光中有坚毅、悲愤，似含有隐隐的泪水。眼皮几乎是一眨也不眨，看住了北边的海湾，还有对岸的九龙半岛。

比前一段，港湾不再死寂，可以看到有稍大点的船只似水上滑行，大都是日本船，主要是军舰，渔船自然是看不到的。而对岸，尚不借灯光的稀密程度，辨别出诸如半岛酒店之类灯光集中之处，当然是歌舞升平、觥筹交错——新的占领者，一再强调要恢复这个自由港延续几十年、近百年的繁荣，甚至连电影、戏剧都指令上马。日本仔最积极不过的，则是举行赛马。据说，竞马会在这两个月就要成立了……

话是这么说，过去，维多利亚港湾两岸的万家灯火，又何曾恢复得了？尤其是卢沟桥事变至太平洋战争爆发这三四年间，国内大批文化人、实业家、商贾，视香港为中国唯一的绿洲，不仅为了避乱，更以此为抗战的基地，乃至堡垒，激情澎湃、义薄云天。一时间，香港人口迅速接近两百万，出现了畸形的昌盛。香港更成了闻名中外的"不夜城"，那时，一入夜，几乎可说得上是光蛇乱舞、光束柱天，光焰万丈，港湾也被映照得如同白昼，各色霓虹灯把香港装扮成盛装的新娘，环佩珠玉，舞裙飘逸，笙歌夜夜。

繁华却被枪炮声吓退。

黑泥潭似的港湾，已经沉没了多少船只，漂荡着多少无名的尸体，流淌了多少鲜红和发黑的人血，死亡、黑浪、劫惊、逃亡，还有这少有的严冬，刀刮似的寒冷……已取代了一切。无论你怎么看，也看不出任何生机和生命。不再是海风的腥味，而只是血腥……几个酒店出现的灯光，也掩饰不了这无处不在的黑暗。

来了，是杨公无力的声音。

我们回来迟了。明训、司成赶紧说。

我还担心你们一时三刻回不了……这样好，至少我们杨、谭两家一个都不缺了。

杨公却没问什么，似乎在自说自话。

我们两家是十三行最早来到港岛的几家，在香港，称得上是百年望族了。我们的老祖宗，应该还是很有实力，有历史预见……当年，没人看好这小岛，英国人把它割下，也同样不待见它。你们知道的，英国人想要的是舟山群岛，《南京条约》签订后，要下了港岛的英首，反被撤了职，说他要下的是不毛之地，没有价值。英国人占领香港后，就没怎么看好它，任它自生自灭，宣布香港为自由港，其实是撒手不管。中国商人来到这，也得不到港英当局的任何关照。只是我们看到，这里不受清廷的苛捐杂税的盘剥，也不妨碍进出港岛的限制，倒可以开创出一个新局面。那时，自由港的政策并没有后来那么全面开放，但我们祖上还是不失时机地发展了运输、货仓、航运、转口，一直到搞实业，如制造业、加工业，当然，还有渔业，积攒了相当的资产，这才下南洋，经营锡米、橡胶……可现在，一切都毁于一旦，日本仔要我的工厂转军工。我说工人一打仗，便全部遣散了，回内地去了，都不回来了……

明训忙说：他们来逼你了？

明俊说：是昨天来的。

看来，我们在这里待不了几天。想敷衍几天，恐怕也难。

司成问：又是那个"胜利友"带着日本军官来的？

不止一个军官，来了四五个，说还要来。显然，他们是有备而来，这回都端出了我们家底，想否认也不行，应该是那个"胜利友"先做了功课。

明训咬咬牙：早就听说，北方的汉奸比鬼子还凶，每每开战还打头阵，没想到香港的"胜利友"更凶，更以"胜利者"自话，为虎作伥，可恶之至。

这时，杨公才问起明训的事。

设计事务所的所有善后工作都做好了，门窗都钉牢实了，但愿我们以后回来没有什么损失。

杨公坚定地说：总归得回来的。日本仔炸珍珠港，无非是狗急跳墙，拉开那么长的战线，更是自取灭亡。

明训说：我这是迟到的消息了，东京已经被美国飞机炸了，他们连首都也保不住。

司成插了一句：多行不义必自毙。我们去颜家诊所了。

杨公一激灵，说：不好吧？

应该说，还不错，不仅院子安然无恙，人也安然无恙。

那就让颜蓉回家吧，夫人老在叨念。

明训说：不用回了，舅舅一家已去了澳门，那边是中立国的地方，不会有战事，从那里转回广州，也方便得多。大院已经被日本仔抢了，可也没抢到什么。

杨公叹了口气：这也是命，只能让颜蓉跟我们走了，不知她几时才能见到家人，不管怎样，这还是一个好消息，赶紧告诉她吧。

我去，好在当日没带她走。不然，这一路该多险。司成说完，就往天坪下楼口走去。

正好，让杨家人一家商量事情。

小妹却跟上了，我带你去找她，她已没在小阿妹住过的房间里，现在有的是房间。

走了不少人么？

加上你带走的那批，走了一半多了。基本就剩下我们两家了，我家人多，管家、厨工都说跟我们走，说回不去了。

什么时候走的？

今天一大早，比你那天晚一些。

谁来接的？

还是叶大叔，他听说昨天日本仔又来过我们这，觉得不妙，所以让能先走的先走……他还真神通广大，有现成的路数，耳听八方，眼观六路。

看你把他说得神了。

司成却想到骆家兄弟，还会是这两兄弟撑船渡海么？避风塘出事的，应不是他们。不过，情况是否紧急，叶大叔才赶来。

下到二楼，小妹便说：颜姐在这。

正好经过当日的小客厅，外面透过的光，就落在后边的墙上面，墙分明已完好……司成不觉问道：钢琴放好了？

放好了，墙也砌成了，小客厅短了半米多点，不会让人发现的。现在看不清，明天一早你再来看。小妹似乎有点得意，完美无瑕，你都不一定看得出。

等战争结束后，我还想听你弹钢琴呢。

是呀，那时一定弹贝多芬的《第九交响曲》。

《欢乐颂》！

走过小客厅，小妹正想敲旁边的房门，却发觉，门并没有掩上，在夜色里开着呢。

传来颜医生轻柔的声音：终于等到你了，那天你走，我本想跟着的，可一转眼，你已经领人走了。

司成说：好在你没有跟去。

为什么？我家人怎样？颜医生急切地问。

杨小妹抢先说：他们好着呢，早已到了澳门。

颜医生长长地出了一口气：那我就没什么可牵挂的了，谢谢你带来了好消息。

她划着了一根火柴，与其说她想看看司成与小妹，还不如说是让两个人看看她，因为听到家人安然无恙的消息，她脸上放光了，掩去了所有的焦虑与憔悴。

司成这才又说：这当然是好消息，还有你家的诊所、大院子，应该说也还算是安然无恙，没被炮火摧毁……

屋上面有红十字，日本仔不也随意就炸？

只是里边还是被日本仔洗劫了一番，看情形，是你们全家人走了之后的事，人没事。

幸亏我早先也没能去，不然，家里也没人。

杨小妹安慰她：这也好，你就可以跟我们全家人一齐走了，明天就去办个归乡证。现在，就只剩下司成一家和你没去办了——你去澳门找家人，我们回广州。

不，我哪都不去。

司成有点奇怪，说：这是又为什么？

总之，我一个人好了。

噢,你一个大师兄已经帮我们捎话到澳门了,说你安好,让你家人放心,你父母一定等你去呢。

大师兄?你和明训见到他了?

见到了,只是没问到姓名。

这年头,有名字没名字都一样。

你……大师兄倒是说了,见到你就能知道他的名字,你可以告诉我么?

有用么?有意义么?

到底是一个熟人、亲人,该说是来人。你们家走了之后,他几乎每天都去守候,认为你会找回来,却遇上了我们。不然,我们面对空空如也的大院,什么消息都不知道。

他天天去守候?

是呀。

傻呢,干吗不待在自己家里。

司成艰难地说:他……家人全都没了,为了从防空洞把家人刨出来,他十个指头都刨烂了。

颜蓉哭了:没想到,他也这么惨。

他本来说要跟我们一起来见你,可他一转念,说还是先把你还活着的消息,告诉载你一家去澳门的那条渔船的人,说你家人为你的事太焦虑了,怕你不在了。

要不在就好了。

这两天,他一定会来的,我们留下了地址。

你们太多事了,没必要告诉他。

你又怎么啦?

反正,他来了,我也不会见他。

他是你家诊所的医生,又是你的大师兄,加上还在那守候了一个多月,等你的消息,于情于理,都不可以不见。何况,他还说,会同你一道离开香港的。

他这么说了?

还说,不能同日生,也要同日死。一片痴心……

这我更不能见他了。

你,你,不可以太绝情……

你们出去吧，该说的话，都说完了，就出去。

小妹扯了扯司成。司成无奈地站了起来，出了房门。

司成万万没料到，颜蓉竟是这样的反应，本以为她会高兴的。一出门，就听到屋里一阵压抑不住的抽泣声，上气不接下气的，那种伤心非笔墨能形诸。这大师兄是她的什么人，她都是快三十岁的老姑娘了，在教会里已经说了不嫁人，把全身心献给了上帝，献给了救死扶伤的医学……可一提到大师兄，却又这么伤心、这么决绝……连名字也不愿讲，两个人究竟是怎样的关系？又发生了什么故事？

司成同小妹又上了天坪。

杨公还在给大、小儿子，也就是明训、明俊嘱咐什么。

杨公问：都告诉颜蓉了，她该高兴吧？

小妹摇摇头，她哭得更伤心了。

唉，这孩子心事太重了，可什么也不愿说，不是什么都过去了吗。再苦再可怕的事都过去了，时间长了，就当没事了，活下去，就是好的。

杨公这么说，似乎还知道什么。

第二天，明训、明俊两兄弟一早就出去了，并没叫上司成，说杨公有吩咐，让司成好好歇一口气，后边的事多了。况且，这几天一累，一觉也睡过头了。

天大亮了。杨小妹倒缠上司成了，非拉他再去看看藏有钢琴的隔墙，还没吃早点，便上了二楼小客厅。

进门，晨光下，靠里面的"新墙"几乎看不出新来。本来，砌好砖，抹上泥，再刷上石灰，与旁边的墙一定有很大的差别，可现在，与两侧的老墙浑然一体，分不出新旧。

小妹得意地说：这是我们几个女仔的杰作，用扇子扇干，用旧报纸擦了又擦，还用老砖打磨，反正，什么主意都有，整整搞了大半天，让人看不出来。

司成夸赞道：你们费心了。

总之，我们会回来的，只要楼还在，钢琴就保住了，我们还给钢琴包了几层油纸呢，里边都锈不了。

会有这一天的。

背后却有人插话：包了油纸又怎样，墙砌得不露痕迹又怎样，以后能回来又怎样……

一连几个"又怎样"——居然是晓玉走了过来。

司成瞪了她一眼：你又怎样说话的？

晓玉一脸灰黯，还在说：要是小楼被人占了，发现了隔墙又怎样？日子久了，总归有破绽露出痕迹，我们未必料得到，就算没被发现，盟军打了回来，小楼未必不受影响，炮弹、大火，那时，钢琴又能怎样……

你别说这丧气话，不会什么坏事都冲着我们来的，恶有恶报，善有善报……司成劝道。

我不信，这次死的，大都是好人，是善良的百姓，那些"胜利友"没开战时已经是恶人了，现在更得恶了，耀武扬威，不可一世，冲着我们来几回了。

杨小妹撇撇嘴：玉姊，你别太灰心，他们来几趟，也没能把我们怎样。过几天，他们就找不着我们了……

唉，我只是担心，他们不会轻易放过我们的。

司成忙问：我就走了那么几天，又有什么事了？

黄鼠狼给鸡拜年，没安好心。

司成又问：小车拆完了没？

晓玉这才说：你自己去看看吧。

倒是小妹还跟着司成走。

到了后院，司成发现，没人高的草又恢复了原状，把一切都掩盖住了。

可拨开草丛，还是能看到小车的外壳。不过，漆已脱落，铁锈也出现了——但只是一具空壳。

你们手脚真快。

你走的那天，屋里男的都出动了，拆的拆，刮的刮，剪的剪，卸的卸，不到一天，就只剩这壳了。

明俊开玩笑说：一群老虎扑上一头羊，吃得几乎连渣都不留，好在动作快，昨天那个"胜利友"又带日军士兵来了，上上下下都看了个遍，不知打的什么主意。最后，他们来到了后院，看见车的外壳，还追问了半天。

是明俊回答的？

明俊说：打仗乱的那些天，到处在抢劫，我们关了楼门，没进得来，可外边的车就保不住了。那些烂仔卸车轮的卸车轮，拆气缸、方向盘的拆汽缸、方向盘，没两个时辰，这车就没了，烂仔准拿去卖钱，这谁都知道的。把"胜利友"堵得一句话也说不出来。

就这么走了？

不是逼爷爷去开工么？爷爷说，人都走了，怎么开工？他们说，可以招新的人手。爸爸说，都是技术工种，没那么好找。日军官说，不好找也得找，十天之内得开工，还说他会有订单来，改做军工。

还能帮他们打仗杀人么？

要不了十天，我们就远走高飞了。

小妹还是很达观的样子，该同她大哥明训差不多，不似晓玉那么悲观。

是呀，该远走高飞了！

午饭前，杨公又叫司成过去。本来，司成正同闻瑛、晓玉几兄妹，收拾好行李，决定什么带，什么不带，什么该改装，就得赶紧动手……时间一下子紧迫了起来。

司成一到杨公的书房，第一眼发现大多数书架上是空的。书架没了书，如一张失血的脸，也同样是空的躯壳了。记得老人积攒了一辈子的书，尤其是机械方面的，现大都不见了。外国的技术书，又厚又重，从英国带回来，够累人的，况且都是硬皮的精装书，有不少彩页，舍不得也不行呀。

第二眼，则发现又是颜蓉坐在里边，脸色呆滞，苍白如纸。司成进来，也不抬眼看一下。

杨公叹了口气，说：我们想帮她找一张去澳门的船票，她说，她不去，若不是师兄多事，家里早当她死了，去了干什么？我说，不去澳门也行，跟着姑姑一道，我们回广州，她也说不跟——那她上哪呀？

司成不解，上回我劝你回家，你并没有拒绝，可惜我当晚走得仓促，没能叫上你，怪罪我了么？

颜蓉摇摇头：此一时，彼一时。

怎么又变了？

你别问了好不好，这回，谁也劝不了我。

把所有人的口都封了。

正在这时，小妹跑了进来，说：我看到爸爸和小叔回来了。

果然，楼下传来了开门声。

颜蓉一副什么事都与已无关的样子，先行站了起来，无声地走了出去。

很快，传来了杂沓的上楼脚步声。

两兄弟竟是水淋淋的样子，比昨夜司成淋了雨还难看。

杨公忙问：怎么了？

明俊掉水里了，我去拉他……

快去换衣服，大冷天，要生病的，擦干身子，换好衣，再上来找我，用不着这么火急火燎的，快，下去。

杨公十分淡定，两兄弟只好赶紧下楼。

司成对杨公说：应该是人太挤了，挤到水里去了。

唉，急什么急，走得了走不了都是命，急不来的。

司成给杨公描绘了昨天所见到的码头情况，渡海都这么多人，归乡的就更多了……

没过多久，明训、明俊已换上整齐的外套上来了。

明训先坐下了，拿过管家斟好的一杯水，也不管冷热，叽哩咕噜地往喉咙里倒。

明俊紧跟在后，没那么紧张，只说：这事怪我猴急了，我看排队买票的人太多了，想到前边问个究竟，没想到，摩佬差并没镇得住往前挤的人，日本仔急了，放了几枪，吓得所有人像苍蝇乱窜。这下子，一个个落了水，像煮云吞一样，我一不留神，也掉下去了。

摩佬差已经出来当值了？

这说的是印捕，红头阿三，英治时就已在维持秩序了。

明训这才接了话：听说他们出来已经有十多天。日本仔没把他们送去集中营，毕竟不是白人。他们反正也当差惯了，也不管主人换没换，好在他们凶是凶，却没日本仔狠，就一根木棍，没配枪。

个子高，好唬人。司成说。

人太多了，有不得不走的，逼的；有被动员走的，相信什么归乡政策；有本来就想走的，待不住的……可总的来说，香港这么多人，一两百万，日本仔似南京那样明目张胆杀几十万，也怕国际舆论，但他们要减少香港人口，是早就决定的。杨公说。

昨天一天，报上就说走了五千多人，这已快第二十批了，也就是说，这不到二十天，光船上就走了十万多人。大家都在逃难，从 1 月 12 日开始，几乎没停过。排队买票的人，从码头延伸出去，根本看不到尾——上船的人也一样。大船、小船、客船、机帆船、拖船，数不清。明训说。

有多少线路？

好几条，主线还是粤港，到广州的。听说，一人还得交两张照片，而且只能用军票，所以换军票的交换所前，队伍也长得不得了。至于临时做生意来专门拍照的，木箱一个挨着一个，也成了长龙，布满了德辅道与干诺道。你看，几条队，拍照的，兑换军票的，这才轮上去买船票排队的人，都得靠家里人送饭，一刻也不得懈怠……听说，秩序太乱，日本仔已打算给摩佬差发枪了，木棍已经撑不了人。

好在离我们这里不远，我们马上得去买票，军票嘛，我们事先已换了一些，不知够不够。照片，有的有，有的没有，要赶快补齐，一买到票，立即就走。

明俊说：恐怕军票不够，排队买的票有限，我们这一大家子，总不能分开几批走。这样只能买点黑市票了，那要高上十倍。

什么人手中有黑市票？

不就是那些烂仔么？

杨公沉毅地说：不管要花多少钱，黑市的也得要，我们这一家人不能再拆散了，好不容易一道挨过了这两个月，没有理由再分开。

司成想说什么，最终还是没说。

明俊又说：我听排队的人说，去广州的，得在广州有落脚的地方，投亲靠友也不行。日本仔说，广州早占领了三年，已经被治理成什么"皇道乐土"了，不允许难民再把广州搞乱，一旦发现无处可居，又滞留在城里，就会统统抓起来送到难民营。

广州的难民营，分了外国人的，那是圈在了岭南大学里；还分了本地人的，在不远的宝岗难民所。总不能再弄个香港难民的吧……明训拧紧了眉毛。

杨公却胸有成竹，坚定地说：从十三行起，我们在广州有二百年了。当年还与潘家、伍家、谭家共处一条街，龙溪新约，后来才搬到了西关，那里有的是住的地方，比这里的小楼还大。我专门请人留守，一直没出租，所以一到广州，我们又可以重新安家，不用担忧。

老人总是一个家庭的定盘星。

上船，到广州，不再有别的选择！

明训做了详尽的说明。他办事认真细致，而且精细到任何一个步骤、一个细节。他详细地讲到1月12日开始恢复的省港航班的情况。每次，都有一两艘客轮带队。客轮载客，每艘在五百到八百左右，而后则有十艘左右的拖船，每艘拖带木船三四艘。每艘木船装的难民，大约有七八十至一百人不等，因为是从珠江溯水而上。这些木船都得用拖轮带才上得去，老百姓称木船为"三支桅"，或叫"大眼鸡"。这个大家都清楚，有三支桅杆，可升风帆，船头画着两只大眼睛于两侧。有时一天一个航班，也有两个航班的，但也出现过停航，不过很少。

老太太细问了客轮的情况。

有日本的大客轮，如白银丸、宜阳丸、云阳丸等，也有台湾地区的，如福海丸，更多的是一直走这一条线的南海丸、南斗丸、南岛丸、海珠丸、大天利号，一共有好几十条，白银丸跑的地方最多，不仅上广州，也上澳门、上广州湾，还有海南岛，容量也大，票最不好买……

老太太说：那就买白银丸，稳当，不要在乎钱。

大家都没异议。

按常理，日本仔自己的船，应当讲究一点，不至于有什么猫腻，路上也不会出意外，同中国人一样，他们也是死要面子的……应当保险点。

这是老太太的判断。杨公也没有多话。

司成说：没听说白银丸有什么见不得光的事，只是听说，上船下船，都查得很严。

明训说：我们本就没什么可查的，不怕，任它鸡蛋里挑骨头。

司成也说：快一个月了，走这条线回到广州的人，少说也有十万人，还没听说出什么事。

明俊也说：走得了就好。

对于他们来说，已别无选择。哪怕有疑虑，左比较，右比较，总归比陆路好，而在水路上，客轮总归比木船强。至于客轮，日本船也比中国船安全。中国船本就是被俘获的，船上情况，只怕没那么规矩。

只是，战争岁月，哪怕最安全的，往往也最不安全呢。

九、白银丸的黑市票

吃过午饭后，打了个盹，明训、明俊带上几个之前没拍过照片的家人，便一道出去了。好在杨家平日也好照相，不然，这么急要抓瞎了。

司成说要跟出去，杨公不允，说家中要留个年轻人应急，此刻就司成与明训、明俊两兄弟能跑腿，不留一个不行。再说，这里就司成跑得最多，也让他喘口气吧。

司成也只好留下来。

他很想出去，这些天，他比两兄弟对外面事情了解得更清楚，何止是十万人离港呢，这十万人仅仅是上船到广州的，还有上澳门的，已有定时的班次，还有分别上唐家湾的、江门的，虽不多，甚至有开广州湾——那是广东的西部雷州半岛东面的海湾，与广州相距几百里。此外，公开的、隐蔽的，走旱路、出新界的，还有不少。据说，日军要"疏散三十万"，甚至有说一百万的，恐都不假。香港的物资、粮食、燃料等，都已搜刮干净，运到了南太平洋前线。

从报纸上看，新加坡已危在旦夕。

打香港时，日军也打新加坡，但只是在海面上，击沉了英军来增援的几艘军舰。随着马来亚的沦陷，日本陆军已逼近了新加坡，一个星期前，从海岸登陆了，不知新加坡还能撑几天。司成心急如焚，因为祖父随着抗日华侨的队伍，一步步往南撤，撤到新加坡，也就没退路了。香港沦陷的头几天，那种见人就杀、见物就抢的日军"放假"，他是见识过了，新加坡只会是重版……香港沦陷，尚有广州可去，祖父还能回马来亚么……

对去广州，司成也曾担心过。听说，有的船就把难民扔到小岛上，任难民自生自灭——又能活得了几天呢？不过，现在，这是正航班，须花钱买船票，而且已去了近二十班，自己也亲眼见到，不仅诸如白银丸、宜阳丸等有名的日本客轮走这条粤港线，原来的港属南海丸、海珠丸、天鹏丸等，少说也有二十艘,在分别走几条线,人这么多,动辄四五千,真要乱扔小岛或者大开杀戮,也没那么轻易。况且,一定会有消息传回来,这样就不会有这么多人,日复一日排长龙去买船票了。

我这不是从众心理起作用吧?司成自问。

那种隐隐的不安,很快就被一个突发事件冲淡了。

已是下午四点钟左右,司成与几个妹妹把屋里当收拾带走的物件整理好,正要与晓玉争论带不带小提琴的事,就从窗缝中看到有人过来了。

司成一眼就认出了这个人——"胜利友"。

他抢在杨公下楼之前,到了门厅。

门一开,这个皮笑肉不笑的"胜利友"即开了口:我是来恭喜杨波士,不,杨老板的。

他察觉自己用了英文,赶紧改了过来。

司成冷冷地说:有什么就直说,别玩这一套。

我真是来恭贺的。

杨公已挂着拐杖下了楼。

噢,是你呀,钱翻译官。

司成一愣,讥讽道:合是该我恭喜你,原来升了官。

没想到,这个"胜利友"居然客气起来了:我这算什么呀,芝麻绿豆都不是。

司成说:芝麻绿豆官也是个官呀!

好吧,就叫我钱官好了,这我中意。不过,比起你家老爷的官,不值一提,不值一提。

杨公猛地警醒:你有什么好事?

钱官从夹层内口袋里郑重其事地掏出了一个大红烫金的信封,恭恭敬敬地递给了杨公。

杨公疑惑地把信封打开,掏出一份请柬。

是除夕酒会请柬。

内中说,大日本帝国向来尊重中国的节日,春节来临,特邀工商界闻人杨崇云老先生莅临除夕晚会。

钱官不无妒意地说:我不是当翻译,只怕也得不到如此高礼节的邀请,杨老先生了不得。

杨公只问：不去不行？

怎能不去呢，如此盛情的邀请，我都眼红，告诉你一个不是秘密的秘密，你只要到会，就是华民香港商会的副会长，到时，我不想高攀也不行呀。

那你去当好了。

说笑了，我怎堪此重任。

我也当不了。

这你就不知道了，这个全港的总商会会长，可是大名鼎鼎的陈廉伯，人家看得起你、抬举你，才让你担任副职。

这副职该有几十个，甚至更多吧。

这就不是我该知道的了，我只负责送请柬。我是三顾茅庐，这点面子总该有吧。

到时再说吧。

不可以这么说的，不到会，可是有悖陈大会长的好意。这有悖陈大会长，也就是有悖大日本皇军……

这当儿，钱官已不客气了。

请柬我收到了，请回吧。杨公正色道。

钱官一时不知怎么应对，末了，才哼了一声：不要狗戴帽子不识抬举。

杨公冷眼瞥了他一下：这顶帽子还是你戴合适。

钱官只好说：届时，我会在大门口敬候，地址看清，不会走错吧。

说罢，他掉头就走。

是怕杨公再说出什么难听的话。

司成把门闩上了。

杨公坐了下来，把请柬扔到了地下，踩上几脚：这吓唬得了什么人？

又侧过头问司成：离除夕还有几天？

不到一个礼拜了。

他们总不能用枪来押我去吧。

难说，日本仔什么都做得出。

杨公脸色肃然了：哼，休想！

而且说，看来我们要加快步子了，这船票要多久才买得到，五天够吧。

一般是三天的票。

如果明训他们今天买到了票，那我们就走，让他来摸门钉好了。

来得及！

杨公脸色舒缓了一些，已经有几分淡然了，声音也从容了些。这个钱翻译官的到来，在我看来并不意外，只是没想到会有一份请柬，原以为是来找什么茬子。我与这个陈廉伯，本就没什么交道，英国人在时，他也是华人商会的，现在摇身一变，只改了个字，华民商会，却是日本仔的奴才了。应该是这个"胜利友"要邀功领赏，把我的名字列了上去。我怎可以与这个反孙中山，如今又投降侵略者的败类同流合污，宴会休想让我去！

老人愈发坦然了，认为自己肯定可以摆脱这只魔爪，年纪大了，料事如神。

司成也松了一口气。

却也有没料到的。

已是下午了，大阴天，偶尔在阴云里透过几线日光，杨家楼里，大家都在悄无声色地做离开的准备，一再地取舍，能带走的不多，必须考虑到上船时的搜查。只有晓玉执意要把小提琴带上，再劝也没用。这孩子视提琴为命，几天不拉琴，就似没了半条命一样。司成再怎么劝，也无济于事。也罢，让她带上吧，能带得出去自然是好事，可这谁也无法保证。

明训、明俊快到天黑还不见回。

杨公说是好事，说明船票有望，要买不到，恐怕早就回来了，老天会顾恤我们的。

他把司成又叫去了。

此刻，夫人也在屋里，脸色苍白，颇为焦心。

没等杨公开口，夫人几乎是以哀求的口吻说了：司成，你上次劝过蓉儿，已经说动了她，这次还得有求于你，再劝她一次，既然不愿上澳门，那也该跟我们走，我毕竟是她的亲姑姑。

司成说：我还没弄明白，才几天，她怎么又说出此一时、彼一时的话，执意不走了，显然另有打算。

唉，如果当日不是救了小妹钉，她只怕早就死几回了，能有什么打算？你能劝动一回，就能劝动第二回。

司成仰着脸，若有所思，这回有点难，昨天她就说得很决绝，让你开不了口。

杨公这才说：昨天我找你，本就是让你再劝劝的。

司成只能说：我尽力吧。

正在这时，杨小妹闯了进来：爷爷，奶奶，胡太几个人又回来了……

司成一下子站了起来：她们是我送走的，又怎么啦？

这回，杨公是真正没意料到，"胜利友"重来了，他防备了，可送走的亲友，没走得掉，又回来了，却没料到。他不解地说：叶大叔这个人办事是绝对靠得住的，叶杨两家更是世交，怎么会送不走呢？

司成走到了门口，说：我去问问，日本仔作恶，不是我们一般人想象得到的。

司成下到楼下的大厅。

只见胡家的大哥，已将胡太放在了太师椅上。胡太半靠着，脚给架高了点，人已半虚脱了，脸上没一点血色。

司成见杨小妹跟来，说：还不快去叫颜医生，她关在自己房里，未必听到动静。

杨小妹赶紧又上了二楼。

颜蓉倒是很快下来了。

她摸摸脉，摇摇头，说：那天，我不知道你也要走，不然，我是不会放你走的，你年纪大了，身子又虚，经不起一路颠沛，回来了就好，休息两天再说。

而后，她让管家端来了开水，喂给胡太，吹凉了一会，再用匙子送到口中：你没大碍，只是累的，又受了点惊吓，躺几个小时，就恢复了。

胡太嘴巴嗫嚅了一下，始终没说出话来。

颜蓉让胡太的儿子把人扶进屋，铺好床躺下，这才出来，又默默地上楼，回了房间。

司成想叫住她，却又作罢。

司成急于弄清这母子为何又回来了。

等胡太的儿子走出来，司成问：怎样了？

累的，没什么，该睡着了，颜医生说没事就没事。

路上，出什么事了？

胡太的儿子无奈地摇摇头，说是走三四十里，就有船等，这倒不假，老母一咬牙，没有让我们几兄妹背，居然走到了。也果然有船，我们也上了船，挨天黑，船停了，说他们送到了，前边各自上路好了，要再上船车，得走上个百余里。我老母一听，脚就软了，还说，这一晚不可以走，你们得找地方歇歇，晚上上路不安全，这里是三不管的地带，日本仔不来，中国军队也不过来，地方上有护村队，只是他们只顾自己。因此，你们得自己想办法，我们这样送走了三四群，前边都没事，明天一天，走个百余里路程，晚上能到，那边有船码头，也有车站……你们应该自己选择，到什么地方心中有数……同乡会为乡亲们是尽了力……

就这样，二百人滞留在半山半平地的地方。

有人试图进村，找个人家先落落脚，但都不成。后来，村中出来一个长老模样的人说，带我们去一个僻静的山坳里，我们可以在那里过上一夜，只是别弄出太大的动静，因为附近的土匪，或者乌合之众组成的烂仔团伙，也不时来侵扰，得小心。

到了山坳里，大家又饿又累，干粮也吃得差不多了，于是有人点起了火，烧点饭，劝不住，说是长老吓人，怕牵累他们的村子……虽说是后半夜才点的火，已考虑到所有人都安睡了，而且睡死了，土匪也熬不过……只是有谁想到，三四点钟，以为最不会出事的时辰，突然就有一群土匪冲进了人群，手上的刀在夜光中闪，有的手中还扬着短枪——不知道是真是假，一句话，要活命，把包袱留下，不然，谁也休想活着出去。一下子，二百人就吓散了，老母吓瘫在地上，一任土匪搜刮……第二天，大约还有不到一百人回来，各自找回土匪扔下的东西，大都还坚持继续往前走，可老母走不了，粮食都被土匪搜走了。最后，老母决定，让我带着她，回水边，坐船返回，弟妹们跟着人群走，走得出去一个算一个，不能拖着大家一起死……还好，一早，找到了准备回程的那条船，船工知道情况后，同意我们折返，上船回的，也就十来个人。

司成默默听完，说：这也是没办法的事，能找回来，也算万幸，以后打算怎么办？

老母说：还是跟你们走，靠得住。

坐船么？

你们坐船，我们就坐船。只有坐船，才不会那么奔波，老母才经受得起。听说，如今上船的，只怕上十万了，那么多人上船离港，安全应该是有保证的，不然不会有那么多人选择了水路。当初说走旱路，太仓促了，这才弄得一家人骨肉分离。

司成有点艰难地说：是呀，也许上船才是最佳选择。那天送你们走，光那个晚上，都不容易……后来你们的遭遇，本应该想得到。当然，选择旱路，总归有人成功走了。你们那批，也该有一半人走脱了。我在来回路上听说的情况，比你们还惨。你老母还算是一个有主意、有担当的人。

母子心连心，打断骨头连着筋。

路上还有什么情况？我想多了解一点，也好给牵线的人一个提醒，更让后来上路的人早早能避险。

听说，土匪抢掠，几乎是少不了的。我们遇到的土匪，还算是没伤人命，可财物几乎掠夺一空……好在是晚上，搜身的少，至少还留住点港纸，但粮食总归保不住，之后这一百余里地就难了，不知能不能与农民兑点吃的……对了，归乡证绝对不能少，幸亏杨公都给我们办了，不然，出九龙就会被截住。日本仔巴不得我们走，晃一晃就过去了，也没认真对相片，但没有相片是万万不能的……一队人，恐怕不能太多，我们这次是二百人，目标大了点，但散兵游勇也不行，更容易被劫……晚上，再也不可点火。我们这回就是有人不听劝，人家一见有烟，就知道在煮吃的，天气冷，点火取暖也不行，不能成为土匪的目标……据说有的无人地带，能走多快就得多快，谁也说不准会有什么灾难落到头上……

这个胡家大哥，心思还算缜密，说了很多，司成也听得很仔细，都记到心里了。只是，他没意识到，日后这些教训，几乎全用上了，让老天"高抬贵手"了。

好了，赶紧休息一下，晚饭该快了。

这个大哥才进屋伺候老母亲。

显然，像胡太这样的老人，是吃不了走旱路的苦，连有这么几个身强力壮的儿子陪着，也坚持不下去。杨公的选择，当是深思过的，况且去广州的船最多。

怎么说，水路上不会有什么风险。

平时，快的话，也就朝发夕至，才一个白天的工夫，能出得了多大事？

只是，几个老人，舟车劳顿，也还不能掉以轻心，不但需要贴心的儿女，最好更要有一个能及时处理意外伤病的医生……

这么一想，司成有了说服颜蓉一同上船的理由。

旋即有了一个冲动，要上楼去劝颜蓉，他认为，这次一定能马到功成，不负杨公的委托。不过，他很快又控制住了自己，愈是这个时候，愈要冷静，考虑充分一点，仅靠一个冲动，未必就成。

于是，他收住了上楼的脚步。

幸亏没上楼。

晚饭时，明训、明俊两兄弟还没有回。

夫人有点性急，不住地叨念：怎么还不见回？不见回？

杨公却已经很淡定了，不急，还没回，证明他们下了决心，再晚也得拿到票不可，兄弟就这脾气，不达目的不罢休，我们……静候佳音吧。

你还真是临危不乱。

我只指望今天了，不能再拖了，明天谁知道。这种情形下，会有什么变化，而且不会变好，只会变坏。

这么一说，夫人也不急了，她听明白了，老先生内心里其实比自己还要急，不可再添把火了。

晚饭后，各自回了房间。

直到天黑了下来，才听到门外急促的脚步声。

果然是两兄弟回来了。

又是杨小妹开的门，她总是要抢这个先。

两兄弟进了门，就直接上了杨公的房间。

微弱的油灯光下，是两兄弟庆幸却又有点失落的脸，还是那么冷得彻骨，可他们却一头的汗水，衣扣解开了，内衣也一定湿透了。

票买好了？杨公问。

基本上解决了。明训说。

怎么这么晚？

广州的票，得渡海上油麻地，去时渡海还好，没等多久，回来不行了，只得一路上找渔船，总算找到偷渡的，收的钱也不多。

没受什么刁难？

查问、搜身总少不了，也不止一两次。

回来得及时就好，什么时候的？

后天一早。

什么船？

明俊终于插上一句：是母亲说的白银丸，来往粤港线上最大的一条日本船，正常可载八百人，之前已经跑过一次广州了，来去说是很顺当。

杨公点点头：日本仔也不敢搞坏自己客舱的名声吧。这对于我们来说，也是一种保险。不容易，买到了船票，更不容易，买到的是白银丸。我们过两天就能回杨巷了，总算能在香港脱身。

明训点点头：我想，父亲分析得很到位，况且，船上的船员，一般都不全是日本人，有些香港地区的雇员。军人与"胜利友"，反而没有一般中国船上派的多，所以我们权衡再三，就排队买了这条船的票，只是……

杨公很敏感：对了，你刚才说基本上解决了船票，是什么意思？

我是说，光我们家，再加上一两家的票，没问题，可还有六七张缺口。我们连高价的黑市票都买下了，直到停止售票，这六七张还是没有着落，只好赶紧回了。

明俊说：明天我们再去买，只是，买不到白银丸的了。

杨公说：这也行，不过，事情有了变化，不是六七张，而是要九张。

怎么多要？

小妹插话：胡太一家，有两个没走脱，今天重新回来了，说要跟我们走。

是这样，我们得带上他们，就算明天买到票，也不能让他们后走，得同我们上白银丸，毕竟他们受过惊吓，又走失了人，我们不可以甩开他们……

明训有情有义，说得对。

那，我们合计一下，哪两家可以缓一步走？

明俊说：剩下的就谭家人多……

小妹急了：不行，不行，我同晓玉说好了，我们一齐走，到死也不分离，小提琴离不开钢琴，以后我们还得一道回来。

夫人说话了：小妹，你这是孩子气了，不过就差一天，谭家就住在杨巷对直过去的珠江对岸龙溪新约。回到广州，坐个渡船就能见到人了，珠江又不宽，与维多利亚海湾没得比，见面不过是分分钟的事。

小妹噘起了嘴：不嘛。

明俊又问：谭家五个，许家三个，还差一个。

明训忙问：这两天，有人来找颜蓉么？

夫人诧异了：没有，这时能有人来找她么？

说来话长，不过，颜蓉迟一天也行，让她再等一天吧，没准会等到的。

杨公却说：只是直到现在，颜蓉说什么也不肯走，我们先走了，她更不会走了，她不走，只怕……

夫人也说：无论如何得带她走，不然，我没脸向所有的兄弟姊妹、侄儿侄女做交代。

明训说：无论如何，得让颜蓉走。

那就换一下，许家三个，加上我们的管家、佣人正好八人。

颜蓉就可以走了。

小妹高兴了：那我同晓玉又可以在一起了。

杨公却说：这五个家仆，跟我们，少说也有二三十年了，这么走，无形中似把他们抛下了，不妥。

可我们与谭家更是差不多二百年的世交了，这回是夫人发话，况且这一个来月，司成为我们东奔西走，冒了不少险，怎么可以把谭家划出去。

所有人都沉默了。

明训思考了好一阵，终于说：司成在我手下也做了好几年了，我知道他是个重情重义的人，危难关头，更深明大义，也愿挺身而出。这样吧，我们也不必做决定，这个决定就交给他来做，这样好么？

杨公说：也只能这样。

小妹也不反对了。

事不宜迟，马上把司成叫来。

小妹自告奋勇：我去。

她"登登登"地下了楼。

很快，司成就上来了。

油灯光下，他见到了所有人严峻的脸色。

当明训说明原委后，他说了一句让所有人觉得出乎意料的话：世伯让我劝颜蓉与你们一道走，我还没劝成。这样吧，如果劝成了，颜蓉同意跟你们走，那我们谭家就先留下，我们家的老人已先回去了，所以不要紧，几个年轻的总归有办法。

十、天道无亲，常与善人

走之前的一天，也就是明训兄弟买到船票的第二天，杨公早早起了床，仆人赶紧给他端来了一杯热茶，早上寒气重，容易感冒。立春后，天亮得渐渐早了，可砭骨的严寒丝毫未减。老人白髯垂胸，在晨光中分外雪亮，额头也反射着光影，眼睛依旧那么有神。他信步走到了书房，移过了砚台。

仆人明白他要干什么，赶紧磨墨。

没多久，毛笔也化开，浸透了新墨。

杨公提起了笔，无言地看看窗外，而后，饱蘸墨汁，稍有思索，便一挥而就。

他写下的是陶渊明的《饮酒》：

> 积善云有报，夷叔在西山。
> 善恶苟不应，何事空立言。
> 九十行带索，饥寒况当年。
> 不赖固穷节，百世当谁传。

写的时候，小儿子明俊已悄悄立在他的身后。

杨家的书法是有家传的，所以杨公的字，颇具风骨，杨公写完后，把笔一掷，坐了下来，吩咐道：等干了，贴在楼下大厅正中。

仆人两手捧起宣纸，走出书房。

明俊说：这九十行带索，父亲是自喻吧。

杨公点头：我们还没有到用绳索当衣带的地步，可也被逼得无路可走了，有人相信天会有报应的，你信么？

明俊说：司马迁在《史记》中悲愤地追问过，天道无亲，常与善人……是耶非耶？连他都未必认同。

写历史的，自然更知人论世，见识太多，司马迁都有怀疑，今日更是如此，善恶如有报应，说那么多干吗？没有报应，伯夷叔齐，积仁絜行，却只有饿死……

　　明俊良久方问：你把这首陶诗挂在客厅干吗？

　　杨公侧着头：你想想。

　　我们都走了，大家临别时一读，当然有所感悟，往后的日子，彼此勉励，固守穷困的节操。

　　仅仅如此吗？

　　明俊语塞了。

　　杨公语重心长：我们一走，这小楼准是会被人霸占的。霸占的，不会是好人。

　　明俊恍悟道："胜利友"与日本仔来过几次，看得出，他们对这楼垂涎已久，如果我们不走，也未必保得住，除非父亲您去参加陈廉伯的什么酒会。

　　当然不能去。

　　那唯有一走。

　　走后，让他们看到这首诗，一是知道我们不会屈服，以诗明志；二是诗里也包含警示的意思，告诫他们，不可作恶多端，否则，还是会有报应的……

　　这些人，未必信什么报应，可也得刺痛他们一下。

　　至少让他们有点不舒服。不过，他们也未必看得懂。

　　我写下了，我做到了。长太息以掩涕兮，哀民生之多艰。余虽好修姱以鞿羁兮，謇朝谇而夕替。如此而已。就算回到广州，能避人耳目，有邻里关照，却也未必能过上几天安稳的日子。

　　总比这里好些。

　　但愿吧。

　　仆人把早餐端上来了，是两个人的，并说：字帖已在客厅挂好了，正面挂的，闻瑛与阿玲比画了一阵，才挂平，一进门就看得到，都夸字很遒劲，笔力不减当年。

　　杨公却催明俊：快点吃，今天明训不去了，他得主持屋里所有事务，你与司成，再带两个仆人，争取把缺的几张票补全，早走一天是一天。只是不知道司成劝过颜蓉否？

昨天太晚，他应该还没去。

那，他不可与你们走。

没关系的，反正照片都有，说真的，就算不是同一个人的照片，买票时也未必细看，况且一人也能买两张。再说，烂仔的票，花钱就是，不关照片的事。

这买船票要照片，从没有的事，这日本仔有什么名堂？杨公不无疑惑。

履行手续吧，不过，该是统计离港人员的数量，也有可能用以发现抗日分子。

是呀，因为英军投降得快，滞留在港岛的不少名人都来不及撤退，上回就散布谣言，说梅兰芳、胡蝶与他们合作……连陈友仁，还有孙中山的那个犹太副官马坤都没走得了，已经有几个被送到了集中营。

还有不少地下团体，仍在组织有关名人逃离。

所以，买船票也得抓紧。

这个问题不大，他们不是急于把人赶走么？

那也得当心，警惕总归没错。

明俊三口两口就把早餐吃下，而后叫上了两个男仆。

客厅里，已有十多人在看杨公写下的陶诗了。

司成也在那，感慨道：这是世伯的告别，要离开了，总得留下几句话。

明俊告诉他：带人去再买船票，不用他亲自去了，想必比昨天会顺利一些，票也不需要那么多。

司成会意了：我这就去找颜蓉。

明俊抬头再看看父亲的诗，眼有点湿，他最后学的是文科，自有更深的理解。

三个人迅速出门。

司成倒是反复揣量过，早饭时不见颜蓉过来，心中一沉，看来自己拍了胸膛，能不能做到，还是有点悬。

他知道颜蓉心中的痛楚，却不解离开这几天这一痛楚又为何会发酵，以至于那么决绝。颜蓉过去倒是见过面，对这个从医世家出来的后继者，在大的方面，与家训或祖训无疑是一脉相承的，她一头扎在教会医院，本已是终身的寄托。

奇怪的是，又是一天了，她的大师兄仍未出现。这乱世，遇到什么不测，兑现不了承诺，却也是无计可施。但愿能不忘，这该是最后一见的机会了……司成已感觉到，大师兄与颜蓉的关系非同一般，不知曾有过怎样的故事，才有这回的剪不断理还乱的无法诉说。

司成走到颜蓉房间门口，轻轻地敲了几下。

却没有任何回应。

于是叫了名字：是我，司成。

还是没回答。

司成心生一计，大声道：颜医生，昨天回来的胡太情况不好，请你去看看。

他说的是真话，因为早上，胡太没有来吃早餐，问她儿子，只说，她起不来了，不吃了，显然状况很糟。

这一招果然灵验。

听到了下床的声音，又听了趿着拖鞋走过来的声音，末了，门总算打开了，露出了颜蓉疲惫、无神的脸，仿佛一夜未眠。这一夜，不知她是怎么熬过来的，乱世中，失眠最难捱。

司成赶紧说：昨天你是见过胡太的，你还责怪我不该带她走，我也是大意了，现在，她好不容易折回来，人只怕不行了。

颜医生终于打起了精神。

司成把颜蓉带到楼下，进了胡家住的小房间，胡太了无生气地躺在床上，甚至连呼吸也看不到——胸脯不见半点起伏，儿子侍奉在床边，端着一杯水。

颜蓉步子稍有加快，坐在了床边，从被子底下摸过了胡太的手，号起了脉。

而后问胡太的儿子：怎么能不吃点东西呢？哪怕熬点米汤喂上几口，她的脉太弱了。

司成对胡太的儿子道：你快去厨房熬点米粥。待胡太的儿子出去后，又说：明天，无论如何，得带胡太上白银丸，上船队伍很乱，上船后的情况更难说。听说，有拖过一两个晚上才到得了广州的，无论如何，得把人送到广州才行，那边胡家人多，照顾得好一些……只是这一路上，总得有懂行的人照顾，不怕一万，就怕万一。

我会一一叮嘱胡太的儿子。

你不跟船走么？

我从没这个打算。

不至于吧。

我心已死。

司成还是被她拉住了，好一阵才说：这一路上，不止胡太一个人呀。我听说，只有一个一等舱，其他都是二等舱。一等舱上只有四张床，胡太肯定要一个，你姑父、姑姑年纪大，也不可能上二等舱，另外一家也有个花甲老人，这四个人不能没人时刻监护、照料，其他人没一个懂医的，只能靠你了，这个时候，你能不跟么？

司成用上的，已是哀求的口气了。

颜蓉垂下了头，良久才说：白银丸是大船，不会有拖延的，朝发夕至，就一个白天，到广州就好了。

也很难说，我了解到，也有路上搁浅的、阻滞的，拖上三五天的不少，航道并不很通畅。

白银丸应不会。

就算一天，也不能保证不会出哪怕一件意外。

颜蓉的头更低了，下巴几乎抵到了胸前，而且大口大口喘着气，半天才喏喏道：就一天，一天……我姑姑也是学过医的，一家人都学医……

司成叹一口气：你姑姑也是快古稀的老人了，她能照顾自己，照顾……你姑父，只怕也已力不从心。你这话，能对你姑姑说么？

颜蓉不出声了。

要我是你，我说不出口，我不忍心，就算自己的命不顾，可这么多亲人，也不能撒手不顾呀！

颜蓉已满脸是泪：让我……喘一口气，行吗？

喘一口气可以，可再拖不得了，明天一早，一行近二十人就要出发上白银丸了，全是杨家、许家的人……

颜蓉有点诧异，抬起泪眼，问道：你们谭家不一道走？闻瑛、晓玉她们不走？

白银丸的票就那么多，只能是杨家、许家，突然得加上胡家人，正好就剩一张，这张只能是你，你无论如何得守护着他们……今天，明俊又带人去买票，但不可能再是白银丸了，这只能是又一个后天了。

颜蓉又沉默了。

见她没再拒绝，司成有点放心了，说：我们也顶多再过一两天，在广州见面。

正在这时，明训走了进来。

他大声说：颜蓉，现在你得准备一下，明天同我们一齐走，那盒奎宁，无论如何也得想办法带上，这自然有危险，但到时能救命。颜蓉，我们上船的十多人，就全指望你了。当然，怎么藏好奎宁，大家一齐出主意，一定要做到万无一失。

颜蓉终于说：我知道。

司成终于松了一口气：你是医生，全明白，更何况是不能再亲的亲人。

明训以为他们都讲好了，于是再一次叮嘱：一切都得收拾好，明天走，不得有耽误。

说罢，他人便急急走了出去，这一天，他要安排、要嘱咐、要处理的事太多了，一刻也耽误不起。

司成也泪目道：谢谢你了，颜医生，我也拜托你了。这些天，你有些事不知道，世伯其实与我爷爷同辈，夫人该是我姨太，所以我得叫你姨妈，虽然我比你小不了几岁，也算是晚辈叩谢你了……说罢，就要叩头。

这万万使不得。

话没说完，颜蓉脸色变得纸一样白，一下子呕吐起来，可吐出来的只是酸水。

你……怎么啦？

可能没吃饭，胃里反酸。

正好这时，胡太的儿子端上了一碗米粥过来，要给母亲喂上，见颜蓉这样，忙放下碗，问：你也是饿的？快喝上一口。

颜蓉吐了一阵，也没吐出什么。

司成端过胡太的儿子匀过的小半碗粥。

颜蓉也没推托，喝下了，也许是想压住呕吐吧。之后，才说：让胡太喝好了。司成，你扶我，上楼去。

她已虚弱得站不起来。

司成索性把她背上。

上了楼，颜蓉无力地摆摆手：你出去吧。

司成也不好再说什么，略有踌躇，还是出门了。

这个时候，颜蓉怎么会呕吐了起来？她绝对不会是乱吃了什么，也不会因为饿……

这一闪念，司成便过去了。

当下，什么也来不及想了。

司成来到了杨公的书房，发现老人还余意未尽地在挥毫，此刻是最忙乱，甚至是最仓皇的时刻，因为明天就要离开香港这个恐怖之城了。也许为了把持住自己，向晚辈示范如何临危不乱，杨公这才在临行前夕仍迷恋于笔墨。

他刚刚写了一帖：

> 是以圣人执左契，而不责于人。
> 有德司契，无德司彻。
> 天道无亲，常与善人。

一见司成进来，便说：你来得好，明俊走之前，重复了司马迁的话，天道无亲，常与善人。我还没来得及告诉他这句话典出《老子》第七十九章，我刚找到了，所以乘兴写了下来……怎么样？

你是对明天上白银丸还有隐隐的不安。

总归是出行，与待在家里不一样。

司成这才说：至少，你可以放一点心，颜蓉已经答应与你们一家走了。

难为你劝成了，本来就一家人，一家人就该在一起。

这样，我们家就不能同你们一道走了。

唉，但愿很快就会在广州见面。

司成尽量让气氛宽松一点，说：这又不是赴汤蹈火，何来用但愿一词。

噢，老夫也有用词不当的时候。

杨公难得现出揶揄的笑容。

其实，司成内心又何尝没有对明天杨家之行的隐隐担心，对颜医生更多的是忧心……离别的伤感，更加重了这一担忧。

明训在家，与陈管家一直配合默契。明训不似父亲，想到什么就说什么，老人总归有点任性。他总是几经思考，想妥了才交代陈管家去做，而且还能彼此商量。这该是作为一个大户人家长子的风格。他们连颜蓉那一盒奎宁怎么带也讨论过了，只能化整为零，一盒一起带容易发现，但分散了，同样也不可暴露哪怕一支。玻璃管针剂，娇气得很，一碰就碎。琢磨半天，还是杨公的拐杖靠得住。于是让人把其镂空，又用棉絮把一支一支包好，再塞进去，塞进去后，又用棉花压紧，用木塞封死，不留任何痕迹，针筒、针头则好办多了。

这活交给了闻瑛与阿玲做，她们手巧，且心细。

直到下午时分，才终于把一切都弄妥。

但明俊几个人却没有回。

晚饭吃得并不安生。

这回是杨颜太太——直到此刻，才用她的全称，香港一直保留这一传统，不是叫杨太太，也不叫颜夫人，而是丈夫姓在前、自家姓在后，合起来叫——不住地念叨：明天一早就得走，今天再晚也得回，不会不回的，一家人不可以缺一个……天都黑了，也该回了。

没人打断她的话，也没人接她的话。

的确，冬日刚过，天依旧黑得早，晚饭没吃完，天就完全黑下来了。没想到，平日耳朵有点背的杨颜太太，忽地把筷子一放，站了起来：我听到明俊他们的脚步声了。

明训赶到门口，开了门，等了一阵，没等到。

正要关门往回走，明俊他们远远来了。

老母亲的耳朵，当听熟了小儿子的足音，无关耳背。

"谁言寸草心，报得三春晖。"

没买到票。

这四个字，在司成心中没引起太大的冲击。可晓玉一听，却哇地哭了，抱着杨小妹直哆嗦。

不要哭，不过是迟几天再见面，我明天送大家走时，说不定顺便就把票买回来了，司成显得很淡定。

他这么做，是不愿让杨家人感到歉疚。

明俊他们是尽力了，连午饭也没有吃。明训赶紧让厨子把饭菜热了，他们狼吞虎咽地吃起来。

无疑，明俊他们又去渡海了，因为油麻地卖的广州票最多。当然，排队的人也多，只是到了最后，队伍依旧很长，却根本没有蠕动，不断有消息传来，说航班不正常，有过去的没及时回，还有的根本没回，所以才不敢放票。后来，又来消息了，有船回了，可以售票了，还说，连照片也不用了，简化购票手续……于是，长蛇阵的购票队伍，停停走走，走走停停，像吊人胃口一样，谁也不贸然离开。

但真正买到票的人并不多。

明俊不断地让佣人到前边打探消息，可消息还比去的人快，一刻三变，忽而开票，忽儿关闸，说变就变。

到下午三四点，彻底没戏了。

只好打道回府，而过渡的人，却不见稍减，所以等到渡海回来，天已经黑了。

对不起，司成。明俊说。

司成却笑了笑：今天没票，明天说不定又有船回了，票又会有的，我们几兄妹，也好给你们多看几天房子。没事的，不过是早一天晚一天的事，日本仔是成心要赶我们走，走慢了，他们应该比我们还着急。

确实，报纸上断继续续在报道，九龙走了多少万人，香港岛又少了多少万人，这几天，更说已少了上十万人了。从实施所谓"归乡政策"以来，从1月12日开出第一批船上广州，到后来，3月上旬，一共有五十多批，每批都有一两艘客轮，上十条拖轮带三四十条三支桅，一批从两三千人到五六千人不等。

到3月中下旬，有个统计，整个港九减少了共四十六万多人，旱路多少，水路多少，哪一路人多，不言而喻。

仅两个月，驱赶这么多居民，不仅仅是旱路、水路"开通"的问题，还有哄骗、欺压、威逼……种种手段，非常时期，非常方式，也就意味着非常结局。

第二天——临近除夕没几天了，杨家楼的家族，终于要离开几代人居住过的地方。

天还是阴郁着脸,像有人欠了它多大的债一样,不想讲什么情面,不浇点冷雨,就算是客气了。

在大门口,晓玉与杨小妹又抱着哭了个天昏地暗,小提琴没了钢琴伴奏,人间还有欣慰的音乐么?

出了门,杨公又站住了,转过了身,呆呆地看着小楼。

他这一辈子除了到英国留学,几乎没怎么离开过这栋小楼,童年的记忆,青春的记忆,不,一辈子的记忆,能因这仓促的离别而失去么?

一阵大风刮了过来,好几个人差点站不住,胡太的儿子更紧紧地抱住睁大了眼睛的母亲。

站在门口的闻瑛、晓玉想招手,却又放下了。大哥司成代表她们,把这家人一直送上码头、送上船,一再叮嘱,千万守在屋里等自己回来。几姊妹泪水已模糊了,使劲揩也揩不去。

杨公在风中摆动了一下。

他仿佛看到,杨家楼成了一座帐篷,风一吹,鼓了起来,很快,四边的柱子都被连根拔起。于是,偌大的帐篷,腾地被掀到天上去了,再来了一阵风,便无影无踪了。

杨公稳住了自己的身子,用脚站住,使劲地揉了揉眼睛。

好在,杨家楼还在,只是被风吹斜了,就像火柴头露了出来,擦出了火花,火腾地燃烧了起来。

杨公心中一惊:快走!

走出去后,他再也没敢回头看看,虽然他心里明白,这只是幻觉,可这,香港人讲兆头,这绝对不是好兆头。不是吹走,就是烧着,风灾、火灾,无论什么灾,在劫难逃。

好在离上环的码头不远。

码头上,一如既往,人山人海,有票的想赶紧抢到前边,没票的想趁乱混上去,尤其是一批烂仔,故意推挤,让摩佬差举着木棍追来追去,只差日本仔对天鸣枪了。

司成试图拢住一行人,避免大家被冲散。

一直送到了离船还有上百米的关卡边。

也只能送到这里了,上去就得查票、搜身、检查物件,有日本仔与"胜利友"在吆喝。

寂灭：白银丸纪实

　　司成使劲睁大了眼，目送人们一个一个离开，杨公、杨颜夫人、明训夫妇、明俊、小孙女杨小妹、陈管家，还有几个老仆……最后一个是颜医生。另外，则是许家几口子、胡太和儿子，一共近二十人，一过关，到了登船的斜梯，又乱了起来。

　　等待他们的是什么？

　　司成还一直没见到过白银丸这样的海轮，能载八百人，够大的了，人多，应该会安全一些吧。

　　在白银丸后边，更有不少拖轮、三支桅跟着，而且都有人挑着大担小担在登船。

　　司成看到，杨公在高高举起拐杖，在与他告别，他总算挤上去了。

　　轮船比正点迟开了半个多小时，但无论如何，天黑了也能到广州。

　　白银丸离开了码头。

　　送别杨、许两家人后，司成便去买船票。

　　还好，这一天几经周折，总算买到了五张票，只是时间已在春节以后。

　　只是杨家楼能住到那一天么？

中　卷

一、难民身份

上船前的混乱，司成并不曾看清。他只看到，上了一等舱的杨公，在船舷边上扬起了手杖。

其实，杨公上去后，几乎只剩下一口气了。好在明训、明俊两兄弟，一前一后护卫着他与夫人，在拥挤、推搡的人群中，用肩膀和脑袋硬生生地撞开一条路，才总算上了甲板。斜梯与跳板上，不时有人掉落下来，如同当时明俊一样，落在了水里。而水面上，则漂浮有藤箱、箩筐、皮箱，还有散开的衣架、漂开的五颜六色的衣物，大人叫，小孩哭，找儿女的，找父母的，乱成了一大锅粥，不时翻腾出各色物件，甚至细蚊崽（粤语，小男孩的意思）。还有散落的港纸、法币，以及军票，不知是被掏了包，还是撞开了包，没有几个家庭不被冲散的。杨家也一样，有的要上一等舱，有的则要到二等舱，上去的得分开，只是未等上去，就已经分开了。二等舱最散，十几个人，分了几拨，杨小妹也差点不见。没有礼让，没有，只有……你死我活似的争夺，人们简直都失去了理智。

杨公还是有些不解，不都是买了票的么？挤什么？

明训说：并不是买了票就买了保险。

对号入座，等于买了秩序呀。

只是，就算一天有几班船离港上广州，可要走的何止十万、几十万人？一下子走得完？日本仔巴不得你们走得愈多、走得愈快才好。

这乱象，就像是逃难。

不是像，而就是逃难，买了票，似乎可以从容一点，可还是在逃难。

我们……的确是难民！

父子无法否认自己早已更换了身份。只是，难民这个身份，又意味着什么，他们却一时不曾完全领悟。

好在明训事先吩咐过，万一冲散了，只要上了船，找到了各自的舱位、床位，就要守住，不能被人抢了，这样在船上一家人才能再聚到一起。

两兄弟护着父母上了一等舱，却不见胡太母子过来。

杨公挥了一下手杖后，便叫：明俊，你去找找胡太。

明俊应声而去了。

来到舷梯边上，正好见胡太的儿子背着母亲往上爬。明俊伸过手，拉住了胡太。两个年轻人，一个拉，一个托，总算把老人弄上来了。

胡太捂住胸口，喘着大气：吓死人，都不要命，赶去见阎罗王一样。

儿子说：别说不吉利的话。

谁说，这不是抢着去死么？一掉下水，谁救？日本仔么？摩佬差么？他们就怕你不早死……

明俊赶紧打断她的话：颜医生呢？

刚才还跟在我们后边，一挤，就不见了人，她年轻，不会有事的。

明俊往上看了看，依旧不见人，只好带他们先上一等舱，与自己父母在一起。

当时，颜医生答应了跟船走，大家也一致赞同，由她在一等舱里看护三位老人，她也答应了，所以上船时，专门让她跟着胡太这家人，一同上一等舱。

偏偏这时人不见了。

不至于出事吧？女人，又体弱，且受尽折磨，生不如死，人群中挤来挤去，很容易产生听天由命的想法，何况早就有了轻生的打算。胡太的儿子寻思着说。

明俊却正色道：不会的，她是生不如死，可是，她骨子里到底是一个医生，只要有人需要她救护，她再要轻生，也不会死在前边，司成这么说过她的，我信这话。

两个人搀扶着胡太到了杨公所在的舱位。

胡太的儿子说：我上二等舱看看，颜医生是不是跟许家、小妹她们走了，一个人能在拥挤中找到伴，那就先跟他们去了二等舱，这有可能。

他也想颜医生尽快到场，胡太躺在自己床位上，状况已经很差，拥挤中挤掉了她半条命，人几近昏迷，脸色惨白，呼吸很微弱。本来，上船来说，对她是最安全与轻松的。

说罢，胡太的儿子出去了。

寂灭：白银丸纪实

杨公倒没躺下，他等着把手杖里的针药交给颜蓉呢。过道上，来了两个全副武装巡视的日军士兵，他心里还是有点紧张，船没开出，还会有变数。

接近十点钟了，船上传来了敲锣声。

明训走出问了问，原来是船马上要起锚了。

十点，白银丸离岸了，在海面上转了个头，向西驶去。明训在船舷上往外看，怎么也看不到司成了，送行的人大都还没走，司成一定还在里边，可人头涌动，分不出来。

白银丸驶出了海面上的浮筒工事圈，一眼就可以看出来，这是英军几个月前布防的，现在，日军还没把它们撤除，而船的左舷，则是港岛，还能看得出一个多月前日军隔岸用炮火炸出的废墟。黑色的一堆堆，巉岩交错似的，曾有的大火早熄灭了，余烟也已散尽——渐渐地，港岛西面最高的太平山，也渐渐远去，变小了……

只是，不到两个月前的战火，宛若眼前。

杨公眼有点湿，终于是告别了香港岛，这个自小生息、生长的地方，不知几时才能回来。

这时，旁边的舱位，走出一个年轻妈妈，衣着还很整齐，仿佛刚才不曾在人群中拥挤过，应是回舱后迅速地收拾、整理过了，可见她平日颇讲究自己的仪表。乍一看，还有几分明星的派头，明眸皓齿，顾盼流睛，只是一脸的忧郁，却怎么也掩不去。

随身，则有个三四岁的小妹钉。

小妹钉似个洋娃娃一样，很是可爱。

她扯着年轻妈妈的衣尾，哆声地问道：妈妈，我们回家了？

回家。

听得出，她们是早两年从广州逃亡到香港的，现在，却又得逃回广州。

洋娃娃仍在问：妈妈，我们几时到家？

天黑了，就到了。

这么久？

年轻妈妈不知怎么回答了。

不知道"洋娃娃"是否有西人的血统，只是此刻，舱中的父母亲，分明都是中国人，或许上一辈祖母、外婆什么的，有外国女子，这在香港不算什么新鲜事。只是，她愈似"洋娃娃"，就愈让见怜。那凸起的眉骨、陷入的眼窝、精致的双眼皮，还有略显蓝色的眼睛，就似描画出来的一样。脸是那么圆，酒窝又是那么深，肤色更是白皙，几乎就似玉石雕刻出来的。看惯了黄种人，看她，更是有那么一点失真，把她当作精心制作的洋娃娃玩具，更何况年轻的父母心，都刻意给她穿上洋人孩子的服装，色彩尤为鲜艳，引人注目，可见他们对孩子的那种挚爱。

而这种挚爱，更体现在他们千方百计弄到的高价白银丸船票上。船大、平稳，而且有档次，不会让孩子受委屈，所以他们绝无走陆路吃苦、冒险的打算。

他们太天真，太善良了。

当最后明白这一切时，杨公等舱中人，都几乎不忍心多看这个洋娃娃一眼。

这时，明训走到父亲身边，说：水面上风冷，你还是回到舱里去吧。

杨公退回到舱里。

却在进舱时，左右看看，问道：颜蓉呢？

胡太的儿子下二等舱找去了，该回过来了。

明训也对那个年轻妈妈说：快带妹钉进舱吧，孩子受不了这一阵阵的冷风。

年轻妈妈抬头看看前边，脸色兀地一变，赶紧护住了孩子。是呀，太冷了。

两个人赶紧进舱了。

明训还有意把两个舱门掩上。

显然，年轻妈妈已发现他看到了什么……

对明训而言，平日在外边跑，尤其是过海，熟悉海面上的一切。此刻，白银丸已缓缓地由西向转往北上，快进入珠江口的大喇叭了。

一边的水是蓝的，一边的水是黄的。

而黄色的江水上，分明有什么在浮动，而且随水波在起伏，一片片，或者，是一堆堆……少的有十几个、几十个，多的则上百甚至难以计数，明训自然一眼就看出是什么，别人就未必马上辨认得出来。那不是鱼，大鱼当然有不少是黑黑的，也不是什么浮筒，虽然显得鼓胀……这么成片成群的，之前明训见的也不是很多。香港沦陷，海湾也一度漂浮过很多。没人收拾的尸体——当然只能是死人了，那里就算是来人，也没人敢去收殓。

这黑的、白的，甚至花的、蓝的、红的、黄的，全是从上面漂流下来的，也不知折腾有多久，因为每每有海潮顶托，又会冲回去。这样一来，在海湾的漩涡里，多少尸体积累在一起，许久后才进入大海。

明训似乎不肯把"尸体"二字说出来。

毫无疑义，这些肿胀的尸体，一是从上边漂下来的，二是死亡时间不会太久，久了，早冲到南海里了。问题在于，这样江口之上，汇集了珠江的多个"海门"，有"八门入海"之称，但如磨刀门、厓门、鸡啼门等，是不经过这个大喇叭式的口子直接入海的。这边则是虎门、洪奇门、横门，也就是说，有三四个入海的水道，或从中山，或从顺德，或从番禺过来，从而汇成这么个入海口——这么说，这大量的尸体，只有可能从这几个"门"出来。一下子死这么多人，莫非上面发生了非常激烈的战事？但这似乎不大可能，日本人占领有四个年头了，号称治理成了"皇道乐土"，近来，也没消息，更没见诸报端，这几个月上边有过大仗，顶多有小规模的游击战，要死人，也不过十几、几十人罢了，上百人规模的很少发生。

那么，这么多浮尸顺流而下，出现在江海交互、顶托的地方，又究竟发生了什么？百思不解。

而白银丸正逆着这些浮尸来的方向行驶。

这让明训不寒而栗。

他不敢想，也想不明白。

浮尸的"出处"，是他不可寻究的。

正在这时，胡太的儿子过来了。

找到颜蓉了么？

没有，她没有与陈管家、小妹、许家人在一起，大家都说没见过她。

冲散了，不会被裹挟到三等舱吧，那里会很乱，一时是过不来的。

这条船，恐怕超过八百人了，不浮海，上了内河，浪不大，所以不怕往里塞人。因此，不好找。胡太的儿子说：我妈怎样了？缓过气来了吧？

你进去看看吧，没事的。

两个人一同进了舱。

杨颜太太正在给胡太号脉，见人进来，说：胡太经不住急，这挤上来，又躺下了，就没事了，没事病。

这就好。

杨公赶紧问颜蓉的事。

正在这时，舱门被轻轻地敲响。

明俊去开门，迎面进来的，居然是颜蓉。

颜蓉头发有点乱，眼神也有点慌乱，靠住床，出了几口大气，才说：总算找到你们了。

明训敏感到什么，问：没什么事吧？

没有，没什么大事，只是被人讹去了几个钱，退财消灾，没事了，颜蓉很快就平静了下来。

夫人给她递过了一杯水。

喝过水之后，她才说：你们知道，我撞上了什么人？

船上撞上熟人了？明俊问。

说不上熟人，是沙仔，那个带"胜利友"和日本仔来我们家的烂仔。

杨公不解：莫非他也要上广州？

上不上广州，难说，可他上了这条船，为的是搏几个钱，倒是真的。

船上搏钱？怎么说。

赌。

赌什么？

缠住上船的人，看谁可能有几个钱，就拉住不放，非要人家下赌，非把人家赌光不可。

这不是赌，是诈，是骗。明俊说。

到船上还干这号营生，这人够烂的。你说被讹去了几个钱，就是他吧。

正是。

怎么讹的？

上船时，人一多，我就被人带到了底舱，没法挣出来，心想，船开了，人都找到地方不动了，我再上来吧。好在明训叮嘱过，船票也在手上，能找到。要没票的话，从底舱上三等舱还不允许，有人把守着……可还没等我回过神，就有人拦住了我，又是那句话：我认识你。我想想，这人是见过，而且印象也不浅，就是天价卖给我们奎宁的烂仔，姓沙的烂仔。

他怎么讹你？

他第一句话就非常狠，问的是，那一盒奎宁，你一定带上船了吧？那么宝贝的东西，你们医生不会扔下，一定随身带。我察觉到他不怀好意，赶紧说，早就用完了，家里不是这个病那个病，能不用来应急么？他冷笑一声，谁信呢？如果不是紧要关头，你会舍得用，不带上船才怪呢。我说，钱你也拿了，而且拿的也不少，你还要什么？他嘻嘻地说，这么说，你还是承认了，我也不会要回来，我要了也没用。不过，我只要向船上的日本人举报一句，好的，只是没收；坏的，只怕小命也会掉了。这不错吧。我没办法，只好问：那你让我做什么？

你就入了彀中？

他说：来跟我赌一盘，赢了，我什么也不会去说；输了吧，我也不一定去说，可你得认输，一次输个一百。这总可以吧？

我只好一百一百地把港纸拿出来，他早就做好了局，我哪能有赢的份，最后，身上七八百港纸，全给他了。

他要港纸？明训有点奇怪。

我说，我也不明白，这船到广州，广州又不用港纸，你赢这么多干吗？他说，这你就不知道，如今港纸跌价，三四张才换得一张军票，积少成多嘛。我回香港，还能用得上，大财发不了，小财总还行。这样，我才了解到，他已经在粤港航班上往返过好多次了，每次都靠赌捞一把钱。

你是说，他把这当作生财之道？

他看准了，从香港来广州的人多，但从广州去香港的人几乎没有，他只要找一个地方躲起来，就能跟船回香港了。

这其实也有几分冒险。

他可乐此不疲。

杨公苦笑道：行了，宁可得罪君子，不可得罪小人。他真要举报，药没收了尤自可，连累了人，事就大了。

明俊也说：就算长个记性吧。

杨公却追问：沙仔不知道我们在一等舱吧？

颜蓉说：不知道，我也警惕了，他还以为我与他一样，都在底舱呢。

杨公说：这就好，千万别让这种人缠上，缠上就会没完没了，不知还会出什么鬼怪。

明训说：都是逃难的，偏偏还有人不安分。

江山易改，禀性难移，沙仔就一个贪字，只要有钱，下跪都行，那天我见他就恶心，果然今天又作祟了。

颜蓉说：好在就一天，总躲得过。

然而，这事给所有人都提了个醒，离开了香港，未必就离得开各种不测。除了烂仔，船上还有"胜利友"，还有日本仔，一个比一个凶残，一旦找事，哪怕一天，也未必躲得起。

浓重、沉重的阴云，压在每个人的心底。

明训更是忧心忡忡，方才在外边水面上看到络绎不绝的浮肿的尸体，究竟从何而来？这些人又为何而死？偶尔，岸上还传来几声枪响，更加深了这种思虑，但愿这一路上不再出什么事才好。

两岸依旧是连绵的苍绿，这是南方的冬色。哪怕立春了也这样，新绿不曾漫过来，盖上去，才2月上旬，到4月——还有倒春寒，海风一般寒彻。不，这里应是江风了，水道已收窄了不少，两岸也在合拢。

白银丸似乎有几分傲慢地开在了最前边。

后边的拖轮，一条拉着几艘三支桅，在吃力地跟随着，连成一片，少说也有二三十艘。

很少人站在外边，或许是江风太猛、太冷。

明训心中在乞求，快点，快点到广州上岸吧，只要一上岸，什么危机都会摆脱。

他靠着挨门口的床沿坐着，不让谁出去，包括明俊说要到二等舱看看其他人，也不肯。陈管家不见上来，或许正如颜蓉说的，每层舰有人把守，下去可以，上来就不行。反正，约好了，上岸后，再走到一起，回广州的家。

还好，一等舱这一层，还比较安静。

杨公让颜蓉坐在床沿上，问：你在下边还听到什么？见到过什么人？有没有什么人认得？船上是日本仔多，还是"胜利友"多？……老人心思变得怎么样了？

颜蓉说：也没听到太多的消息，只说这艘白银丸，还会运在香港招募的劳工到海南岛，听说已运去上千人了，穷苦百姓没活路，也只好搏一搏，报名的还不少……对了，我见了两个采访过医院的记者。他们装着不认识我，一侧身就闪过去。我理解他们，因为当日采访的是怎么抢救伤员，从日军炮弹下夺路出来。

杨公说：他们躲开是对的，毕竟他们也曾是抗日的，要被人告密，只怕就逃不到广州了。

颜蓉说：船员有日本人，倒不多事，"胜利友"目前也不太咄咄逼人，船员只履行职责，他们也就不敢造次。麻烦的还是那些烂仔，勾搭成奸，找船客生事，只是这拨人未必上得了这一层。

末了，颜蓉又补了一句：听说，新加坡已顶不住了，英军指日又会举白旗投降了，大姑在那边，也不知怎样。

夫人叹了口气：大姑都七十好几了，经不起战争的折腾，就算我们也看不到仗打完的那一天。

杨公摇摇头：东京都被炸了，我看是日本仔狗急跳墙，自己找死，不用等几年了。

夫人道：有心知，无命等。

下午时分，船队抵达了广州南面的市桥。

市桥也是一个重要的港口，船是要停上一阵的。

白银丸上，没有人下船，因为都是直达票，倒是跟随的小船——三支桅里，还是有人上岸了。

杨公一激灵：我们不如在这里下？

这回西关，路程不短，你怎么想一出是一出？夫人有点纳闷，丈夫为何会有这个提议。

下去，找车，不会太难，比船不会慢。我心里扑扑乱跳，早下早安心。

一个烂仔，就让你心神不宁么？

明训自告奋勇：我去外边看看，能下就下，父亲说得对。

他一个人下了舱。

过了一阵，回来了。

不让下，都把住所有的口子了，说有规矩，不可提前。

提前又不要他退票，干吗不行？夫人说。

他们说：规矩就是规矩。

杨公说：是怕生乱吧，我们下，也会有人学样……算了，没几个小时，就可以到洲头咀了，也不着急这一时。

话这么说，他心口又扑扑跳了几下。

这不是好兆头。

没多久，船又开了。

跟随的船，不曾减少。

天色开始暗了起来。

两岸的树木、堤防，也都在渐深的黑暗中隐退、消失，只余下风声、水声，以及群岛上有几分恐惧的叫声。之后，船下黄灰色的浊浪，也变得重钝、凝滞，如同起落的泥浆——黑浆，船只在这黑浆上面浮起、颠簸，不仅被夜的黑暗吞没，而且似要沉下无底的黑浆中，淤塞住所有的船舱，窒息掉任何生物的呼吸。白银丸分明是在开往更大的黑暗，更彻骨的寒冷，更不期而至的……死亡。没有谁会出舱门往外看上一眼，恐怖已经捉住了每一颗心脏。也没有人哪怕划着一根火柴，微光是刺不破这样的黑暗的，河道并没有变窄，却让人觉得两岸已经在向当中压挤，再大的船也未必经受得起……船是在开么？在往既定的方向行驶么？没人问，也没人相信。所有人都陷于恐慌、无奈，乃至绝望之中……两岸的灯火都熄灭了，夜色裹住了一切，船、河道，以及整个的世界。没有人意识到，当"难民"的身份加在他们的头上时，还能有顺利的靠岸、登陆、上码头的正常的普通人行为么？

白银丸上的管制，分明已是限制港从自由的再次升级，沦陷后的自由行动已经所剩无几了，现在又限制在了一条船上，外边的世界更可望而不可即了。

终于，船体抖动了一下，机器运行戛然而止。

锣声也响起了。

大家打开了舱门，这才发现，靠近的岸上，有了星星点的灯光。

到广州白鹅潭畔的洲头咀了么？早些日子的粤港班船，听说是到了这个船票上印得清清楚楚的目的地。

杨公也挣扎着到了舱门外。

显然，这不是洲头咀，因为他对白鹅潭再熟悉不过了，那里水面开阔，水波迢递，周遭灯火连绵不绝——这毕竟是一个都会，一个大城市呀！

这会是哪里？

伴着随锣声，有人在喊：南石头到了，所有人都必须在这里进行检疫，没问题的，才可以回到船上。

检疫？

这当然只是针对难民的必要措施。

换句话说，这是对难民身份的确定。

下边的船舱似乎发生了骚动，有人在说，我们本是广州人，回自己的家，没病没灾。

但这骚动马上就给压制下去了。

不久，又传来锣声，依旧是那个声音。

今天已经晚了，检疫只能在明天进行，大家各自回到自己的舱位上。

末了，还补上一句：祝大家睡个好觉。

杨公退回舱内，仿佛刚刚想起：民国初期在这里设了个海关检疫所，没错，就在南石头，没办法，就多在船上住一晚吧。

颜蓉问：检疫完了，就可以上岸了么？

二、归乡证

票是不能不买的，可到手的票，给司成出了一道难题。

时间！

这却是春节后三天的票了，而不是即时，或者只隔一天的票。为何只能售之后的票，后来才明白，当中有几天停航。因为粤港线上的船，大都未能准时回来，不回来，就没有船去了，连买到票的也都只能延期。

却不是节日放假。

日本当局并没把中国人的春节当回事，所以这节日期间，也没打算停航，能多开出几班，迫不及待呢。

司成并不曾想明白，为何航班不能正常进行？

他想到很多可能性，包括燃料欠缺、载重量不足，乃至搁浅、海难什么的，都想到了，但都得不到证实。只有一种可能，那就是他想不到的。

想不到也就不想了。

只是时间的难题，于他性命攸关。

他与闻瑛、晓玉几姊妹，如果留守在杨家楼，那么在除夕这一天，那个"胜利友"一定会出现，催促杨公去参加陈廉伯的华民商会除夕酒会。而杨公已经走了，如果司成等人还在，必迁怒于他们，这后果不堪设想。"胜利友"一旦恼羞成怒，什么坏事都干得出来，不横加上一个"放走杨公"的罪名才怪。这一条罪名一加，过两天再走，也就走不了啦。

只能在除夕前就走人。

可现在，又能找谁呢？能找的亲戚朋友大都离开了，或者没法找到。况且沦陷后，所有人都有意识地保持距离，怕引火烧身，所以一般的关系，不如不找。

送走杨家一家人后，买到了票，司成只能先行回家。

回到家，天也黑了。

晓玉赶紧端上了晚饭。

司成一犯愁,饭也吃不下。

闻瑛心细,问:没买到票么?

买到了。

那你还愁什么?

只有春节后的票。

那就等到春节后,这屋里的食物,正好能多吃几天。

没那么简单。司成把"胜利友"会来找杨公的事说了。

晓玉插上一句:这有什么关系,说杨世伯上广州了。

闻瑛直摇头:那一定会唯我们是问。

那又能怎样?

只有提前离开,才是上策。

司成说:可我们又能上哪去?九龙那边的屋子早炸掉了,连个落脚的地方也没有,港岛这边又没几个熟人。

晓玉歪着头,想了想:有个地方。

哪里?

找阿妹的哥哥,你不是说,前几天送人走,又遇上了他们,是他们撑船过渡送人的。

闻瑛说:他们靠得住!

晓玉说:他们讲义气!

司成点点头:只是能不能找到他们,我也没把握,那天回来,他们就不在原处了。

闻瑛看看天,今晚就去找,要快。

司成把饭吃完,就要出门,天已经很黑了。

闻瑛心细,把谭家留下的账房先生从厨房叫了出来,你陪大哥出去走一趟,事不宜迟。

这个账房先生追随谭家也有十几年了,是从马来亚跟过来的,司成父亲带着跑,平日不爱作声,只与杨家的管家说得来,不过,对司成倒是言听计从。毕竟,他是被专门留下照看几兄妹的。

大少爷,我换双鞋就来。

两个人很快就出了门。

司成自然还记得地方，可那是白天去的，现在已是深夜，七弯八拐，路不好走，好几次还走岔了。账房先生倒没有埋怨，要司成沉住气。

总算找到了。

然而，屋子里不仅一点亮光没有，而且一点动静也没有。

司成拍了几下门，又叫了几声，都没回应，是出于谨慎不肯出声，还是真没有人？

司成大声了点：骆大哥，是我，早几天来给阿妹报信的，前些天还坐过你的船。

依旧没回应。

账房先生说：听你讲，他们晚上事多，头回你是白天来找的，所以一找就找到了。

司成心想也是，那就明天吧。

两个人也就回去了。

回到家，闻瑛、晓玉还等着。

第二天，天蒙蒙亮，海湾的水雾也弥散过来，寒气更从领口、衣袖往里钻，冻得人缩手缩脚。

司成起来，账房与他的马来籍老婆已经把早点准备好了。账房先生不爱作声，马来老婆粤语说得不好，也就更不作声了，所以前些日子，连杨家的人也当他们不在，只提到谭家有五个人，才会想起他们。

吃过饭，账房便催：大少爷，我们这就走吗？

司成摇摇头：不急，要是他们昨天很晚才回，或者今天早上回，一定很辛苦了，正在休息，不如晚点吧。

账房说：他们的时间我们把握不准，撞上了就撞上了，万一晚了，他们又有急事出了门，不又白走一趟。

你比我还急。

我是为了你们三兄妹，老爷一再要我保证，让我把你们守护好。

不急，让我想想。

账房先生垂下头，捏了捏两边的袖口，仿佛怕冷风钻了进去。

司成这个人，生性不愿给人添麻烦，所以昨晚他也考虑过了，就算今天去，也不能太早。

幸亏没出门。

大约十点多钟，账房先生出来过几次，在司成眼前晃了晃，分明是催促。司成想，也差不多了，那就出发吧。

于是，便起了身，开了门。

没想门一开，门外正有一个人举手要敲门。

账房先生这回先开口：你找谁？

我……我，那人一见到司成，便说，是你。

这人高高的身影，给司成留下的印象颇深。他马上说：你总算来了，大师兄。

账房忙把来客迎进厅里，反手把门拴拉上了。

来人左右看看：怎么，屋里这么空？

司成说：你是来找颜蓉的，我们一直在等你，可惜你晚了一步……就算是昨天这个时候来，她也走了，你也见不到她。

她……一个人走的么？

同她姑姑一大家子一道，上了白银丸，走广州。

我来迟了……我一直到昨天，才捎上口信给颜老先生，说颜蓉还活着，住在姑姑家……让他们放心。

也难为你了，这个时候找人捎信并不容易，你毕竟是个守承诺的人，守在颜家诊所那么多日子，怎可以不先把口信捎去呢，我理解，只是可惜了。

大师兄低下头，问颜蓉：走的时候，还好吗？

司成点点头，只是说：就算赶上了，她也不会见你。

这又为什么？

我也不很清楚，她是这么说的，我们问你的名字，她也不肯说。她说，今生今世，她都不会与你见面了。

大师兄痛苦地说：她还是过不了自己心中的坎。我知道，我知道，她太痛苦了。

这我知道。

你还知道什么？

不好说……你现可以说你的名字了么？

可以，我叫赵南天。

南方的南，天地的天，是么？

是的，赵南天脸上的焦虑，使他变得更为憔悴、消瘦，眉骨、颧骨凸出来了，不认真看，竟有点似西人，或许，他祖上就有中西混合的血缘。人一瘦，成了空空的衣架子，连一件风衣也挂不住了。颜蓉没见着，对他分明是一个重大的打击。

司成见他的样子，有点心疼，不觉问道：找不到颜蓉，你打算怎么办？

本以为可与颜师妹一道走的，都想好了。

就算你赶上了，也不能与颜蓉一同上白银丸，我们家也上不了，得等下一批。

下一批也行，我到广州去找她，广州不是有个颜家巷么？几百年了，我知道的。

你现在住哪里？

我那天就对你说了，我已经无家可归了。这两天，几乎是风餐露宿，找个能避风的角落就睡上一阵，直到被冻醒，还得防日本仔的巡逻队。

司成动了恻隐之心：那买到票之前，你跟我们在一起……不过，这杨家楼也住不了两天，他讲了杨公之所以赶紧合家走人的原因。

那也行，有个伴。

这样吧，今天你去买票，得到油麻地，我们是初三的船票，争取买到同一天，甚至是同一条船。我与杨家约定，一到广州，就到杨巷，颜蓉一定会在那里。

那……我这就去了。

等等，买船票的钱够么？

应该够。

司成想了想，让他等等。

他从里间，拿出了十元的军票，再说道：光排队，恐怕不行，尤其是要买到17日的票，同我们一道走，只能买黑市票了。你先拿去，买到合适的票，最要紧。

赵南天眼一热，泪水差点落了下来，说：也只有你们这样的人家，才如此仁义。

这句话的背后，不知潜藏有多少辛酸——从他的家人全殁了之后，他度过了多少艰难、屈辱和恐慌的日子？

他转了身，往外就走。

这一来一去，就得一天。

赵南天一走，账房先生就出来了：大少爷，我们该去了。

司成看看表，快十点了，这就走吧。

白天的路好认，却不好走，得绕过日军的岗哨，所以花的时间还是差不多。

到了骆家兄弟的大门前，依旧听不到什么动静。

敲门，也没回应。

不会是睡熟了吧？

再用力敲门，附近一个邻里伸出头来，说：别敲了，今天他们不会回来了，明天吧。

明天一定回来么？

也说不定，他们出去，一般是隔一天回一次，昨天是一早走的，明天也该回了。

司成只能走了。

可明天，距除夕只一天了。

不能一棵树上吊死，得另想办法。

可谁这时能收留一家子五六个人呢？

一路上，司成可谓搜索枯肠，头都想痛了。账房先生本就不是本地人，自然没什么路数，只是干着急。说不定，明天"胜利友"便会提前上门，找杨公了，那时又如何应对？万一搜起来，交不出人，麻烦就大了……他整个人似失了魂。

他却不知道，此刻，"胜利友"正在杨家楼。

司成和账房走了不到半个时辰，杨家楼的大门便被人拍响了。

屋子里只余三个女眷，账房先生的女人是"娘惹"，连白话都说不好，闻瑛、晓玉也都才十来岁，一直在父母与兄长的呵护下，不曾学会应付任何紧急的场面。

门，开还是不开？

三个人急得眼里都冒火花了。

拍了一阵，外边的人说：没人，那就砸开。

听外边这么一说，晓玉赶紧抢先了一步，说：来了，来了，急什么呀？

她回过头，让两个年纪稍大的跟着。

门一开,都抽了一口凉气。

来的,竟是来过几次的姓钱的"胜利友",还有两个帮凶似的家伙。

钱翻译官大步走进来,叫嚷:杨副会长,杨副会长,你出来一下……

晓玉正准备说人不在,闻瑛到底年纪大一点,平日留神到大人说的话,抢先接了白:老爷走开了。

钱翻译官眼一瞪:走开了?走哪去了?

闻瑛说:我们有个亲戚病了,病得很重,所以老爷带了夫人一道看她去了。

去哪看?

在九龙,说要过渡。

具体地方?

这个,我没记住。不过,不要紧,大哥他们就要回来了,他们知道。

大哥他们干什么去了?

如今,不就得去买点米么?一次只限一两斤,全家人不到两顿就吃完了,所以多去几个人,多买点。

闻瑛也有点紧张,真不知道司成与账房什么时候回来,三个弱女子,真要对付这"三条大虫",根本不是对手,好在灵机一点,搬出"家人还有男人"的暗示。

你家老爷几时回得来?钱翻译官逼问道。

闻瑛说:至少得下午吧,一早过渡,探过病人后,再过渡回来,总该大半天。

钱翻译官盯了她半天:你传个话。

行,没问题。

后天的酒会,他不可以找借口缺席,不可敬酒不吃吃罚酒,明白么?

明白。

这个黑黑的女人,是你家什么人?

另一个回来的家伙,盯住了"娘惹"。

这回,晓玉学乖了,忙说:她是从南洋过来的,做得好一口绝妙的"娘惹菜",又甜又酸,微微有点辣,很香的。老爷好这一口,就让人从马来亚介绍过来了。

同来的家伙问账房先生的女人。

女人半咸半淡的粤语，反让他们一头雾水。

钱翻译官横了她一眼，哼了一声，而后一抬手，说：我们上院子看看，你烧你的"娘惹菜"。

转身，出了厅门，往后院去了。

他分明对什么起了疑。

三个女子，也没敢跟随。往后，再找什么麻烦，她们也就不知道如何对付了。

好在这时，大门外传来熟悉的脚步声。

晓玉差点收出声来：是大哥回来了。

果然，司成与账房一前一后进了门。

闻瑛立即说：那个"胜利友"来了。

司成抽了一口冷气：在哪？

他以为这条恶犬上楼搜查每个房间去了。

晓玉说：他们上后院了。

上后院干什么？

没说。

司成问过情况后，对账房说：我们一道去看看，上回不是说已上后院看过了么？

来到后院，正看到钱翻译官在拨开草丛寻找什么，钱官回头见来的两个男人，先开了口：买米回来了？

是的，我们先回，如今粮价见风日长，再有钱也没用。司成这么搭讪。香港人多，自己又不怎么产粮食，我们只能节衣缩食，饿肚子不知要饿多久。

有你吃的就算开恩了。

好在家中几个老人家，吃得不多，苦的是年轻的。

钱官从草丛里走出来，问：你们的汽车怎么就剩个壳了？

司成说：那你上旧货市场看，卖轮胎的，卖轴承的，卖汽缸的，有本事的都组装得出一部车了。这都是烂仔干的好事。那些天，炮弹"嗖嗖"从头上过，大家连屋都不敢出，也佩服烂仔不要命，就趁这样的机会，把我们家的车给大卸八块，如今上市场，没准还能找到这辆车的配件……

如今皇军来了，谁也不敢再这么干了，街上打死的，不就是抢劫的烂仔么？

那是罪有应得。

钱翻译官终于问：这车不是你们拆的？

司成说：原来是怀疑这个。老爷年纪大了，今天去看病重的亲戚，有车开就吃不了多少苦，再说，上酒店赴宴，大场面，有车也气派多了……

后天的酒会他一定来？

当然，请柬还规规正正地摆在台面上。

是呀，识时务者为俊杰。

司成这一打岔，钱翻译官也无心在草丛中寻找什么了，走了出来，不无威胁地说：你得保证你家老爷除夕必定会到会，我明天还会来，一直到他赴宴为止。

你也太关照了。

职责所在，不可怠慢。

草丛里的确是看不出任何破绽，明俊办事还是丁是丁，卯是卯，分毫不差。司成松了一口气。好在钱翻译官没察觉账房已刷白的脸……

回到大厅，钱翻译官居然还没有离开的意思，往太师椅上一坐就不起来了。

闻瑛问：你们要等老爷回来么？

钱翻译官摇摇头：那得等到天黑，没事干了？你们那个女厨，会做娘惹菜么？我过去倒是吃过一回，现在倒是想返寻味一下，怎么样？配料足不足？出不出得味？

司成马上向账房先生使个眼色：还不去催？

账房心领神会，说：没问题，再做个上十顿的食材料都够了，老爷去过南洋一回，就上瘾了……我这就去催，催。

他转身上了厨房。

很快飘出了甜酸与辣味。

也罢，就让他敲诈一顿，只求赶快走人。

闻瑛、晓玉已早早上了楼。

还没到午饭时光，几个"胜利友"已经酒足饭饱，揩揩嘴巴，走人了。

司成待他们走远后，才瘫坐在长椅上，动弹不得。

总算没露出什么马脚来。

只是，没有几天了！

刚才应付得体，让对方感觉到，杨公还住在这里，不会走，用不着担心除夕的赴会。因此，钱翻译官说，明天还会来，只是虚张声势，倒是可以缓上一天，就看一早能不能找到骆家兄弟了。

如果再找不到，这屋又住不了人，就悬了。

香港沦陷以来，死亡的阴影从来没一天散去、消失，不然，也不会有那么多人急急要离开。这一天的报上称，据统计，归乡委员会发出的"归乡证"，已经超过了十万，而且发放的速度还在加快。

似乎走不了，就是一个死。

可走，就能摆脱死亡么？

晚饭时分，比往前要早一点，赵南天竟已经回来了。

他从口袋里掏出一张票，对司成说：亏得你的提醒，更亏得你多给的钱，我及时从烂仔手中买下了与你们同一班船的黑市票。

司成说：能一起走，太好了。

赵南天终于驱散了脸上的愁云，全身放松了。看来，我还是个有幸之人，能与你们在一起。

风雨同舟。

肝胆相照。

两只手拍在了一起。

只是他们无法预料到，这样的日子，刚得到，用不了几天，就……没有了。这种时代，谁也不知道第二天会发生什么。

三、浮尸

　　幽暗、窒息、冰冷……一个最为莫测的江心之夜。奇妙的是，船头上居然有冷光，纷碎并漂动着，大人惊诧不已，倒是让小孩子叫出了真情：夜火虫，夜火虫——这可能么？立春还没几天，虽然温度在七八度到十来度之间浮动，但对于南方来说，这仍是冷天，而且是湿冷，更难将息。而夜火虫，不管这么多，草腐为萤，草照旧腐，固然慢点，但化萤的概率还是有的，只是这江边，有多少腐草烂叶？

　　却分明嗅得到腐臭的气味！

　　在萤火与波光之中，有人发现，江面上竟有几艘渔家的小艇在轻轻划行，一旦外边的日军巡逻艇开远了，就有的靠近白银丸的船舷，并小声喊：艇仔粥，艇仔粥，一文一碗。

　　又催促：要买的，吊东西来装……

　　却有人说：我们刚到，还不饿。

　　艇上的人说：不两天你就会饿得面青青了，还是趁早先吃一点，不然会后悔的。

　　明天我们不就上岸了么？饿不了。

　　艇上的人沉默了一阵，才说：不是我们骗你，没个十天半个月，你们恐怕上不了岸。

　　我们是买的船票回广州呀。

　　广州方面认为，船上拖来的都是难民，买了船票就改变了身份？没这种说法。

　　不对吧。

　　一开始，新来的都以为我们在骗人，你看看靠南石头那边有多少船？它们中早到的，只怕大半个月了，上岸么？

　　杨公虽说人老了，耳朵多少有点背，可他却始终留心听小艇与白银丸

寂灭：白银丸纪实

上港人的对话。

夜深了，船上的日本职员及台湾地区雇员，早回舱埋头大睡了，不会理会船边发生了什么。江水还是那么黑沉沉的，浪声都有点重钝。船大，几乎感觉不到摇晃。

杨公突然对躺在地下的明训兄弟说：凡有可以装粥的碗具，快翻出来，能买多少就多少。

胡太没入睡，问道：太贵了吧？

再贵也得买，这回是颜蓉在说话。

为什么？

明俊说了句明白话：过去说，到手是财，在这里，应该说是，入口保命，入口是命。

于是，这舱里摸黑忙乱了起来。

原来包扎行李的绳子不够长，那就加上皮带、腰带，从舷窗口垂下去，装满了，是多少钱就多少钱。

再放下一点，下一点，够了，等等。

很快，三大饭盒的粥，装得满满的，提了上来，给一舱七个人，吃得上两顿。

居然还找了钱，夹在两个饭盒之间。

你们太客气了。

不客气，我们能送上一回就是一回，以后，你们为难的事会很多，我们未必送得上第二回。

小艇悄然划走了。

杨公叹了口气：危难中才见仁义。

夫人说：今晚就少吃一点，睡了就不饿了。留着明天，还不知怎样。

杨公说：吃吧，还是别太亏待自己。

大家都吃得很少，剩下的够明天一天吃。

杨公见大家吃完，才说：刚才艇上人的话，大家都听到了，我感觉到，情况不妙，想上岸……不知要多久，就算上了岸，能不能回家，也是个问题。

明俊也说：我听清了，这里还泊了不少船，有的都大半个月了……小艇的疍家，是不会骗人的。

天太黑，江上到底泊了多少船，一时看不清，我感觉，恐怕不少。这是胡太的儿子再说话。

怎么会这样？颜蓉说。

胡太叹了口气：千不该，万不该，以为船上不仅安全，而且安逸，不累人。要早知道，我咬咬牙，走旱路，说不定也捱过去了。

只是，上船的人，恐怕已八九上十万了，都是这样想。不然，船票不会抢得这么厉害……没人想到，离洲头咀码头咫尺之遥，船却去不了。

胡太的儿子这么说：都以为，人一多就不容易出事。

唉，我们也这么想，从众心理，谁能例外？明俊又说话了。

杨公咳了一声：什么也别说了，好好休息一晚。明天天一亮，明训到外边看看，再从长计议。

谁又睡得着呢。

就算睡得着……这时外边传来了日军巡逻艇靠得很近的"突突突"的声音，分外刺耳，明训猛地坐了起来。

而后传来惨叫声。

明训从舷窗往外看，意外看到，至少有三四艘日军巡逻艇，恣意地在江面上冲来冲去。显然，它们已发现了目标，在冲撞江上的小艇——就是一度靠近过白银丸的小艇。这是一场力量悬殊的对冲。

明训几乎不敢看下去了。

日艇上是有灯光射出的，扫过来，扫过去，不难扫到隐藏在众多难民船中的小艇。这下子它们就得意了，好似狼群发现了猎物，从几个方向包抄了过去。

小艇上的人，早早跳下了水。

而小艇，则被巡逻艇反复冲撞，先从当中断裂，而后又撞成了一块块碎片，艇上的一切全没了。

日本仔没有开枪，他们显然把这当作一种游戏，冲来撞去，玩得异常开心，不时还哈哈大笑。

夜中的狞笑，分外怵人。

再惨烈，黑夜也不甚分明。

恐怖、忧虑的一夜，变得无比漫长。

第二天，明训是第一个走出舱门的。

水面上还有蒙蒙的烟雾，这里比香港靠北，已是内陆，水气的腥味与海湾不同，但更寒冷。明训双手抱肩，看看过道上还没有人影，应没谁会干涉，他走到船舱的另一方，那里偏东，晨光要亮一点。

他暗暗吃惊，靠着东岸，也就是南石头码头这边，已拥挤了至少上百艘大大小小的船只。客轮、拖轮、三支桅的帆，有的已降下了，有的只升了一半，上面大都还不见人影。照一批三十来艘船来计算，这里至少已滞留了三四批，应是早几天来的。但也不见得，有留得久走不了的，也有才一两天便走了的。白银丸应该不会留得太久，毕竟是日本人自己的船，载客量大，停久了，不卖票，收入会减少——不过，也难说，这是战时，能这么计算商业利益么？

明训往下看，还能发现在船只的夹缝中，仍漂浮着好些碎木板，这只能是昨天被日艇撞碎的渔家小艇，大都已漂走了。现在，明训明白，小艇正是游走在各色难民船中的缝隙里，才不易为日本人发现。还有，有的两船之间很狭窄，只有小艇才划得进去，日军巡逻艇是开不进来的，正是利用小缝，渔民才得以出售艇仔粥之类食品，给难民船一点帮助，也难为他们了。

这便是生路——从死亡中挣出的一条生路。

明训悚地想到了"死亡"二字。这二字，几十天里，一直挥之不去，此时又来了。

而且，立即便要面对。

在船"缝"中，有一具尸体被水浪冲来冲去，但无法冲得出去，明训开始以为是昨晚的渔民，心中很为他们难过，可细一看，匍匐在水上的尸体，还是可以辨别出他穿的是一件西装，而且还挺刮，刚打湿不久，领带却看不见，脚是光着的，应该原来穿了皮鞋，被人剥掉了……明训有点恶心，不忍再看。然而，耳边又响起"扑通"的声音，往远处看，竟大致能看出，有人把一大团东西推到水里，那么大，像一个人，不，就是人！

显然，船上死了的人，正在往江中扔。

这让明训毛骨悚然，他想到白银丸转入珠江口时，那一片片、一堆堆的浮尸——现在，应该是找到了"出处"，恐怕，相当一部分尸体就是从这里漂出去的。

只是，这些人是怎么死的？

已经不敢想了。

正想回头绕到舱里去,却发现父亲正挂着拐杖一步步地走过来,他连忙迎了过去,把父亲挡住了。

杨公也没再往前走了,只是说:这南石头,我七八年前来过。

明训说:太早了,冷得缩骨,前边是个风口,你不可以再走了。船都挤在一起,雾又未散,再看不到什么了。

炮台,镇南炮台,就在南石头这边,雾散了,应该可以看得到,记得还有几门炮在……

杨公叹息着,往回走了。

两个人回到白银丸的另一边,也就是西面。

杨公不无兴奋地用拐杖往偏西北方向指了指:看见了么?那里有一个小岛,岛上也有一个炮台,就是车歪炮台,它与镇南炮台,正好扼守住这条珠江,不让外边的船进广州,进白鹅潭,也不让广州的船往外出……

明训立刻接白道:二十年前,孙中山正是坐的永丰号,在这里冲破了叛军的封锁,到了香港、上海,再重整旗鼓,最终打败了叛军。

是役,一炮打哑了车歪炮台,又一炮打崩了镇南炮台的一角……后来,便有了黄埔军校、东征、北伐,好不容易,开始了经济建设,海珠桥也建起来了……杨公感慨道。

进舱吧,风刺骨呀。

父子俩进去了。

舱内,所有人都坐了起来,早醒了。

杨公意犹未尽:没想到,我这回竟又再来到了南石头,居然是在这种伤心的情况下。

明俊有点奇怪:你什么时候来的?

其实,也没几年的事,只是日本仔占领广州之前两年,就在这里不远的地方,建了个有相当规模的广州造纸厂,买的是德国的设备。设备到了之后,造纸厂请了我,还有我麾下的一批技工,来协助组装。我在英国学的是机械,欣然领命,很快,就投产了。德国设备就是不同,很讲究,严丝密缝,毫厘不差,开动起来好不惬意……

明俊问:这如今,不也让日本仔拆走,搬到本州去了?

我在香港听说了。

日本仔太狠、太贪……

寂灭：白银丸纪实

占领军嘛，什么都成了他们的，我们在香港的几家厂子，也未必保得住，我们一走，没准也拆走了，不去想了。

明训却问：为什么，把船都拦在了这里？

杨公说：这里的确有个海关检疫所，现在当然是日本人的了，进广州前检疫，自然讲得过去，可我们不是外来的，我们就是本地人呀。

可他们已经将我们当难民了。

难民意味着什么，那就是有权把你拦在这里，关进难民营……那次，我来造纸厂，也到过南石头，设备就是从南石头上的岸。那个镇南炮台上面，三十多年前就建了个惩戒场，后来，索性改成了监狱，专门关犯人，扩充到至少可关两千多人……有可能，现在已改成难民营，扩充得更大了……杨公不无忧心地说：我们不至于在那里走上一遭吧。

我们已经成了名副其实的难民，我怕，真要进去了，这一进去，就不知道几时出得来。明俊这么说。

不是说，在广州没住处的才不让进广州，我们杨家在广州好歹也有一条街呀。明训这么认为，进难民营，查清楚了，找个担保，让我们回去，这也讲得过去。

颜蓉有点悲观：只怕是我们的一厢情愿。

杨公继续说：我来时，南石头这边很旺的，有一条兴隆大街，光茶居就有近十家。我在这里喝了早茶，那天天气很好，江景很美，车歪炮台所在的江心岛历历在目，像一盏很酽的绿茶。两岸的大榕树亭亭如盖，树下很阴凉，江上的风帆，像白鸽侧飞的翅膀，加上倒影，真似只大鸟……

没想到，世伯还这么有诗意。胡太的儿子终于开口了。

天已经大亮了。

似乎是遂了杨公的意，这天，是等了好久的晴天，平时有雾，一旦散去便是晴天，今日果然不假。太阳已从南石头的东边升起来了，多少也有点暖气，整艘白银丸不似昨天那么阴沉沉，开始有了点亮堂。

船上有没有饭厅？胡太问。

就算有，也不会给我们，而是船上职员的。本来就是朝发夕至，战争时期，不会考虑在船上开餐，我是不做这个打算的。不妨去看看。明训说。

我去看看，胡太的儿子很孝顺，自告奋勇。

带上船票，免得回不了这里。胡太掏出了票递过去。

胡太的儿子出去了。

从舷窗往外看,是这段珠江的西岸,能看到车歪炮台所在的江心岛,岛上林木茂盛,叶团绿得发黑,几乎看不到黑漆漆的炮……再往前看,岸上依旧是一片墨绿,绿叶扶疏,冬天无非是加上几分苍郁而已。树荫一侧,还有一簇簇的花团,紫红色,在风中摇曳着,闪动着,仿佛要飞扬起来。

"花草不知亡国恨,隔江犹带胭脂色。"明俊不觉吟出了两句诗。

"感时花溅泪,恨别鸟惊心。"

是杨公在背唐诗。

正所谓"国破山河在,城春草木深"——只是这两句没人念出来,都在心里纠结着。

突然,颜蓉"呃"了一声,俯身欲呕。

夫人关切地说:让我给你号号脉。

不要。

不知情的胡太,偏偏这时多了一句话:不是有喜了吧,真不是时候……

说得所有人脸都黑了。

杨公赶紧指着舷窗外,说:看,车歪炮台上边,有好多白鹭,飞得多自由自在,起落得那么轻柔,像在跳舞一样,上次来,我都没留意……

颜蓉并没有呕出来,很快便控制住了自己,并且很平静地说:没事,不过是一下子被冷风呛了,没病。

这时,老夫人已经瞪住了胡太,胡太这才噤口了。

老夫人故意说:颜蓉,你自己是医生,这次上船前,我们多少还带了点日常用药,治个感冒、肚子痛、扭伤都还行,除非大病。

颜蓉勉强地笑了笑:姑妈,我照顾得好自己,你们年纪大,更要小心,不可以生病的。

正在说着,胡太的儿子回来了。

他说:我去问了,船上本来就不包旅客的餐饮,全部得自理,本来就一个白天的航程。今天,他们更不管了,说我们全部都归南石头难民所管,难民所会负责的。

我们从旅客变难民,一天工夫?明俊说。

明训说:不,从一上船,我们的身份就已经变了。

几乎所有人,都纠葛于这种身份的变换,争论了起来。

寂灭：白银丸纪实

　　杨公很沉静，等大家的争论平息下来，才说：这已经争得没意思了，人家把我们当什么就是什么，还容许我们去争回原来的身份么？我们都想简单了，就看难民所怎么个负责吧？总不能不给饭吃吧。

　　胡太的儿子说：不仅我们一艘白银丸，还有那么多船，船上一样有很多人，都不能置之不理。既来之，则安之……连白银丸的职员、雇工，都不知道自己的船几时能回香港，我们焦急也没有用。

　　杨公问：你还听到什么？

　　也没什么，只说，这条船，还得去运香港应聘的劳工上海南岛干活，这是有日程的，不知赶不赶得上。

　　还有什么？

　　今天开始检疫了，针对我们。

　　但检疫还没开始，九十点钟，船上骚动了起来，声音很嘈杂。

　　发生了什么？

　　明训走了出去，回来说：上饭了，一担一担的粥桶挑了过来……已到了我们这一层。

　　很快，挑担的脚步声近了。

　　是粥桶来了。

　　挑担的人，是一副农民打扮，肩上还搭着一条半旧的毛巾，看得出，上一等舱前，已走了一段路。额头上已渗出了微汗，跟着担子的，是一个穿着黑衣的职员，说：这是南石头难民所的伙食，不是白粥，有料的，你们用自己的口盅之类来装，按规定，一人一瓢。

　　胡太问：能用钱买多一碗么？

　　那职员斜眼看了她一下：你钱多得发烧么？

　　胡太不敢再问了。

　　打了四瓢，粥桶就盖上了。

　　胡太的儿子赶紧问：有七个人呀！

　　职员冷笑道：我们是按床位打的，别给我们来这一套，等我们一走，你们又跟到别的舱位，以为又可以打上一瓢。哼，想都别想。

　　那个职员领着粥担走了。

　　胡太的儿子对明训、明俊说：我们三个人还是回二等舱去吧，少了一餐饭，划不来。

明训、明俊两个人对视了一下：这一顿就算了，二等舱那边已有粥在发了，我们赶去，未必打得到。

明训更说：去了，更怕回不来。

胡太的儿子说：我带上我妈的船票，还是可以上来的，你们也拿上杨公、夫人的票呀。

我们还是不去了。

那我一个人去。

胡太的儿子出去了。

胡太已端起自己打的那份，呷了呷，说：还好，不是太凉，这一路上挑过来，吹冷了……呃，总算放了点盐，不会太寡淡，说有料，不过是加了点味道而已。

她先自吃了起来。

这时，颜蓉说：好在我们昨天晚上还留了不少。

胡太说：不更凉了么？

方才，你儿子回来，说船上不管饭，我心想，只怕加热的都没办法。好在舱里没外边冷，我把粥捂在被子里，刚才，我一动也不动，估计现在也快接近我的体温了……还是姑父、姑妈吃，里边有点鱼片、生姜什么的，比刚才的味粥还是强一些。胡太，你要不要来一点？

不用，不用。胡太赶紧摇手。

颜蓉还是很细心的，分为两份，她用体温焐热的只是其中一份，而且是小的一份，够两位老人吃的。

明训、明俊正准备吃刚送来的味粥，胡太的儿子一脸懊丧地推开舱门进来了。

没赶上？胡太问。

算了，下边的粥都舔光了。

我们还没吃，这一碗给你吧，明俊把碗递了过去。

这怎么好意思？

我们昨晚不是还留下了一半么？

就这样，两位老人，加上颜蓉，吃的是昨夜留下的艇仔粥，颜蓉的体温使这隔夜粥比刚才打的味粥还稍微温热一点，老人吃着正好。

而胡太母子、明训兄弟，则吃了由难民所送上来的味粥，有点咸味，还能对付过去了。不过,却不至于饿。

明俊不无苦涩地说:吃了难民所的粥,我们作为难民的身份又得到进一步确定。

就你啰唆。明训白了他一眼。

我只是不甘心。

但是,进一步的确认,更是无奈。

吃过味粥后,也就大半个钟时间,白银丸上又一次骚动了起来,而且动静更大了。

显然,是从一等舱开始的。

没等出去打探,门已经被拍响了:出来,统统出来。

明训开了门,问:干什么?

下船。

要带上行李么?

我说了要带行李吗?这是一个穿着颇为整齐的中国人在指挥,出来后,把门关好。

七个人,三位老人、四个年轻人出来了。

这回,却没说什么限定四个人之类的话。

明训还是问了一句:干什么?

跟着走,下去就知道了,排好队,不要乱,一个接一个……

一等舱的乘客全部出来了,在过道上站成了一排。

走,不要拖拖拉拉的。

颜蓉首先领悟过来,是到岸上去检疫。

杨公已经对大家说过,这里早已设有一个海关检疫所。

四、虎列拉

港岛上，依旧阴云蔽日，寒风阵阵。

这天，司成起得很早，没料，赵南天已经在客厅力守候。

我知道你要出门，能让我一道去，多一个人，多一份胆，毕竟我是男人……赵南天恳切地说。

司成有点感动，颜医生的师兄到底是有肝胆的人，可他看看赵南天，却摇摇头，说：你不必跟我走，留在屋里更重要，你听我说。

昨天，多亏自己及时回来，杨家楼里才算是有惊无险，否则，仅三个弱女子，再机灵也无法对付那些头顶生疮、脚板流脓的"胜利友"。今天，不可以只留三个弱女子在家，只是，自己与南天出去了，让账房来陪三个女人，未必撑得住。账房不是有见识、有主意的人，应付突如其来的变故的能力，甚至还不如闻瑛。作为男人，本可以好好保护几个弱女子，可他胆子小……凭这两条，万一他露出什么破绽，吓破了胆，反会害了其他人。

因此，司成反复想了想，好在赵南天来了，今天留在楼里，更能给几个女子壮壮胆，不仅仅是他人高马大，更在于他可以信托——颜家让他守候等颜蓉，他果然不负厚望。

于是，他把自己的想法讲了。

而且说了应变的办法，反正，"胜利友"并不认识杨家的子女，南天满可以说自己是大儿子明训。大儿子在，就少了一层怀疑。至于杨公，还可以说去他经营的几个厂子准备复工去了，地点有点远，但晚上会回来，第二天的除夕酒会自然人不爽约。去组织复工，这理由再充足不过了，报纸上真真假假，吹牛也罢，无非是动员工商界早日开工，无可挑剔……司成还做了很多的预案，他点子多，脑子活，见识广，说得赵南天一愣一愣的。

都记住了？

记住了。

行，不要急于应答，记住我的话就好办。

你对杨家知道得真多。

我奶奶是颜家大姑，杨颜夫人是二姑，都是颜蓉的姑姑，论辈分，我比颜医生还小了一辈呢。不说了，该走了。

司成叫上账房先生，急急出了门。

有赵南天坐镇杨家楼，多少有点安心。

绕过几个岗哨，不到半个小时，司行一行两个人，来到了骆家门前。

邻居说得一点没错，骆家果然有人，屋里还飘出了饭香，还有梅干菜的味道。

司成拍拍门，很快便有人来开门了。

是骆大哥。

快进来。

两个人进屋后，骆大哥连忙把门掩上，说：今早回来，听邻居说有人找，问了个头模样，我猜就是你。一定遇到了什么急事，还是想早路再走一批人？你尽管说。

司成说：都不是，只是有几个人，得在你这住几天，或者你带我们住到别的地方都行……反正得捱过这些天。

他把紧迫性说了。

那，今天有没有危险？骆大哥问。

难说，愈早走愈好。

骆大哥马上起身：事不宜迟，马上去接你的家人，不怕一万，就怕万一，走！

开门声一响，里边传出话来：饭已烧好了，吃一口再走！

回来吃。

这骆大哥真是个雷厉风行的人，不多话，领着司成便走，他认路，比司成来时快多了，迅速就到了杨家楼。

进门就问：都收拾好了么？

晓玉立即说：早收拾好了。

账房先生倒是有心，三五天的粮食什么的，已经都备好了，多了也带不动。

行，能多带点更好，有备无患。

骆大哥已经很有经验了。这些日子，香港粮荒，不多带点，只会饿肚子，还不方便上外面去买。

司成说：我知道还有点米，杨公早早备好的，不如都带上，只是得让骆大哥受累了。

他带骆大哥进了储存室，果然，还有三四十斤米，杨公留下的。骆大哥说：我来拎，一点都不能留，不给那帮坏东西，让他们占了楼，也只能喝西北风。

晓玉要带上他的琴。

行呀，里边能装个六七斤米。

就这么化整为零，三四十斤米全带上了。赵南天挽的包袱里最多，司成押后，把门锁上了。

轮到他恋恋不舍了，毕竟，在这里，他度过了最危难的两个月，还带着两个妹妹。杨公仁厚，视三兄妹如己出，生怕他们受委屈，家中有好吃的，先轮到他们，再给他的儿子、孙女。就这么走了，几时回得来？

骆大哥快言快语：走吧，过不了三五年，我们还会是香港的主人。日本仔，兔子尾巴长不了。

这样自信的话，司成也说不出。

骆大哥就这么带着五个人，穿街过巷，巧妙地避过了日军的巡逻队与哨位，很快回到了家。

进门，桌面上已摆了六七碗饭、一大盒蛋汤。

还有司成从没吃过的梅干菜，好香呀！

三兄妹，加上账房先生夫妇，好久没这么放开肚子吃饭、喝汤、品菜了，骆家小弟还真有心。

司成忽地想到什么，问"娘惹菜"的配料也带了么？

带了，只是不多。账房先生说。

那也让你老婆显显手艺，答谢骆家人呀。

骆大哥忙忙摆手：只怕我们没这个口福了，下午就得出去，约好的，几天后才回，也说不定……不过，你们安心在这里住下来，不必等我们回。是初三的船票吧？还有三四天，到时，只怕我们也送不了你们。

让我们住下，渡过这个难关，我们已感恩不尽了。账房先生好不容易开了口。

骆大哥抬头看看窗外,认真地说:你们是这种情况过来的,所以走的前几天,最好谁也不要出门,不用出去买菜,记住了。这里离杨家楼并不算远,那些"胜利友"不仅无恶不作,而且无孔不入,千万别让他们发现你们。他们一见楼里人全走空了,一定会恼羞成怒,四处搜查,万一撞上了就惨了,千万记住!

也算高高兴兴吃了一顿饭。

吃完,骆家兄弟便各自背一个包袱,要出门了,临行叮嘱道:这个家就交给你们了,几天后要走,把窗户关好,把门锁好,拜托了。

是该我们感激你们。赵南天也说话了。

骆大哥豪爽地一挥手:不用说客气话的,走了!

一连好几天,六个人,三男三女,全待在这屋子里,不敢出门半步,甚至大点的声响都不敢弄出来。

虽说两兄弟长得粗手大脚,可屋子里却颇有文气,不仅有不少古典著作,楚辞汉赋、唐诗宋词、明清小说都不少,这就益了闻瑛、晓玉两姊妹,她们从小就是书迷。晓玉虽然活跃一点,可一见书,就安静下来了。

除夕过去了,春节过去了。

初一过去了,初二……也马上要过去。

夜幕又笼罩下来了,海湾的涛声也急骤起来,但外边仍不时有敲铜锣的声音,那些烂仔是不会安分的,也不知谁家又遭殃了。

静静地,吃过在港岛的最后一顿晚餐。

倒是上船不用带太多的东西,米还留下有二十斤左右,也算是对骆家的报答吧。

天还是那么黑。

不料,竟有人敲门。

开,还是不开?骆家兄弟自然有钥匙,开门进来就是,这会是什么人?

敲门居然还有节奏,三短一长,停……

司成认为,这不会是烂仔或别的什么骚扰者,只能是熟人——开门!

门一开,司成竟喜出望外。

居然是叶大叔,还是一身夹裤短袄,平头百姓模样,却不乏精干。他一见司成，也有几分意外：你怎么在这里？

司成赶紧让他进屋，把门关上。

叶大叔又问：骆家兄弟呢？

司成说：走了三四天，没说什么时候回，所以让我们在这里留守。

赵南天已经端过茶来了。

司成介绍说：这位你上次没见着……杨家的人已全部走了，他姓赵，是一个医生……

司成把杨家的事，还有阿妹的事，上次渡海上的就是骆家兄弟的船，等等，都说了，而后问：是不是又有人要走这条线离港，还得让骆家兄弟渡海？

正是，不过，得过两天。

不知这两天他们会不会回来。

我能打听得到。

司成说：那时，我们已经走了，我们不在这里了。

你们怎么走？

船票买好了。

杨家人也是坐船走的？

是的，当时一时买不够票，我们才留下。

什么时候走？

明天。

叶大叔沉吟了一会，说：这些天，上船走的人一样多，甚至一天比一天多，报纸上都有登的。刚才路上我买了一份，正好说明天开始，去广州、中山的船又照常航行，我只来得及看个标题，留给你们看好了。

叶大叔居然一点也不怕热，把茶几口就喝下了，而后站了起来，说他该走了，便匆匆出了门。

赵南天有些不解地问：这个人？

其实是个文化人，现今一副短打的衣装，也是我们十三行的后裔。

噢，叶家，大家族了，同颜家一样。

他一直很关照我们这几家。不过，他的路子广，看样子他与同乡会、宗亲会关系很密切。现在，应该在组织相关人士撤离，他跑的是旱路。

司成拿起报纸，看到了叶大叔刚刚提到的航班消息，但没看几行，却被前边另一个标题《星洲纪念烟，今日交区政所发售》吸引住了。

他的心里不由得一沉：这么说，新加坡已经被日军占领了，爷爷奶奶也陷于占领区中。

后来，司成才知道，早一天，新加坡已被攻陷了，围城时城中连老鼠也被吃光了，已经饿死不少人。城陷后，日军进行了大规模报复，同香港不同，那边的华人华侨，在马来半岛节节抵抗，剩余的一直退到新加坡，所以日军报复的主要目标，便是华人华侨……屠城！

爷爷奶奶自然是凶多吉少。

日军攻下新加坡，便更得意猖狂、胡作非为了。

赵南天看到司成走了神，先自拿过报纸。

看了一阵，他反复揉眼睛，把报纸凑到黄豆粒大的油灯火旁边，抿着嘴唇，进一步细看。

他终于忧愤地说：不好，白银丸上的港人，不知道在不在这批人里边……

司成回过神，问：怎么啦？

赵南天用手指点住关于航班的那一条新闻的中间部分：你仔细看看。

司成终于读到：

天气严寒，作归计者，歼为稀疏，而广州方面，又因厉行检疫制度，一般抵达市桥者，多欲取道以回广州，因检疫需时，而逗留不能遽去者，为数颇众。

……尽视市桥一地，为集中总站。

欲早归乡者宜摒挡行李。

……其中直往广州，或取道广州回乡者，约占百分之七十强。及最近广州防疫团，因发现侨民中有患"虎列拉"之故，尽将由市桥遣送广州侨胞。原船改泊南石头海面，经廿四小时检疫手续，始难登陆。统计留省侨胞，民船达六十余艘，影响所及，船只遂不敷应用。

他吃了一惊，船全到了南石头检疫？

赵南天说：下边一句，发现侨民中有患"虎列拉"之故，也就是老百姓称的"虎症"，医学上叫作霍乱，是一种流行病，传染力很强，死亡率也很高，目前是20%，如加上别的原因，如饥饿、体弱，死亡率还会高。

香港人上船前不会有患病吧？

不好说，战争之后，每每多会有大疫。不过，香港并没有大规模流行疫症，只是个别地方因尸体掩埋太迟引起过。怎么会带到船上？

不会是白银丸上吧？

应该不会，那是日本人的船。

看，这里说，统计留省侨胞，民船达六十余艘……就是说，滞留在南石头的，至少有六十条船，包不包括白银丸？

赵南天认真想想，白银丸是一个星期前已出发了，现在滞留的六十余艘，也就是两三天的船。因为每一批船，大都在三十艘左右，白银丸去得那么早，应该不属滞留之列。

得打听一下，白银丸回港了没有……

可我们明天就得走了。

司成站了起来，说：这报道上讲，所有的船，去广州的船，全改泊南石头海面，这是今天的报纸。那明天上船，会不会有变化，不停南石头？

赵南天摇摇头：不会变，只会泊在南石头。

这时，账房先生开口了：明天，我们万万上不得船，"虎症"我是知道的，死人很多。

司成点点头：明天是不能上船。

那我们怎么上广州？赵南天问。

只能走旱路了。

听说，旱路上更危险，日军士兵、抢匪……

那也还能逃出来，上了船，没法逃了，再说，我们又不是大包小包的，要抢也没什么可抢的……

报道上说，检疫后，就可以上岸，我们这几个人，都还年轻，不怕检疫。

司成沉吟了一会，摇摇头：我总感觉，不是这么简单，更不能保证船上不会受到感染。

这也是。

我听世伯说过，南石头还有个可以关好几千人的大监狱，上了岸，能随便让人回广州么？

那——大家一齐商量，今晚得有个决定，明天上不上船。

账房先生上里间把他老婆，还有闻瑛、晓玉，都叫出来了。

闻瑛率先表态：船绝对不可上，日本仔没安好心。

晓玉掉眼泪了：杨小妹不会也被挡在南石头吧？我怕见不到她了……

账房先生的老婆只说：我随大家。

这一来，明天不上船，是唯一的选择。

可旱路怎么走？

司成倒轻松了，这个大家尽管放心，我们就守在这了。骆家兄弟总归会回的，叶大叔也说不定还会找来，走旱路，他们会有办法的。上次，我已走过一次，至少，我们年轻人还经得熬。

赵南天也说：只有这条路了，不至于全军覆没。

账房先生说：我一早去把票卖掉……

不行，钱再多，我们也不能害人，出去卖票，也危险。

账房低下了头。

到了初五，一大早，门就被钥匙打开了。

阿弥陀佛，是骆家两兄弟一道回来了。

两个人很惊异：你们初三没走吗？

司成把原委都说了。

这么说，你们决定走旱路了？没问题，我们来联系。

司成这才问：叶大叔找到你们没有？

找到了，说不定你们还能见到他，放心，我负责渡海，那边，叶大叔负责送出九龙……这条线好走，我们已送走将近十批人了。

他果然做到了。

三天之后，两兄弟过来了，按照上回的时间，凌晨渡海，也是四点半在九龙集中，但集中地点改了，因为已有"胜利友"对那个地方起了疑。

于是，又是子时出发。

依然是两兄弟撑的船。

渡海后，两兄弟与司成这一行六人分手了。司成有点羞愧地说：本来打算多留点米在你们家的，可多滞留了两天，留下的米就不多了，不好意思。

骆大哥说：我们是吃百家饭长大的，你也看到，我们在家的时间不多，有一点是一点，还得谢你们，只要你们顺利回到广州，我们就高兴了，走，今天我们再送一程。

好在有他们送,新的集中地点还真不好找,是在另一个半废的会馆里。到达时,里面已有六七十人,后来,陆续增加到了将近两百人。

领队的人出现,这回,竟是叶大叔亲自出马。

叶大叔在微光中见到司成,只是点点头,没说话。

四点半,准时出发。

骆家兄弟与叶大叔打了招呼:已经走了,不在队伍里。

天亮前,走出了二十多里地。

渐渐有人掉队,但不会等,大队伍不可耽搁。

很快,便是一个岗哨,有日本仔,也有戴白袖章写黑字的中国人,大约也是"胜利友"之类,让出示"归乡证"。当然,大家早有准备,只有一个日军士兵盯着看了赵南天几眼,最后还是挥手让他过去了,大概怀疑他是西人,皮肤有点白嘛。

快走到中午,叶大叔让大家歇歇脚,吃点随身带的食品,恢复点体力,说:很快就要到新界,人没那么多,但检查站还会有几个……

叶大叔只能送到这里了。

队伍中倒是有几个熟路的,说会带着大家上宝安,到时,就可以各奔前程了。

下午,队伍又走了三十多里地。

掉队的人反而少了,彼此间也有个照应。

走的,自然都是偏僻的小路,司成记得,胡太的儿子那队走了四十里,还可以搭一段路的船,船上能休息一下,现在却没有,得一直走。路线不同,上次的线路,或许不好走。入夜,在一个山谷里憩息。

有人要点火烧饭。

司成想到胡太的儿子的告诫,忙说:最好不要点火,点火也得挡住光,尤其不能冒太大的烟……

你怎么知道?有人不买账。

我十天前送走过一批,就因为见到火和烟,土匪就来偷袭了,什么都抢了。

那总得吃呀?

总归有办法的,火小一点,及时把烟扇散开……明白么?

寂灭：白银丸纪实

这一夜，总算捱过去了。

第二天一早，就得赶紧上路，天太冷，更要走急点。

又过了几个岗哨，都没出什么事，大家松了口气。

这次，找到了一个山里残破的围屋，里边的人大概都逃光了，有厨房，更有大大小小的灶。地处偏僻，不见人烟，大家也就放肆了起来，开始生火烧饭了。

司成也不想劝阻了，自带的米不多，吃一顿就少一顿，明天无论如何能够进入宝安，不再在香港的地界，应该不会太紧张，也不会太乱……

还好，一宿无事。

第二天一大早，又重新出发了。

只是觉得，这一路太顺利了。

已是中午时分，走到了宝安的南头。

突然之间，前边被拦住了。开始以为过哨卡，但很快就觉得不对，司成一行六人走在队尾，前边有一百多人——途中掉队的也有二三十人，就算过卡也该动动，再慢也会动。司成说：你们别动，我到前边看看。

才往前走出几十米，就听到有人在议论，说有船来接了，不用走了。司成有点怀疑，这不会是已安排好的，只怕其中有诈。

前边的人出现了推搡。

司成终于看到，有七八个戴黑字白底袖章的人——只能是汉奸了，在大声喊叫：你们不要走了，专门有船上广州，你们不都要上广州么？大日本皇军为了表示对你们的关心，也为了奖赏你们响应"归乡"的号召，离开香港，所以专门派了船接你们回广州，船已在江边等候了，你们不用再辛辛苦苦走路，后边的路危险，到处都有土匪杀人抢劫。

有人说：我们不去广州，只去东莞。

也可以搭一段嘛。

七八个，不，一动起来，足有一二十人，在推拉着人。他们说：跟我们走，船就在那边，马上就可以上。

司成感觉不妙了，马上转身，往队尾走去。

可那些汉奸也跟过来了。

他赶到队尾，小声道：我们快离开，不要跟队了，那些都不是好人，要把所有人弄上船。

赵南天个子高，踮起脚看了看，说：江边是有四艘船，数桅杆就数得出……

那就是日本仔派来的。

这时，汉奸已到了队伍中间，劝人上船了。

司成对赵南天说：你带上账房先生夫妇，往旁边的林子里去，尽快躲起来，我带上妹妹，从这边的竹林绕过去……

赵南天说：你快走！

司成领着闻瑛、晓玉，低着头，一闪身，进了竹林。

赵南天三个人，也几乎是在地下爬，绕进了林子……

人群已经骚动了起来，有的说去，有的说不去，而汉奸已连推带拉，把前边几十个人逼向通往江边的路上。

紧接着，又有一批汉奸，从另一条路上过来。

司成让妹妹全趴在竹林中一个半干的泥氹里，说：千万别吭声，一发现，就抓到船上了……

晓玉还抱着她的小提琴，趴在泥水里，大气不敢出。

过了一阵，外边已经没声音了。

司成才稍抬起头，看了一会，再站起来，说：人全没了，都走了，应该没事了。

两姊妹才站起来。

方才一百六七十人，全消失了。

见司成几个站了起来，不远的土坑里、林子里，也陆续有人站了起来。

有人说：那些"胜利友"已经走了，我们赶紧离开吧，说不定他们还会杀回马枪。

司成问，有谁认路么？

一个中年人说：我对这一带还熟，方向分得清。

那我们一道走吧。

这时，闻瑛却在叫：赵大哥，没事了，你们赶紧出来吧。

林子里却没人回应。

晓玉也在叫：赵大哥，我们要走了！

还是没人应声。

已有二十多个人聚在了一起。有人说，我趴在地坑里，只听到林子里有人被赶了出来，只怕……都给带走了，上了船。

司成还在大声喊叫。

同行的人劝他：要有人，早回答了，这里不可久留，快走吧。

司成只好带着两个妹妹，跟上剩下的人。

赵南天三个人，只怕凶多吉少。

而司成之后的路程，同样凶险莫测！

老天不开眼呀！

五、尊严荡然无存

检疫,是对外来难民上岸前必要的程序,也是国际惯例。南石头这个海关检疫所,就设在南石头码头的一侧,自然是针对入境的外来人员。

这似乎是顺理成章的"过门"。

但对买了船票上船来广州的乘客,他们从心理上是难以接受这样一种身份的,他们相当一部分是三年多前,即1938年10月广州沦陷时逃往香港的,那时进入香港,更不可能被当作难民,自然也没走一系列"程序":检疫、收进难民营……况且香港也没有可容纳几十万或更多难民的场所。现在回广州,怎么反成为难民了呢?

成为难民,则意味着很多的"矮化"、贬抑和种种不可料及的变化。总之,不再是正常人了,并进一步面临更多的侮蔑、歧视和虐待。

检疫,不仅仅是难民身份的进一步确认。

排队等候,登记——后来,人太多,这个程序被一再简化、省略,直到取消,而后则得扒下裤头,屁股朝天,让检疫人员用一根长好几厘米、粗约半厘米的玻璃管插进肛门,抽取粪样。

执行检查的都是日军士兵,有的穿着军装,有的则在外边罩上了白大褂,当日军的医务人员。他们做得颇为认真,偶尔动作粗暴一些。有婴儿哭的,也有老人呻吟的,但是不会被拒绝,更没有抵抗。

香港人都很"乖"。

排队外出时,杨公便叮嘱:不可以多话。

颜蓉身为医生,也说:这是必要程序,没问题了,就应该让我们上岸了,耐心点。

胡太也说:人在屋檐下,不得不低头,别惹事。

从白银丸下来,杨公等在一等舱的人,很快就见到二等舱跟来的人,阿玲、杨小妹、陈管家及几个老佣人,还有许家的几个,都在后边。

杨小妹见到了杨公，泪声道：爷爷……

押队的难民所职员，狠狠盯了她一眼：不准叫！

杨小妹只好噤声了。

之后，沿着石阶，一级一级上了岸，已经有一排白大褂在等候了，一个个手上都是玻璃管。

也只有这时，人们才开始真正明白，什么尊严，什么羞耻心，在这里都荡然无存了。

比斯文扫地还难堪。

一家人，大人小孩、父母子女、爷爷孙子，统统都得趴在地下，屁股白白地露了出来，有谁试图把裤头拉高一点，也被不由分说地打了一下，把裤头拉得更下。

不会有人作声。

提取粪样之后，也没用酒精擦擦，就让你提上裤头。

难民所的职员在指挥：验完后，站一边，一齐上去。

他是指一等舱的人。

当一等舱的人验完，没事了，准备上去时，那边二等舱的，却出事了。

有几个当场就被拉到一边，不让回去了。他们只是嘀咕了一下，没有挣扎，认命了。

显然，他们是被认为检疫有问题的。

一等舱的，没有一个被拉走，无非有几个原因。能买得起一等舱票的，家境都比较宽裕，体魄相对要好一些，还有，衣冠也比较整齐、干净，只认罗衣不识人，对日军士兵而言，也是如此。当然，首要的是，检疫中没有发现问题。平心而论，离开香港才一天，能出什么问题？只是二等舱及底舱的就难说了，诸如沙仔这样的烂仔，成了"船耗子"，还不知道会惹出什么病来。

一等舱的，又给带回原来的船上，原来的舱位。

杨公七个人，没办法等到、看到二等舱的亲人，是否还能平安回船上。

颜蓉小声说：小妹，管家他们不会有事的，他们身上不会带菌……

就这么又重新上了白银丸。

后边排队"检疫"的，仍络绎不绝，不只是白银丸一条船，还有很多船。

船上、码头，紧张得令人窒息。

回舱，中午已经过了，日头开始偏西，江风一般刺骨，日光也没什么暖意。

明训说：我下去看看，试试把小妹弄上来。她太小，没经过什么风浪，怪可怜的。

胡太的儿子说：上来一个，就少一份粥，你们要想好。

明训说：我留在底下。

杨公说：你也别留，最好把阿玲也带上来，晚上，说不定还会有卖艇仔粥的来。

昨天被撞碎了一条船，他们还敢来么？

或许会来，这些小艇来卖粥，也不是一两天了，应该有经验了。如今，生计艰难，他们也得养家人，还能给我们做好事，不会不来的。

明训说：那我去看看再说。

明训带上几张一等舱的票，走了。

这一去，就差不多是两个小时。

回来时，还是他一个人。

杨公连忙问：小妹呢？小妹怎么不上来？

明训坐到床沿上，说：陈管家在那，你们尽管放心，二等舱的舷窗对着外边，离水面只有一米多，卖粥的小艇靠近后，伸手就可以买很多东西，不仅仅是艇仔粥，还有菜粥干、瘦肉粥，对了，还有点心，他们让我带上来。

明训从口袋里掏出了几块蛋饼：六块，一人一块。

你自己呢？

我早装到肚子里了。

胡太说：这不好意思了。

却不客气，大啖了起来。

杨公这才问：他们舱里，有检疫时被带走的么？

有一个，不多，不是我们的人。听说，带走了七八个人，是白银丸的，别的船更多。

带到哪里了？

说检疫所有隔离室，先隔离起来。

以后呢？

那就不知道了。

颜蓉眉头拧到了一起：会把他们怎么样？

听说，不远有一个传染病院。

杨公摇摇头，说：我几年前来，没听说这里还有个医院，是这几年建的吧？

颜蓉也说：医院的事，我家没有不知的。我们家行医，一直在西关的龙津路，那里也聚集了很多中西医的高手，从没听说南石头附近新添了一家医院。至少，在香港沦陷之前，不曾设立过。

明训说：船上各种猜测都有。

很快，晚餐也来了。

看来，一天只有两餐，显然，这是临时性的，不会按正规的三餐开饭。

所谓的"饭"，同上午一样，都是味粥。

这个时候，谁能讲究？况且，大家都认为，没几天就可以上岸，捱上两天，不算什么。

同上午一样，胡太母子，明训、明俊吃的味粥——给的照样是四份，不会多给，不似带人下去检疫，不点人数。

杨公、杨颜夫人，加上颜蓉，吃的还是留下来的昨晚买的艇仔粥，与体温差不多。味粥反而还凉一些，从难民的粥桶到上船，少说也有几百米，而且没有加盖，不凉才怪呢。

这一天，似乎要过去了。

日头也下到地平线以下了。

这注定是一个不安宁的水上之夜。

江水又恢复了昨夜那种泥潭船黏滞、沉重的起伏，夜风更带来砭骨的寒气，世界仿佛又进入了无边的死寂之中。

胡太先是感觉到肚子有点不舒服，而后开始隐约发痛，末了急着拉开了舱，冲向了厕所……

好一阵，才又回来。

颜蓉很敏感：胡太，你拉肚子了？

有点，拉了就好，现在舒服了点。

你躺好，别慌，我们随身带了各种药，治肚子的黄连素正好还有。

那——快给我两粒。

不重的话，一粒就够了。

两粒吧，我怕镇不住，肚子又在叫了。

颜蓉找出了黄连素，给了她两粒：分开吃，留一粒。

胡太赶紧吃了一粒。

而后，她感到一阵虚弱，昏昏沉沉半睡了过去。

可没多久，有人敲响了门。

听说，你们这里有位医生？一个中年妇女在门外问。

颜蓉赶紧去开了门。

那个中年妇女满脸惶急，说：我那八个月大的小女儿，忽然之间，又吐又拉，还一身抽筋……只怕得了急病，还请你赶紧过去，晚了怕来不及。

颜蓉问：她吃了什么东西么？

我喂了奶，不够，她老闹，所以船上送来的味粥，也喂了几口……再没吃别的了。

颜蓉披上衣服，说：走，我去看看。

只隔了三个舱位，推开门，一个老太太抱着孙女，看着不怎么好，老抽个不停……

颜蓉探探脉，太弱了，且很细碎……便问：除了抽搐外，还有什么症状……烧得很厉害……应该是感染了病毒……孩子太小了，八个月还不到吧？

七个半月。中年妇女说。

病来得太急，太猛……怎么会这样？

中午、下午还好好的，晚上开始闹，先有点烧，后来又吐起来，奶也吐出来了，还拉稀……

颜蓉已经明白了，说：你们用毛巾敷她的额头，喝点水，看能不能退烧……我那里倒是有点药，只是……怕来不及了。

说罢，她出去了。

回到自己的舱位，她对杨公说：病发得很急，据我的经验，是霍乱。

胡太在旁听了，一惊：也是上呕下泻么？

颜蓉说：这孩子才七个半月，脉几乎摸不到，全身抽搐……

胡太忙问：没救了？

也许，打半支奎宁，看能不能挽回。不过，估计可能性不大……你看用不用奎宁？

杨公正色道：你是医生，救死扶伤是天职，不可以眼睁睁看着孩子死去，哪怕有万分之一的希望。

用掉一支就少一支了。

救人要紧。

明白。

此时，颜蓉才拿过了杨公的拐杖，设法取出了药剂，又从另一个隐蔽的地方，拿出了针头与针管……这才起身。

来到孩子的那个舱位，她推门进去。

坐下后，问谁有火柴，好在有，划着后，把针头烧了烧，只能这样消毒了，吸着药剂，她一边说：不想瞒你们，这个病，对这么小的孩子来说是致命的，而且发生抽搐，已经太晚了。我不能保证这一针能不能把孩子救过来。

中年妇女说：救得过来，是她命大。救不过，我们也不会怪你。日本仔把我们骗到船上，本就没安好心。

有你这句话，针我就打了。

对方还认得针剂上奎宁的英文，说：这很金贵的。

没关系，救人要紧。

缓缓打下了半针。

不久，孩子的抽搐似乎没那么明显了。

对方劝颜蓉赶紧回舱，过道上不时有人监视。

颜蓉稍微待了一会，摸摸孩子的脉，不见多大起色，叹了一口气，也不好说什么，只好离开了。

回到自己的舱位，把余下的半剂设法固定，放进另一个瓶里，其他针头什么的，也都放妥。

胡太还没入睡，问：怎么样了？

一时还看不出效果。

没有人作声。

颜蓉倒在了自己的床上，眼里满是泪水。她知道，这只是给孩子的家人一个安慰，而病情来得这么紧急，她一时还不能想得很清楚。病毒从何而来，更不敢去想……太可怕了，这白银丸，究竟是一条怎样的船？

想来想去，翻来覆去，她无法入睡。她知道，孩子一旦抽搐，便基本不行了，何况在这样一种地方，孤立无援，饥寒交迫，生死无常。七个半月的女婴，生命实在太脆弱了。

还是浓得化不开的黑暗。

骤然间，传来一阵恸哭。

女女，你别走呀，你别走！

先是一个女声，而后又加上一个喑哑的老人的哭声，末了更有男人的哀呼。

颜蓉猛地一坐起，又倒了下去。

她知道，女婴最终离开了人世，这无望的人世。

她想起身，去安慰那一家人。

然而，却传来急骤的脚步声，是冲着传出哭声的舱位去的，很快便到了，听到猛地拉开舱门的响声。

而后是吆喝：闹鬼了是么？半夜三更号哭什么？

有人回答：孩子死了！

死就是死了，有什么大惊小怪的？把尸体交出来，听见了么？交出来！不交，传染开了，你们都得死！

颜蓉听清楚了这几句话，不由得毛骨悚然。

而后，是"嚓嚓嚓"的声音，延续了好一阵子。

接着，是一个人重钝的脚步声，从舱门往船舷方向远去。

最后，有什么钝物落入水中，"哗"的一声大响。

这边，依旧在训斥：不准再哭！

哭声总算平息下去了。

颜蓉不难从各种声音做出判断，女婴已从家人手中被夺走，并即时带到了船舷边上，扔下了水。这与明训讲的一个穿西装的尸体在船只之间漂浮，应是同样的处理方式——前边来过了那么多船，已经有多少人被扔到江中了？

思之极恐。

好久，睁大眼睛，看到舷窗外泛出鱼肚白来。

颜蓉终于起了床，她还想过去，安慰一下那一家人，可才走了两步，却被人扯住了衣尾。

不要去了，人家见了你，只会更伤心。这是胡太的声音。

我还是没能救活那孩子……

他们不会怪你的，你已经尽力了，还是为还活着的着想好了——你还是位医生。

颜蓉走不动了。

正在这时，舱门被人推开了。

进来的是杨公的小孙女杨小妹。

你怎么上来了？

守卫的人犯困了，我就偷偷绕过了他，不就上来了么？杨小妹有几分得意。

接着，她打开了一个棉布包，从里边拿出了好几个煎饼，说一共七个，一人一个，还热，快吃吧，还香着呢，陈管家特意为你们留的……

明训有点不解：昨晚，我们这边不见小艇过来。

小妹说：我们那边，朝里，日军巡逻艇不容易开过来，而且窗口离水边近，你是知道的。管家说，船上的味粥，怎么吃得饱，反正他手上各种钞票都有，要什么给什么，所以多买了点。大哥昨天上来后，我们又买了这些……

明训忙说：我讲了，得向他们打听一些情况。

我正要说呢，因为我们这条船刚到，什么也不知道，艇上的渔民能告诉我们的，还是不少。说有的船已停在这半个多月，天天都得检疫，有问题的带走了，所以每条船上剩下的人有多有少。少到一定程度，才让上岸。船上没人了，才会开走。百把人的船，走了好几条。三四百人的，只走了一两条……上岸不是回广州，而是进了难民所……

之后呢？胡太着急地问。

不知道了，没遇见出来的难民。广州抓来的，同香港乘船来的，是分开住的。人一多，难民所住不下，这才让人留在了船上。听他们这么一说，我们也不知道几时才回得了家……就这些了。

小妹又急着回二等舱了。

大人抱了她好一阵，仿佛很久不见似的。

小妹走后，颜蓉问胡太：肚子没事了吧？

你药还真灵，现在没事。

那就好，应该是冻坏了肚子，当心。

我在肚子上围了条厚毛巾呢。

颜蓉没再问什么了，她一直在思索，女婴之死，明显是病毒所至，但这病毒又从何而来？上船之前就已患病了么？可已有两天了，要上船前就感染了，不至于两天才发作——对婴儿而言，大人潜伏期可能长一点……胡太只是凉了肚子，与病毒无关，那至少目前可以排除上船后饮用的粥和水不干净……

她还想得很多，可一下子不能讲出来。

同昨天一样，难民所的味粥也是十点钟前后送到的，同样只给了四份。

还是胡太母子与明训兄弟吃。

颜蓉胃口不好，小妹送的饼没吃，而两个夫人，昨天明训拿上来的点心也没吃完。

到了下午，又在吆喝：下船检疫了！

与昨天的时间也就相差不到一个小时。

一等舱的照旧走在前边，二等舱随后。

颜蓉不由得对胡太有点担心。

好在胡太不太懂，还懵懵懂懂地走在了前头。

还算她运气好，检疫后，并没把她带走。

但昨夜死了女婴的那一家人，被带走了一个，就是女婴的亲生母亲。她茫然无助地看了颜蓉一眼，泪水落了下来，却被推进了要带走的人的行列。她家的老太太，还有男人，已几近麻木了，丧婴之痛，还写在脸上，泪已干了。

那个洋娃娃的一家，跟在明训后边，好在都没出问题。

他们验完之后，却不曾马上回船，留在码头空地上，不知要等什么。

二等舱的也验完了，带走了二十多个，比昨天多了。

这时，难民所里一个职员喊话了：白银丸船上的，都站这边来，听见了么？过来……

一下子聚起了两三百人，显然不是全船的人。

明训是个有心人，一边向集中的地方走去，一边对各个方位进行观察。

码头上，除了靠江面这边是白银丸外，前后，也就是南北方向，都有日军士兵把守，显然是防止难民逃跑的。往南略高一点，应该是父亲提到的镇南炮台的旧址，不算太远，也就一百米多、两百米左右，有高墙，墙

寂灭：白银丸纪实

上还有铁丝网——这便是过去的南石头监狱、如今的难民所了。他背脊上一阵阵发冷，这会是难民所么？不至于是西欧那边的集中营吧？有进无出。

而东西方向，则是检疫所的建筑了，有白大褂出出进进，稍远一点点，还有一栋两三层的洋楼，也有人出入。不远处的山坡上，有几栋楼，一栋上面有个大的红十字。

往北好像还有一座码头，日军的艇只往那边走，似乎也有难民在上头，但看不分明。

显然，这一片都控制得很严，防范措施没说的，想从这里外逃，一点可能性也没有。

明训还发现，江面上又多了一艘客轮，还有很多的三支桅——香港叫"大眼鸡"，船头两边都画了大眼睛。一艘大木船，可以上一百人左右。也就是说，昨晚又有几艘香港难民船到了南石头码头，同样被拦了下来。

这时，一个穿制服、有几分发福的人，站在了人群中一把椅子上，开始说话了：肃静！肃静！

其实，并没有人说话。

这个人模狗样的人在说：我就是这里难民所的刘所长，现在，你们都给我认真听着，一字也不能漏。

现在，来自香港的难民一天比一天多了，进广州的，或者路过广州的，成千上万。而广州同香港不一样，广州已让大日本帝国治理成了"皇道乐土"，三年多了，街市繁荣、社会安定、物资丰盈、歌舞升平，这容易么？可一下子，要涌进这么多难民，到目前为止，都近十万人了，这就极大地影响了全市的治安。因此，广州当局是不会轻易放你们进城的。目前，已经进了广州的，也都被清理出来，送到南石头这里。

还是有人抗议：凭什么？

这个刘所长用目光扫了一下发声的地方，没找到目标，又继续提高声调在说：凭什么？就凭你们香港难民来一次，就把疫病带进广州一次，我们不能不把难民先隔离起来。当然，你们也明白，大战之后必有大疫，我们这边已经不打仗了，可你们那边刚刚打了大仗，所以香港暴发大疫必不可免，而且新闻上早就有了，所以广州不能不严防死守。一个难民，一个带疫的难民，都不能进入广州。

这一来，我们难民所的压力就大了，原来的规格是两千多人，后来又在江边加了一排两层的楼房，也就三千多吧，用上惩戒场原来的犯人工厂，顶多四五千，就撑破了，所以我可以正式向你们宣布：现在，所有的难民船就是难民所了，陆上的难民所装不下，就留在难民船上，难民船就是水上的难民所。当然，我们对你们，与对陆上难民所的难民，一视同仁！

这分明在说，留在船上的难民，还不如进了难民所的。

人群骚动了起来。

更有人喊：我们就是广州人，不是难民！

刘所长冷笑道：无论原来是哪里的，上了香港难民船的，就是香港难民，没什么可争论的。你们在船上，一样得按难民所的规矩，不准出舱门。一天两顿，别以为简单，这么多人得熬多少锅粥？

他说了一堆似人话非人话的话，最后说：明白了么，这就是一视同仁。

他跳下了椅子，在喽啰们簇拥下走了。

这边，还得回到船上。

几天来，对自己的命运仍一头雾水的白银丸乘客，现在不得不认命了。

大部分人都蔫了。

六、孩子之名

回到舱里，杨公脸都黑了，明训兄弟从来没见过父亲的脸色这么难看。老人倒在床上，什么话也不说。

倒是颜蓉，还试图安慰大家，这艘白银丸是日本人自己的，不会滞留在这里太久，昨天不是还听船员说不久要去海南岛么？离开之前，船上的乘客一定会清空，所以我们在船上的日子，应该比别的船短。

胡太的儿子附和道：有道理，那么"大眼鸡"，都是俘获香港渔民的，听说抓了将近一万艘。这些船，日本仔才不在乎留在这里有多久，我们不一样。

明训说：就算不一样，可一时也不会让我们走。

杨公这才开了口：我们得从长计议。

胡太说：在这里，一天不得一天过，如何从长计议？

一片沉默，死一样的沉默。

两三个小时里，竟不再有人说话，都在想，想得很多，却大都不敢说出来，只怕要死在这里了！看躺在床位的人，都变成了一具具惨白色的、了无生气的僵尸，一舱的僵尸……那个刘所长讲的话叫人钻心的痛，却也是不争的事实，是大实话。他在警告大家，不要想入非非，更别想出去——他甚至连"出去"两个字都没有说，是无法承诺，还是根本连想都没想。

的确，世界上的难民营，有规定或者法定的羁留，不，羁押的时间限制么？

他们不知道，也没有人知道。

晚餐时，颜蓉把留下的饼分给两位老人吃了。

兄弟俩要匀一点味粥给她吃，她说没胃口，不吃。

吃完后，明俊主动提出来：我还是下到二等舱去，不然，每天都少两份粥，我去了，只少一份。大哥得留在这里，颜医生更不能走。

胡太母子不吭声。

杨公说：不急，看看情况，还是那句话，从长计议，长命饭，长命吃，我与你老妈子本来就吃不下多少，不在这一两份的多少。

明俊只好不走了，却还说：陈管家在二等舱，倒是可以放心，我只是想去多了解点情况。

天渐渐黑了。

又一天似乎要过去了。

头一天晚上不让下船，乘过白银丸的"旅客"称：下船后的检查，询问很繁杂，尤其是检疫，很费时间，只能这样，等等吧，大家也就相信了。

可第二天"检疫"，不让带行李，"检疫"后还得回到船上。也还有人说：一次"检疫"靠不住，不得有第二次，这情有可原，不要胡乱猜度，会让上岸的。

然而，三五天了，还是上不了岸，传来的消息却是，须暂时留人的难民所，人太多了，一时腾不出房间，只能轮流来，有先来后到的秩序，前边有船人还没下呢，轮不到白银丸，急不得，等一等好了。

就这么自我安慰下去。

三天五天了，这种自我安慰，也就麻木了。

八天十天了，只能自我欺骗了。

末了，只是抱一个奢望，总有一天让上岸的，那就等吧，捱得十天半个月，一个月也能捱，看谁命长好了。

白银丸的难民，甚至还产生了"优越感"，这里比难民所的条件应该不会差，虽然有人捱不下去，可自己还行……

果然，说半个月，眼看，半个月也快到了。

大家也知道，有的船都滞留在这南石头江面上四五十天了。

胡太在舱里觉得闷，尽管杨公说过，少出去为好，可她实在是憋不住，况且她也不是很明白杨公的意思，还是悄悄出舱，在外走走。可一出舱门不久，她就听到邻近舱中，孩子哭声不断，又忍不住去看看。那舱里人不多，自是一家三口，发出哭声的孩子，是上船后见过的那个怪逗人喜爱的"洋娃娃"，只是现在哭得怪可怜的。她走了进去，"洋娃娃"见有外人，哭声小了，只是抽泣。她下意识地去抱了起来：不哭，不哭……

　　舱中，显然是作为丈夫的男人，仍躺在床上不动，已是病恹恹的，脸色惨白。倒是女人，年轻，还有点精神，长得有几分姿色，见孩子不哭了，便对胡太说：谢谢，孩子总算不哭了。

　　胡太只是下意识地问道：这女仔好靓，叫什么名字呀？

　　"洋娃娃"止住了哭，却还是喘气，没回答。

　　可床上的男人却接白了：问她的名字么？问了，有用么？

　　胡太一怔，不知怎么应对。

　　女人说：别问名字了，这里问了没用。

　　男人继续说：就算告诉了名字，还是等于零。

　　胡太这才说：为什么？

　　男人说：我们也不会问你的名字，问了，难道我们还能把你的名字带出去，让外边的人知道么？

　　胡太有点吃惊：我只是随意问问。

　　我们的名字，不会再有人知道的，我们不会离开这艘白银丸了。白银丸开走时，不会再有我们了。

　　胡太不解：什么意思？

　　我们都是下不了船的。

　　不明白。

　　算了，何必明白，这孩子的名字，就叫无无好了。因为对于她，有名字与无名字一样；对于你，知道了她名字也等于无。

　　就因为这，你让她叫无无？

　　我们都一样，船离开时，我们已是无了。

　　胡太终于听明白了，只是心里不愿明白而已，说：过几天，我们总归能下船，上岸的，之前，谁都会焦躁，只是别乱想。

　　男人叹了一口气，不吭声了。

　　女人抱过已经不哭的"洋娃娃"，道了一声谢。

　　胡太默默地离开了这个舱。

　　而后，逃跑似的回到了原来的舱中，再也不敢出来了，什么也不敢问、不敢说了。

这边的船舷下，还是与昨日一样，看不到小艇的出没，前天日军巡逻艇的冲撞太惨烈了，人家是铁壳、钢板，你只是几块木板，顶得住么？明训悄悄过去看了几回，只能失望而归。

已是深夜了，明训最后一次去探看。

却没料到，隔壁住着洋娃娃的舱位，竟来了好几个人，七手八脚，用个床垫，抬了一个人出去——事先，明训在自己舱里并不曾听到多大动静。

却见洋娃娃冲出来，喊：爸爸，爸爸……

那个年轻妈妈拉住了她，说：爸爸先回家了……

不，我要跟爸爸先回去，是不是爸爸不要我了……

不会，爸爸会在家里等着我们的。

那——我想快点回家。洋娃娃哭着说。

快了，快了！

快了，是几时呀？我要回家……

这一幕让明训顿时泪如泉涌。三岁的孩子，对生与死的理解还不懂，而母亲说的"回家"，对明训而言很明白，但孩子认定这是真正的回家——这怎能让明训禁得住夺眶而出的泪水？

他不敢往前走了，赶紧折回自己的舱里。

颜蓉见他满脸是泪，忙问：你看到了什么？

隔壁舱那个长得像洋娃娃一样漂亮的小女孩要回家。明训哽咽道。

就为这么？

是她爸爸走了。她妈哄她，说爸爸是回家……

颜蓉不由得动容了：原来是这样，她爸爸是怎么走的？

我不敢问。

昨天晚上是七个月的女婴，今晚……看上去，她爸爸也就三十大几吧。这个时间段的人，生命力应是最……颜蓉突然收了口。

这里，有两个七十岁的老人！

也就是这时，胡太忽地起了身，打开舱门，往外就跑。

胡太的儿子赶紧追了出去。

明俊说：她又怎么啦？不是不拉肚子了吗？

颜蓉摇摇头，说：也可能没好彻底。不过，今天，我还给她服了黄连素的……不应该反复得这么快。

过了一阵，儿子扶着气息奄奄的母亲回来了。

胡太躺上一阵，才说：恐怕，我不行了。这回，不似凉了肚子……恐怕，真是吃错了什么。

明俊说：我们吃的都一样吧。

可我母亲年纪比我们都大。胡太的儿子说。

外边又传来什么沉重物体落水的声音。

不是有人跑了吧？明俊说。

这么冷的天气，落水不用几分钟都冻僵了，还划什么水？不要命了。

只有明训明白，又一具尸体扔下江了。

没过一会，胡太又喊：我不行了……又往外跑。

妈，等等我。儿子追出去了。

夫人开口了：这回，她恐怕不会真正是凉了肚子，一天我都见她用大毛巾捂在肚子上保暖，生怕冻着……

颜蓉说：看来，黄连素已经没用了。

过了一会，儿子又扶着母亲回来了。

胡太躺在床上，连话都说不出。

儿子只说：不知道为什么，今天晚上拉肚子的人多了起来，昨天才几个，今天只怕是十几、二十个，见鬼了，连厕所都不够用，男厕女厕全是人。

这回到颜蓉的脸变黑了。

良久，胡太用微弱的气息，对颜蓉说：你昨天剩下的大半针剂，能不能给我打？求你了……

这个……颜蓉似乎有点犹豫。

没想到，杨公听到了，说：大半支恐怕不行，要打，就打一支吧，这才有效。

颜蓉忙说：我就是这么想的，得用一支！

她同杨公想到一起了。

于是，给针头消了毒……

要有好转，再加上那大半支，开头，得把病势头压住，打一次还不一定行。颜蓉边打针边说。

胡太打了针后，又上了一次厕所，后半夜倒是睡熟了。

一大早，机灵的杨小妹又上来了。

这回她说：两层之间守卫的不见几个人，我上来几乎没撞到巡回的人。

这次，她还带来了一大盅米饭，还有咸菜什么的。

杨公问：昨晚的小艇，来得顺利么？没有被发现吧？

如今船多了，在船缝中来来去去，不容易发现。不过，陈管家说：得有所防备，每次要多买点，天气冷，饭菜不容易坏，得防着买不上的时候。

杨公说：得从长计议，有备无患。

这次的米饭，分吃后，还留下了一小半。

十点左右，难民所的味粥又开始发放了。

胡太说：我不吃了，吃不下，多吃了，又怕拉……

颜蓉说：也好，今天我吃吧。

杨公说：你总是反胃，要呕，能吃么？

没关系。

吃过后，颜蓉主动说：胡太，你控制住了。不过，得巩固，那大半支针剂，过十二个小时了，该给你打了。

敢情你费心了。

只是，打了针后，胡太的儿子想起了一个问题：如果今天照常检疫，会不会查出问题？

颜蓉眉头紧皱，肠胃的问题，很快在粪口便有反应……昨天没查出来，已经很侥幸了……

那今天怎么办？

胡太脸青了：会不会把我带走？

没人敢回答。

胡太的儿子终于说：不能让我母亲去。

这时，明俊弯下腰，往床下看看。这三天，他都是躺在地板上的，有时，脚就插到了床下。他又看看胡太，这才开了口：试试吧，躺到床下边，外面用行李挡一挡，看不见的。

明训也说：我们本还多出了两个人，少出去一个，还多出一个，应当不会引起怀疑。

杨公叹了一口气：只能这样了。

果然，每天例行的"检疫"很快就开始了。

胡太个子不高，也不胖，爬进床底下，勉强藏住了。如明训所料，四个床位的舱里，出去了五个人，还多出一个，自然没让人有什么怀疑，顶多探头往里瞅上几眼，舱门就关上了。五个人又排队出去了。

这天，在"检疫"中被带走的，又有几十个人。

还好，杨公这五个人，都没出问题。

平安地回到了一等舱。

所有人回来后，外边遮挡的行李也被拉开了，胡太才从里边爬了起来。

她长长地吐了一口气。

明训不无忧心地说：一连几天，被带走的，没有一百，也有七八十了。还到了什么地方，我们都不知道，小妹她们在下边，也没打听到。

颜蓉说：这么下去，一船人很快就会少一半多了。而且，时间愈久，得病的就更多了……

胡太的儿子忽地说：我今天倒是多了个心眼，有一个发现。

颜蓉问：什么发现？

昨晚上厕所拉肚子的那七八个人，都是我们一等舱的。我留意到，其中被带走的，也就两三个，不是全部。纵然是查出来，也许，日本仔不仅仅查这个。

颜蓉说：查粪口，只能是肠胃方面的疫症。检疫的目的就是排查患者，防止传染……

明训想了想，说：是不是有选择性的？今天带走的，都是什么人？

胡太的儿子说：男女老少，好像都有。

一时，也想不出个所以然。

他们只担心，船上的病情会愈演愈烈，同在一条船上、一层舱里，一等舱传染的少点，到二等舱就多，三等舱、底舱更是防不胜防，只怕不久，就全中招了。年轻人的抵抗力强，能扛得住一些日子，老人、小孩，尤其是婴儿，凶险就大了。可这又能怎么办呢？又能向谁说呢？

胡太的肚子，还是不舒服，脸色很不好。

到晚上，跑完一趟厕所回来，又提出：能不能给我再打一针，我怕又反复了？

颜蓉只能说：已经没两针了，你吃点药，巩固一下就行了。现在，你已经好转多了。

这回，杨公说：再观察一下吧。

胡太的儿子倒没为母亲说话，只说上厕所的人，比昨天又多了不少，看来是传染开了，我们也得当心点。

颜蓉说：我已留意了，胡太用过的碗筷，已经分开了。

胡太只能问：明天，我还得躲床底下么？

恐怕没别的办法，她的儿子说：我不能让日本仔把你一个人拉走……

又是一天。

发粥，检疫……

胡太再次爬进床底下。

总不能天天如此吧？

这已经是第几天了，都忘了过春节。本来，中国人最看重的是春节，从年三十，到元宵节，十五天，天天有节目，走亲戚的日子，婆家、娘家，远近亲疏都有个讲究。初七，还是"人日"，在珠江三角洲，"人日飘色"再热闹不过了。小孩子成了主角，举在高高的杆上，扮演各路英雄人物……可现在，人成了什么？连蝼蚁都不是了。

这珠江江面上飞起飞落的江鸥，此刻，该让多少人艳羡？！太自由了，太快活了，"呀呀呀"，叫得无忧无虑！这种刺激，几乎让白银丸上的"乘客"受不了。

恐惧也是可以麻木的。

一次次的下船"检疫"，每次都有人拉走。谁都知道，拉走了，就不会再有人回。每次似乎是少数，可天天"检疫"，用不了多久，少数也就变成了多数，余下的多数最后只能归于少数。当成为少数后，拉走的概率就大了，必定就落在自己头上了。可现在，还会有恐惧么？已经拉走了那么多人，你还恐惧最后被"挑中"么？从心存侥幸时还有的恐惧，到命定选中时则只能有麻木，都被拉走了。我毕竟活到了最后，也就不再有遗憾，恐惧就这么转换为麻木了。

"检疫"如此，留在船上等候上岸的也是如此，进了难民所的号房也是如此。

当几个日军士兵押着上千的俘虏、平民去枪杀时，这些俘虏、平民为何没有恐惧，也没有反抗——他们的麻木可是出于类似的"从众"心理，身边所有人都得赴死，我何必要作为例外？那就跟着大家无声地走向死亡之门好了!

麻木不同于恐惧,恐惧可以有不同,但麻木永远只是相同的。

麻木本身,可以麻木掉一切,一切也就归一、归零了。

日本仔认准了,当了一百年殖民地二等公民的香港人,只能是顺民。

这天,检疫回来,大约一个多小时。一等舱上,来了一队戴着红十字徽章的人,还挑了一担担盖住的桶,开始还以为是难民所提早送味粥来了。

原来,是红十字会的人。

日本人之所以放她们上来,是有国际惯例的,同时,也假扮一副仁慈的样子,好骗人……

来的,大多数是中国人,有医生,也有护士……他们不是从码头过来的,而是打着红十字的小旗,划着粥艇,从江面上过来的。

日本人只允许他们上一等舱。

来,一人两片,炒米饼……一个女声传来。

颜蓉走出舱门,觉得这个声音好熟悉,不由得迎了过去。顿时,泪水满脸,是七妹么?

被叫作"七妹"的红十字会员侧脸一看,也叫出声来:三姊!

闻声,杨颜太太也扶着墙走了出来,问:是侄女阿芬么?

是我呀,姑姑,你们怎么在这里?

老太太说:我们一家都在这里了,都好几天了……

颜芬哀声道:你们怎么能上这样的船?这里没有哪一条船不染疫的,我们正是为了这个来的,日本仔不能不让我们来。当然,有这样那样的限制,但总归让我们上船了……

老太太说:我们不能不走呀,日本仔、"胜利友"几乎天天上门,逼你姑父加入他们那个汉奸商会……

颜芬说:你也可以走澳门呀,我们就是先到的澳门,才想办法回的广州,回到西关龙津路的,颜蓉要先回家,也就跟我们一道走了……

谁知道会这样?澳门的船少,大部分人都是回广州,或者过广州上西江的……原本以为一天就可以回到广州。

颜芬只是叹气。

照现在这样子,不知猴年马月,我们才回得了广州城。

广州早已经不让人进了，谁家回了香港的人，一天两报，上午、下午都要报，大部分说得到招待所集中。招待所就是这里的南石头难民所。

这番话让全舱的六个人浑身发冷。

"嘘——"是同来的红十字会员在示警。

颜蓉赶紧出去，说：等一下我再来。

她不可以脱离红十字会的队伍太久，而且还有难民所的人陪着，不，监督着。

颜芬走后，胡太先说了话：能不能让她帮我们离开？

这不好说。

明俊说：要有机会，让父亲先走，他年纪最大。

杨公却说：要走，我得同你母亲一道。她走不了，我也不走。

胡太的儿子说：八字还没一撇，操这个心干吗？你侄女又不是什么手眼通天的人物，一个护士，做得了什么？

大家又不作声了。

各人都有自己的想法，但都没法说出来。

大约半小时后，颜芬才来。

她只把颜蓉叫了出去，说：你跟我走吧，你是医生，冒充红十字会的人，不会露馅的。

颜蓉痛苦地摇了摇头，说：我走不走，都无所谓了。何况，我从来没有离开姑姑家的打算。至少两位老人还得由我来照顾，你不要动这个心思。

三姊，你不走，只怕再也走不了啦。

我本就生不如死，走已经没意义了。

你怎么这样说？

我反正已经这样了，说了你会更难受……这样吧，你能不能把杨公和你姑姑弄出去？

他们年纪大，一看就不是红十字会的人，别说带出去，连上我们的小艇都混不上去。而且，真要带，只能一个，多一个都不行，我已经把脑子想痛了！

那就让我明训或明俊表哥上去一个，杨家至少还能出去一个人吧。

颜芬摇摇头，说：我明白你的一片苦心，可这次小艇上来的，并没有男的，不好办。

颜蓉沉吟了一会，终于问：你对这里的情况有多少了解？被"检疫"带走的，又去了哪里？

颜芬摇摇头，说：我也了解得不多。第一，刚才我已经说了，没有哪条船上没染疫的，也难怪，香港打仗，死了很多人，据说不少地方都没人收尸，所以发生疫情在所难免。第二，被带走的，当然是检出了问题，严重的，听说上了检疫所的隔离室。这些人，凶多吉少。另外一些，说是送去传染病院。既然是医院，应该是对他们进行救治，但救治得不得力，有多少人能治好，没人知道。第三，大部分人，恐怕最后还是进了难民所，只要能腾出位置，就会补人进去。

腾空？

那里边也是天天死人。香港难民来之前，一天也是十几、几十人地死。几千人的老监狱，这么死人不算多，但香港难民来后，就不清楚了，如今，已是人满为患。

你是说，死了多少人才补充进去多少？

恐怕是这样。

有放出来的么？

没听说，我们红十字会只知道，一般在难民潮平息后，社会治安得到恢复，才会采取措施，对难民进行甄别处理……不过，三五年时间，总归是要的。

这得哪年哪月？

三姊，我看了，你们这里，就你一个人有可能跟我们下艇逃出去，年纪、医生身份，你还会几句英语、日语，这都是你的优势条件……

颜蓉还是很决绝地说：我不能走。你们还会来么？下次是什么时间？

恐怕这也不是常态性的，有没有下次都不知道。

正在这时，杨公拄着拐杖出来了。

杨公早就把一切看明白了，年纪大了，见识多了，对世事洞若观火，人的心理也拿捏得相当准确。他了解这两姊妹之间的深情，方才更与夫人，即两姊妹的姑姑，小声地说了很多很多，心中已经有数了。

杨公问：阿芬，你是想带你三姊走么？

颜芬说：是呀，可她不肯。

杨公说：我知道，你劝不过她。没办法，之前在香港，她有机会走的，但她没有走。

颜芬说：她这是为什么呀？

我们没法子劝她，你也没法子感动她，我知道她心里是怎么想的。她到了我们家，我们没能好好照顾她……

颜蓉赶紧说：不能这么说，我把小阿妹带到你家，没救得了她，还给你添了很大的麻烦……甚至，现在这麻烦还没过去。

杨公一惊：你知道什么？

我上午出舱上厕所，差点又让那个沙仔盯上了。他不知怎么上了我们这一层，探头探脑的……

冤孽呀！

颜蓉说：你也别劝我。

我已经不指望劝你了。

那你想说什么？让阿芬做点什么？快说。

如果她还有第二回上来，我想，还是设法多带点药好了，能顶一时就是一时。

颜芬说：姑父，我会的。

这时，杨公郑重地问：你有把握把阿蓉带出去么？

颜芬从口袋里摸出了一个红十字会的徽章，刚才我向领队要的，她明白我要干什么，没有拒绝，只是说，千万小心，不然，他一队人都会受害。

是呀，阿蓉去，万无一失。

颜蓉却急了，说：我不去！

杨公说：我说了，我不劝你。不过，换一个人，当然，也得是女的，可不可行？

颜芬说：有她一样的人么？

当然有点不同，年纪是偏大些，稍加修饰，显年轻一点，应该还行。

颜蓉明白了：你是说胡太？

杨公沉着地点点头：刚才，她又在说，肚子仍然很痛，却不好再开口让我们给她打奎宁了……

颜蓉想了想，她比较显年轻，身段也不臃肿，打扮一下，也像护士，只是她不会日语……只能临时教她几句，对付过去了。

这么说，你愿意阿芬带她走？

颜芬不无哀怨地说：三姊，你还是跟我走吧……

你知道的，我不会跟你走。

杨公说：别无选择，胡太一家，跟我们相交也有不短时间了。这回，她们母子逃到我们家求庇护，已经很不容易了。上回，司成送他们走，本以为走了，可半路没逃得了，还是回到我们家，可见他们对我们的信赖，我们不能辜负乱世中如此沉甸甸的信赖，好人要做到底。颜蓉，你说呢？

颜蓉立即表示：让胡太走吧，她再病不起了。

颜芬万般无奈，我去看看。

进了舱门，颜芬看了看胡太，良久才说：你跟我学几句日语，记住，千万别出漏洞。

胡太感激涕零，说：我学，我会记住的。

颜蓉拿出了自己的衣服，胡太穿了上去，果然感觉年轻了不少，再抹把脸，去掉灰尘，人也清爽了一些。

只有胡太的儿子在身边手足无措，他试图拿上一些行李，却被颜芬制止了，说：你要命，还是要行李？我们上船，本来就不可能带什么行李的。我会一直把你母亲送回广州的家的？

终于，颜芬把胡太带出去了。

少了感染源，这个舱里的两老三少，都相安无事。检疫也没出意外，只是船上的人，仍在不断减少。

已是深夜，却有人敲门。

颜蓉紧张了：不是那个沙仔吧？

七、妈妈，我要回家

这门是开，还是不开，竟生死攸关。

如同《哈姆莱特》里的著名发问：生存，还是死亡？

响了一阵，杨公突然说：是自己人，有长有短，有张有弛，就似敲杨家楼一样。

我是叶问骐。声音更是熟悉。

明训靠门口躺着，赶紧起身，开门。

门一开，一个熟悉的身影闪了进来，迅速反手把门关上。

明俊忙说：叶大叔，你怎么也在这艘白银丸上？你在香港的事情很多，不该上来的。

都不该上的，可还是得上，我有些事要请教颜医生。

颜蓉很敏锐，说：你是问疫情？

是的，不是你们这艘船，是几乎所有的船……这么说吧，我来之前，司成一家人已在小阿妹的家，因为怕日本仔来追查杨公为什么不见人了。

他们买了初三的票，应该也来了，不知在哪条船？明训说。

初三他们没上船，是我安排上旱路的，现在应该脱险了。不过，路上也很艰难……

这么说，你是刚刚来到这条船上的，怎么会找到这里来？

司成不愿走水路，我有点奇怪，当时没见到他们，后来才问了骆远、骆高兄弟。他们说，是司成看了初二的一份报纸，说到广州的船上，暴发了"虎列拉"症，这不是小事……这样一来，很多人觉得事情并不简单，日本人说的是香港人在战争期间把疫症带到了广州，广州又严防死守，不让香港人进城，这不是把他们动员离港返乡的人逼得无路可走了？

杨公说：这疫情的发生有疑点？

我们有怀疑，所以我当机立断，乘今天的航班来到这里，果然不让泊

寂灭：白银丸纪实

市桥，上了南石头。在这里，白银丸是最大、也最打眼的，所以我一到，趁天黑，就从一条船过一条船，过到这边来了。我还记得你们买的是一等舱的票，一等舱本就不多，不过，也找了好一阵……

这个叶大叔的机敏，在十三行行商后裔中是有数的。

叶家，在香港开了几家书画社，当是托祖先的名望，最出名的莫过于叶梦龙，书画好生了得，名气也就盖过了祖上当行商的叶仁官等，这也是叶家所希望的。嘉庆年间，叶家从十三行全身而退，波澜不惊，却让当时仍在行内的潘、卢、伍、梁等家暗暗称奇。退出后，叶家有走仕途的，大都不怎么如意，这才有叶梦龙声名鹊起。随着十三行行商后裔陆续来到香港，叶家也有人来了。行商后人，大都不是白丁，读书传家，而叶家的家传，更有不少古人字画，这也应是叶梦龙积攒起来的。他不仅自己的字画技压群芳，对古字画的鉴赏也无人可比，不会有谁比叶家更识货的了。几代人下来，他们的书画店，也从一家成了两家、三家，行商后裔有需求，也就带动了港岛的各色人等，儒商、实业家、文化人……这个叶大叔，不仅自己的字画因祖传缘故在港岛自成气候，临了由于祖上的生意头脑，不学自通，所以书画买卖做得风生水起。因此，叶大叔的交际，则是行商后人中最多的，八方豪杰，三教九流，都被网罗。

战争一打响，他就把几个书画社全部关了，古书画也都转移走了。叶家人多，书画店的人脉更广，则让叶大叔再度大显神通。明训知道，他不仅一直关照十三行行商后裔的撤离，还将大批的文化人转移……当然，明训没问，叶大叔是否有个组织在运作，否则，不会这么忙得不亦乐乎。杨家、谭家等，已是他设法救援的最后行商家族了。他家与骆家的关系，明训虽不甚了了，骆家退出，说是去著书立说了，叶家退出，则沉迷于丹青——同是文化人，这两家行商后人，关系当是最密切的拍硬档（粤语，铁杆朋友的意思）。

明训在黑暗中说：叶大叔，这仗一打，我都看不出你身上有半点书卷气了，现在想问医，莫非要转行不成？

他分明是在暗中敲打。

叶大叔说：现在还有什么行可转，不问苍生问鬼神……有些问题，颜蓉比我心中更有数。

颜蓉说：你想知道什么？

从你医学的角度讲吧，这疫情为何来得这么凶猛？

这与这么多人聚集在同一条船上，相互感染是分不开的。不过，我也有些疑惑。

你讲讲。

"虎列拉"固然传染很快，可是在香港并不见有什么报道，就算有，也是极小范围。为何一到广州还没下船，却在所有的船上暴发了？太快了，粤港航班，朝发夕至，就十来个小时的工夫……而且，人死得很快，我这旁边，第二天晚上就有婴儿死亡，第三天老人轮上了……现在，连青壮年、男男女女都有，传染源在哪？全面发作，不是一两个点……

我们也是这么怀疑的，据以往的战报，两年前，日军就在浙江实施了细菌战，散播了鼠疫跳蚤到衢县、宁波、金华、义乌，死了不少人。去年，打常德时，也使用了鼠疫菌。现在太平洋战争爆发了，他们急于建功，恐怕更会无所不用其极。叶大叔沉重的声音，震撼了每个人的心。

只是，现在的感染源、死亡率，我们无法追踪，也无法计算。我们这条船，到今天，"检疫"时，我粗估了一下，减员在三分之一上下，死亡的、被带走的……颜蓉细声地说。

突然之间，传来几声水响。

紧接着，便是几梭子的连环枪响。

均是从朝外的江面上传来的。

胡太的儿子颇有点压抑地说：这恐怕是有人忍不住，想游到江的对面。

晚上，看不清，枪打不准的，但愿他能跑成。明俊说。

水这么冷，能游到对岸么？叶大叔摇摇头，说：这江面，只怕有一两里宽。

明训说：这只有刚到的，体力还保持着，拖几天，体力没了，更游不动了，可刚到，不了解情况，未必下得了决心跳下去……

又听到几梭子的枪响。

还有"突突突"的巡逻艇的声音。

叶大叔的声音变凝滞了：日本仔是不会让人活着离开的……今天到时，天还没全黑，我大致可以判断，已经至少有两三百条船被拦在这里了。你们这一条船至少是八百人，小的木船也有上百人。这两三百条船载来的香港人，再少说也有两三万人——日本仔要对这两三万人干什么？

空气仿佛也凝结了，别说讲话，连出气也困难，人人心头都有巨大的磐石压着。

叶大叔，你先在我们这歇一晚，早几天刚走了一个人，不会被人察觉的。这是颜蓉无力的声音。

我得摸清一切情况才行。

摸清了又怎样？你走得了么？

我会想办法的，天无绝人之路。

难呐……除非你有人接应。

先不说这个，好吗？

明天，你可以与我们一道下去"检疫"，这样你就可以混进二等舱的队伍，还有底舱的……我们这里知道的没有下边的多。有机会再上来，玲嫂、小妹，我们家还有七八个人在二等舱，对了，那里的陈管家最有办法。颜蓉还是那个无力的声音。不过，你还是得一万个小心，这里鱼龙混杂，千万别被那些烂仔盯上了……防不胜防。

那就听你们的，我今天太累了。

叶大叔躺到了地上，与兄弟俩一起，很快就入睡了。

传来"呜呜"的风声，寒潮来了，明天会更冷。

白银丸也在江水中摇晃着——不安地摇晃着。

明天又是怎样的一天？

如之前一样，天亮之前，小妹又一次上来了。看来，渔家小艇对她们的"供应"还是很守时守信的，当中只"断炊"过二次。渔民小艇的冒险，似乎随着来到的香港船的拥挤，反而得到"鼓励"，因为更不易被发现。

叶大叔平日也很喜欢小妹。小妹不仅钢琴弹得好，丹青也不让人。叶大叔还拿小妹的彩墨画，到他的书画社中标过价，还真卖了几幅呢。小妹见他，也很高兴。颜蓉灵机一动，说：叶大叔，你现在随小妹下去，说不定能成，免得在"检疫"时再变队，那里也未必能成功。

小妹也说：我找了一条路，这两天都没遇到人。

叶大叔点点头。

就这样,叶大叔跟小妹走了。

应该顺利,叶大叔没见回来。

然后,又是派粥、检疫……

可以说,大多数人都变得麻木了,很机械地排着队去,一次又一次地褪裤头,让玻璃管插入肛门;同样,也无声地接受了被带走的厄运——也不问是去传染病院"治病",还是到"隔离室"等死……

人数,同样一天比一天减少。

数字,也似乎只是数字。

对于白银丸而言是如此,对于检疫所更是如此,对于整个南石头来说愈发如此。

也许有数字统计,因为每天都不乏统计,但统计后,干什么去了,一时无人知晓。到最后,是否被隐匿、被销毁,更是很难有人知道。

……

日军士兵、伪军,上船的频率也多了,不知要干什么。

叶大叔下去的第二天一早,随杨小妹上来了。

虽说只有微光,但不难看出,他的脸色变得更加阴沉、更加严峻了。等小妹走后,杨公才问他:下去了解到了什么?

我真不敢说,二等舱,还有底舱,不用下去检疫,已经在一舱一舱地清理了,死的人、快死的,在检疫前便被拖了出去,没什么道理可讲,比一等舱上面惨多了。人群太密集,吐得一塌糊涂,屙得乱七八糟,这已经不再是什么轮船了,比牢房还牢房,甚至不如牢房。

杨公吃惊道:之前,小孙女天天都上来,也没有对我们讲这些……小妹呀!

这孩子长大了,她不想让你们担心,陈管家也对我说:尽量少讲点,可我……不能不讲。

明天,不能让小妹再下去了。

大人不好走,小孩,应该还有办法。我今天趁"检疫"时,回到二等舱的队伍中。昨天我就在那队伍里,不会引起怀疑。杨家的人,不能都在这里等死。

颜蓉反而说:不至于这么严重。

你是认为,像明训他们,年轻,抵抗力强,不轻易得病,可日子久了,生活在恐惧、饥饿、寒冷的状态下，未必能继续待下去……这已经无关抵抗力的问题了。问题在于，日本仔有可能让一个人活着出去么？

杨公似乎已有思想准备，沉毅地问：你下去了解到了什么？

叶大叔说：你们已经可以猜得出了。

说吧！

病源，未必就是香港人，这不过是个借口，或者，拿大战之后必有大疫作为借口……底舱，已经出现了跳蚤，死人的症状，与霍乱不一样，反而似鼠疫。连伪军也戴上了口罩，日军士兵也躲得远远的，甚至不上来了。深夜，不仅仅可听到哭喊声，还有打人的声音。为什么打人，仅仅是不守规矩么？

颜蓉点头说：你是想说，不仅有霍乱的症状，还有其他传染病的症状……可这是日本人自己的船呀！

都停在这几天了吧？

有多少天了？

有的船，已经停在这半个月、二十多天，甚至一个多月了。当然，那些都是中国船。

这两天，好像也有一两艘船开走了。

那是因为，船上没人了。

死了？带走了？送进难民所了？……

话没落音，外边传来了吵闹声。

明训站了起来：又出什么事了？

声音就出在隔壁的舱位。

那是一个小女孩的哭喊声：妈妈！妈妈！

明训拉开了门。

小女孩的声音一下变大了：妈妈，妈妈，等等我，我要同你一起回家！

杨公也从床上下来了：她妈妈……只怕不行了？

他叫明俊：扶我出去看看。

却又扭头对叶大叔说：你别动。

出了门，看见有人正在隔壁舱位里，将他们见到的那个年轻妈妈拖了出来，洋娃娃在后边大哭。

杨公上前抱住了她。她还在叫：妈妈，妈妈，我要回家。妈妈，妈妈，等等我，带我回家。

来拖人走的伪军一瞪眼：不许叫！

可孩子还在叫：我要回家找奶奶！

伪军凶巴巴地：再叫，把你扔下海！

杨公抱起了洋娃娃，说：别喊了，妈妈已经听不见了……你到我们这边来吧！

爸爸不要我了，妈妈也不要我了……

来吧，过些日子，爸爸、妈妈会来接你的，不哭了！杨公小声地安慰。

就这么把小洋娃娃带到了自己的舱里。

颜蓉也泪如雨下：这孩子太可怜了……赶紧将刚才杨小妹带上来的点心给她吃。

可她的嘴却堵不住，"哇"一声又吐出来了。

老夫人说：现在她吃不下的。来，带她到我这里来，我来哄哄她。

颜蓉却不肯：不行。

老夫人不解：她不是找奶奶么？我比她奶奶还大点呀！

颜蓉摇摇头，用眼色制止了老夫人，只是说：我是医生，现在她只能归我管……

老夫人这才明白她的暗示。

这时，却过来两个伪军，指指明俊与胡太的儿子，说：你们两个年轻的跟我来。

胡太的儿子脸发青了：干什么？

去清理一下房间。

明俊这才扯了一下胡太的儿子，出去了。

走到洋娃娃的舱门前，两个人准备进去，那伪军说：干什么，跟我们走！

又过了五六个房间。

这时，已有人从中抬出了几具尸体，不，有一个鼻翅似还在翕动，却照样被拖出来了。

就这么一直往前拖，到船舷边上去。

明俊正想看拖人的想干什么，却被喝住了：就这个舱位，你们进去把它清理一下，呃……

一个伪军差点要呕了。

明俊往里一看，只见里边乱七八糟，一地的呕吐物，臭不可闻……甚至有带黄的，也可能是排泄物。他差点也要吐了，胡太的儿子踮着脚，把床上的东西往外扔……

去，提几桶水来，把里边冲干净。

明俊赶紧从另一个伪军手上提过一个提桶，去厕所接水去了，可厕所里，也比那个舱位好不了多少……

这时，他终于看到，刚才房间里的"尸体"，正被一个一个地往珠江里扔……

他赶紧接满了一桶水，回到原处，往里面冲去，好把污物冲走。伪军们都已站远了，不敢走近。

他现在才体会到，叶大叔，还有小妹她们，在二等舱是怎么过的、经历了什么、看到了什么……一等舱都这样了，下面则更加不堪设想。

直到这个舱位基本清理干净了，他们才被允许去洗洗手，回到自己的舱位。

叶大叔问怎么样了，他们只说，只怕与你在下面看到的差不多。

杨公没入睡，年岁大了，睡眠少了，况且在这里也睡不好。他也开口问话：问骐，你白天都在下边，有什么觉得不对劲么？

叶大叔开始没吭声，良久，才说：我们这一层，颜蓉应该多少了解，大都是肠胃的病，也就是吃了有污染的东西，如饭菜，如喝的水……

明训说：不会是从外面小艇上买来的粥呀、饼呀？

叶大叔说：这没可能。

颜蓉却说：这么多天，姑父、姑姑，主要是吃小妹送上来的这些食物，并没出现症状。

叶大叔也说：下边，陈管家、阿玲、小妹也没事。再说，不是所有人都买得起小艇上的食品，出现症状的，反而是吃不到这些买来的食物的人……

颜蓉说：你认为，是难民所送来的味粥，还有船上提供的开水，有热有凉的开水？

我只是怀疑，明天，我得到底舱去探探究竟。

那太危险了。

不入虎穴，焉得虎子，我来了一趟，总得弄明白。

千万，千万小心。

我会留意的。

借这天"检疫"的机会，叶大叔"混"进了底舱的队伍中，之后随队伍进入了底舱。

不过，由于底舱人多，在"检疫"时，他就察觉到，这些人只怕已都被感染了，但并没有全部被带走，而是有选择性地，从像他这样的壮年人中挑了几个——谢天谢地，没挑到他。当然，他还不是带菌者，而不同年龄段，都有十个八个被挑中的，包括十岁以下的，以及十来岁的，所以他很为杨小妹担心，怕她哪一次会被挑上。至二十多岁的，也挑了七八个，直至六七十岁，都有挑中的。

显然，这不仅仅是为了防疫。

在底舱，他还了解到，第一天晚上，就有人发病了，而第二天，便有老人死亡。之后，每天发病的人递增，死亡的人也在递增。

如果在一等舱的感觉不算强烈的话，那么在底舱，则已经完全是人间地狱了，惨不忍睹。

他同明训一样，在珠江口的水面上，看到一片片、一批批的浮尸，当时以为上游是不是发生了战事，可现在，已经再明白不过了。至少，相当一部分尸体，就是从这里漂下去的，随波逐流，一直到珠江口。

该有多少人拿的是"死亡船票"？

他不必想下去了。

下午时分，他设法回到了二等舱。

陈管家告诉他，今天情况不好，许家一个细佬仔在检疫时被带走了，说这孩子已是"带菌者"，开了个头，杨、许两家在二等舱的，只怕危险了。

叶大叔不由得问：你现在还有多少钱？

好在杨公专门关照过，带得很充足，怎么，有急用？

不是我用……他在陈管家耳边小声说了几句。

陈管家神态凝重地点了点头：就今晚？

夜长梦多，得当机立断。

好的，我会准备好的，放心。

……

然而，下午时分，一个日军士兵带了几个伪军，闯进了这间已有点污秽的舱里，在他们身后，跟着的是那个沙仔。

沙仔左右看看，看到了叶大叔：我以为你还在底舱呢，居然跑上来了，上蹿下跳，想干什么？

叶大叔边说边退，离开了杨、许两家，说：二等舱是能排的，一气排下去，至少有二十四到三十二个舱位，此刻，里边还有差不多二十个香港人，我认识你么？

陈管家挡住了小妹，因为小妹在家中见过这个沙仔。好在沙仔的注意力集中在叶大叔身上。

沙仔说：我在港岛见过你，只是你没留意我。认识不认识没关系，我只问你，上上下下这么跑，目的是什么？

叶大叔已退到了另一个出口了，他知道，自己这回是躲不过了，但不能连累其他人。片刻间，他一闪身，出了舱口，拔腿就跑。

日军士兵、伪军，加上沙仔，立即追了过去。

船上能跑得了么？叶大叔只是为引开敌人罢了。况且，船上还有其他的巡逻兵。

陈管家到舱口张望了一下，退了回来。唉，怎么跑？没法跑，就算跳在江里，也逃不过子弹……

杨小妹咬牙切齿：这个沙仔太坏了。

阿玲也说：丧尽天良，世上怎么有这样的禽兽！

这边的七八个人，陷于极大的惶恐之中。

很快，天又黑了。

这时，陈管家对小妹说：你把棉袄脱了，换上你妈的冷衫。阿玲，你说，你说好。

小妹有点奇怪：为什么？

到时候就知道了。

陈管家也让许家一个更小一点的孩子换衣服。

冷衫，粤语中的毛线衣，要紧身一些。

这天，卖粥饼与点心的渔家小艇，几乎按时到了。

陈管家从舷窗里把钱先递了过去。

对方说：怎么这样多？

管家与他说了很多，末了，对方认了：救人一命，胜造七级浮屠。那你们动作快点。

　　陈管家先让许家小孩从舷窗钻了出去，正好。

　　而后，叫小妹，快，你也去。

　　小妹这才明白，不过，她钻过去，还是费了点力。阿玲与管家使劲推，总算把她推过去了。

　　过去后，小妹泪汪汪地说：告诉爷爷和爸爸，我等他们回来。

　　陈管家把两个人要送去的地址，给了船家。

八、死不瞑目

正如陈管家所估计的，叶大叔是没法逃的，尽管船大，人也不少，可他未必熟悉船体结构，七转八转，还一度混进了底舱的人群中，把自己弄得污遭邋遢，面目全非，还是逃不了。

因为沙仔的指控太严重了。

这引起了驻守南石头的日本伍长的高度重视。

一层一层地收网，一间一间舱房地搜查。

叶大叔虽说不乏伪装、避险的经验，可再神通广大，在这么一个封闭的船体中，全无用武之地。

最后，在底舱里，日本人把难民一批一批地解上甲板，让沙仔指认。

沙仔立功心切，竟每批中都指了一两个。

最后，一共十二个可疑分子——叶大叔没躲得过，给归到这些人当中了。十二个人，个头、胖瘦、装扮，相差都不大。

沙仔最后咬定，就在这十二个人当中。

伍长叽里哇啦地说了一番，大意是，如果要被抓出来的人不主动出来自首，那就宁肯统统错杀，也不放走一个。

这一招果然灵。

叶大叔把脸上的污垢一抹，亮起了嗓子：不用查了，我就是。并盯着沙仔说：你认认！

沙仔躲开他的目光，说：就是他，就是他。

其他人给打发下舱了。

沙仔说：这个人跑了不少船舱，问这问那，显然是有目的，图谋不轨，肯定是反日的地下抵抗人员，很有可能就是港九大队的成员。

叶大叔说：我是个做字画的，不过是想临摹船上人的众生相，男的女的、肥的瘦的、高的矮的、宽的窄的、笑脸苦脸、大嘴小嘴、呲牙闭唇……

难得有机会这么多人聚集在一起,我不想放过这样的机会。

翻译官也被他说得一愣一愣的。

临了,还找来了毛笔、墨汁,让他画了幅水墨画。

日本人都信了,斥责沙仔,是你图谋不轨。

叶大叔说:我倒是听说,他已经上过好多条船,来往粤港五六次了,只怕是别有用心。

沙仔连忙申辩:我不过是好个赌,上船上的,有钱的还是不少,不赚白不赚。

翻译官只好问:我们该信谁的?

叶大叔问:你说我是港九大队,那你怎么知道我是港九大队的?你得有证据!

沙仔一下子哑了。

统统都给关起来,日本仔伍长做了决定。

此时,白银丸上已经有了不少空舱位,关个把人,有的是地方。

沙仔只好认栽。

沙大叔显然有使命在身,因为舱门是从里边关的,外边没锁。他从里边闩上后,麻痹看守的伪军。到了深夜,他拉开了门闩,悄悄地闪了出去。

门外的伪军犯困,迷糊了,可门内的沙仔却只是装睡,见叶大叔一出去,便大叫了起来:有人逃跑了,逃跑了!

顿时,把伪军惊醒了。

这回无论叶大叔如何申辩,夜尿、憋急了,来不及……

已无济于事了。

他被认定为"地下抵抗者",虽然身上什么也没有搜出来,连船票也没有——纵然你"逃票"也不行。

之后,便是严刑拷打,逼他承认是反日分子,逼他交代船上的同伙。

他唯有坚不吐真,东扯葫芦西扯叶,但不再被认可了。

是夜,白银丸上,不断传来审讯声、拷打声,以及喊冤声——叶大叔至死什么也不认。

杨公他们,不会听不到,只是不知道,拷问的对象是上午才离开他们的叶大叔。

之前，日军士兵、伪军打人的声音，也没少听到。

只是一早，小妹没上来，叶大叔也没上来，上来的是从未上来过的陈管家。

陈管家的忠诚与能干，早就赢得了杨家的高度信任。

只是，这回陈管家开始时，什么也没说，默默地把粥饼交给了大家，并说：吃这个保险，我们都没拉肚子，现在能吃一天就一天，日本仔、"胜利友"愈来愈查得严了。

之后，他才说：按照叶大叔的安排，我们已经把小妹送走了，很顺利，刚刚能穿过舷窗，许家最小的孩子也走了。现在，他们应该到了西关。小妹说了，只要一到西关，她就认得路了。渔家很好心，说保证让她们在靠西关的码头上岸，他们送人，很少出事的。

杨公松了一口气，说：还是叶大叔有勇有谋，总算有一个杨家的人出去了，不至于灭门绝后。

陈管家抽了一口冷气：老爷，你千万别说得这么恐怖，我们总归还会有人出去的。

明训也早早醒了，说：不管怎样，我们也得向死而生，说不定还能搏得出一条活路来。

这时，杨公已感觉到了什么，问：问骐呢？他怎么没有与你一道上来？

陈管家垂下头，不曾作声。

杨公心中多少有点不安：他……没出事吧？救了小妹，他自己反而不……成？

陈管家落泪了：他……只怕已被抓了。

怎么会这样？

小妹说：那个什么沙仔一露头，准没好事。他认出了叶大叔，还死死咬住叶大叔……昨天一晚的审讯、拷打、呼冤声，只能是叶大叔的。

明训咬咬牙：我听出是他的声音，却不愿意相信。

你们行商的后人，一个个都很讲义气，难得。陈管家感慨地说，记得当年岭南名士谭莹称道过：庭榜玉诏，帝称忠义之家；臣本布衣，身系兴亡之局。你们现在更是布衣了，可家国大事，从不释怀，而叶大叔，更慷慨赴义……

颜蓉问：叶大叔被抓前，交代了什么？

他只说，得再深入调查，不能只查白银丸。他认为，日本仔有一个很大的阴谋，究竟是什么，必须弄清楚，揭露出来，可惜自己不是很懂医学，下不了结论。但这里肯定有鬼，有大鬼，得让香港知道，广州知道，中国知道……

颜蓉欲哭无泪：我们见不到他了。

然而，所有人还是见到了叶大叔，只是在料想不到的场景里。

陈管家已回到了二等舱，小妹走后，还有好几个人得关照，杨公也让他回去。

这一天，江面上水雾很重，白茫茫的一片，浮动、蒸腾，天气也有点变暖了，都说，雾重，这天必然是大晴天。太阳要出来，冷了这么久，立春也半个多月了，老天也该垂怜人间了。

果然，到了九、十点钟，一阵驰荡的江风，席卷走了所有的白雾，水汽也只在阳光照不到的地方飘荡。似乎觉得有点热了，解开领口，也嗅到了身上冒出的一股酸臭的气味。上船好多天了，就没冲个凉，即便是冷天，香港人也是几天就要冲个凉的，这是所有南方人的习惯。不冲就不舒服，何况十天了，更是难受。

无论如何，得弄点水，擦擦身子。冲凉，根本不可能。

忽地，被抱在老夫人怀中的洋娃娃叫了起来：好红的花，好靓的花……太好看了！

所有人都怔住了。

老夫人抬头一看，透过朝外的舷窗，果然看到一片红，一片跃动着的红、流动的红……

而后，所有人都发现了。

那是江对岸的紫荆花，由于一夜转暖，全争先恐后地开放了。一簇簇、一团团，如火苗一般在晨风中飘动着、跳跃着，焕发出一种异样的生机，在江边绵延出了一两里地，这该是多年的风景。紫荆树更是长年开花，几乎没有谢幕的时刻，即便在这样悲惨的岁月了。

花落花开无由了，春来春去不相关。

此时，竟是另一番凄楚的滋味——草木又何关情？！

咪粥很快发了。

紧接着，又得"检疫"。

寂灭：白银丸纪实

颜蓉从老夫人怀里抱过了洋娃娃，洋娃娃又已疲倦地合上了眼，似乎入睡了。颜蓉感到，孩子有点发烧，不能在"检疫"中就这么被带走，这可怎么办？

没等她想出办法，下船，上了码头，人群又骚动了起来。

她发现，人们纷纷转过身，仰起了头，在说什么……

日军士兵与伪军居然也不干涉。

她抱着孩子转过了身。

从所有人抬起的目光中看过去，她清楚地看到，就在白银丸的船头上，吊着一个人。她几乎马上就可以判定，这个被吊着的人，不是别人，正是叶大叔。

叶大叔仍紧闭着嘴唇，牙关咬得很紧。显然，在把他吊起来之前，他已经是这样了。人死后，是不会把舌头再吐出来的。他的脸上，居然还现出微笑似的，这就让人不明白了，人在冻死前，会因为肌肉收缩，出现异样的微笑，那么，他是半夜才被冻死，早上吊上去的？

可这一微笑，显然在表示对拷问者的蔑视，对死亡的从容……纵然经历了种种非人的折磨，哪怕骨头断了，可意志仍那么坚定，头发被风吹起，更有怒发冲冠的气势，还有不曾闭上的眼睛，仍瞪着这个非人的、残忍的世界——他仍在横逆中昂然前行。

杨公看了一眼，默默地垂下了头。

明训、明俊兄弟，脸上都抽搐了几下，不忍地转过了身。

胡太的儿子一拉颜蓉：别让孩子看见……

他们都没想到，竟会在那里与叶大叔见上最后一面。

在杨家人心目中，叶大叔是个有担当、有魅力，且深思远虑的人，在他的文化圈子中，称得上德高望重、大有祖风。战乱中，他几次出手，都让被救护者化险为夷，他的热心、他的机智、他的大无畏，有口皆碑……可现在，却被悬头示众。当然，他至死没承认是什么地下抵抗人员，更不曾连累到船上的任何人……

"检疫"开始了。

颜蓉还没回过神来，便走到了前面。

她只来得及说：这个女仔睡着……

也不知是参与检疫的一个海港伪职人员动了恻隐之心，还是有别的什么原因,居然得到了回答:那就算了,你们两个过去吧。

连颜蓉也"免检"了。

不过,颜蓉稍微留心了一下,这次被带走的,全部是男人,而且在四五十岁上下。

按这个年龄段,明训、明俊、胡太的儿子也"涉险过关"了。

只是还没看到二等舱乘客的检疫,他们就被急急地往回带,没有停留。

往回走,又正好直面吊着的叶大叔的尸体。

一个汉奸在训话:看到了么?谁敢暗地里搞名堂,上蹿下跳不安分,这就是下场。不管你是不是反日分子,都得安分守己,多活一天就是一天。谁想早死,就学他的样,挂他几天,让他风干、晾干,成了腊肉……

这家伙,狗嘴里吐不出象牙,无非是吓唬吓唬人罢了。

大家急急地走了过去。

回到舱里,明训、明俊也忍不住,把门一关,就大哭了起来。

颜蓉、老夫人也哭得几乎昏了过去。

只有杨公没有泪,问骐是拼了命,想查明白粤港航班上发生疫症是怎么回事。可惜,他没有做到,可他尽力了……只是,我们真能像日军士兵、汉奸所说的,被吊到那里风干、晾干么?

明训一揩眼泪:父亲,你说,怎么办?

胡太的儿子听明白了:没办法,总不能去抢尸吧?

抢不了,也不能让叶大叔一直挂在那呀!

大家沉默了。

正在这时,老夫人从颜蓉怀里抱过洋娃娃。刚才大家那么哭,居然也没惊醒这孩子,她有点奇怪。

还好,探探鼻息,虽然弱,但没停下来。

老夫人又摸摸额头:烧得厉害了,还……在抽筋。

颜蓉说:只怕她已经被她母亲传染了。

老夫人说:这如何是好,还有两支针药,先给她打吧。

也只能这样了。

这针药,救了胡太一命,但愿这孩子一样命大。

这次,颜蓉却真的犹豫了:恐怕,这孩子高烧到这程度,已不省人事,大凡到抽筋，小孩子就顶不住了，打上一针，恐怕不够……

杨公说：那就再打，直到……不，总之，不能让孩子太痛苦了。阿蓉，我懂你的心思，其实，我都想好了，这一针，救得一时是一时……

明训立即说：听父亲的。

颜蓉含泪拿出了针具消毒、注射。

杨公的大度、豁达，让儿女深受影响，所以明训才会马上支持父亲的决断。而颜蓉的意思，他也明白，总归得留一两支到最后，老人势必用得上……但父亲早已将生死置之度外了，其实，这些天，老人虽然没有生病，这是平日保养、锻炼得好的缘故，但老人毕竟是老人，古稀之年了，身体说垮就垮，谁也保证不了。更何况，上船这十天，他已明显消瘦多了，颧骨也凸出来了，连声音也没过去洪亮了，内心的煎熬，每每比身体上的折磨更加难以承受。

打了针之后，洋娃娃的抽搐渐渐平息了，额头也没那么烫了，可她还是不怎么清醒，偶尔有几个词，"妈妈，妈妈，回家……"

颜蓉把一张床垫好，从老夫人手上把她抱过来，轻轻地放了上去，又盖上了被子，而且把边上也塞好。

看她过不过得了今晚。

明训不时走出舱门，却又很快转回来，不像是上厕所，没人知道他要干什么，杨公也不问什么。

他先是用大一点的口盅，打回了满满一盅水，说：我本想在厕所里擦擦身子，可那里去的人几乎没断，还是拉肚子，太脏了，况且，有船员，还有巡逻的，都不让人在那擦身。今天有日头，想擦身的人也多，最后，只有这个办法了，水不多，但擦一擦总归舒服点。

杨公说：让阿蓉先给小姑姑擦擦，关好门窗，千万不要透风，衣服也不要脱……

颜蓉说：我知道怎么办。

她毕竟在医院工作过十多年。

就这么一口盅一口盅的水，杨公、夫人、明训、明俊、胡太的儿子，加上颜蓉自己，也都轮上了，大家感觉舒服多了。

黄昏时分的咪粥，又来了。

不知怎么，明训的手一抖，刚吃完粥的碗，掉到了地上，裂成了几块。

老夫人责备道：这是最后一个瓷碗了，你怎么不小心。

明俊却嬉皮笑脸：这种东西就不禁摔，当初我还嫌它重，不想带上来，摔了就摔了。

明训宝贝似的一块一块碎片捡了起来，搁在一边。胡太的儿子打算给扔了，明训却不肯，说不定有用呢。

杨公说：那就留下吧。

老夫人又去摸摸洋娃娃的额头，烧还没退下去，只是不烫手……都几个小时了。

颜蓉忙说：没那么快见效，让她好好睡一觉……

洋娃娃只露一个头在外边，原先有点卷的头发，现在已耷拉了下来，失去了光泽，脸上早已发黄，哪还有洋娃娃的可爱，只余下可怜、可叹……

杨公拄着手杖，在小小的舱里来回走了一阵，似乎在回忆什么，而后边走边说：早年下南洋，哪有这么大的轮船，也就三四百人，是这条船的一半，舱位更小、更窄，好在那时年轻，也做了吃苦的准备，这一来，反而不觉得苦了，只是仍然有人顶不住，半路上得病，治不了，只能听天由命，死的也不少。不知那些卖猪崽，过太平洋，到美国那边的该死多少人，水路那么长。唉，中国人命苦，把身家性命都扔在外边了。我算是侥幸，活到了古稀之年，到了这个年龄，断无再辱之理，岂不敢死？

明训说：父亲……

杨公没让他说下去，只说：我什么都无所谓了，只可怜叶问骐，死了还吊在外边，风吹雨打日晒，太侮辱人了，是可忍孰不可忍！

大家明白，老人是为叶大叔寝食不安。

他是为了大家，不仅仅为我们，怕我们受牵连，而是为了所有香港人，他死得壮烈，我们该为他做点什么了。

明俊说：中国人讲究入土为安，可我们今天做不到。

杨公说：在海上，不是说入土为安，海上何来土？讲的是水葬，入水为安……

明训说：父亲，你放心，我已经想到了。明代少年将军夏完淳，十七岁殉国，我还记得他的几句诗：

寂灭：白银丸纪实

> 缟素酬家国，戈船决死生。
> 胡笳千古恨，一片月临城。

明俊说：父亲还教过我另一首诗：

> 三年羁旅客，今日又南冠。
> 无限河山泪，谁言天地宽。
> 已知泉路近，欲别故乡难。
> 毅魄归来日，灵旗空际看。

明训感叹道：广州沦陷三年了，香港也沦陷近三个月了……无限河山泪，谁言天地宽？我们只有这咫尺船舱了。

天快黑了。

老夫人忽地惊叫了起来：热度又升上来了。

颜蓉赶紧用手帕打湿去敷，针药也压不住了。

孩子太可怜了。

此刻，洋娃娃的额头又一次烧得烫手了，并且开始发谵语，只是听不清了。不过，仔细去听，似乎就是两个词——"妈妈，回家"。

才三岁的孩子，认知也就这么些，还能说什么呢……

夕阳的余光，透过舷窗，正好投射在她身上。她分明开始抽搐了，小小的身子蜷缩成了一团，缩到胸前的脚弓了起来，在抖动，仿佛要把盖在身上的被子踢掉，却又没力气。一会儿，头部摇晃了起来，卷发似晃动的火的余烬。不知什么时候，两眼的泪水已流了出来，把脸流花了，反射着夕阳的碎光……

老夫人实在不忍心，连被子一起抱起，想制止住她的抽搐，却无能为力……久了，抽搐骤然停止，孩子似完全昏了过去，可突然之间，她竟睁大了眼睛，哭声道：妈妈，带上我，等等我，我就来了，我们一起回家……回家。

这回，字眼咬得非常清晰。

显然，这只能是回光返照。末了，她浑身的余力耗尽，头一侧，卷发覆盖住了整个脑袋，再也没有气息了。

颜蓉失神道：姑姑，放下她吧，她已经走了。

老夫人老泪纵横，让颜蓉把洋娃娃接过去。

舱中人无不动容。

这么一条小小的生命，竟然也要被剥夺，天理何在？

夜深了。

难得见到一眉弯月出现在舷窗外，把江水映得一片白，如同一泓清泪。

明训说：不要等到明天来人收尸，我们自己把她水葬了吧。

杨公沉着道：你们兄弟一道去。

明训用被子把洋娃娃裹好，稍加捆扎，而后与明俊抬起，临出门时，弯腰拿了一片碎碗片。

出门后，就被人喝住：站住！

我们一个孩子死了，不能等明天才抬出去吧……

那——过去。

两个人尝试往船头的方向走去。

只是，没走到船头，又被挡住了。

不能走，站住！

明训说明了原委。

那也不能在这里投下海，往船尾方向去。

明俊发现，专门有人守在挂着叶大叔遗体的位置上，根本没有离开的意思。

显然有防备。

不管怎样，也算是投石问路吧。

两个人找到一个临西的地方，那边的船少，这才把洋娃娃送了下去。

目睹流水把洋娃娃往南送出去，直到看不见，兄弟俩才离开……

回去后，明训把情况说了。

今天把人刚挂上去，他们势必加强防卫，不让人靠近，恐怕得找机会。时间久了，他们疲惫了，放松了警惕，我们才钻得到空子……可怜问骐，还得在外边悬几天，这天杀的日本仔！

老人恨恨地说。

第二天"检疫"，叶大叔还挂在船头。

寂灭：白银丸纪实

  只是他脸上的微笑已经不见了，风吹干了皮肤，使颧骨分外突出，神情似严峻了起来，只是眼还瞪得大大的，比昨天更大了，嘴唇干枯了，紧咬着的牙齿显了出来。他仿佛在说，你杀得了我的肉体，可你杀不了我的意志，我要睁大着眼，看到魑魅魍魉的最后下场。

  杨公定定地看了他一眼，才拄着拐杖去追返回白银丸的难民队伍。

九、断无再辱

大概是天气好转了，明训率先发现，江面上挂着红十字小旗的粥艇又来了，与上次相距有几天了。

而且，直奔白银丸来了。

没多久，一等舱这一层，便传来了脚步声。

过了一会，舱门敲响了。

门开后，果然又见到了颜芬，只是她用手指按住了嘴唇，只说：拿个大点的口盅，这个粥还热，放心。

明俊发现，这次跟着红十字会成员的，有两个伪军，上次并没有人跟，或者站得还比较远。

颜芬边打粥，边用眼神示意颜蓉过来。

颜蓉还是过来了。

颜芬比她的姐姐颜蓉秀气，虽说个子没姐姐高，可身材还是姣好，活脱一个模子，双眼皮，丹凤眼，都太像了。她为姐姐急：你应当知道，日本很在意红十字会活动，过去比中国强得多。它也是第一个在《日内瓦公约》上签字的非基督教国家，后来还发表了有关战时平民待遇的《东京草案》——总之，表面功夫是做足了。在广州珠江南岸的红十字医院，离这里近，我们要求来探看难民、舍粥，他们几乎没怎么犹豫就答应了。当然，来了之后，还有种种限制，但能来就好，很难说，过不了多久，他们找个理由就又不让来了。

颜蓉摇摇头，日本仔擅长把面子做足。

最好趁这个机会离开，你也知道，面子并不靠得住，说变就变，机会说没就没了。颜芬指着岸上一个山坡，那里有一栋两层楼的房子，上面也画了个很大的红十字，这我还不知道是什么医院呢。

但颜蓉执意不走。

只是她没想到，那个大红十字，最终与自己有关。

颜芬趁伪军不注意，把一个红十字徽章硬塞到了颜蓉手中，这是最后的机会了。

颜蓉说：上次你说，男的不行，老的不行，我们这里只有阿玲嫂子了，你还是给她吧。颜芬看看伪军，小声说，我们未必会下二等舱，你拿着等一会，打一轮过来，不一定是这两个家伙跟着，你再加入我们这些人当中。

我不能走，别说了。

那我试试，看能不能到二等舱，上次好不容易下去了，那里又乱又脏，他们不愿意让我们把看到的说出去。

颜蓉硬是把红十字徽章塞回颜芬手中。

颜芬万般无奈，只好收回。

这时，胡太的儿子赶紧问：我妈怎样了？

颜芬说：放心，我们家世代为医，你妈先在我家治好了病才回去的。她是副伤寒，沙门氏菌感染，死亡率也不低的，我还担心你们被传染。

颜蓉说：我在这，不会疏忽的，所以我不能走。

颜芬轻轻地叹了口气，说：你呀。

颜芬打完红十字会赈的粥，离开了。

过了大约半个小时，她一个人又来了。

我是借口上厕所来的，他们不让下二等舱，也不给你说什么理由，蓉姐，你得走。

颜蓉坚持说：我不走，上回我已经讲了，不要这么强求。

颜芬向杨公救援：你劝劝她。

杨公说：我们来日无多，你年轻，出去吧，不要太把受到的创伤当包袱，你还能救更多的人。

颜蓉说：你常讲苏轼的诗，后来视今犹视昔，过眼百世如风灯。我多活几天不也如风灯？

杨公摇头：我们一吹便灭，你不会。

也灭得差不多了。

颜芬又把红十字徽章硬塞到颜蓉手中，掉头就走，强忍住没哭出来。

颜蓉没有追出去。

又过了半个小时，看到红十字会的小艇离开了白银丸，颜芬低着头坐在上面。

显然，还是没能上二等舱，阿玲走不了。

又过了一阵，响起了皮鞋声，这是有士兵来了。

舱门给使劲拉开了，一个伪军向里看了看，指着明俊、胡太的儿子，说：你们两个出来，跟我走。

什么事？

冲洗一下空舱房。

明俊正往外走时，明训不知把什么悄悄地塞到了他的裤口袋里，谁也没发觉，甚至明俊也不知道是什么。

为什么要冲洗空舱？

明训想了想，说：大概是敷衍一下红十字会吧，刚才不让颜芬她们下二等舱，也就是那里太脏太乱，任由病毒传播……做做假，装点面子而已。

杨公却说：还有一种可能，白银丸要离开了。白银丸到这里已经有些日子了，不比南海丸、海珠丸这类中国船，它是日本的，不能滞留太久，上回白银丸已来过这里一次，这是第二次了。几天前，不明船员说白银丸还得去海南岛。运劳工去海南岛，这个可能性较大，白银丸不能让劳工在船上染病，失去劳动力，这才开始清洗，做准备。

明训想的是另一件事，说：那，叶大叔还会吊在那？

一直到走。

明训说：这回看明俊机灵不机灵了，还有，胡太的儿子能不能配合。

杨公一愣：你已让他去断后？

是的，当然，得有机会。

伪军挑选了明俊与胡太的儿子，是看他们年轻。明训显得年纪大了，没被看上。

两个人出去后，才发现，已经有五六个被挑中的年轻人在提水、用扫把在一等舱忙碌了起来。两个人也加入这个行列，忙碌起来。

船上正是趁这出太阳的日子，才来个大清洗。

晚饭时分，这将近十个年轻人，分到的不是味粥，而是在船员餐厅里打来了米饭，还有点时鲜青菜、腐乳，算是下船来第一次享有口福了。

只是，吃得多，也干得多，不会便宜了你。

晚饭后，很快又得干活了。

而且还得去清洗二等舱。

二等舱比一等舱空得要多,但也脏得多,不仅有呕吐物,还有不少排泄物,臭气熏天。

天渐渐黑了下来,起风了。

明俊摸到了口袋里明训塞的东西,正是打碎的碗片,锋利程度绝不亚于刀子。他明白大哥的意思,所以借提水、冲洗的机会,把船头甲板上的情况摸得更清楚。那里不仅有几捆半人高堆起来的粗缆绳,还有不少设施可以做屏蔽物,迂回的余地不少。这本就是客轮,没有特定的岗哨。

叶大叔已被吊了两天两夜,日本仔估计不会有谁敢多事,自然也就松懈了。

几回冲甲板,明俊看见没人监视,便让胡太的儿子守望,他试图上船头。

可是,哪怕是一点小动静,胡太的儿子就咳出声了,把明俊惊回来。

看到胡太的儿子瑟瑟发抖的样子,明俊知道他是不可能好好配合的,只能作罢。

深夜,这批年轻人才被打发回舱。

明俊悄悄对明训说:只有我们兄弟俩出去才行。

杨公问:今天冲洗又是为的什么?听说了么?

胡太的儿子说:难得出一回太阳,船上才趁机清洗的。

杨公长叹一声,对兄弟俩说:不可以让问骐一天又一天地吊在那里,我于心不忍……

明训想了想,说:现在我们出去,他们也刚刚收班放松了警惕,这也许是一个机会。

明俊也说:我都踩好点了。

喘口气再去吧。

这时,胡太的儿子突然问:颜医生,你还留着那个红十字徽章,没扔掉吧?

颜医生说:我找找。

她翻找了一下,在衣角找出来了。她是藏起来了,怕不小心被发现,会连累人的。她不解地问:你要它干什么?

其实,据我所知,红十字会里也有不少男的。今天上来的,不见男的,但上回,好像是有男的……我想,要是有机会,我得试试,出去找我妈。

你妈病已经好了，我妹妹说的不会假。

我还是不放心，上回从旱路走的亲戚，也不知回到广州没有。

颜蓉迟疑了一下，还是把徽章放到了胡太的儿子手上，说：收好，不要被发现，看看有机会没有，也难得你一片孝心。千万小心，千万！

我会的。

明训在前，明俊在断后，兄弟俩配合默契。

白天冲洗舱房前，明俊虽然已经踩好点，只是现在已是深夜，月光很淡，舱道、甲板还留有没蒸发掉的水，反射着浅浅的光点，黑灰色，不甚分明。才出舱没多久，便听到巡逻的脚步声，好在所有舱门都没关上，以便于舱内的水渍早早吹干，他们便立时闪身到里面，等脚步声过去再出来。

蹑手蹑脚上了甲板，只能弓着腰前行，走了一段，听到有人说话，只能趴在有阴影的角落里，仔细分辨出声音的来处。如无碍，再继续前行；不然，又得等上一阵。

就这么走走停停，已经一个时辰了。

总归接近船头了。

似乎有人守在那里，这就麻烦了。

却没有声音，匍匐靠近，才发现是有人搭着要晾干的长军服，俨然是个人样，这才松了一口气。看来，白天不曾设有固定的哨位，只有巡逻；那么晚上，巡逻只会更松弛，相隔的时间会更长。

两个人在两捆缆绳中间趴了下来。

果然，没隔多久，有一队巡逻值班的走过，但并不曾驻足，没两分钟便走了过去。只不知下一次相隔多久？两个人屏住呼吸，在数数，一十、二十……八十、九十……二百……五百……八百，一千……直到两千多，巡逻的再来。开始不想等，但明训还沉得住气，屏住气，再屏住气，终于下来，约半个小时，才会有一趟。

于是，巡逻的稍走远，两个人就爬到了船头。

明俊原来觉得，悬挂的绳子离船头很近，伸手就可以搭上，拉近，这就好办了。可这会儿，连手长的明训把手伸出去，离挂绳却还有一段距离，搭不到，更别说拿近了。

好在明俊脑子快，解下了皮带，递给了明训。

明训把皮带轻轻一甩，在绳子那折了回来，于是，左手便赶紧抓住。

这样一来，用皮带圈一拉，吊人的绳子便拉近了。两个人抓紧时间，把绳子拉到了船舷边上。

明俊掏出了锋利的碗片，在麻绳上割了起来。麻绳很结实，也很粗，不是两下割得断的。夜晚，如没有水浪拍在船侧的声音，这割绳的声音还是很粗钝、很入耳的。

也许是听到了什么声音，巡逻队竟然又过来了。两个人趴在地下，只握住皮带，气都不敢出。

手电筒乱晃了一阵，也终于远去了。

绳子一下割不断，明训当机立断，把绳子往上拉，找到结头，解结头总归比割粗麻绳要容易些。

这一拉，叶大叔的上半个身子竟来到他们面前。

结头就在他的脖子后边。

动手解时，明训挡了明俊一下，借手，把叶大叔胸前的几颗纽扣扣上了——明俊心一热，哥哥是怕叶大叔在水中，把衣服漂开了，只余下身子。这在江面上见多了，光光的背脊，散乱的头发，老爷子"断无再辱"的话宛然在耳。

明俊等哥哥把扣子扣好，才解开了结头。

此时，兄弟俩仿佛看到，叶大叔的双眼终于合上了。

而后，就着绳子，缓缓地把人放下去，一直到落入水中，不会有声响，两个人才把绳子放掉，一道沉到水中。

无言且难以言说的"水葬"。

悄然无声，但不失隆重的葬礼！

兄弟俩没敢耽误，爬出了船头的缆绳堆，弓腰过了船舷边上的甲板，再进入舱房的过道……返回的路，是那么漫长，心都要从喉咙里蹦出来。

还好，不再有什么意外。

侧身进入了一等舱，再回到自己的舱位。

杨公还没睡，尽管兄弟俩没发出什么声响，他却感觉到了，低声地问：入水为安了？

明训说：我们轻轻把叶大叔放下去了，一点水声都没有。

天地为他静默。

杨公满脸是泪，我们多少可以向列祖列宗交代了。

只有他心里最明白，问骐是为何而来，他一直在安排别人逃出生天，可他却英勇赴死，义无反顾。

这一夜，波澜不惊。

又是一天。

很是奇怪，夜里丢失了高高挂起的叶大叔的遗体，似乎并没被人发现。

白银丸上，一切都在按部就班。

难民所派发的味粥，也很正点。

随后的"检疫"也是一样。

而且，这天被带走的难民，竟然只有几个，比往常少了很多。

愈是正常，就愈不正常。

可谁也猜不出。

莫非，他们以为，叶大叔是因为绳子松了，自行掉入水中，或者，在船头的水下，发现了失踪的尸体，也就没有什么可追究的了，犯不着兴师动众？

或许，他们的心思已不在这上面。

一个个谜团，仍然堵在每个人的心口，愈难解，也就愈让人恐惧。这日本仔，不会有什么大动作吧？可他们，又能把这么多船上的难民怎样？

终于，中午时分，先是底舱传出嘈杂的声音。

而后，则往上"传染"到了二等舱。

分明所有人都从舱里走到了外边。

末了，一等舱也有伪军来喊话了：把行李全部收拾好，下到"检疫"的码头上，给你们挪个地方，手脚利索点。

果然是杨公有先见之明，日本人要腾空白银丸，把人打发走，昨天的大冲洗，就是为今天做准备的。人一走，白银丸马上便要开回香港，运送劳工上海南岛了。

其实，行李也没多少可收拾的，十天下来，也就知道什么是该带走的，什么是不用再带走的，所有人都一样……只是不知道，挪的是什么地方？

难民所么？

进了难民所，又几时能出得去？

按照一战的规矩，应当一直等到战争结束，才会放人。不过，那主要是针对俘虏什么的，比如敌对国的相关人员，可老百姓又算什么？也得一直关下去么？这如今，谁看得出，战争会什么时候结束？

自从上了白银丸，就任何信息都没有了。

叶大叔匆匆来去，也只说了新加坡沦陷，日本仔对华人、华侨实施了预料之中的大屠杀，日本的空投部队降落在苏门答腊的油田。他们是急了，南下而不北上，一是打不过苏联，二是对南洋的油田急了，须抢来救命，没油，飞机、战舰都动不了……叶大叔永远是那么达观，仿佛胜券在握。还有，仅九龙就发了远远超过十万张归乡证，日本人显然要把香港人赶尽，而且杀绝，简直疯狂之极。

只是上了白银丸，命都攥在了侵略者的手心。

一等舱的人全部下去了。

二等舱、三等舱和底舱的人，都已等在那了。

大家惶恐不安，不知会发生什么。

这时，白银丸的汽笛拉响了——已经有多少天不响了，船上的轰隆声立时传来。

的确，它要走了，所以才会在昨天来个大冲洗，今天又把乘客全部清空。也许正是这样一个原因，才没有深究叶大叔的尸体为什么失踪，显然是来不及了，或者以为是绳子断了，人掉下江去了……

明训一家，站在了码头上。他们是白银丸上下来的最后一批，所以才站了后面。他大致估算了一下，按基本的舱位算，从香港出发，至少有八百人，这还不算挤在底舱多出的人数，而现在也就只剩下二三百人了。减少的人，不是在"检疫"中被带走了，就是染症死去，被扔到江水中去了。这么想，让人不寒而栗。像胡太、杨小妹侥幸逃出的，没有几个。

而眼前这二三百人，与上船时的八百来人，完全不同了，上船时，还有不少人在用力地挤，在争着向前冲，甚至不顾把别人挤落水中，他们不是精力过剩，而是想尽早逃离死亡的追逼。他们可以挤得满脸通红，可以有血气地拨开人群，哪怕有损斯文。当然，不少人也都是衣冠楚楚，不失香港人的派头，而其他人大都还算健康，脸上不曾有饥馑的菜青色，眼神炯炯，灵活地左顾右盼。有的更是扶老携幼，用肩膀挤出一条路。无疑，他们大都是一家一家的，甚至一个一个的家族，少的三五人一家，多的十几、几十人的大家族，如同杨公带上这么多的人。差一点的，至少衣装是整齐的，没有皮革也有布鞋，脸上还有血色。更有挑着担子上船的，一头是小孩，一头是衣物什么的。逃难嘛，刚开始还有点希望，有积蓄着的精力，满以为一天就可以在广州登岸……

只是现在，再也看不出曾冲撞过、拥护过、大呼小叫上船的那个情景了。一个个衣衫褴褛，上面全是污垢，黑一块、黄一块，人群中更充满了各种酸臭的味道，这不仅是久未冲凉发出的汗臭，而且还有尿骚味、粪臭味，比猪圈、牛栏还不如。所有人都落了形，可谓形销骨立，脸上颧骨凸出来了，眼眶陷进去了，脸色不是发白就是发青，有的纯乎一个只剩下皮的骷髅头。他们不会拥挤，也不会发出什么声音了，眼里萱萱的，什么也似看不到，就那么默默地站着，任人摆布，没有了相互关照、扶持，所有人形同陌路。而那一个个家庭，显然已经不存在了。才几天，对人的摧残，精神上只怕比肉体上更甚，恐怕比饥饿更狠，绝望完全代替了哪怕细微的侥幸心理。他们甚至连活着是怎么一回事也失去了感觉，这也就应了日本人的一句话，他们已是"马鲁大"，即木头人。

这仅仅几天，就可以把人变成木头！

正在这时，陈管家从二等舱的队伍尾部慢慢地移了过来，到了杨公这六个人当中，没让发觉。到了后，他赶紧说：我们这可能是送到难民所，那里是一个个的小房间，其实就是老监狱的平房，以后联系就全断了。我想了想，你们不如慢慢往前移，到我们那里，真要进号房，我们这十一二个人还得在一起，彼此有个照顾。

杨公咬咬牙：行，死也死在一起。

胡太的儿子说：不如你们来这边，这边是一等舱，可能安排会好点。

明训摇摇头：现在谁还看船票是一等还是二等？难民所不会分一等难民、二等难民的，我们走在最后，恐怕更差。

胡太的儿子没再说什么了。

正在这时，人群又骚动了起来，不少人又回头去看白银丸。

白银丸还没开走。

只是这时，船上的舷梯又伸回到了码头上。

这边，伪军已有几个人赶到了舷梯下边。

甲板上，日军士兵正押了三四个人走向了舷梯。

这时，颜蓉差点喊出声来，这就是沙仔与其他几个烂仔。她在底舱见过这一伙人，沙仔还威胁过……

杨公说：别管他，趁这个机会，我们几个人往前挪，尽量别让人发现。我带头。

他携着老夫人，往前边慢慢移去，所有人都抬头看着白银丸上发生的事，都不曾在意。偶尔也有人嘀咕，往前走干什么，抢死呀，但声音也很小。

几个烂仔不得不下舷梯。

这边，明训带着颜蓉，也跟着往前移动。

很快，杨公就在陈管家引领下，见到了阿玲与几个许家的人，阿玲泪如泉涌，喊：爸爸、妈妈……

接着，明训也到了，阿玲一头扎到他的怀里。十天比一辈子还难熬，但总算还见上面了。

就在沙仔一伙人从舷梯落到码头上时，明俊与胡太的儿子也来到了原来二等舱的亲人当中。

数一数，原来十九个人，只剩下十三个了。一等舱逃走了胡太一个人，二等舱走了小妹与许家小儿子，有一个仆人与两个许家人，在"检疫"中被带走，生死未卜，余下的算是"幸运"的了。不管怎样，能够再度团聚，有赖杨公的当机立断。

沙仔一伙人下了舷梯，还在不满地说：什么船都让我们乘回去，为什么这一条不行？

伪军呵斥道：你上错了船，这是日本人的船。

上回也是日本人的船。

这条船未必回香港。

你们不讲理，我为你们通消息，立了功，还一样把我往下赶。

哼，你们躲在船舱里，以为不会被发现，一定是图谋不轨，要不要把你们交给皇军审一审？

沙仔一听，脸就吓白了。

这才与同伙一道跟在转移的难民后边。

好在杨公他们已挤到了前面，才没与他们直接撞见。

颜蓉忧心忡忡地说：这个害人精，不会还有机会再害人了吧？

陈管家说：应该不会了，至少不会到我们一个号房里。

阿弥陀佛。

这时，白银丸又一次拉响了汽笛，舷梯已收回了。

引擎的声音愈来愈响、愈来愈紧了。

终于，这艘日本客轮又一次离开了南石头。

白银丸前后有多少次到了南石头，每次又有多少香港难民被送到南石头，这在轮船公司是有记录的。

也就是说，仅仅一艘白银丸，就已把数以千计的香港难民送到了这里。

迄今尚没有人找到要回广州而上了白银丸，后来活着出来的任何一个香港难民！

这包括胡太、杨小妹——这是后话。

总之，白银丸在南石头太"出众"、太引人注目了，当地南石头村民中的幸存者，没有一个忘记它。

到南石头的还有几十条客轮，当然，都比白银丸小，一船就五百人左右。其他用来运送香港难民的，更有上千条大木船，一船也有百十来人。

十、岸上只有难民所

所有香港难民都以为无论如何这次是可以上岸了，哪怕进到难民所，也算是到了广州的土地上。这似乎已在告诉大家，离开南石头，已走出了第一步，不用在船上没日没夜地等待，眼都望穿了。

没人意识到，这时另一艘早已停泊在南石头的客轮，却在缓缓地开了过来，靠近了南石头的码头。这只是中国船，船上的油漆已是斑驳陆离，露出一大块、一大块的锈痕，看上去似一块块的大抹布，黑的、蓝的、灰的，交错在一起。这只能是被日军俘获的轮船，被投入粤港航班，加速把必须"归乡"的香港人往这里运送。这些船，有南海丸、海珠丸，还有天鹏丸、天蝎丸，以及外来的台南丸、福海丸……而这条船由于太陈旧、剥落得太多，连船名也看不分明，大概前边一个字不是"大"就是"天"，后边的字已经消失了。

只是船舷上，分明有人，不知是伪军，还是难民。

当船泊好，放下舷梯，带队的伪军吆喝道：前队变后队，后边的先上。

胡太的儿子还在琢磨：让我们上船？后边的先上，哪不上的是一等舱了么？

陈管家也有点不解，怎么还让上船？

明训只说：难民所照样人满为患，看来，我们又得在这条船上待上一些日子。

颜蓉说：那个刘所长说了，难民船也是难民所，水上难民所……岸上与水上，就是一回事。

大家只好默默地跟上队伍。

前边走的，大都指定下了底舱。

一边走，一边还发现，不少舱里还是有人的，但都没几个了。当初船到之日，同样应该是满员的。日子久了，就同白银丸一样，上边的人就愈来愈少，只是为什么不把剩余的人也清理掉，送到难民所呢？还有，这里面的人，或许与现在上来的人一样，是从别的船转来的？

心存这样的疑问，明训跟随着队伍，走到了这条船的二等舱位，而后被要求停步了。一个伪军称：你们就住在这。

舱门打开，恍惚间，里边床位上还有两三个，而这里的二等舱，只是十二个人一间，上下铺，有点拥挤。

而且里边一样散发着异样的气味，沤臭、酸臭、腐臭，自然少不了尿骚等气味。

陈管家却似有经验一样，马上把同行的所有人，一共十二个，全带进了这个舱位。

他自己更是直奔里面的舷窗，打开，往下看了看，出了一口大气，说：就在这一间吧。

行李纷纷被往床底下或床头放。

果然，里边还有两个人。

陈管家对他们说：我们是一家人，你们……能不能换换，到旁边的舱位去？

好在这两个人还爽快，说：我们只比你们先上来几天，换就换，我们先上旁边看看。

两个人立即走外边了。

杨公问：这船不是来了很久么？他们怎么才上来几天？

陈管家说：也许，这是用来做中转的——我们应该不会在这条船上待太久。

老夫人自言自语道：既来之，则安之。

行李很快就放好了——本来就所剩无几了。

趁原本舱里的人出去没回来，陈管家赶紧说：我们来了这一层，算是走运了。舷窗离水面也就一人高，渔民晚上在水面穿梭往来的小艇，正好可以挨上，同我们在白银丸时一样，买点他们的粥、饼，还有点心，都很容易，不似在一等舱，得吊下绳子装篮来买，还随时会暴露，有一回没一回的，我一直担心这个。

在码头上，你就想好了？明俊问。

杨公夸赞道：有人管家还是好多了。不过，日子长了，能继续下去么？

没太大问题，法币、港纸、军票，已准备充足，好在老爷有先见之明。
好了，大家都在一起了，什么事都能有个商量。

大家多少有点宽心。

没多久，出去换舱的两个人回来了，说：找到了两个床位，可以搬出去了。

太感谢了。

同是天涯沦落人，打散你们一家，我们也于心不忍。其中一个人这么回答。

陈管家在他们提行李出去前，追问了几句：那你们之前是哪条船的？到南石头这里有多久了？又是怎么被安排上了这条船……

一个放下了行李，看了看这一家子，叹了口气，摇了摇头，说：看来，你们还没到几天，什么也不知道……我们俩都快一个月了，同行的，死的死，有的上了什么传染病院，或者跳了江，不知生死……我们算命大，捱了一个月，也发过烧，拉过肚子，却死不了，不知道以后会把我们怎样……之前，我们是在南海丸上，那条船，有近五百人，里边开始还算干净，船也没这么旧……只是几天前，南海丸说还得去香港接难民，把我们没死的、没走的清了出来，也就只有四十多个人吧，在"检疫"时，就把我们转过来了，没你们这次这么多，加上之前的，这条船，人只怕又满了。

没有听说过什么吗？

你们是新来的，应该比我们知道的多，新加坡还在打么？

早在春节那天就陷落了，不过，我们也是听来的。

日本仔胃口大得很。

同行的在催了：走吧，以后还有说话的时候。

两个人一同离开了。

可是，才十二张床位。

终于，胡太的儿子提了出来：我老母走了，我就一个人，我可以单个出去，同他们一样，另外找一个舱位，他们找不难，我找也一定容易。

颜蓉心中一沉，说：他一个人要走开么？在这一层找到最好，过来也方便。

我会过来的。

他走了出去，不到半个小时，也回来拿行李，说找到位子了，就在同一层，不远……

老夫人有点不舍，你在白银丸不也是睡在地上么？我们把地擦干净一点，你就可以不走了。

不用了，这里是上下铺，不比白银丸宽敞。放心，我会时刻过来看望你们两位老人的。

就这样，胡太的儿子走出去了。

陈管家仍说：晚上，渔民小船买来的粥饼，我会一样给他送上一份的。

夫人点点头：这是应该的。

果然，黄昏前分派味粥了，来打粥的，还是难民所那几个人。虽然总有轮换的，但大抵都见过了，只是这些人从来不多话，像哑巴一样。

夜风起了，比先前又冷了些，天上黑云翻滚，似乎又要变天了。来这么多天，冷是冷，却没有刮风下雨，船上更没多少颠簸，突然晴了两天，是不是又得倒回去了？

居然淅沥淅沥下起了雨。

轮到陈管家操心了，说：一下雨，渔家的艇来得了么？

明训反而说：下雨，日本仔不出来，对他们反而是个机会，我想，他们会来的。

夜深了，雨大了。

正当陈管家叹息道"今晚不会来了"时，舷窗外，却已闪过了一个黑影……

明训赶紧说：陈管家，来了！

陈管家立即从舷窗探出了头，果然看到了几条小艇过来了，连忙伸手打招呼。

来的小艇上的渔民，居然认得他了，说是老陈吧，我见白银丸走了，不知把你们弄到什么地方，正担心着……还好船上的食物还没卖掉多少，不是留给你们也是留给你们的，快接着……

饼呀，点心呀，先递上来了。

我这里还是原来那么多人，十几个，够么？

够。

下这么大的雨，人都淋透了。

打鱼的还怕水么？雨越大，越安全，不用提心吊胆。

一个个大口盅递过去了，都打得满满的。

今天是菜干粥，去年晒干的，味道很正，换个品味。

难为你们操心了。

船走了，大家也吃得很舒服，还专门留了一份给胡太的儿子。

没多久，胡太的儿子来了。只是，他不是为这一份粥点来的。他说：同一层，在舷窗外买东西到底比在上一层方便多了，所以今天他自己已买了一份，以后，这里也不用为我留了，已经很为难你们了。

一家人不说两家话。

他说了自己所住的舱位号，你们有机会可以过来，我那并没住满，还空了三个床呢。

他很快就走了。

只是以后，他仅仅来过一次。

他显然有自己的打算。

不出其然，"倒春寒"骤然而至。

冷风冷雨，刮过了江面，刮过了江岸，原先对岸姹紫嫣红的紫荆花，一夜之间，都被风吹雨打去，唯有发暗的叶子还在，但已是满地落英，满地乱叶。一股寒流，终于冲破了南岭的屏障，声势浩大地席卷了南粤大地，恣意肆虐，得意万分。

杨公所在的这艘旧船，当然无法与白银丸相比，狂风一来，便颠簸了起来，幅度相当大，舱里的碗、盅什么的，滚落了一地。浪声一阵比一阵高，仿佛与狂风争个输赢，江涛拍打着船帮，竟似有爆裂的声音，大浪拍起的水花，甚至溅到了船舷内，连二等舱的过道上，都流成了小河。

风声、雨声、涛声，加上岸边大树刮断的裂声，堤岸仿佛在呻吟，老天在号啕大哭……

一夜的翻江倒海，一夜的狂风暴雨，一夜的……濒死的惊恐，这个世界将不复存在了。

杨公睡不着，旁边的老夫人在惊悸中抽风不已，直到颜蓉过来，掐了几个穴位，才安静下来。

其实，颜蓉也在强忍住不呕吐出来——这么多天，她不是悄悄躲到一边去呕，便是上厕所去吐，尽量不让人知道，她内心的苦水如何倒得出来。

到天边渐渐透点白光,雨点还是黄豆一般大,只不再如决堤那样倾泻而下、呼啸而来了。

这便是中国南方的季候。

十点了,发粥的也没来,当然是不敢上来,甲板上依旧站不稳人。

"检疫"大概也免了。

尽管如此,大风大浪中,仍有粤港航班的船只,陆陆续续,一前一后,来到了南石头。客轮是少不了的,但大木船更多,有的桅杆都被大风吹折断了,斜搭在船上。不知这一水路上,船上的香港难民经历了什么?生病、受伤,乃至死亡,只怕无一幸免。

大雨也是有一阵没一阵的。而且电闪雷鸣,天一忽儿黑得不见五指,一忽儿又让闪电照得似着了火一样。

其中一条大木船靠近了这条陈旧的客轮。

木船上有人喊:船要沉了,救命,救命。

虽然在雷声、雨声中,这一呼救声几乎难以辨别,却还是有人听出了什么,到了甲板的船舷边上,要看清是什么情况。

显然,大木船已经进了水,船上近百人都上到了舱板上,在拼命呼救……这时,连伪军也来了,与木船上的"胜利友"讲了一阵。显然,船不可以沉没在码头附近,这会堵塞航线,外边的进不来,里面的出不出,而这是必不可接受的。

不久,一艘军舰开来,要把大木船拖到江心,拉到对岸。

这一来,船上的难民更无生还的可能。

于是,旧客轮的难民,纷纷扔出用被单什么拧成的绳子,让大木船上的难民抓住,一口气把他们拉上来。好在不是很高,一个接一个,一条绳又一条绳,很快,大半的人都给拉到客轮上来了。

木船上,一个高个子的难民,一直帮忙接住客轮上扔下来的"绳子",交给急需逃离的老人、妇女和儿童,可他自己却没上来。

眼看,木船马上就要拉开了。

明训、明俊兄弟一直在这边扔"绳子",这时也焦急了,喊:快抓住,船要开了。

只是那个高个子难民,一手揽住一个小孩,一手抓住"绳子",正准备跳时,船开了,他与孩子都悬空在客轮的船体边上,惊险万分。明俊索性攀住船舷，另一只手伸出去，把他怀里的孩子拉住，高个子这才凭绳子上来了，小孩子也让明俊带上来了。

等高个子在甲板上站稳，抹去脸上的水珠，站在一旁的明训却傻了，这不是赵南天医生么？

明俊只拍拍高个子的后背，说：好险，救了人，自己差点没命了。

赵南天只顾得喊：谁的孩子？谁的孩子？

却没有任何回应。

明训说：你们先进舱去吧，一身都淋透了，冷雨湿身，是要得病的……快跟我们走。

此时，甲板上已经没有人了。

那边，日本船拖着那条木船已经过了中心，木船已经大半浸在了水里，很快只余下了桅杆，已到了江的另一边，不在航道上了。日本船也砍断了绳索，任这木船下沉，没一会，连桅杆也要不见。

赵南天仍往江水中看去，说：没有人浮上来，不知道舱里还有没有人没出来？

明训拉了他一把，说：走吧，颜蓉在我们舱里。

赵南天有点意外：哦。

他被明训拉着，从甲板上走到了二等舱，明俊抱着孩子跟在了后边。

一进舱，明训便叫：阿蓉，你看谁来了？

颜蓉正在给老夫人捏着肩，一抬头，也傻了。

你，你怎么也上这条船了？

明训拿出自己的衣服，说：快，换衣服，雨水冷，伤骨的……这是毛巾，把湿衣服先脱下擦干。别不好意思，在这舱里的，都是自家人。

明俊已经给孩子在擦洗、换衣了。

赵南天在明训的协助下，很快就擦干了身子，换上了衣服，只是衣服稍有点短，衣尾吊了起来，有点不伦不类，可这个时候，没什么可讲究的。

颜蓉却没有话，她心里翻江倒海，比外边的风浪还要大，什么也说不出来。反而是明训先发话了，说：我听叶大叔说，你同司成几兄妹，没有上初三买好的船票的船，要自己走旱路，怎么又到了船上？这都多少天了？

赵南天还在用毛巾抹干湿漉漉的头发，苦笑道：说起来话长。

遇险了？谭家几兄妹怎么样？

我也不知道了，但愿不会有事吧。

你们是怎么分手的？

杨公对明训说：看你急的，让人家慢慢说好了。

与司成兄妹分手之前的一段，虽然有些曲折，但也算不了什么，但半路上被拦截，却是谁也意想不到的。

日本人不是动员"归乡"么？水路、旱路归乡不是一回事？同样是舒缓香港的人口压力，可为什么又要拦住旱路上的香港人，非要往水路上赶，这让人百思不解。赵南天直到此时，也还是没有想明白。

也许是一闪念吧，走水路，或许还能见到颜蓉。

当时，"胜利友"拦住近两百个走旱路的难民，连哄带吓把人弄上船时，司成心中是有警惕的，所以才由他自己带上两个妹妹，由赵南天带上账房先生夫妇，各走一边，悄悄地脱离了被驱赶的队伍，并约定事过之后，重新见面。

同时跑出去的，还有二三十人。

但很快就被察觉了。

本来，赵南天带账房先生夫妇已跑远了，并趴在了树根窝里边，不容易被发觉，满可以逃过一劫。

谁知道，账房先生夫妇胆小，伪军在不远地方喊叫：出来！不出来，我们就开枪了！

这本是诈，可账房先生夫妇吓坏了，哆哆嗦嗦地站了起来，喊：别开枪，别开枪，我们出来了。

这一来，赵南天也不得不站起来，当然，有那么一闪念……

就这样，伪军把搜出来的近十个人，一直押到了江边，上了早就停泊在那里的大木船，也就是"大眼鸡"船。

泊在那里的，还有另外五艘大木船，一共是六艘。

他们上去时，这条船上还只有三十来个香港人，伪军又下去拦截了。不久，又拉回了一百多人，上满了这一艘外，再上另一艘，直到拦下了六百人，六条大木船上的人都装满了，已经天快黑了。

伪军说：现在得等拖轮过来。

木船靠帆，从香港到广州，则是逆水而行，没有拖轮是走不动的。

只是，一晚上拖轮都不见来。

第二天，捱到了中午，才有一艘拖轮来了，只能拉三条，那就得留下三条，直到黄昏，才又到了第二条拖轮。而整个白天，伪军还在旱路上拦截归乡者，本来一百人的船，塞进了一百四五十人。

再过一天，也到不了广州。

一路上，也遇见好几批拦截旱路"归乡"者的大木船。就这么开开停停，捱了三天，才差不多进入广州的水道，却遇上了暴风雨。

这些人，在大木船上已饿了好几天。

拖船拉不住几条船，又担心自身也被拖累，快到南石头时，便解缆自己开走了。没了拖船的大木船，在风浪中也就互相碰撞起来，船上的把舵者、撑船佬，当然还是千方百计让船往岸上靠。几经颠簸，这批三条船，有两条还是提前靠了岸，可余下一条，里边已积满了水，吓得人赶紧跑了上来。有的人已在惊恐中落了水，舢板上，不抓住什么，怎么站得住呢？

还算运气好，沉没之前，这一条大木船靠近了旧客轮。

这才有了刚刚惊心动魄的一幕。

这么说，司成兄妹避开了这一难？明训问。

司成脑子好使，又沉着冷静，过了这一难，再危险，应该都可以过去，说不定，已进了广州。

杨公说：也未见得，我们听说，广州严防死守，不让难民进入，进去了就得报告，上午、下午分两次报告，再把人重新送到难民所，也就是这里。

司成没那么听话，不会报告的。

但愿他们兄妹逃过一劫……我只是万万没想到，你们走旱路的，竟然也上了这里。

赵南天也说：我也不明白，你们不也到了有十天么？白银丸是朝发夕至的，怎么又换上了这艘旧船，而且十天了，还没让你们上岸……

只怕上不了岸了。明训说。

上岸，也只是进难民所，不会让进广州回家的……日本仔到底要把我们怎样？

这时，雨总算停下来了，但闪电、打雷还有。

颜蓉把昨晚从渔家买来的点心、煎饼，先给了孩子吃，再同时递给了赵南天，她不与赵南天说话，只是问小孩：你的父母呢？还在船上么？

小孩饿坏了，吃完了一个饼，才回答：不知道，他们没在船上。

在哪?

在广州。

那你怎么去了香港?

我家被炸了,我找不到爸爸、妈妈,在广州讨饭,被抓到了这里。

这里?

这里是难民所呀。

后来呢?

香港快打仗前,日本仔把难民所好多人,几百,不,一千多全用船带到了东莞。在一个祠堂里住到半夜,说又得出发,走呀走,快到天亮,后边突然响起了枪声,我走在前边,同几个大人滚下了山坡……后来,一个好心人就把我带到了香港,可没几天,香港又打仗了。

怎么又上了船?

同这个叔叔一样。小孩指着赵南天,说:我跟好多人一起走路离开香港,半路就被拦住,上了船。

明训想了想,问:你在这个难民所住了多久?

好几个月吧。

里边怎么样?

吃不饱,生病,每天都有死人。

这回,又得进去呀!

我得逃,我个子小,好逃,你们帮帮我。

陈管家一直没吭声,这时才开口,说:好的,我们会帮你的,会有办法的,只是,不能保证。

小孩说:我就是死,也不愿再进去了。

一舱人都被这句话镇住了。

小小年纪,他都经历了什么?

十一、生何如死

这时，陈管家提醒赵南天：赵医生，孩子留在我们这里，你还是赶快去找个舱位，好歹得有个睡觉的地方。

赵南天说：不走了，在木船上就睡在舱板上，都过来了。

明训说：不仅仅是躺的地方，难民所发粥，是按床位派放的，人多了，粥也没有多的，还不知道在船上得留几天，上一条白银丸，是整整一周。

赵南天这才站了起来，对小孩说：我也一起去给你找个位。

赵南天走出去之后，颜蓉才转过脸来，问小孩：你叫什么名字，在广州住在什么地方？

我叫麦欢，住在广州的西关。

唉，我们也住在西关，没准还是邻居。

明训问：你为什么不愿再进难民所？

那里又邋遢又臭，打的味粥很少，我这么小，还饿得受不了。进去就出不来，围墙好高，有铁丝网，电死过人。日本儿狼狗好凶，逃不了的，咬得人一身是血……还有，屋顶好多都没了，用竹子、葵叶搭的，挡不了风，遮不住日头，也遮不住雨，雨天难受，大热天更难受，有热死人的……

管家说：照你这么说，是船上还好一点。

我这几天是在木船上，还算比难民所好。

所有人都唏嘘不已。

本以为上岸，进难民所，算是离回广州近了一步，可这哪是一步？明明是个槛，不是什么人都跨得过去的——甚至就是鬼门关，都回不了。

大家还想问什么，赵南天却回来了。

找到舱位了么？明训问。

别提了，全部都超员了，比我们这个舱挤的还有的是，不用找了，想他们也知道，不会只按床位发粥吧。

是呀，这船不大，你们的木船，一下子就上了百十来人，到时候会分散一点吧。

我就同你在一起了。赵南天恳切地说。

赵南天侧脸看看颜蓉，颜蓉却把头歪过去了。

赵南天主动地说：颜蓉，对不起了，我托人去撤到澳门的你们家，说你平安无事了，没想到你却陷在这个地方，我等于欺骗了他们。

颜蓉终于说话了：不，我得谢谢你，知道我们家平安到了澳门，我总算是放心了，死而无憾。

你怎么这样说？

别问了。

我不能这样。

你什么也不知道，我不知还死过几回了，今天活着，也是生不如死。你什么也别问了，好吗？

赵南天几乎要哀求。

明训抓了抓赵南天的手腕，制止了他的追问，毕竟，明训已深知颜蓉身心无以形容的痛苦。

赵南天却不知一切，他还是忍不住说：再难，再苦，我们也应该一起承受，好不容易见了面，说生离死别也不为过……

你就当这世上不再有我这个人了，好吗？

这句话愈发让赵南天无法理解。他终于说了：颜蓉，我们在"一碗饭"运动中都说好了，同甘共苦，生死相依，永不分离。你今天说死，就不让我在一起了么？

颜蓉默默地背过了身，来到了老夫人身边，埋下了头，泣不成声，双肩都抽搐了起来。

老夫人开口了：赵医生，你什么也不知道，也不必知道，别逼蓉儿，好么？

赵南天浑身一震，噤声了。

老夫人还在问：账房先生夫妇呢？

我去找找。他们应该也上了这条船。

赵南天出去了。

颜蓉是半年前见到过赵南天的。

"一碗饭"运动，发生在日军攻占香港之前的几个月，是香港抗战期间最大的一次募捐活动，发起人就是当时留在香港领导抗日救亡运动的宋庆龄。"一碗饭"的意思，就是每个人用"一碗饭"的费用，来支持内地人民的抗日战争，救援在战争中受苦受难的濒临绝境的老百姓。运动主持方打算出餐券一万张，每张二港纸，但最终远远超过这个数字。

那是1941年8月1日，计划三天的香港"一碗饭"运动正式开始，宋庆龄亲自为这个运动题词：

日军所至，骨肉流离，凡我同胞，共建互助。

一时间，大车小车、大街小巷上，到处都贴有标语：

为祖国无家可归的难民请命！
大家都来吃爱国饭！

有人更特制了一只大碗的模型，置之街头，引来数以千万计的港人观看。大碗边上，一群爱国人士更在疾呼：多卖一碗饭，多救济一个难民！患难与共，生死与共！

参与"一碗饭"运动的食肆、酒楼，盛况空前，香港人展现出前所未有的爱国热情。

原定的三天，最后成了三十天，直到9月1日才闭幕。

港人大都是举家投入，一人一碗，也就是一人一券。当然，不少人，家里再穷，也要买上一券，以展示自己的爱国热忱。至于多的，更是百元一券，有的只怕来迟，买不上券。

周日，颜蓉回了家，这也是她在打仗前最后一次回家。他的父亲颜老太医一见她回来，马上就说：就差你一个了，这样，我们可以合家去吃爱国饭。

于是，一同上了小祇园素食馆，全家吃了一顿，饭券当然不仅仅买二元港纸一张，而是上十倍不止。

没想到，当年的老同学赵南天，也领着一家人来了。

颜蓉知道赵家，每月入不敷出，家里的老人沉疴在身，光靠赵南天一个人的薪水在苦苦支撑着。

这让她很是感动。

虽然赵家的一席，不会有颜家的丰盛，可颜蓉却坐到了赵家这边，让赵家父母，坐到颜家这边。赵南天本就是颜老太医的得意门生，两家过去贫富不一，很少来往，没想到因为一次"爱国饭"，两家相聚到了一起。

当年读书时，赵南天心中已暗恋了颜蓉，但自知家境太差，开不了口。而颜蓉呢，也暗暗欣赏赵南天读书的用功劲，再加上他们的天分，总是在班上名列前茅。

这回，她先开口：南天，我没少听父亲夸你，今天，你一家来了，我都不敢相信，国家兴亡，匹夫有责，你真是了不起。

只要是中国人，都会这样。

可你家能举家过来，不同一般。

你家不也一样么？

彼此的倾慕之情，溢于言表。

赵南天终于鼓起了勇气，说：颜蓉，你能回自家的医馆么？

为什么？

那样，我们就能在一起了，教会医院好是好，可总不如自家的医馆发挥得好。

颜蓉一笑，是呀，在那里，我可是得嫁给上帝。

你回家，我就当你的上帝。

看你，太自以为是了。

国难当头，救苦救难，当实实在在的观音菩萨，比虚无缥缈的上帝强。

谁是观音菩萨？

你呀？

看你说的，我不过是一介女子。

仁心仁术，就是观音。我们当同甘共苦，生死相依，永不分离。

颜蓉低下了头，轻声重复道：生死相依，永不分离。

两个人的心灵就这么紧贴在了一起。

其实，颜老太医早看中了赵南天，见他们说得这么投入，特地走了过来，说：一个是我的得意门生，一个是我的千金公主，天作之合！

这把两个人的脸都说红了。

颜蓉怎么会忘得了这一刻呢？

只是，有谁能回答，狂风暴雨撕裂的叶片，在淤泥中偶尔再相遇，彼此即算还能相识，可各自内心的伤痕却不曾相同。心，还能相识么？共同的坠落，未必是一样的创伤，更何况等待着的，只能是万劫不复。

颜蓉时刻在躲避，在抗拒。

南天不知怎么才能走近她……

暴风雨过后，这艘船上同白银丸开走的前几天一样，不断有人在死去，伴有发烧、抽筋、腹泻，大都是这样的病症，只是风雨天加剧而已。

南天怎么也找不到账房先生夫妇。

找了几天，找了一遍又一遍，船上所有地方都找过了。

只能是凶多吉少。

老夫人衰弱得厉害，纵然有颜蓉悉心照料，病情还是反复得很厉害。

颜蓉心里明白，老夫人在洋娃娃死的前两天，一直把孩子抱在怀里，再小心，还是感染到了。自己怎么想办法，甚至明说出来，老夫人也不予理会。

显然，老夫人已存了死的念头。

因此，颜蓉提出用完最后一支奎宁，她都坚决不肯，说：我老了，药也起不了作用，何必白费。

杨公居然也不劝她。

每天的发粥，还是照常进行，数人头打，不按床位。

所谓的"检疫"，也一次不落，总有几个或十几个难民当场就被拉走。

日本仔已对老年人不感兴趣，老夫人分明已病重，他们也只是例行检查，却不带走，让一舱人提心吊胆了好几天。每次检查，两位老人都紧紧靠在一起，准备一同被带走。

陈管家已几次向渔民的小艇提出，把麦欢带出去，舷窗刚刚够让他爬出去，虽说比白银丸的小了一些。艇家说：最近日本巡逻舰多了起来，偷偷划过来不易，多带个人，得等机会，不急，钱先不收，到时再说。

也只好耐心等候。

麦欢也断断续续讲了他之前在难民所的情况，有的时候，管得不紧，还是有人翻墙侥幸逃脱的,但是没逃脱的,抓回来则惨了。不仅打得五劳七伤,还有各种说不出名目的刑罚,让你生不如死。回到号子里,没多久就断气了,所以敢逃的人不会有几个……

四五天之后,船上感觉上空了好多,比白银丸空下来的时间要短多了,但同白银丸不同,不断有人补充上来,不时又押上来一批,几十个不等。

这天,又来了一批。

上来的人,分别插到了相对空的舱位。

黄昏时的发粥过去后不久,有人从舱门前过,探进头看了看,先是认出了颜蓉,轻轻地叫上了一声。

颜蓉循声看去,大吃一惊,说:你是阿妹的大哥?

杨公也听见了,说:怎么,你也上船来了?

果然,来的是骆家兄长骆远,他立即闪身进了舱,看了看所有人,明俊自然是见过的,老夫人也是见过的。他只是问:杨小妹呢?

明俊说:在白银丸上,她就想办法出去了。

我还怕她……在船上生了病呢。

明俊问:你怎么来的?

我早两天上了另一条船……

你自己不是有船么?

不瞒你们说,我是专门来找叶大叔的,他比我们早好多天来,却一直没有他的消息。

所有人都沉默了。

骆远急了,说:你们肯定见过他,他怎么啦?

还是杨公开的口:不想瞒你,在我们转到这条船上的前两天,他被吊到白银丸的船头上示众,严刑拷打了一晚。他只是呼冤,最后给打死了。

骆远的眼泪冲涌出来,叶大叔是很有经验、很能掩护自己的,怎么会这样?

有一个烂仔出卖了他。

天杀的烂仔。

这个人现在这条船上,你得当心。明俊说。

这时,杨公喘着气,又说话了:叶问骐吊在那,我们心里很不好受。

过了一天，我这两个儿子，晚上偷偷摸了过去，解开了绳子，把他沉到江里了，也算给他举行了水葬……

骆远揩干了眼泪：他没做完的事，由我来做……

大家又沉默了。

骆远说：这里的渔民，我大都熟，这是我比叶大叔有利的地方。我不会有事的，天气一暖起来，能下水，我好歹也算是浪里白条。你们放心。

如果这样，你就留在这吧。

不，我还得找一个床位，我还会来的。

第二天晚上，骆远又来了。

这回，他定定地坐下了，说：床位有了，离这里只几步远。这回来，我想同颜医生谈了。

颜蓉说：叶大叔也问了一些。

那你先把给叶大叔说的给我再讲讲吧。

颜蓉说了，只是说话时，赵南天也靠了过来，不时插上几句话，有的症状，应该是副伤寒……

颜蓉这回也没不理他，而是介绍道：这位是赵医生，我的大师兄，读书比我强。

赵南天说：我们不如多问一点麦欢吧，他不仅在船上待过，还进过难民所一段时间……

颜蓉站了起来，走到另一角，摇了摇麦欢的肩膀。这孩子，一上船，没事便是睡觉，有打不完的瞌睡，方才骆远进来，也没能惊动他。此刻，他揉着眼睛，打着哈欠，坐了起来，懵懂地拧过头来，问：送吃的来了？

这几天，他已习惯渔民的小艇入夜后过来卖东西了。

颜蓉把他拉下了床：过来，有个叔叔找你。

麦欢来到了骆远面前，摇摇头，说：我没见过你呀。

骆远笑了，说：是没见过，可我听说过你。你本事可大了，进了难民所，又逃出来了，上了东莞，日本子弹没有追上你，离开香港，年纪小小的，都走出来了百把里地……

别提了，硬让那些汉奸又堵上了船，结果又回了南石头，只差第二次进难民所了。

有你骆叔叔在，你不会第二次进去的。

那个陈叔叔也这么说：都好几天了，还走不了。

一定能走的，我会帮你……来，坐在我身边，有些事想问你。

先问了东莞的事。

多少人，上千？还会有，该是一次性把难民所清空了，为什么这样急于清空？骆远拧紧了眉头。我知道，这一个月，难民所也有两三回，把好几千香港难民押了进去……那里边能装多少人，怎么似无底洞，进去就不见出来？

麦欢歪着头，说：那里不只号子里关人。

还有什么地方？

旁边围墙里还有好几栋过去用来做工厂的房子，现在也关人了，地道里也塞进去了人。

地道？骆远疑惑了。

杨公插话了：不是地道，是镇南炮台的甬道，用来运输储藏炮弹的，我参观过，古炮台。

里边据说还有几门大炮呢。麦欢说。

骆远明白了，只是那些大炮，都哑了，成了死铁。

麦欢说：他还问了很多，铁丝网、狼狗、可以通到江边的暗沟。也有人从那里爬出去，但大都被枪打死了。

正在这时，舷窗外闪过了人影。

是渔民的小艇来了。

骆远先探头过去，你们……你是辉哥吧，还记得我吗？

那渔民看了一阵，方才看清：嗨，骆家大兄弟，你怎么混到了这条烂船上来？

没事，过几天，我就回去了。

你不该上这船的。

这你就别问了。

上船容易，下船难呀！

我自有办法，不过，现在得有事请你帮忙。

我们之间，犯得上请么？

是这样的，这舱里有个细蚊仔，得带出去。

这已经给我说过了，得有机会，日本仔查得严。

今天行么？饼粥卖光了，能再来一次？

尽力吧。

小艇把当留下的粥饼留下后，悄悄地划走了。

陈管家有点失望地说：今天恐怕也不行了。

总归有机会的。

赵南天思维还是很敏捷，小声问骆远：你不需要向麦欢再了解点什么吗？今天你才问了他一次，他年纪太小，对事情缺乏连贯性思考，东一榔头西一棒子的，只能一点点启发他说出来。我知道，你与叶大叔想了解什么，愈多愈好，最后才会有真正的结果……骆远看看麦欢，他太小了，再经不起折磨了，各条船上，先死的都是小孩与老人，他到你们这个舱，是他命大……你看他，干瘦得只剩一把骨头，一点精气神都没有，小孩不应该这样，所以他得尽快离开……

可你想知道的……

我大致已知道了，他只是在日军打香港之前被关在难民所，那时关的是广州人，而我想了解的是，香港难民来了之后的情况。他说的在香港难民来前清空难民所的情况也很重要，说明日本人决定南进，但发动珍珠港偷袭之前，已经做了很大的布局。

这么说，麦欢该讲的，已差不多了，所以不可以再留他在船上了。

没想到，这时颜蓉插了话。黑暗中，她用低八度的声音第一次叫了声：南天，骆大哥说得对，麦欢得快走，他已经熬不了两天。骆大哥想知道的事，我们可以帮帮他，我们懂医，知道不同病的症状……

赵南天暗暗有点惊喜：对，我们可以帮骆大哥……

这时，舷窗外一线天光，投在已来到边上的麦欢身上。麦欢已经昏昏入睡了，可脸上几乎只剩下两个深深的眼洞，下巴尖得似骨头……不让人忍心看了，但愿这孩子命大，经历了那么多的不幸，逃亡、九死一生……

赵南天比杨家人，甚至比颜蓉都更敏感一些。毕竟，他第一步就上了这艘已有几分陈旧的客轮，而不是他们待过的白银丸。

从白银丸到这艘旧客轮，多少有个过渡，患病的人，只是逐渐增加，所以他们多少也有些麻木了，而不似赵南天，骤然面对的是数量大、病情重、不堪应付的香港难民，这比他在战地医院所遇到的严重得多。

不仅仅是呕吐、腹泻、高烧、抽筋、胡语，还有溃疡、烂脚、疱疹、癫痫、失明、精神失常等,以及更复杂、更可怕的症状,死亡率远远超过各种病毒的致死率……因为这里不仅仅有霍乱,还有鼠疫、天花、沙门氏菌、炭疽、回归热种种。这些症状,赵南天不敢判断,日本仔到底用了多少种细菌来作武器,这是怎样的反人类罪行。

难怪叶大叔、骆大哥试图探明真相,大都被杀害了,甚至被吊在船头示众。

这哪是归乡航班,完全是瘟疫船、死亡船、杀人工厂,没有人能逃得出去。

只怕自己也跑不了。

赵南天看到颜蓉眼里含着泪光,记起了司成讲起过颜蓉在家中救骆家小阿妹的事情。她也许在想,我没能救回小阿妹,这回该救得回小麦欢吧。

舷窗外,传来了桨声。

是被叫作"辉哥"的渔民出现在舷窗上那边,急切地招呼:骆家大兄弟,你的人呢?

骆远猛地一醒水,马上抱起了昏睡中的麦欢,往舷窗外边送去,脚先出去,那边在扯。麦欢即时醒了,有了他自身的配合,不再卡在口子上,而是很快全身落到了小艇上。

是辉哥的声音:你趴在舵板底下,不要作声,出什么事,也千万别动……

而后,辉哥又对骆远说:你放心,他不会有事的,只是该送他上哪?

他家在西关,上了岸,他自己认识路。这是明俊说的。他记得,麦欢说过这样的话。

我一定送到。

小艇轻轻地划开了。

其实,麦欢的故事,并没有到此结束。

如果没有麦欢,我们整个故事,好多环节就缀连不起来,很多真实的细节都得不到。

的确,这孩子命大,如西方人说的,猫有九条命,他的劫难并没有到这里终结。只是,一个家族、一个民族的巨大灾难,却得靠这么一个小小的孩子的记忆,又怎堪重负?

寂灭：白银丸纪实

麦欢走了之后，一舱人都为他庆幸。

宁为玉碎，不为瓦全。
要学苏武，莫仿李陵。
扶社稷，保黎民，
杀敌寇，诛佞臣。

杨公已经记不全粤剧《杨家将》里的唱词了，只能断断续续地把最刻骨铭心的几句哼出来，已不成句，更不成段，可那种凛然正气，却丝毫不减，让舱里的所有人动容。这几句，从来就是中国人最为看重的、代代相传的格言。

明俊脱口而出：父亲，这正是杨令公撞碑殉国时唱的吧？

你记得的话，就唱全了吧。

明俊摇摇头：记不全了，这些日子，浑浑噩噩，什么都记不起，所以我才这样问。

唉，营养不良，记性也要打折扣的……好在这是我年轻时学的，勉强记得几句。

这却是最关键、也最有分量的几句。

毕竟是杨家最大的遗训，从港督打着白旗过维多利亚港湾向日军投降起，这几句就在我心中响了起来，不自觉地哼了出来。

明训说：我听人讲，本来中国的军队已经开到了宝安、新界一线，要打日本仔，援救香港的，可哪想到，没打几天，英国人就投降了……

明俊也说：当时也讲，至少可以支撑半年，结果，才半个月，真丢人！

杨公摇摇头，说：人家英国人可没真打算坚持半年，而且也未必让中国军队开进来。广州失守，中国军队有一支与日军苦战，最后不得不退入新界，结果被英国人缴了械，直到日军打香港，才又让他们"自由"。"自由"的条件便是跟英国的指挥官去打仗，他们也被香港百姓称为孤军，尽管打了几仗，毕竟旧恨新仇，打得惊天地泣鬼神，却没两天，英军就叫撤退，全线撤退，扔下孤军，最后没打剩几个人……明白了么？就算把枪还给了你，英国人也并不把你当一回事，只让你送死。因此，让中国军队进来，对他们来说，还不如拱手把香港让给日本人。

这又怎么说？明俊不解。

当年，英国人对美国援华就不高兴，认为削弱了他们的地位……英国人小心眼，他们的想法我们未必清楚。你想想，香港与内地本就不可分，陆地上是新界、九龙，隔一个海湾是港岛。他们派船、派军舰过来，似鸦片战争一般耀武扬威，能守得住香港么？且不说欧洲那边战事吃紧……可他们又不愿意中国人到香港参战，这些我们在开战前已经感觉到了，所以他们宁可举白旗向日军投降，就是怕中国人插手。到了战后，他们向日军索回香港，比向中国人要香港，到底要"名正言顺"一些。

明俊恍然大悟了，如果日军在香港向中国军队交还香港，那就没他英国人的戏了，因为香港自古以来是中国的领土，他们要再拿回去，很难做到"师出有名"。

这就是英国人的小算盘。

总有一天，香港不是日占，也不是英占，而要回到中国人的手上！

因此，现在，中国人却受日、英同时的压迫，香港人就苦了！

大家不作声了。

其实，杨公与老夫人都不曾入睡，老人的睡眠本来就少，尤其是有悬心的事，更睡不着。刚才，都只是屏住气息，静观事态的进展，直到最后把麦欢送出了舷窗。

麦欢一走，老夫人就不觉呻吟了起来。

颜蓉低声说：你又发烧了，还是打一针吧。

给我敷敷额头。

赵南天也过来，说：让我试试。

他给老夫人按了几个穴位，老夫人觉得舒服了点，也极力不呻吟出声。

颜蓉只好作罢。

杨公忽然说：让她靠到我这里吧，她会舒服点。

颜蓉说：不用了，我们给她冷敷，在这边要方便些。

赵南天抓住颜蓉的手：让我来敷……

颜蓉想挣脱，却最终没动了。

不久，老夫人便沉沉入睡了。

临到第二天的三四点钟,这是所有人睡得最熟的时候,就算是守夜人,也扛不过这个时辰,却没想到,骤地响起了枪声,而且枪声很近。

骆远第一个从舱板上坐了起来。

明训问:不是有人逃跑吧?

骆远说:时间选对了,只怕没选对地方……

明训问:不会是你们的人吧?

骆远说:叶大叔不在了,不会有谁……

那会是谁呢?

平日,这几百艘船拥挤在一起的地方,少不了有三两起枪声,但这个时候的枪声却很少。

骆远只是说:天亮了,我上甲板看看。

黎明前的黑暗,还浓得化不开。

十二、封闭的船舱

骆远一早便出去了，却没有再回来，或许没打听到情况，或许他有责任在身，一时过不来。

这天，依旧阴雨绵绵，乍暖还寒。

一切，还按部就班：发粥，检疫……

明俊还是去打听了一下，却没有人知道黎明前的枪声因何而起，谁都在舱里，就算出去，同样什么都看不到。枪声近，也不一定是这条船发出的，这么多船，密密麻麻的，附近的几条船出事，也有可能。

几天过去了，他也不再追问这事了。

只是，过了三天，明俊还是感觉到了有什么不对。

平时，每天，最多只隔一天，胡太的儿子都间或来这里，向杨公、老夫人问个安。这不仅仅是礼貌，毕竟他的母亲是得助于杨颜家人，才得以逃出生天的，他不会是个忘恩负义之人。

为什么不见来了？

有可能在"检疫"中被带走么？船上的人已经不多了，带走的人更少，即时能看得到的，可并没有他。

不会生病吧，这也是有可能的，船上生病的人就没断过。只是，他还年轻，病了，走动一下也当无碍，为什么不来了呢？这就有点奇怪了。

第四天，明俊忍不住了，去找！

大致知道他的舱位，可里边，并不见人，再问，说：有过这样一个人，早些天突然不见了，没再回来，还以为上了别的舱位，反正日子久了，舱位也空了。

那人到哪里去了？

终于有人想了起来，说：好像小胡是那天早上响枪之后不见了人，再也没回来过了。

这样一来，多嘴的人也说：这小胡心事重，什么话也不说，那天早上，我们也没发现他怎么出去的……走了就走了，愿他走好远……

明俊从此没敢多问。

也不敢同大哥明训，还有赵南天说起。

但愿他能逃出生天，在广州与母亲重逢——是呀，他从颜蓉那要去了红十字徽章，显然是只有一个目的。

胡太的儿子就这么从船上失踪了，以后，在任何一个地方、任何时候，都不再有他的消息。

江面上不时漂走的浮尸里有没有他，也无从知晓，更无法辨认。男人死了，浮上水面，是背朝上、头朝下的，所以不可能看到面容。

除非让冲到岸边、沙滩上。

但珠江水很猛，一直就下了大海，况且珠江口太宽，所以那已被称为海了，冲上沙滩，除非遇上南海的潮水顶托。

唯愿枪声不因他而响。

老夫人已处于半昏迷状态了。

在这样促狭、浑浊的环境下，只怕是神医，也回天乏力了。

杨公坚持让她偎在自己的胸前。

半个多世纪的老夫老妻了。

老夫人的手一直紧紧抓住杨公的手，杨公也没有放手。老夫人昏迷前的梦语，听不分明，但有八个字，却依稀可辨——执子之手，与子偕老。

无论是颜蓉，还是赵南天——他们都不算是杨家的人，也都不再劝他们两个人分开……

又是一天清晨，微微的晨曦刚刚染上天际，舱内还黑白不分明，却有一个熟悉的身影闪了进来。

刚端坐起来的明俊失声道：骆大哥！

嘘——

赵南天也翻身站了起来：你几天不见，让人急得！

骆远说：那天出去，我没能回来，是回不来，让堵到了底舱。晚上，我下了水，泅到了另外一条船上，要多了解点情况，所以才一走几天，现在回来，是想向赵医生、颜医生请教一些问题，你们一定清楚。

赵南天拍了拍颜蓉的床：醒醒。

颜蓉立时坐了起来：我听着呢。

骆远不无沉重地说：我去了几条船，不仅仅是你们这条船上，都在发烧、呕吐、腹泻、抽筋，还有别的症状，可怕多了，好多难民，不仅发烧，还头痛，胸前似压了块大石头一样，喘不过气。到第二天，口里、鼻子里，更不断地溢了带血的痰，呼吸十分困难，却还在咳……

赵南天双眉紧锁：说下去，还有什么症状？

发冷颤，还有，脚上长出黑色的水泡，很吓人。肉都烂了，死的人一个接一个，最后是一舱一舱地死。没死的人，都吓得退缩到了船尾。

还有什么？

来收尸的日军士兵、伪军，都把自己包得严严实实的，戴了口罩，还有护目镜，也很紧张。

扔江里了么？

也奇怪，他们没有即时抛尸下水，而是让人抬下去了，抬到哪里，就没人知道了。

赵南天与颜蓉对视了一下。

颜蓉说：我也没接触过。

赵南天说：我在英国留学时，倒是有过研究，这很可能是……炭疽病。

天哪，我知道，这种炭疽杆菌孢子的传播非常恐怖，在空气中就能传播，染上的不到一个星期就死了。颜蓉说。

炭疽杆菌孢子经由皮肤、呼吸系统，还有消化系统很快就可以进入人体内，引发致命的炭疽病，如没及时治疗，死亡率高得可怕……

骆远咬牙说：这么说，日本人在那条船上实施了炭疽杆菌攻击试验？

恐怕没有别的解释了。

赵南天说：船是最适合于试验的封闭、半封闭的空间，他们是要对这一船港人斩尽杀绝呀！

骆远说：我明白了，有的船，还出现了跳蚤。

赵南天说：香港人好冲凉，中国南方都这样，所以没有人身上会生跳蚤。因此，这些跳蚤也是有意散播的。在香港打仗前，我们就听说了，日本人在浙江等地方，都散播了鼠疫跳蚤，死了不少人。

骆远道：这么说，鼠疫已在船上发生了。

赵南天说：你在这些船上来来去去，千万要小心，不要染上毒菌，否则，在这上面，无药可治，只有等死。

骆远点点头：这我知道。其实，我们对日本人搞细菌战、毒气战早有耳闻。之前，在广州沦陷后，他们就占领了广州中山大学医学院，把整个医学院都封锁了起来，在那里面培养鼠疫跳蚤。每天早上，还专门派军车到城里，让那里居住的日本侨民拿出老鼠笼，把晚上捕到的老鼠收到车上——我们也派人到中山大学医学院去探查，还冒充劳工进到了里边……有几个同志暴露后被杀害了，甚至被活剥了，但情况还是摸清楚了。

赵南天赞道：总得有人赴汤蹈火。

颜蓉说：现在，你把情况摸得差不多了，不要在船上久留，赶紧离开。不仅仅是日本仔、伪军会抓你，那些烂仔也会出卖你，还有，不知你能不能躲过细菌，那是看不见、摸不着的。中了招，自己也未必知道……

骆远点点头：难为你们关心了，我过两天就会走的，放心，我会很小心的。

最好今天就走，千万别成了叶大叔。

我心中有数。

说罢，骆远拉开了舱门，一闪身，就不见了人。

舱外，已是白花花的阳光了。

难得有一个晴天。

舷窗外，那一度在狂风暴雨中消失的姹紫嫣红，不觉间又全回来了，紫荆花没两天便重新开得欢天喜地似的。

苍天怎知人间疾苦！

这天，老夫人没醒过来，尚余游丝一样的气息。

没人能劝杨公松开老夫人。

杨公也已经开始发烧了。

他分明也抱了必死的念头，拒绝用最后一支针剂。

入夜，渔家的小艇还是比较准时地来到了。

那个辉哥先问：骆大哥来了这里没有？

明俊回答：一早来了，可马上就走了。

他不要命了。

明俊一惊：你知道什么？

你们这条船有人认出了他，举报给了日本仔，日本仔正到处搜，没在你们这里就好。

颜蓉咬牙切齿：准又是那个沙仔，害死了小妹，又要害她的大哥。

辉哥赶紧把饼粥留下，便用竹篙一顶，离开了这艘旧船，隐没在旁边的大木船侧边。

舱门被"呼呼呼"地拍响了。

大家赶紧把饼收藏好，粥一人一口，各自倒进了喉咙。

明俊把门打开。

果然，是一个日军士兵与两个伪军出现在门口，但是他们没有进来，只是问：有什么别的人进来过吗？

这时，杨公大声咳了起来。

明俊说：我们舱已病倒了几个人……

没人进就行。

显然，日军士兵与伪军都被杨公的咳声吓住了，更不肯走进来，只是蹲下来，远远看了一眼床底下，手电筒照了好一阵。

明俊索性把床底的行李拉了出来问：你们看清了？

看清了。

有人么？

没有。

没有就好。

终于，日军士兵与伪军都急急地走了。

颜蓉走向杨公，问：你怎么咳嗽了？

杨公清清喉咙，说：有点痒。

然而，这时，靠在他身上的老夫人抽搐了起来，连床架也有点抖动，发出响声，可人还是不清醒。搜查，让她在半昏迷中受惊。

一抽搐，恐怕就没多少时间了。

颜韵、颜韵，你坚持住，等等我。

杨公第一次叫出了老夫人的名字。

这让大家浑身一震，杨公怎么会这样说？

莫非他已感觉到自己的大限也一样到来了？年纪本来就已经大了，像瓷器一样，看上去还光泽鲜亮，可稍微一碰就碎裂了，这只需片刻。

赵南天摸住了老夫人的手腕，脉搏几乎摸不到，但仍可以感觉得出来刚才的受惊，引发了抽搐，无疑等于催命。老夫人的手仍紧紧地抓住杨公的手，不曾撒开。

赵南天说：伯父，你好好躺下，夫人还会醒过来的，你握住她，就是在延长她的生命。

杨公这才疲倦地吐了一口气，仰身靠在了被褥上，似乎与夫人一同睡着了。

赵南天与颜蓉都守候在床沿……

天亮了，还是濛濛的水汽在升腾，在江面上幻化出众多的白兔、白纱、白帆，随着日头出来，水汽由一片片化作了一束束。不久，江水粼粼闪光，水浪也变得柔和，令这艘旧船不再摇荡。

对岸的紫荆花愈发红了，红得那么鲜艳，让人觉得那就是一泓泓的血，在江中倒影成流淌的红水，教人不忍看去。粤港两地，都是紫荆花的世界，鲜红的色彩在战争岁月更触目惊心。

杨公还在沉沉睡着，老夫人似了无生息。

谁也不敢惊动他们。

外边，还是少不了零星的枪声。

终于，最近的一声枪响，把杨公惊醒了：出事了？向谁开枪？不是骆远吧？

不会是他。颜蓉说。

我好像看到他……中了枪。

不会的，骆大哥说不定已经离开了。

只怕凶多吉少。

杨公头也直不起来，靠在了床头上，小阿妹那么惨，不该又轮到她的哥哥。

你太操心了。

想操心也没用。

都说老年人的忍耐能力比年轻人要强，因为老人的脏器都老化了，反应也就差了。至于老人为何容易"咿咿呀呀"喊痛什么的，无非是想引起周边人的关注，尤其是"考验"后人的孝顺，以证明自身的存在。可这一"定律"到了白银丸上，却都不灵了、不存在了。杨公也拉过几次，好歹让药物控制住了，但大小便失禁，却怎么也无法控制，这不是药物所能治的。颜蓉毕竟有多年的临床经验，大凡老年人一旦出现大小便失禁，时日就不多了，好在儿子们还能尽心尽力，不让舱内太污秽。只是，杨公也罢，姑姑也罢，那种衰竭更无可遏制，脸上早已发青发黑，有几分骇人了。身上更是枯萎了，只余几把骨头、几根青筋，干瘪程度几近极限。

只是两位老人却从来不哼不哈，并且尽力掩饰住任何痛苦的表情，正因为这，话也少了，几个小时几乎都一个字不说。两个人相依相偎在一起，同时呼吸，同时合眼，就似相约好一样，大限来临，这种沉静更让人不忍。

这天，杨公蠕动了一下，似乎想说什么。明训赶紧扶起他，端坐着，良久才说：上船前，我听到过美国的广播员说，香港人富于鸵鸟精神，现在突然想起，我们上了船更是鸵鸟，只是……

他说得很艰难，一口气都换不过来。

其实，一百年来，就算赚了点钱，在南洋发达了，回到香港，我们一直是鸵鸟，一遇事，就把头埋进沙里，以为可以做到眼不见，耳不听，心不烦，可以置身事外。英国人看透了这点，表面多少留点客气，可骨子里早将我们当二等公民，殖民地的人，能不是二等公民么？由于他们把中国人在香港驯服得可以了，所以日本仔更没什么顾虑，就这么轻而易举地实行了归乡政策，把我们一群群的香港人，无论富人、穷人，如同驯良的羊羔一般，往一条条船上赶，大船小船都开足，而我们一点也不怀疑，十分听话……

一行浊泪，从眼眶中淌出。

别指望这艘白银丸上的香港人还能恢复成广州人，你就是难民，任捏任掐、任打任杀的难民。我是下不了船、上不了岸，只怕你们也一样。英治下，我们是二等公民；日本仔眼下，英国人沦为二等，那华人更只能是三等公民了。三等意味着什么？一切都可以被剥夺，而且不容许发声，寂灭，彻底的寂灭……

面对他人的痛苦，与自己承受痛苦，可以说是两回事，但也可以说是一回事，这因人而异。前者如果只是一种观察、一种描述，而不是一种分

寂灭：白银丸纪实

担、一种感同身受，那当然只能是两回事了。生活中，或现实中，我们不难遇到面对他人痛苦时，自己也痛不欲生的人，其内心的善——包含同情、怜悯和义愤，当然显而易见。这种人，当是，或至少是，可以与你一道去拆毁地狱的同仁。但如果只是因为这而吃惊、恐惧，并为之绝望，那不可能会成为你的同行者。

而现在，白银丸上，已经毫无疑义，我们都已经陷落于地狱，我们也无能为力拆毁这个地狱，或至少扑灭这地狱中一部分噬人的烈焰。但我们应当尽力告诉这个世界，存在这样一个地狱——当然，有不少善良的人并不知道，或者不相信它的存在。我们务必让他们知道，让他们相信，并认识到人性之恶可能给这个世界带来无穷的苦难，这也是我们这些濒死者刻不容缓的责任。无论我们能不能告知，但我们也当努力，人类的苦难已经太多了，还可能再承受下去么？

承受，意味着最后的毁灭！

请所有心智健全者聆听我们的声音，哪怕是从我们的白骨检测透出的信息。

我们相信，我们的死亡不可能不留下任何痕迹，尤其是船上近千人，这江面停泊近千艘船上的上十万人，或者更多、更多……

后人不应当，也不会仅仅靠视觉远距离——时与空的远距离，来观察我们！

时空对死亡不应成为阻隔。

死亡也不应当仅仅是抽象的数字。

我们从万人坑中举起自己的手，拱破泥土，撑开世界，撩拨云气，呼唤历史的良知——谁造成的苦难？谁实施的大屠杀？谁当被追究？

没有谁能完全掩饰掉所有的恶行！

但愿后来者都能感同身受——未来的皈依只应该是大善！

否则，我们高举的手，就不是呼唤，而成了招徕——让后人同归于尽！

舱内忽地亮堂了起来，舷窗外反射过来的水光、日光，竟然一下子聚焦在两位老人的脸上。奇迹一般，老夫人竟在水的光影中缓缓地张开了眼睛，深情地注视着杨公，口里嗫嚅着，似乎要有很多话说。可最后，能听清的只有一句：先生，我们该走了。

杨公回答：该走了，我们一道走。不过，我还是有几句话，对儿女，也对大家说……都坐到我的身边，我还有话说。

明训兄弟、南天、颜蓉、陈管家与所余下的一个仆人，还有许家最后两个人，有的坐在床沿，有的半跪在床边……

杨公仿佛回光返照一样，目光炯炯，两颊竟出现潮红，声音虽不大，但字字有力。他变得消瘦的下巴焕现出刚毅、决断，连一双大耳似在张开。

他环视了一下大家说：我已经七十三了，俗话说，七十三、八十四，阎王不请自己去。在这乱世，我已活过了古稀之年，早就该自己去了，今天已经晚了。

只是我舍不得你们。

可走，还是得走的。

在香港，我们算是最老的家族了。十三行一把火烧了之后，不少行商上了上海，下了南洋，也有来到香港，再下南洋的……现在有人说，下南洋的，大都是"卖猪崽"去的，这并不对。我们与司成家、杨家、谭家，都不是"卖猪崽"去的。我们在十三行经营了近百年，只是不甘心一朝被毁，才到南洋再续，把香港当作再创业的基地。十三行的"八大家"，潘卢伍叶、谭左（梁）徐杨、潘家、伍家、叶家，还有我们杨家、谭家，都来到了香港。其实，梁家也有人在香港，而早年赫赫有名的颜家在香港办起了医馆，颜家女儿多，几乎与各家都有联姻，我也有幸娶到了颜家的千金。夫人，你说呢？

夫人含混的声音：是前世有缘。

夫人说得对，颜家在十三行称雄之际，我家还把夷商的船只转包给潘家，还进不了十三行行商。那时，颜家好生了得，生意不仅仅做到英伦、法兰西，还有荷兰、丹麦。那时，下南洋的有好多支船队，出名的就有伍家、颜家。南海上，中国船也有上万，比西洋的还多，国内不造大船，就到南洋造……

不过，话说回来，十三行也不是三五天旺起来的。明清之际，十三行也死去活来。康熙年间，十三行里"称王称霸"的，并不是我们这些人，而是什么将军商人、藩王商人、巡抚商人，甚至皇太子商人。一听就知道他们有背景，欺行霸市，谁也不敢惹，可这些人哪做得成生意，顶多捞一把就走人，要么就亏得一塌糊涂，你方唱罢我方登台，最后全铩羽而去。

到头来，还得靠我们这些真正的商人。颜韵，这也是你的祖父、父亲对我说的。

夫人已无力说话，只是眨眨眼皮。

那时，颜家可谓风生水起，我们杨家，虽然未入行，但是生意也越做越大，终于够资本，交了上十万银圆，正式成为了行商。不过，那时颜家却破了产……

乾隆二十二年，来了个"一口通商"。大家以为，让广州独揽了外贸，对广州是大好事，可颜家就是那时败落的，所以我们的想法并不一样。本来是开放了四大口岸，只余一个，由全开，到限开，从全局而言，未必是好事，所以有人说，鸦片战争的失败，正是那时埋下的祸根，已经不战而败了。如果不是限关，能及早走向自由贸易，更快更多地学到人家的科学技术，不至于夜郎自大、故步自封，能有割地赔款，把整个国家都掏空了的后来吗？

十三行行商，我们的爷爷，甚至是父辈，不甘心哪！两次中英战争，行商买了兵舰，买了水雷，可就算挡住英国战舰，又怎么敌得过清廷官员的无能、腐败……

中国就这么急转直下近百年，一次又一次被人侮辱，被人勒索，被人吊打。

我们又能做什么？做得了什么？

我们杨家之所以去英国学机械，在香港办轴承厂、汽修厂，就是想让我们也能有自己的大车、小车，不再对洋人低头弯腰。司成他们家学水利、修海港，重建桑园围。知道桑园围么？当年十三行大部分的丝绸，就是从桑园围来的，顺德龙江，一船蚕丝去，一船白银回……我们只是想追回已经失落了的旧梦，一心一意办实业。

可哪想到，日本仔见中国好欺负，不等我们强壮起来，就捅上一刀子，刀刀见血，"九一八"东北沦陷，七七事变，"八一三"上海失陷，还有南京大屠杀……现在，这刀更是砍到了香港。

大汉奸陈廉伯，想拉拢香港工商界人士，无所不用其极，我们在香港的工厂，不是停工，就是被征用……我能不走么？只是，竟落入白银丸和这艘瘟疫船上，无生还的可能了。

我早看出来了，我只是希望，你们年轻人，无论如何，还能找到生路。

孙女小妹出去了，我很欣慰，杨家还有后。你们千万不能认命，得想办法，拼出一条血路……叶问骐、骆远是好样的，这里发生的事，不可能无人得知，总有一天，要让全世界都来声讨这一灭绝人性、无视人伦的罪行。

船，很小，船舱更小。

可天地大么？

还是夏完淳十七岁时写的：无限河山泪，谁言天地宽？

还有朱次琦所写：岛夷至么鹰，沧海眇秭米。妄图吞我大华，只是痴心妄想。我辈有愧呀，没能堵住日军掠我山河、掳我百姓，竟陷于这寸步难行的烂船上。

杨公的悲愤与绝望，全在这一番话中。

好在我们还有叶大叔、骆大哥……明俊想安慰父亲。

我知道，中国还有这样的人，就像长城一样，成为中国大地上的脊梁，压不垮，扭不弯，千秋万古，都一样挺立。今天，无论日本仔如何肆虐，中国人心中的长城，同样不会被摧毁……可惜的是，我要走了，我看不到了，希望你们还能看到。

末了，杨公交代道：让我与你们的母亲一起走，我们两个人死当同穴。虽然这里没有土，可你们也得把我们捆绑在一起，紧紧抱在一起，放到江里去，让我们一直漂流到大海，漂流到我们曾经休养生息的南洋——这样，我们就满足了，没有比这更满足的了。我祈望，有一天，我们中国制造的巨大货轮，满载自己生产的汽车、机床、风钻、井轴……从我们的身边驶过，好似一两百年前，满载中国的丝绸、茶叶、陶瓷的船只，开往世界所有的地方。

世道轮回，我们会看到的！

这时，夫人的手忽然动了起来，用手挽住了杨公的身子，而后再也不动了。

她分明是听完了杨公的话。

当大家惊呼"老夫人""父亲"时，杨公的手伸过了老夫人的脖子，把她的头贴在胸前。而后，头一低，下颌顶在了老夫人的头发上，眼睛闭上了。

杨公也同时走了。

两个人就这么紧紧相拥，离开了这个恐怖、恶浊、杀气腾腾的世界。

执子之手，与子偕老。

更是与子偕逝！

杨公的话让所有人的泪水都打住了。泪水，不是悼念这样一对老人时的必备品。

老人需要的是坚强、坚定、坚持……无论处于一个怎样的横逆当中，一个怎样的荒谬与无望里。

大家用两床被褥，把两位老人紧紧地裹了起来，再加上被单撕成的长条，绕上了十几圈。大家相信，这种坚忍的拥抱，不至于在半途中被风浪冲开，当一直推往珠江口，推到一碧万顷的南海。

虽说在那里日军还在恣意妄为，占领了南太平洋一个又一个的岛屿，一座又一座的城市，一片又一片的油田……但总有一天，会被遏制住的，大反攻指日就会到来。

杨公夫妇一定能看到。

一舱共八个人，抬着这对老夫妇的遗体，一步一步地走上甲板。

值守的伪军试图阻止，可一见到八人冒火的眼睛，先自胆怯了，不自觉地往后退去，让出了路。

相邻的舱位里，也有人走出来送行。

到了向着开阔江面的一边甲板上，两根搓好的绳索，一头一尾，平稳地将老夫妇的遗体放了下去，一直放到水面上。

而后，绳索也扔下去了。

江水，漂到目视不见的水平线上。

这是1942年3月，一次在南石头江面上举行的无声葬礼！

对岸的紫荆花开得比血还红！

下 卷

一、空村

村子里大部分是被烧了。

司成在梦中悚然地惊醒过来。

方才,他分明看到,那艘白银丸上,几乎所有港人都患上了"虎列拉"症,一个接一个地倒下,一个接一个地被扔进了海里,没死人,无论怎么呼天抢地,都没人理睬。

末了,他竟看到了杨公。

杨公在滔滔的江水中站了起来,说:我与你二姨婆一道走了,下南洋去了,到你们开过锡米、种过橡胶树的地方。那里,你的爷爷、奶奶已经在等着我们了,我们终于又要重逢了……

在杨公、老夫人后面,分明还跟有叶大叔,怎么还有骆远骆大哥——而小阿妹,已举起双手,扑到了他的怀里。

这太真实了,能是梦么?

可睁开眼,这哪有海水,而只是大山!

日有所思,夜有所梦,自己太思念离别半个多月的亲人了。

毕竟,那份说去广州的船上发生了"虎列拉"症的报纸,是真真实实地出现过,白纸黑字,不可能编造。

而一路上,也听人说起,日本仔把一船一船的人,扔在大海当中的荒岛上。那上面,草木不生,唯有一死,别无他路——用不了多久,那里便成了白骨岛。

没上荒岛,到了南石头,难道就不一样了么?

只半个月,就已阴阳相隔了。

司成站了起来,头上的星星是那么密密麻麻的,像漏光的筛眼一样,北斗星就在下前方——这说明,前边走的路都没错,一直向北,一定能到达中国人管的地盘。

只是，自己在山中什么位置，还是弄不清楚。

山路崎岖，忽断忽续，有时陡峭得几乎无法攀爬，有时一不小心，就会掉下万丈深渊。往北走，树木都已枯萎，新叶还没长出来，北风呼呼直叫，寒气直钻到心口。

入夜前，大家好不容易在山里找到一些枯草。这很不容易，一路上，绝少晴明，要么狂风大作，要么阴雨连绵，很难找到没打湿的枯草。它们一般在山石底下、山坳洞口，或者大树根基中，而且一次能找到的不多。

好在人不多了。

本来，经"胜利友"堵截后，逃出来的也就二十多个人，司成一行六个人，也只剩下三个人——他与两个妹妹。三兄妹，相濡以沫，一里地、一里地这么走过来……

其他人，有的往东去了，他们的老家在那边，这去了三分之一。有的走不动了，不是伤，就是病，只好自行留下。至于以后怎样，谁也没法估计得到。

就这么走走停停，过了好几个关卡，最后"归乡"证终于用不上了，终于摆脱了日本仔的统治。

可当中一大片是无人区，或者是游击区。你没法知道，下一刻会遇上什么人？日本仔、土匪，还是游击队？

大家几乎没力气，也没勇气继续走了。

总算"积攒"起一大堆枯草铺在干了的岩石面上，可以躺下了，再抱一捆草在胸前，就当是棉被了。三兄妹依偎在一起，抱团取暖，十二三岁的晓玉累得不行，第一个睡着了，而后则是闻瑛了。

只有司成难以入睡，入睡后又只有噩梦。

二十多人逃脱之后，走了几十里，接近夜晚，大家才坐下来，有了商量：到什么地方去？

最后达成的共识是，不能再去广州了，不仅仅是司成看到的关于广州南石头发生"虎列拉"症，更因为，为何汉奸们会在旱路上截人，押上到广州的船。而且，广州方面早就传闻，凡在广州无屋居住者，一律不准在广州逗留，不少人已被关了起来。

不去广州，又去哪里？除了原来打算往东走的外，其他人认为，得绕过广州，继续往北。司成记得，父亲在省政府建设厅工作，管过水利，知道省政府的机构，都迁往粤北韶关了。日本仔在攻打香港前，发动过两次粤北战役，目标是想最后打下韶关，不让当时的省政府在那指挥抵抗。当然，日本仔未能得逞。

司成寻思，上韶关，或许能找到父亲的老同事，有个工作，三兄妹才能有饭吃……

这是当兄长的责任呀！

淡淡的晨曦落在两个妹妹的脸上，有兄长守护，她们都睡得很安稳，只是脸变窄了、黑了，没有了女孩家的红晕，鼻梁骨突出来，变得很棱，鼻翅在翕动，轻轻地，很有节奏。而晓玉的一只手，还从茅草中伸出来，抓住她从不离身的小提琴，她还惦记着杨小妹的钢琴伴奏呢。

路上，司成几度劝她把琴卖掉，她坚决不干。可昨天，她已连琴也背不动了，勉强走到这里，最后还是让司成背的，可司成又能背多久？前不着村，后不着店。有钱也买不到吃的，而钱也已经不多了，还得留着，到了自己人的地盘上，买上车票，直达韶关——这些，司成也打听明白了。

前路茫茫，是一座又一座人迹罕至的大山。

半夜，更有狼嚎、虎啸，分外怵人，不少人被惊醒，倒是姊妹俩一点反应也没有。不然，更吓坏了。

又该弄点吃的了。

恐怕，这已是三兄妹的最后一把米了。熬了一小锅粥，各自吃上一小碗，为再度出发垫垫底。

已经有人催了：走啦！

司成试图拿过小提琴，晓玉不肯，夺过来后，手一软，琴丢到地上，好在是睡过的干草，没摔坏。

司成灵机一动，劝说道：我看这块地方很好。

晓玉奇怪了：什么意思？留在这里不走了？

不是，我是说这个地方很干燥，雨淋不到，地上像沙子一样，很干，是因为有棵大树挡住，还是这里的地表渗水很强？所以，下了那么多天的雨，我们还能找到这么干燥的地方睡觉，太难得了。

闻瑛索性说：你那提琴袋本就是防水的，如果再用干草包上厚厚的几层，就算有雨也渗不进去……

不，不行，不行。

把坑挖深一点，埋进去，再加几层干草，盖上沙土，三五年不会有问题，我不信三五年后回不到香港。对了，再做个标记。当然，这棵大树也可以做标志的。不过，搬几块石头，摆成三角，我们明白，别人不在意……

晓玉"哇"的一声哭了：我们一定要回来，大哥，你得发誓！

我发誓。

于是，三兄妹扒开干草，挖起了坑。

其他人又在催了。

快了，快了。

总算把小提琴埋好了。

司成没有食言，不到四年，他又带着两个妹妹来到了这里，很快就确定了位置，把提琴挖了出来。这块地出奇地干燥，小提琴一点也没受影响。

晓玉高兴地即兴拉了一首《流浪者之歌》。

只是没有钢琴伴奏。

钢琴与杨家楼，已一同毁于一次轰炸之中，砌了隔墙，也难逃一劫。

而杨小妹，已经不知道这一切了。

对三兄妹而言，往后的逃亡更为艰辛。

这一天，得在山弯弯里绕来绕去，一忽儿得手脚并用地攀爬，一忽儿还刹不住脚，一屁股坐地上往下溜……也只敢走这样的路，才能避过有可能发生危险的地方。

所有人的腿肚子都在哆嗦，一惊一乍地往前行。

竟发现山中还有战壕，看那种风格，只能是日本仔留下的，他们曾打到过这里，又在这里防守，最后退却了……所以，周围也就不会有人烟了，当地居民在这种拉锯战中吓得跑光了，至今还没敢回来。

好不容易遇上一个砍樵的人，问这天要上的目的地还有多远。

三五里吧。

可走出七八里，还不见，再问一个砍樵人。

就三五里。

不知道有多少个三五里。

这时节，山里连野果子也没有，也不知什么能吃，什么不能吃，乱吃一气，中了毒，谁救？

寂灭：白银丸纪实

偏偏大山里湿气重，每每雨呀雾呀都分不清，浑身没多久便湿了几层……山风，冷嗖，直往袖口、领口里钻，走出汗，又一下冰冻下来，更难受……冻死？饿死？渴死？吓死？摔死？谁都不知道，下一步是怎样的死法。

好不容易，在山脚下与一个村庄不期而遇。

这似乎不在路线上，绕过去吗？

不行了，就在这里歇歇脚，说不定能换点吃的，好几个同行人表示。

也只能这样了。

接近村庄，居然听不到人声，也见不到烧晚饭升起的炊烟，甚至……没有狗吠。

有点奇怪。

司成自告奋勇：我去探探。

司成从村旁的山上绕了过去，找到了一个制高点，往村庄里看去。一看，里边一片死寂，什么人都不见。别说猪牛马了，就是鸡鸭鹅也没有，任何动静都没有……只有村头的牌坊，已塌了一大半，好像是被炸塌的，只有一边的柱子还歪在半空中。

屏息等了半天，司成终于确定没人。

回到人群中，他把所见到的讲了。

我们今天路上不是还见到过日本仔挖的战壕么？这里打过仗，一村老百姓都吓跑了。

但司成仍有疑问：打仗是第二次粤北战役，离现在快两年了，也应该有村民回来了吧？

乡下消息闭塞，不一定这么快就回来。

也有人说，既然这样，村民让打仗吓跑了，跑时不见得什么都带上，说不定进去还能找到点吃的。

是个好主意，我们进去吧。

于是，一行人歪歪倒倒进了村。

村里杳然无人，老幼妇孺皆不见，鸡呀、狗呀，更是没有。这狗被主人带走，自然不会回来了……只是，就算是坚壁清野，也难有这么彻底。司成心中有些疑惑，却没有说出来。

正如司成所料，什么粮食都没找出来，除了有人找出一小笸箩的番薯干之外，米呀什么的都没有。

不管怎样，这点番薯干，按人头分，都还可以吃上两三顿——当然是最低分量，得各自控制住自己。

于是皆大欢喜。

而且，还有遮风挡雨的农舍可住，至少能安全、舒适地睡上一夜——有些破旧棉絮也给找出来了。

柴火当然不成问题。

这么多天，能煮点番薯干当饭吃，算得上过节了。

再有疑问，司成也不敢说：好歹过了这一夜再说吧。

这小山庄，两年未出现炊烟了，还有点诗情画意——却无人欣赏。

第二天，大家睡到日头升上了山边，仍不愿起床，从离开香港后，从没睡得这么香过。

司成也不例外，说不上养精蓄锐，但多少恢复了点。

还是在丘陵地里转。

还是几乎见不到人。

现在，一天能走个三四十里地，已经了不得了。人已经太虚弱了，一点番薯干，勉强支撑了一个晚上又一个白天，所有人都虚弱不堪。路上，连一个人都没开口，哪有说话的力气？不时有人摔倒，被扶起来，再走，不能留下人呀，已经剩这几个了，再走几步，会有歇脚的地方。

如果没司成辨别方向，所有人都昏昏沉沉的，不知道往哪里走。

下午四五点左右，队伍中有人惊呼：山下边好像有村子，我们还是先到那里憩息，像昨天晚上一样，不然，真的走不动了。

司成说：只能这样了。

于是，原先的路线有了更改。

只是，愈接近山下的村子，就愈觉得不大对劲了，这已是黄昏，正常情况下，家家户户的炊烟理当袅袅升起，远远的至少可以嗅到烟火气，甚至饭香，毕竟在空旷的山野上，什么气味都可以传播得很远。

同样是没有狗吠，没有鸡叫。

莫非，同昨晚一样，还是一个无人的村庄。村民因为打仗，都已经逃走了。

司成心中隐隐不安，说：停，不可以再走了！

几乎没人听他的，就算像司成昨日看到的小村庄一样，是个无人村，说不定，也能找到一点番薯干什么的充充饥吧。

大家坚持往前走。

司成似乎有一种直觉，空村并不那么简单，从昨天走进去的无人村到这里，大家走了应该有四十里了。作为曾经的交战区，日军战壕不远，当地受战火所害的村庄，成为无人村有可能，但这个村子偏远了一点，日军从未到过，为何也成空村？应该有别的什么原因。

因为司成当日阻止过大家上船，现在这么一说，大家还是停下步来，不再走了。

这样吧，我一个人先走近看看是什么情况。司成又自告奋勇。

大家趁势，坐在地上休息。

与昨天一样，司成一个人沿着通向村庄的、似路非路的、杂草乱长的一个缺口，往前走去。同时，寻找一个制高点，便于观察村内。他是学水利的，自然勘察、目测距离，比一般人都强很多。正是仗着这一本事，他才敢这么做。

离村庄还有几百米，他不走了。因为有一股腐臭的味道，虽已很稀薄，但是觉得有些怪异。在香港奔忙的时日里，他就嗅到过这种气味，且强烈得多，此处的味道虽然稀薄，但一样催人呕吐，甚至恐惧。

到了选定的制高点上，他往村庄看去，先是发现屋子曾经被大火焚烧过，尤其是中部，一大片的焦黑，被雨水冲往村外……而村外，他吃惊地发现，竟出现了一个个不大显眼的小土包，像倒扣的烧卖一样。当然，上边已长满了草。他打了个寒噤，这几百个土包包是什么？为什么就在村边？

会是坟墓么？可这边一般埋人，都得上山，还得讲究风水，绝不会埋在村边，但不是坟，又会是什么？

司成仔细观察，没烧掉的房屋旁，还吊着一串串的东西，番薯干？萝卜干？辣椒干？……只是都发黑了。

显然，村里人是仓促逃走的。

却不曾有炮弹打过的痕迹，同昨天见的无人村不一样。

那些土包，仿佛在折磨他，想不明白。

看完之后，他只能下来了。

正想回到原路上，却发现，在通往村子的一方，有人竖起了一个十字架，虽然时间有点长，已经摇摇欲坠，但是看得出，这是警示，还是什么？

他忽然想到，这是村庄死亡的标记，在告诉后来的人，前边的村子，只是一个大坟！

那么，村边的小土包，好几百，只能是……一个个死者的新坟，密密挤挤的，由于某种原因，不可能抬上山了，只可以就近埋葬。

为什么会一下子死这么多人？而且仅在一个村子里。

而那股腐臭的味道，只能是尸臭。一是村里可能有的动物尸体，牛、猪、狗、鸡、鸭散发的味道，二是小土包埋得太浅，人的尸臭溢了出来。

司成不敢往下想。

回到队伍中，他只说：快走，这里一分钟也不可停留！

快走！快！

司成先没做任何解释，只是沿着原来岔开的路，回到三岔口上，一口气走了十里路。晓玉走不动，只是连扶带拖，甚至是背上，才追上队伍。

没有人即时发问，司成那么严峻、恐惧的脸色，足以使他们不敢发问。

又再走出三五里，有人扑倒在地上，走不动了。

司成这才停了下来。

司成说：那个村子发生了瘟疫，人不是死了，就是跑了。村子一大部分是烧了，这是有人为防疫情扩散才这么做的。村边有几百个很小的土包，显然埋的是死人，一下子死这么多人，只能是暴发了疫情……

难怪我们闻到了一怪味，是尸臭味……

因此，我们得赶紧远离那个地方，万一有人染病，大家就危险了。对了，村口还树了一个大十字架，是有人专门做的，警告我们千万别进去。

怎么会这样？

我们现在无法知道，路上遇到人再问，这里已远离了日本仔占领的地方，本以为无须担心，马上就要到我们军队控制的地盘，找到交通车，没想到……

大家休息了一阵，只好再上路了。

天已经渐渐黑下来，可远远都看不到任何灯火，倒是隐隐约约出现了飞舞的萤火虫的光点。

只能就地过夜了。

好在这边没下过雨，地面很干燥，找一些枯树枝点火也不难。只是没粮食可煮了，仅仅有司成几个还留下了一点点番薯干。煮发了之后，再分发给大家。

干草也不难找。

这一天的惊吓，余悸未定，大家大都坐着，不敢睡。

司成安慰大家，明天应该能走到大路上，能拦到交通车，不管怎样，先到一个城镇住下，所有的问题就不是问题了。

闻瑛也说：这两天，我们应该穿过了中间地带。

另一个同行的逃难者说：还算好，再没遇上土匪。土匪不敢在两军交战的地方抢劫，真要抢，就是找死了。

司成劝道：大家好好睡上一觉，明天当是最后一搏了。

山风似乎没那么冷了，人群当中的篝火，一直没有熄灭，总有人睡不着给添上枯枝，难得过这么一个还算有点温暖的长夜。

只是第二天，大家喝上几口烧开的水，就得上路了，谁身上都没有任何可吃的东西了。

一醒过来，便饥肠辘辘。

可还得走，咬紧牙关。走，折上一根树棍，当第三条腿拄着，还得走。

饥饿更狠，猛地折磨着所有人。

脚已经发软了，骨架好似散了一样，脊梁骨与肚皮贴在了一起，胃部却一阵阵灼痛。

晓玉第一个倒下了，她最小，司成只好再次把她背到背上，拄上树棍，艰难前行。

没有粮食，要饿死人的。况且长途跋涉，人的体能已消耗得太多了。

大凡有过极度饥饿的人，都会眼睛发绿，盯住什么，只会认为是吃的，直到一把抓过来，甚至放到口里，才察觉吃不得，还舍不得吐⋯⋯

下午时分，路渐渐要宽了一点。

大家都走不动了，只能躺倒在地上。

这时，闻瑛似乎看到，几十米外的路边，有一坨黑乎乎的东西，似乎还冒着热气。她仿佛看到的是一蒸笼的裹蒸粽刚刚揭开盖，甚至还嗅到了香味，于是挣扎着爬了起来，一步一趔趄，跌跌撞撞地往几十米外走去。

终于走到了，模模糊糊的视野中，这一黑黑的东西一时也难以判断，于是伸手去抓，竟是黏糊糊的，却不怎么黏手，大概有点干了，这才想起，一定是牛或者别的牲畜的粪便，她顿时坐到了地上，大失所望。

不过，她也想，路上既然已有了牛粪，证明有人赶牛路过，或者，离有人的地方不会太远了。

她搓了搓手，发现有一颗小小石子样的东西，搓几下，露出一点黄色来，这会是什么呢？低下头，定睛一看，竟然是碎裂开来的玉米粒，没错，正是玉米粒。

她马上伸手过去，把那堆牛粪扒开、扒平，这下子，一小颗、一小颗的玉米粒，在她眼中，竟似一粒一粒闪着光的金子。

人们都以为她饿疯了。

就这么一坨牛粪，竟扒出了一小把玉米粒来。

她明白，这是牛未能消化得了的玉米籽，几经反刍，吃惯了草的牛，却难以消化这并不新鲜、几近干缩的玉米。

她站了起来，又往前边看去。

果然，一堆一堆的牛粪，或隔十几米或隔几十米，甚至上百米，出现在路上，或许是早些天有人赶牛经过这个地方。她兴奋了，扬起了手：我找到晚饭了，找到晚饭了！

开始，大家还不明白，可她张开手，展示一粒粒的玉米。于是，所有人都爬了起来，歪歪倒倒地扑向了一堆一堆的牛粪，从中扒出玉米粒来。

自然，有的多，有的少，有的甚至没有。

有的人，用手搓搓，基本干净了，便塞到了口里，使劲地咬嚼，甚至吞进肚里。

司成劝说道：还是煮一下，煮烂，才好消化。不然，像牛吃下去，消化不了，白吃了，会更饿……

闻瑛赶紧采集了枯草、树枝，点起了火。

煮了很久，这干瘪了的玉米粒，才真正被煮烂。

总是勉强填了一回肚子。

这一幕，活到九十多岁的闻瑛——这个家族的这一代里，她是最长寿的——至死也忘不了。

然而，第二天出发之后的遭遇，更让人胆寒！

二、历史如此近即

旧客轮上的难民，已经愈来愈少。

"检疫"带走的，抛下江的，每天都少不了几个。

不再有人补充进来，也许船要开走了，却又不曾冲洗已经空出大半的舱位。当然，陆续还是有船走的，却也陆续有船开到。天天如此，不曾有太多的间断。

这艘船上的人，只余下两位数的了。

入夜，偷偷来卖饼和粥的小艇，却分明减少了。风险太大，被日军巡逻艇冲撞的事情时有发生，水面上不时可以看到散裂的舱板——这都漂浮在难民船的间隙中。渔民是否脱险、生还，没人知道。但几百条难民船泊在江面，这么大的一片，总归还有这些小艇迂回、隐蔽的余地。生计艰难，也不得不铤而走险，况且，这些船，出出进进，不知要延续多少时间。一两个月，半年一年，甚至几年？

辉哥的小艇，也是有一天没一天来，这次更是有三四天没来了。这些小艇不来，只能靠难民船发的味粥抵饿。而大家又都觉得，这些味粥，没有小艇买来的干净，不时有人吃了叫肚子痛，有的捱过来了，也有的"检疫"时被带走了。杨公与老夫人走了之后，阿玲、一个杨家的老仆人、许家的两个，都被带走了，林家的就剩一人在船上了。

现在，只剩下明训、明俊、陈管家，还有颜蓉和赵南天了。上白银丸时，差不多有二十人，死的死，逃的逃，带走的带走，竟只余下寥寥五人，尤其是二老一走，所余下的，无限悲凉。

恐怕，我们也活不了几天，陈管家第一次发出悲声。

他已经很不容易了，在白银丸上时，他不仅要顾着二等舱的上十位杨、许家人，还得设法给一等舱的杨公夫妇等七个人送从小艇上买来的食物，心都操碎了。转到这艘旧船后，更得尽心竭力，却未能让杨公、老夫人多留几天，这让他很是内疚。上船后，他原先全黑的头发，已经花白了，而且白的比黑的还多。他还不到五十，在杨家管事有二十年，也就是三十岁前来的，之前杨公换了几任管家，直到他来后，就不再换人了。他的忠心耿耿，凡事考虑周到，无论上至古稀的杨公，下至不懂事的孙女小妹，都交口称赞，而现在他把自己的一条命，也交给了这舱人。

只是，这一舱人，还有活着上岸的希望么？

尽管绝望，他仍不改往日初衷，要对这家人尽最后一分力。

现在，他焦急的是，辉哥为何这么几天还不见来？

他几乎要把头钻出舷窗了，只是肩膀被卡得死死的，再没办法了，恨不得变成一把骨头，说不定会似杨小妹那样挤出去，尽管已经瘦得可以了。

现在，隐隐约约听到船与船的夹缝中，传来轻轻的划水声——他的耳朵果然灵，立即拍拍窗口，要对方靠拢。

果然，一艘小艇靠过来了。

天黑，波浪闪过水光，他先问上一句：是辉哥么？

对方说：不是，你们有话给他么？

想他了，请他有机会过来。

我会传到的，不知今天他出来了没有？他被盯上了，不能不谨慎一点，有几天没敢出来。

对方要划船走了。

等等，你船上还有吃的么？

不多了，你要么？

我们这里好些人，几天没吃到辉哥送的饼和粥了。

行，要多少？

陈管家立即说：都给我们，你们也好有时间脱身。

有心了。

陈管家把钱递了过去。

多了，多了。

多的，是托你带信，让辉哥来。

那多谢了。

这边把一锅粥、十几个饼，全从舷窗递了过来，并说：我也得谢谢你，放心，口信一定送到。走了。

小艇悄悄地划走了。

舷窗外的水波，映出端过的一锅粥饼。此时，大家忽地觉得饿了，毕竟白天的味粥不多，更不敢多喝，不干净，但这个不仅干净，而且还有配料，不仅香，味道还好。

陈管家还没吃，大家已吃了起来。他却按住了大饼，说：这个可以留，不要多吃了，先把粥喝完吧。

明白。

大家都很听话。

因为已有好几天没吃上小艇送来的食物了，大家心里知道，今天有，明天就不一定有，唯有省着吃，细水长流，之后才还有得吃。

唯有颜蓉没动手，粥也不喝。

陈管家自然知道这是为什么，只是劝：哪怕喝一口吧。

我反胃，喝不下。

赵南天说：你也是医生，应该知道，无论怎样，也得吃下去。

颜蓉说：两位老人不在了，我没有活着的理由。

赵南天说：不，你想想叶大叔，还有早些天来过的骆大哥，他们不是一直在寻求我们的帮助么？

颜蓉说：叶大叔不在了，骆大哥生死不明。

应该还会有人找我们，想了解这里发生的事情，不是表面上的，而是我们有可能揭开背后的……

颜蓉不语了。

陈管家趁机说：赵医生说得对，两位老人不在，可你还有值得活下去的理由，这一碗还温热，快喝下去。

颜蓉摸摸碗沿，终于端了起来，喝了几口。

喝完，满脸是泪。

夜更深了，水波无光。

却又传来轻轻的划水声。

陈管家兀地端坐起来，下了床，急忙走到舷窗口。

他认准，是辉哥来了。

果然如他所料，舷窗外传来了话：陈叔，我来了。

是阿辉吧？

先接上，我做了十多个大饼，你们可以吃几天了。

陈管家与明训分别接过了两堆大饼。

陈管家先问：怎么几天都没来？还有骆远呢？他不在我们这条船上，上哪去了？

辉哥良久没有回答，只听到水浪拍在船帮上的声音，有节奏，伴随着心跳，"砰，砰，砰"。

末了，辉哥顾左右而言他：这些饼，都做得大，耐吃，要收好，不要被没收了。以后，我们这条小艇，恐怕很难有机会过来了，没法关照你们，日本仔的巡逻艇加多了……

陈管家坚持问：骆远……是不是离开了？

辉哥沉吟了一阵，说：他如今想离开，也没早些日子方便了。恐怕，也离不开了。

陈管家敏感了，问：是不是出事了？

又是沉默。

明训继续在问：出什么事了？

辉哥叹了口气：我知道他来干什么，你们也知道。日本仔最忌的是，有人把这里的情况，船上的、难民所的，还有什么传染病院的，传出去，所以特别留心……骆大哥前后在几条船上出现，必然引起了怀疑……

怎么了？

在那条发生烂脚的船上，他被堵住了。

颜蓉失口道：天哪！

陈管家追问：后来呢？

唉，后来再也没有看见他出来了，只怕凶多吉少。那条船已经清空了，上边的人，没有走出来的，都被抬到离检疫所不远的焚化炉里烧了。

骆大哥不会在里边吧？

不知道。

辉哥没敢再说什么：我该走了。

划桨的声音渐渐消失了。

所有的人，一夜未眠。

骆远不可能再从发生炭疽杆菌感染的那条船上逃出来，就算能逃，他自己感染了，也不愿意传给别人。只是，他要办的事办完了么？或者，交代给别人了么？没人能知道，显然，从叶大叔，到骆远，他们所做的努力，都不曾有结果。一切还在密封当中，还没有人捅开一个透气的孔——日本人要做的事，是不允许外面知道的。

熬过了不眠之夜，天又亮了。

还能见到几回天亮？

这已是最后余下的问题。

对岸的紫荆花还开得那么烂漫。

可对于难民而言，已是很扎眼了，会把眼睛也扎出血来，不是"感时花溅泪"，而是"痛时花若血"。

每个人把分到的大饼，都妥帖地包好，夹在衣物或棉絮当中，毕竟，辉哥的提醒，不可掉以轻心。

辉哥却不幸言中了。

还没等到难民所上来人发味粥，船上每一层都有人在吆喝：把行李收拾好，抓紧点，快，过了时间，没谁会等，能带多少是多少？

白银丸加上这条叫不上名号的旧客轮上待的时间，已经有一个多月了。

这回总归"上岸"了吧，没再分舱位的等级，事实上也不用分了，整条船上余下的人，不会有白银丸所剩的二三百之多，一百不到，甚至在六七十上下。原先满满一船的人，已所剩无几——而这条船，还是几条船所剩的人被赶到一起来的。

下船的舷梯放下了，但下去的人动作却很"笨"，得一个牵着一个，一个搭着一个。有的托人先把行李扔下去，他们连行李也提不起了，极度虚弱，上气不接下气，两眼空空洞洞的，似乎什么也看不见了。如果说，上次从白银丸下来的难民，还有点残兵败将的样，那么现在他们只有麻木，连恐惧也没有了。彼此之间，已很少有各种关系了——父母、夫妻、儿女乃至同乡宗亲，有的话，只是侥幸的明训、明俊兄弟。

更不用与当初在上环拥挤着上船的"盛况"比较。

有的船先下来，人更少，才三四十。

最多的，还是明训在的这艘船。

下来后，却不知道怎么走，伪军又不做指挥。

终于有人忍不住，问道：等人下完了，该集中上什么船了？

伪军瞪了他一眼：你坐船上瘾了？

这话是什么意思？

是否意味着不用换船了？真正留在岸上了？

只是，岸上比船上又怎样？

有人能这么想，证明他还活着。不想的，当死了大半截了。无论去哪，难道还有两样么？

又下来了一船人，五十多吧。

似乎还在等……

那条停了近一个月的旧船开不动了，只差没挡住陆续靠码头的其他船。

正在这时，与白银丸大同小异的一幕场景又出现了。

而且主角还是同一个。

正在下人的船，比旧船小一些，甲板也低多了。此时，旧船的甲板上，走过来一行人，后边是伪军，前边是猥猥琐琐的两个烂仔。

颜蓉眼尖：怎么，又是沙仔？

只见伪军用绳子把沙仔绑上，吊到了外边，一直放到正在下人的船上。这边的伪军一拉，就把他，还有另一个带到这边的甲板上了。

而后，押到舷梯边上，解开索子，推他们下来。

他们不得不扶着舷梯往下落。

沙仔分明认得守在下边的一个伪军，一落地，就嚷嚷：我把一大袋的手表，还有赌赢的钱，都孝敬了你们……

给谁了？你说？伪军不认，瞪得眼睛似牛卵大，谁要那些死人手上扒下来的表……

反正，我孝敬过了，就放我跟船回香港吧。

别做梦了。

这难民所，有进无出……

是这个规矩，难民当然得等战争结束才能做处理。

那都处理成白骨了！

你少蛊惑人心，问你罪……

不说，不说，别让我进去，再上哪条船都行。

你等着吧。

只是，人还没等齐。

等着上哪，谁也搞不清，能如沙仔的愿，另上一条船么？

忽然有人在喊：倒了！倒了！

等候的人闪开了一块地方，当中有两个不知为什么，已经歪倒在了地上。站久了？有病？

来了两个穿白大褂的人，看不清是日本人，还是中国人，弯下腰看了看，摇摇头，招手，让几个伪军过来：抬走！

伪军找来了一张帆布担架，把两个叠在了一起，人已干瘪得只剩下四五十斤了，加起来也不到一百斤，放在担架上不算太重，就被抬走了。

明训留意到，抬去的方向，是北边，往里一点，在树丛后边，有一栋小洋楼，两层楼。他记起了父亲讲过的话，那是1929年建的，用作隔离检疫中查出病症的人。之前，"检疫"后，也有人往那里送过，可那么小的楼，容得下每次被带走的难民么？他们的死活怎样？

终于，该等的人，都等到了。

这足足等了一个多小时。

本已饥肠辘辘的难民，又倒下了几个。

站好，排好队，向右转！

伪军有气无力地指挥着。

明训知道，这里的河床是南北向的，下来右转，也就是面对南边。

在船上，他就知道，那个方向，便是南石头难民所。

出发，走！

这支队伍大约凑了三四百人，就这么沿着江水南流的方向往前走。

这时，烂仔发"烂盏"了：我不去，就死在这里，不进难民所，不进！

他坐在了地上。

一个伪军走过来就给了他几脚：好呀，你死在这里吧，再把你衣服剥光，抛到海里喂虾！

烂仔一愣：死了还剥衣服？

你以为虾能吃你的衣服么？

难民们在偷笑，不敢发出声音。

衣服我还得要……

不是衣服里有什么夹带吧？来人，先把他剥了。

沙仔一听，赶紧往前挤。

这回，你倒是要抢先进难民所了！伪军冷笑道。

其实，沿着江边，也就往南走半里地多一点罢了。可这早已濒临死亡的队伍，却只是在蠕动，不是这个跌倒，就是那个坐在地上，让人架起来再走。好在伪军也司空见惯了，连吆喝也懒得吆喝，他们也只是走走停停，等队伍走前去一段，再又追过来。

现在，再明确不过了，不是换船，而是去最后的归宿——难民所。

挨近江边的、吃水浅的大木船上，已有难民站在这边，看这支队伍慢慢蠕动。

不过，他们并不知道，半个月、一个月左右，他们也会这样被驱赶着，走向万劫不复！

明训、明俊、南天几个，都不曾在这个方位上看过南石头，因为白银丸的船体大、吃水深，只能停在靠江中水一侧。而东边大大小小的木船、客轮，都把视野挡住了，没法看清，倒是听杨公描述过。

最早，自然是一个大炮台，镇南炮台，面江，如今还可以看得出上十个炮位，虽然有的被炮火打塌了，有的自然坍塌了，但还可以大致辨别得出来，有的炮口还见得到伸出半截的炮管。不难想象，当初这些炮位有多重要，与江心的车歪炮台成掎角之势，扼守住了这宽阔的江面，一旦打仗，可以阻截住任何想从水路进入广州的敌军。反过来，谁想从水路逃出广州也一样。明训听父亲讲过永丰舰的事，永丰舰一炮轰掉了镇南炮台的西北角。现在，自己正走在这下边，抬头看，果然见这西北角的炮位掉了一个角，像豁了一颗牙，很是难看。

在炮台底下，至少要走一百多米。

队伍还在老牛拉破车一样缓缓前行。

这让几个年轻人可以事先观察这个巨大的城堡式炮台。

当年，它比地面自然高出不少，范围很大，有三四万平方米，民国初期就在炮台中间建起的惩教场，"井"字形的两层楼，每一排，上下层都有四十个号房，一般是八个人关一间，所以至少可关两千多人，这是最初的结构。"井"字中央，便是很大的天井，用来放风的，围墙里，还有六个厂房，以及医务室、训诫室之类，现在当然也用来关人。

广州沦陷后，汪伪政府在靠江边的位置，也就是"井"字的底部，新建了一排更为森严的监房。一下子，关押的人数就加倍了，超过三千人，这是按"标准"的人数。战争期间，这标准未必就被严格遵守，"人满为患"时，再怎么翻倍都不算怎么了不得。

不过，几个年轻人在江边并未见到这新加的一排监房，因为这边更竖起了高高的围墙，围墙上还有通了电的铁丝网，挡住了自下而上的视线。

但不管怎样，如此之大的古炮台，如同一座巨大的城堡，给人的震撼是难以估计的，更何况，它已经成了战时可怕的集中营——在广州，同在海珠岛上，靠东北边的教会大学岭南大学，是用来专门关外国人，也就是白人的集中营；靠中部，则有一个宝岗集中营，是关中国人的；最西面的南石头，则主要关的是港人，这是日军攻陷香港后确立的。

站在这"城堡"下，无形中感到了巨大的压力，阴森、恐怖、血腥、冷酷……什么感觉都有。

似乎所有人都预感到，这会是他们最后的归宿。巨大的城堡，毋宁说是巨大的坟墓。

有谁走得出去么？尤其是来自香港的难民！

整支队伍几乎走不动了。

炮台底下这一两百米，走了很久、很久……

站住！一声断喝。

本来已走不动的队伍，钉在了原地。

前边，再走是一条窄窄的水道，与江水成直角，显然是用来做水运的。明训记得，父亲说过，这条水道，把大量的木头什么的往里运，同样是两百米后，便是一个很大的人工水池，木头就卸在那里了。之后，泡发，泡软，再加工，才能成为造纸材料。而木头腐烂的气味，每每飘荡在城市上空，尤其是气压低的日子，臭不可闻。

队伍站住之后，江上面一艘机帆船开了过来。

有五个穿白大褂的医务人员已等候在岸边，一开口，赵南天便听出是日本人。

他们来干什么？

这些日本军医也不多话，只是来到难民队伍跟前，一个个地进行观察，不时还用戴了手套的手，捏捏其中一个难民的胳膊，拍拍另一个难民的胸膛，不解何意。

颜蓉下意识地按了一下肚子，却被一个军医发现了，做了个手势，让她走出来。

你怀孕了么？旁边的翻译官问。

不知道。

你会知道的。

赵南天捏住了颜蓉的手，问：你们要干什么？

日本军官怪异地一笑，说了几句。

翻译官立即对赵南天说：那好，你也站出来。

这时，明训几个人急了，想说什么。

南天却用眼色制止住了他们。

颜蓉对陈管家说：看来，我不能再陪姑姑留下的这一家人了。拜托了。

陈管家默默地点了头。

没多久，日本军官又挑选了几个难民，让他们出列。

那几个难民惊恐万分地走了出来。

伪军又重新发号施令了：向左转，开步——走！

于是，被挑选出来的七个难民，包括南天与颜蓉留下了，而整支队伍转变后，沿着运木头的水道，往东走了。

分开时，明训、明俊满眼是泪。

近二十人，减到十几个，再又到七个，最后只剩五人了，而现在，五人也分开了，他们只余三个了。

他们知道，这是最后的一面。

从此，阴阳相隔。

只有黄泉再会。

南天、颜蓉没有落泪，他们已经预知自己的命运，更知道这是诀别。

颜蓉本就早有死的心了。

她只为南天不平，这值么？

三、"传染病院"

被挑选出来的七个香港难民，在原地站立着。

不远的江边，那艘日军机帆船正在开近，好靠岸边。这里，没有正规的码头，是由木头支起的架子，放上跳板，伸到了水稍微深一点的地方。机帆船应该是平底船，可以稍近开到浅水的地方，接上木跳板。

机帆船上，是浑身裹得严严的两个白大褂。他们只能是日本军医，口罩很大，几乎只露出一双眼睛，头上则是圆筒式的白色卫生帽。这几个人，应该是训练有素的专业人员。他们在招手与岸上的白大褂打招呼，机帆船的靠拢，不紧不慢，得花一点时间。

这七个难民中，有五个一直关注这艘机帆船靠近，大约已明白，这是来单独接他们走的，至于接到什么地方，则无从得知了。

而颜蓉与赵南天，则一直目送一同下船的队伍走远。

是怎样的生离死别？

心中明白，却不可有拥抱、握手，几乎没有片言只语，甚至脸上也难以表达悲戚的离别感情。就这么一两分钟走开了，远去了……最后消失。

队伍一直往东走去，还是那么慢，可终于走出了又一个一两百米，又传来了伪军的喊话：向左转，大门在左边。

他说的，便是难民所的大门，从路侧看得到，那也是两层楼，比别的楼高，中间还树了一支旗杆，上面挂的是老百姓所说的狗皮膏药旗——日本国旗。赵南天、颜蓉看到，左转后，所有人也就不见了，显然，已经进了难民所。

在队伍转弯前，两个人看到，明训兄弟、陈管家一直在不断回头，看着他们。

这边，机帆船终于靠稳了。

翻译官开口了：上船。

两个人才跟着前边的五个,走向木跳板。

五个难民都已心惊胆战了,上了木跳板,其中有两个还没有走到当中,脚一软,竟然摔了下去。好在水不算深,还能站起来,可行李却随水漂走了,有一个还想去捞,却被一个日本仔吼了一声,不敢去捞了。

赵南天已上了木跳板,伸手去拉他:算了,我这还有干衣服,你等一下换。

把两个人拉上来后,他又转身牵住已走上木跳板的颜蓉:慢点,小心,走稳了,不会掉下去的。

颜蓉淡淡地说:我不会掉的。

就这样,七个人都上了机帆船。

他们被指定站在船的后面,不可以随便走动。

而日本军医们,则站在船头。

一个伪军,还有翻译官,位于船的中后方,监督着上了船的这七个难民。

赵南天这才留意到,被挑选出来的人,与自己的年龄都差不多,从二十来岁到三十岁,虽然已面黄肌瘦,没什么精神了,但还不是病恹恹、有气无力的那种,他们也不知在船上待了有多久。自己已快一个月,颜蓉多几天,他们呢?十天八天、半个月,或者再长一点?显然,日本军官是有目的挑选的,至于挑出来干什么,应该很快就知道了。

"突突突",机帆船终于开动了。

船先向南顺流走一段,因为西侧挤满了大大小小的难民船,把江水都盖住了,仅留下旁边很小的通道。往北便是码头,当然不会再去,而且更走不通。

南行,能到什么地方呢?

那边是纸厂,但纸厂的德国设备,已经让日本仔拆卸个一干二净,运到了日本本土。杨公已经告诉过大家,他家的汽配厂、轴承厂,在香港沦陷后,肯定也保不住了。

先过了运木头的水口,当然,现在也无木头可运进去了。纸厂当年弥散在全城上空的腐臭味也当消失了,只是有点奇怪,比腐臭味更难闻的气味仍随风飘来,站在机帆船上还可以闻得到。

机帆船又往南开出了差不多一里路,把难民船甩在了后边,却突然向西拐了个弯。

寂灭：白银丸纪实

西岸的紫荆花更加抢眼，如满天的蝴蝶在翻飞，有起有落，有的还漂到了水面上，却无论怎么看，仍似血流成河……偶尔还能看到几具浮尸。

可向西拐了只一会，船竟又向北开了，完全调了个头。

而且，又再经过难民船聚集的地方，不过，更靠西岸，与难民船保持一定距离。

显然，是要绕过难民船的区域。

这时，机帆船加快了速度，往北而去。

很快，便从车歪炮台的东侧开了过去。

如此近切地观看车歪炮台，对赵南天来说是从未有过的。他细心进行了观察，并做出了判断，炮台是在江心靠西的位置上，一排临水的炮台口，比镇南炮台要完整得多，还可以看到黑漆漆的炮口……

这只是片刻工夫，可对他已经够了。

很快，船又转弯了，这回是向西行。也就是说，面对这段江水的东岸。

显然，已经过了南石头码头。

南石头被挡在那一大片难民船的东面，不经意间就过了。

眼前，有三座钢架式的长桥，从东岸伸出，一直伸出有二三十米，后人把它们叫作"日本桥"，其实就是日本仔的军用码头。往里也有不长的水道，机帆船可以开进去，现在已有四五艘泊在那里。

这时，装着七个香港难民的机帆船，"突突突"的声音停止了，船缓缓地靠近了所谓的"日本桥"的前端。伪军扔的缆绳，落在了船舷上，把机帆船拉近、靠稳。

自然，是几个军医先上了桥。

最后，才轮到七个难民。

上了"日本桥"，他们又第二次"上岸"了。

从方位上看，这里应该是南石头的北面，只是当中有个小山岗挡住了，到底有多远，很难判断，但从机帆船开的速度，这个圈至少绕了好几里地。

干吗不从南石头码头往军用码头送，这距离不缩短了很多吗？而且，两个码头之间，也一定有路相通吧？

赵南天想起了杨公说过的"兴隆大街"，就在南石头码头上岸后不远的地方。

总之，陆路一定是有的。

可为什么从水路上绕这么个大圈，一时还想不明白。

上了岸后，日本军医在前边走，难民保持一定距离，跟在后边，走了不到一百米，伪军就对难民说：站住。

难民们站住了。

日本军医走了。

伪军说：向左转，这里是广东省立传染病院的住院部。你们走了狗屎运，皇军要给你们把病治好，所以专门让你们住进病房进行观察。

南天想说什么，被颜蓉扯了一下。

伪军带难民走进了所谓的"住院部"，一眼看去，有七八排的平房，每排的病房数量不等，多的有八九间，少的则有四五间。最西边的两排，居然是临水的，像吊脚楼一样，撑在珠江的水面上，离几座"日本桥"没有多远。日军码头自然是戒备森严，南面有很高的哨岗，在高高的山包上，俯视整个码头、住院部，甚至往北的一个坟场。据说这是外国人的坟场，安排在这里，逃跑连想都别想。

特别是对外的江面上，停泊、开动的日本军舰络绎不绝。

难民还没被安排进病房，伪军便又发话了：医院没那么多病号服，你们挑整洁一点的衣服出来，先去冲个凉，把身上洗干净，不可以再有臭气……温水已经给你们准备好了，动作快点。

南天终于有点兴奋了：终于可以冲个凉了。

是呀，这些人，大都一个月、几十天身上都没擦洗过了，臭味连自己都不敢闻。

那两个落水的难民却为难了：行李都没了。

南天从自己的包袱里取出一件内衣、一条内裤给其中一个，说：你先穿上，身上衣服趁机洗干净，晾干就可以穿了。

另一个难民迟疑了一下，也拿出了自己的内衣裤，给了另一个落水的难民，说：先凑合穿吧。

只是，浴室只有一个，不大，男的也得分两批。

颜蓉表示：我无所谓，最后再轮到我吧，我可以等。

不行，女士优先，一个难民颇有君子风度。

不了，我们女人洗身，用的时间比你们长，反把你们耽误了。你们先来吧。

伪军不耐烦了：你们六个男人挤得进去的，互相泼泼水，一次就洗完了，别假斯文。

只能听他的。

对于一个月或者更长时间没冲过凉的南方人来说，终于有这么一次机会洗洗，简直似过节——过大节一样。小小的浴室里已经有护理人员挑进去了两大桶水，水温可以说刚刚适中，不烫也不凉。

南天说：大家用的节省点，我们六个人可能就这么多水了。

也许他个子高，又文质彬彬的，其他五个人都点了头。

一勺一勺水，从头部浇下来，简直是琼浆玉液，一下子全身爽透了。天虽然还有点寒气，可温水从头到脚，到底添了几分暖气，人一抖擞，精神也有所恢复了。肥皂虽然粗糙，可擦在身上，一大把"老泥"也搓出来了，六个人围成拥挤的一圈，各自帮前边一个搓背，全身也轻松了好多……大家出着一口一口粗气，好似要把几十天在船上吸进去的恶浊空气吐个一干二净，不管之后在"病房"里会被怎么对付，此刻，就是解脱，这里，就是天堂。

他们出来后，颜蓉已换好衣服，进去了。

颜蓉并没似预期那样，在里待太长时间，出来后，头发湿湿的，眼也湿湿的，一言不发。

伪军说：好了，该进几号病房，已定下来了。

六个男人，上了一排稍长的平房当中，分在了两个病房。每个病房大约住进六至八个人，比船舱当然宽敞多了。颜蓉则上了较短的平房，但病房的大小也差不多，且与南天住的病房平行，很近。

伪军，不，这回是翻译官过来，重新把七个人集中起来训话：你们自己清楚，不清楚的很快也会清楚，从香港战区过来，就等于从疫区过来，所以所有难民，都可能是带菌者。在船上，小孩、老人死在了前边，你们年轻力壮，所以才捱到了今天，只是，还能捱几天，谁能保证呢？所有人治愈是不可能的，但皇军是菩萨心肠，会尽可能挽救你们的生命。你们很幸运，被选中来这里，生命就保住了。因此，你们要守规矩，听从调摆，之后的几天里，你们会有很多检测，务必全力配合，不得延误，三天打鱼，两天晒网，拿自己的命开玩笑，这个来不得半点马虎。检测是这样，吃药也是这样，一粒也不能丢掉。我们治好你们的病，你们就可以出院了，就可以回到广州了，这是功德无量的事，希望你们天天很高兴地去查验各项指标。当然，有的简单，没有什么痛苦，可有的则麻烦点，比如提取胃液，会有点不舒服，但一项检测都不能少，明白么？

七个人只能点头，或说"明白"。

他先指了站在左边的一个：你过来，你们其他人等着。

翻译官把人带走了。

现在，赵南天与颜蓉有了说话的机会。他们压低声音商量。

一时还无法揣测到日本军医到底要干什么，可是，防人之心不可无，真为治病还是为别的，难说。所以，两个人商量好，无论如何有两条不可暴露：一是自己原先的职业，也就是当医生，让对方不了解，也就便于运用自己的专业知识，尽快弄清楚日本人目的何在；其二，是会说日语，更不可露出任何蛛丝马迹，这样更便于在日本军医对话中得知其真实意图。两个人读医科，在香港，中文与英文都是通用语言，不必另外当课程修。因此，两个人的第一外语都是日语，大多数香港大专院校都是这样。当然，也有法语、西班牙语、葡萄牙语等可以选修，但教师偏少。只要这两条做到了，相信对这个"传染病院"到底是干什么的，就不难了解。

在香港从医，对广州有怎样的医院，自然多少有所知，只是这么多年，从来没听说过这里有什么"广东省立传染病院"，这让他们很奇怪。尤其在广州河南这个地方，更没听说过，不知是什么时候"立"的。一路过来，也没见到过这个医院的牌子，是不是还挂在前边未到的地方？

还有，他们凭什么说，凡是香港难民，都是"带菌者"？依据何在，带的什么菌？

太多的疑窦。

来不及多说，赵南天便被叫去了。

办公室在几排房子的东面，看得出，倒不是临时设置的，墙上一排排挂的是各式各样的报表。赵南天瞄了一眼，大致了解——在医院习惯了，就不露形迹地坐下了。

翻译官先代军医问了姓名、性别、年龄等问题，然后，就问职业。

赵南天已经想好了，说：我是个跑堂的。

看样子你文质彬彬的，怎么去跑堂？

家里没钱，我十几岁就去当跑堂的，所以腿才这么长。

翻译官不苟言笑，开始让军医问话，再翻译。

你有什么症状？噢，问你有什么不舒服？

肚子太饿了，船上就两顿稀薄的味粥，饿得出冷汗。

是问你有什么病？

你说，船舱那么小，一个月，能舒服得了么？

到底没读过什么书，问你，有没有发烧、肚子疼？

有哇，有的，在船上烧过几天，拉过好几回肚子。

日本军医让他张开口，发出"啊"的声音，又用手电筒照了照他的喉咙，在登记本上写了些什么。

翻译官说：今天只是简单问问，以后，每天都会有专门的项目要检查，查大便、小便、验血……

赵南天算是过去了。

回到七个人当中，翻译官又叫走了另一个人。

赵南天把问的情况说了，例行查询，没什么特别的。看来，他们是一个个登记、做表，做相应的统计，有设计好的流程，一切还刚刚开始。

又一个回了，再叫一个。

最后才叫到颜蓉，也许因为她是女的吧。

还是例行先问姓名、性别、年龄，而后是职业。

颜蓉说：我是当会计的。

很会打算盘，噼里啪啦？

颜蓉只有将手指灵活地弹拨了几下。

看来手技不错。

而后，日本军医发问，翻译官译。

有过发烧？拉过肚子？呕吐？

这在船上久了，总归难说。

有更严重的症状么？抽筋、迷糊？

还没有。

你脸色开始发黄……

一个多月，饿的，营养不良。

不是别的原因？

不是。

你怀孕了么？

颜蓉暗暗吃惊，只能说：没有吧，不知道。

你会知道的。

日本军医又让她张开口，发"啊"音……

登记后，便挥挥手，让她走。

翻译官也做了例行交代，后续会做各种检测。

颜蓉才算松了一口气，离开了办公室。

难民都关心地问：没事吧。

颜蓉说：同你们一样。

翻译官让那个伪军将七个人带回到病房区，各自到已安排好的病房，并且一再叮嘱，不要乱走，安分守己，一旦引起交叉感染，后果自负。

如果抛开在船上还能从渔民小艇上买到饼和粥不算，那么在这传染病院的"伙食"还是有了改善，不是一色的味粥，而是有米饭、青菜、咸菜，甚至还有带点肉味的清汤，而且分量也增加了。虽不会太饱，但过些日子，饥饿感也没那么强烈了。

之后，是接二连三，甚至是重复性的检查。

头天早上，就得取尿样、粪便，而且过几天又得来一次，倒不似船上，天天下来"检疫"就只"打屁股针"——难民的话。

而后，则要验血，有时是耳垂取血，有时是从手臂上的静脉取血。不过，这没有取尿样什么的那么频繁。

当然，据颜蓉观察，日本军医对体温的测试、脉搏计数、四肢是否发冷、有没有胃口等，每天都少不了做记录。

一切，都做得细致入微。

赵南天与颜蓉，都暗暗感叹，日本军医的专业精神真是无可挑剔，每天的每一份统计表，任何一项都不会有疏漏。

在咽喉取样，更一丝不苟。

提取胃液，则有足够耐心。

……

唯一一条是，他们的出发点，是认定香港难民从香港出发，就一定是带菌者，只是程度不一。

赵南天也无法否认自己进这个"传染病院"时，是带菌者，而且在船上也有这病症，只是身体抵抗力强，加上颜蓉那里还有应急药，所以才有好转。最后剩下的那支奎宁没用上，在被明训带走的杨公拐杖的里边……但是怎么染症的，绝对只能在船上，而不会是上船之前。

颜蓉更是这样。

赵南天是个有心人，从日本军官的对话中、偶尔可看到的报表上，先发现了凡是进入这所病院的年龄分层，从1至10岁开始，到81至90岁止，分了共九个层次，第一层的死亡率在60%以上，第二层则落到20%左右，而71至80岁的，则又回升到70%，再老则没有活的，仅大致估算一下，总体死亡率则超过40%。

这让他很是吃惊，一般霍乱、伤寒——这是他从症状看的，死亡率也就20%，这已经够严重的了，而这里加倍。

况且，这里的居住、饮食有了很大改善，加上又是最后从船上下来的幸存者，死亡率还这么高，太恐怖了。

刚进来几天，似乎被抬出去的病亡者应应该不到十个。

他问同房的难友，进来时间最长的也有一个月了，其他则是十天、二十天左右。难友还说，有被认为治愈的，大概占了三分之一，然后就被送走了，说是让他们回家，但去了什么地方，难说。

的确，每天在发药，而且监督着吞下。只是这些药是什么，赵南天却很难判断，只知道其中有的是苏打片，中和胃酸的，分明用来调节人的胃酸浓度。

后来，人们才从这个"传染病院"的实验报告公布的"12项成果"中得知，胃酸对沙门氏菌有抑制作用。

这只能是做实验，而且是其中的一项。

进一步说，凡是经挑选进入这个"传染病院"的所有难民，当然是特定的香港难民，全都是他们的实验品。

如此大规模的实验，也只有战争状态下才能进行。

那些死在船上、被抛下海的，还有押进难民所的，当是这批实验品的多少倍？十倍？百倍？

要回广州的香港难民，何止一二十万？

思之极恐。

而这些天，颜蓉被叫出去检查的次数，比任何人都多，显然是日本军医对她产生了"兴趣"。

她被告之：你已经怀孕快四个月了，怎么不知道？肚子也开始显了，妊娠反应早有了，装什么装？

颜蓉说：我只是不愿意承认。

为什么？不让丈夫知道？

我没有丈夫。

那你偷腥了。

呸！我被强暴了。

什么人？

问你们自己人。

日本军医一怔，随即竟狂笑了起来，大日本皇军的战斗力果然大大的。颜蓉虽然听懂了，可她不愿意暴露出来，使劲地咬住牙。

后来，她甚至被带出了病房区，走过围墙，上了山坡。那里有几座楼房，一座上面还有一个很大的红十字，这应该是日军医院的本部了，出入的日本人有好几十个。

她在这里又抽了血，又做了各个部位的 X 光检查……当然，还有与妊娠相关的检查……一折腾就是半天，简直是被当作动物任人观赏一样。

回到病房，她已经不必避讳同赵南天说起了，事实上，两个人心照不宣很久了，在船上，彼此就明白了……

怎么办？我想尽快把这个孽种流产了，可怎么做运动，还是流不下来。

不要伤了自己的身体。赵南天这么劝她。

这个身体还是我的么？

怎么不是你的？最后总归是你的。

颜蓉欲哭无泪。

那些军医，或许，对日本人而言，不同的个性、嗜好、面貌都是存在的，甚至，为人父，为弟兄，为父子，他们都会有不同的身份、感情和表情。那是作为正常形态上的人，日本人也是人，一般有喜怒哀乐，一般可嬉笑怒骂，一般傲气或柔顺，一般……

一个在中国战场上嗜杀成性的日军士兵，在自己的家庭，仍可以是孝子、慈父、亲昵的兄长。

战争在其血腥的语境下，把人的另一面充分揭开。

南京的"百人斩"震惊世界，可离香港不远的"百人斩"却鲜为人知，而且，更为冷酷，更为无法想象——那是把村民排成两排，一排一百多人，由两个日本仔用事先磨得锋利的军刀，排头平削去，看谁一口气削的脑袋最多。结果，一个超过了一百二十个，一个当然也超过了一百，前者赌赢了，好些头颅，还挂在胸膛，并没有掉下来……

我能区别这两个日本仔的性格、面貌么？

从我们的视角上看，他们难道不一个个都木声马面、面无表情——不敢想象他们赢后还会得意大笑。

而在"杀人工厂"中，按按电钮，扳扳制动的掣机，或者配制不同剂量的病毒或毒药，日本仔的"理性面孔"又当是什么样的？

同样不苟言笑、木声马面？

对于被虐杀者同样的麻木，这种理性杀人的麻木，难道不是同样的么？

把人类抛进战争的大规模死亡中的决策者，其良知的泯灭，同样是在精准的算计之中。

忽然，外边嘈杂的声音传了过来。一听，又有十多个人送进来了，死了的、"出院"的，正好十个，床位不可以空置。

分明听到的是半大孩子的声音。

两个人走到门外，果然，大都是十至二十岁之间的青少年，也就是统计表上死亡率最低的年龄段。

赵南天听到了一个熟悉的声音：这是什么地方，还是难民所么？我不能出了一个难民所，又进了另一个难民所……

天哪，这居然是麦欢。

算起来，他从那艘旧船上逃出去有半个多月了，怎么又给抓了回来？

颜蓉也认出他来了。

现在没法与麦欢接触，等他住进病房吧。这半个月究竟发生了什么？

一如他自己说的，命大，却运气不好。

这麦欢呀！

四、石灰改变了命运

牛粪，一坨坨黑乎乎的牛粪，已经半温半干的牛粪。

却对闻瑛、晓玉她们，对这一支逃亡的香港难民来说，简直是上帝的福音。

牛粪里居然还有那么些可以抠出来的玉米粒、谷粒，牛消化不了，几轮反刍也未能消化得了，却留下来给了已饿得半死的难民。

但更重要的是，牛粪给大家指出了一条活路，本以为，这没完没了地走下去，不知还得走多久，只怕累死、饿死，也到不了头。但是牛粪告诉他们，前边不远就有农村，有牛就有人，有人就有通往城镇的交通工具，这就是逃亡最终到达的目的地。

无论如何，这牛，无论是被人赶着路过这里的，还是附近乡村放牛在这吃草的，总之，找到人就行。

这一夜，吃了牛粪中的玉米粒、谷粒，大概不那么饿了，大家睡得都安稳多了。

第二天，就沿着有牛蹄印，而且有牛粪的地方走，为了肚子，沿途的牛粪也都抠了个干净，以备不虞。

不过，才走出三四个时辰，就听到了狗吠的声音，而且走上了公路。公路上的车轮印，分明留下不久。

沿着公路，正是北行的方向。

没多久，终于遇上了人。

那人不无惊异地问：你们是从南边来的么？

是呀，从香港过来的。

那有多远？你们走了多久？

十多天了吧。

就你们这么些人？

寂灭：白银丸纪实

出发时，有快两百人，半路被日本仔、汉奸拦截住了一大半的人。后来，有的走散了，有的不走了……你住这不远么？我们还带了法币，跟你买点吃的。

跟我来吧。

其实，这个人住的村子，离公路不是很远，大家觉得有希望了，也努力走得快点，绕过一片林子，就见到前边升起的白色炊烟，这太暖心了。

村子不大，也就七八户人家吧。山里，人住得很散，独门独户的，选的都是山谷里。

不瞒你们说，我家的粮食也不是很多，得掺番薯丝吃。你们是香港人，不会嫌弃吧？

闻瑛只差没说，我们饿得连牛粪里的谷粒都抠出来吃了。

农民到底是农民，朴实、厚道，有怜悯心，也不贪。司成说：一路上，我们都没用上什么钱，这些法币就多留点给你，大家能有口吃的就行。

可那人只从中抽了一张，说：这已经多了。

他不知又从哪里翻找出了七八个鸡蛋，给每个人煮了一个。这时吃起来，比山珍海味更鲜美。

有多少日子没吃过一顿饱饭了！

今晚，你们只能住在这里。

行，能遮风挡雨就行。

明天，你们不用走多远，就会有交通车。运气好，到了站上，不用等多久，就算一下子等不到，再晚点，也还是会有车的。你们是上哪？

总之，往上，到韶关、到南雄都行。

没有直达的，不过，中途会有转车的地方。日本仔没到过这里，很安全，放心，顶多有日本飞机飞过，也没投炸弹，是侦察机……各个县之间，都通了车。

晚饭过了，山里天黑得早，主要烧了热水，让大家擦洗一下。大家难得如此放宽心睡觉，也都早早上了床——又是多久，没在床上睡过了。

可司成却放松不了，脑子里的弦始终是绷紧的，躺下，又坐了起来。之后，索性下了床，走到了门外。

那人正在牛圈里铡草。

司成走了过去，他停下来，善解人意地问：是你领着他们出来的，有心事，放不下？

嗯，见到你，我们算是脱了苦海，之前一路不知吃了多大的苦，总算是逃出生天。

我这也是遇到过几批了，你们能走到这里，已经不容易了。在山里一定走了弯路，不然，你们会跟前边几批走得近些，总算走过来了。

司成仔细地打听了交通车的情况，虽说不是很正常，但还没有停开。时间虽说很难掐紧，但总归能赶上趟。明天赶不上，还有后天，上了车，再远，挨晚边上总可到。

司成忽然想起，问：我们差点进了一个村子，好在通向那个村子稍远的路口，有人用木头竖了个十字架，吓得我们没敢再往里去。你知道是为什么吗？

我听说，那是一个外国神父在那里立的，就是要阻止过路的人进入那个瘟疫村。

瘟疫村？司成对外国神父并不陌生，香港有不少，近百年来，神父上粤中、粤北，还有粤东布道，也有所耳闻。

是呀，日本仔打下广州之后，没少往北边骚扰，同广东部队交手好多次，有几次打得很大、很惨，几百几千人战死，头两三年几乎没消停过。我们都差点要跑了，他们也只差没打到韶关。只是，自从攻打香港后，日本仔就没工夫打这边了。那个村子，是他们最后撤退经过的，把村子里的猪呀、牛呀都杀了，鸡呀、鹅呀都吃了。他们走后，村民回去，却没想到，发高烧的发高烧，烂脚的烂脚，吐的吐，拉的拉，人是一个接一个地死。幸亏附近教堂有个神父得知，赶过来，让还活着的人赶快离开，不然，全村人都会死光的。其实，真活着出来的，已经没几个了。

神父呢？

他立了十字架之后，没多久也死了，可他还算救了几个人，让后来经过的人没再染上瘟疫，那个村子就这么废了。

就这一个村子么？

听说，南边一点，广州北面的花县，也有村子这么没了。

是日本人留下的毒菌。

是呀，不然，有什么理由一村一村地死，你们一路上也得小心点，不要染上这样的恶疾……

司成背脊骨都凉了。

他感到有一张无形的网，铺天盖地撒了过来，在香港逃不了，在广州南石头逃不了，到了粤中、粤北，照样逃不了，这实在太可怕了。

真要把香港人斩尽杀绝么？

当然，也不仅仅是针对香港人，只是他们难以逃出这个大网，才感觉到被步步追逼……

司成问：这里是什么地方？

是新丰与翁源交界的云髻山北边。

我们该怎么走？

放心，我会带你们到公路上的，往西也就两三个钟头的路程，那里有个车站，向北、向东、向西的车都会有的，看你们怎么走了。

司成曾同在省建设厅工作的父亲到过粤北一带，大致知道方位，最近的便是翁源。这么多天，他也不知道怎么到的新丰。总之，在南面，都没敢靠大路走，不管怎样，也算脱离了险境。

他这才回到床上，倒下去睡了。

第二天，是那人叫醒这一行人的。

日头已升得很高了，山里，日头一出山，本就相当高。

那人熬了一大锅番薯丝白米粥，香味四溢，让所有人都忍不住用鼻子深深吸上几回。

司成惊叹：这吃不完的。

不要紧，带上路，捂在包袱里，饿了再吃，再说，还不知道，等车得等多久。

太感谢了。

人都有遭难的时候。那人说得很平淡。

大家都喝得饱饱的，而后又大盅小盅全都装满了。

见那人走开了，晓玉说：我实在是走不动了，不如在这里多住上一天，就一天，行吗，大哥？

司成摇摇头，说：你就别为难人家了，现在正是青黄不接的时候，家中的存粮肯定不多，匀出这么多给我们吃，不容易。这一顿，可能是人家好几天的粮食了。

晓玉噘了噘嘴，不吭声了。

闻瑛说：大哥，小妹很懂事的。

吃罢，收拾好行李，重新上路了。

走出云髻山，没这家农户带路，他们说不定还得多走很多弯路。山里忽阴忽晴的，有时还有一阵阵的雾、一阵阵的小雨，雾呀，雨呀，都分不清。开始还觉得风冷气寒，可在山路上，忽上忽下，内衣就汗湿了，之后，走一段平路，在路旁休息一下，那汗也变冷了，贴着脊梁，好几个人就咳嗽了起来。毕竟是往北走，时序也往夏天去，没有出发时那么冻手缩脚了。

那人也没有催走快点，他知道，这行人走了半个月的路，能坚持下来已很不容易了。

不过，他偶尔还会催上两句：早点到，赶上交通车的机会就会多一些。

大家也会加快一点步子。

终于，走出了云髻山，走上了一条大路。

路多少有点平坦了，只是路上还几乎不见人。

那人站住了，说：我就送到这里了，前边都是这样的大路。你们就跟着大路走，不要理旁的小岔道，一直走，不出一个钟头，就会接上一条更宽的砂石路，可以走汽车的。车站在那里不远，你们会看到有人在等车的，你们就在那等好了。

司成紧紧地握住那人的手，说：大恩不言谢，可我还得说上一声，太感谢了。

山里人，只能做这么多，帮不上别的忙。是了，这里的车，往东北点的，便是上翁源县城的，到县城再换车，机会要多一些。往西北到韶关的车不多，运气好的话能赶上，只是说不准，你们自己把握好。

那人同一队人一一道别，便转身往回走了。

那人走后，晓玉先嚷嚷起来：我肚子饿了。

谁不饿呢？已经走了二十多里地。

司成想了想，说：那就在路边找个地方坐一会儿，大家也累了，吃点粥。不过，不要都吃完了，不知道等车要等多久，再喊饿，就没吃的了。

快到大路口了。

远远听到了有汽车的喇叭声，大家一下子兴奋了起来，有十多天没听过了，差点跳起来了。

大家猛醒过来：快跑！

这时，也顾不上什么了，连晓玉也被司成架上，大步地往前跑，几乎没有落后。

跑到路口，只见前面泥土飞扬，把车都挡住了，看不清了。

好在往北看看，两三百米外，还有好几个人等车，这才松了一口气。不过，这两三百米却不好走了，脚崴了，关节痛了，气也喘不过来，走了好一阵才走到。

一问，说刚才开过的车是一辆货车，没有停，白追了。

问等车的人，还有多久才会有车？

却说不准，能准么？能来就不错了。

大家又陷入失望当中，不会在这里过夜吧？

一个个又坐在了路上。

等了一两个钟头，之前在这里等车的人，有两个说不等了，今天只怕没指望了，明天一早再来好了，走了。

已是下午四五点钟了。

司成说：把番薯粥先吃完吧，走不了，就近找个村子过夜好了。

晓玉搭上一句：是嘛，至少可以减轻负担。

好在他们运气不错，刚把粥吃完，又听到车声了。

这回，来的不是货车，的的确确是交通车。

车门开了，司成专门问了一句：去什么地方？

翁源县城，要上就快！

等车的，加上司成一行人，有十多人，车上的空位，也就两三个了，这没什么关系，一屁股坐在过道里，就坐下了。晓玉、闻瑛当然在座位上。

只是车开得不快，而且路况不好，坑坑洼洼的，颠得很厉害，但大家很开心，到底是坐上汽车了。

随着车的起伏，晓玉竟还哼了几句：两只老虎，两只老虎，跑得快，跑得快！一只没有尾巴，一只没有耳朵，真奇怪，真奇怪……

她又恢复了往日的无忧无虑。

不仅逃离了香港，而且大距离地脱离了敌占区，到了自己人的地盘上，能不快活吗？

车子开开停停,路上又挤进了六七个人,直到天黑,才算开进了翁源县城。

战时的翁源县城,纵然有几分凋敝,几分冷寂,可早年间的骑楼,似乎仍在支撑着城区的格局。店铺、客栈、食肆……尽管人丁稀落,却依旧不减迎来送往的习俗,滃江上不时还有艇只行驶,生活依旧进行,生命依旧维系——哪怕是苟延残喘。

这里离日占的沦陷区,说远不远,说近不近,两次粤北会战,少不了听到飞机和大炮的声音。恐慌始终没有远去,虽说近日已不闻枪声,能再北上的,已经北上了,一时走不了的,也已经把细软收拾,到时候说走就走。走不了的,自然在城外的山野间,寻好了暂避之所……所以,街头上还是少不了人影。

至于日军还会不会来,不少人都心存疑念,要来总归要来,这是一种宿命观。湖南长沙战况吃紧,日军是必要打通粤汉铁路的,所以不时还有日军飞机低飞而过,这就是证明。广东省政府不是再度北迁了么?一般老百姓也只能相信从政府的动态中可以揣测到的吉凶,撤离了曲江区,有的部门甚至到了乳源、连州,可见战事凶险。总之,翁源的种种说法,无论是谣传还是推断,这个市场,比骑楼下的各色商铺还要广大得多。

只不知人们怎么提起,这里却是历史上抗倭英雄陈璘的故乡。

县城不大,但广州沦陷之后,大批的广州人,也随部队迁到了翁源。小小的翁源,一下子就人来车往,热闹了起来,即便部队后来迁走了,不少广州人也没走。毕竟已远离了敌占区,日本军队二度试图进犯韶关,也都未能得逞。

因此,天黑了,县城里还是有明灭不匀的灯火,几条街道上的店铺、摊档都不曾收档。一下车,司成就宣布,找个档口,先吃上一顿,管饱,放开吃。

而他在大家吃的时候,便在打听客栈了。

当然,吃起来,他也是狼吞虎咽,顾不上吃相了。其实,这些日子里,他比其他人更饿。最后,他居然多吃了两大碗。

等大家吃完,客栈也问好了。

他选了一个位置不僻但价格适中的客店。

寂灭：白银丸纪实

男人，只能睡通铺，一排下来，二三十个人。女人呢，说的是房间，但只有门，里边也是通铺，但就十个人左右，也算是优待了，男女有别。

不过，这里的热水，还不及昨晚在农家用得好，幸亏已擦洗了一番，在这里也犯不上认真擦了，况且也只是路过，将就好了。

睡通铺，也不及在农家，几个人挤一张正儿八经的床。

不管怎样，有吃有住，心满意足。

通铺上，打鼾的，反刍的，半夜说梦话的，甚至惊叫的，比白天还更不安宁！

战争岁月里，有谁的梦是安宁的？

一早，司成便出去了。

他得尽快打听到去韶关的车，因为省政府临时在那里办公，父亲有不少同事都跟随去了。这些同事，大都看着司成长大，找到他们，准能有个安排。这样，有一份工作，就可以让两个未成年的妹妹衣食无忧，没准还可以让她们继续上学。广州的不少学校也迁到这边，大抵在附近的乐昌、乳源。他得担起这个家，在香港已开始这样了。安下了家，再设法与外边联系……得感激杨公，得知船票不足，司成这家人不得不与杨公分手，上不了白银丸，他立时取了早已备好的数量不少的法币、港币，让司成带上。司成说用不上这么多。他说，钱到用时方恨少，这是常有的事，况且战乱时期，谁也不知道会遇上怎样的不测，用钱的地方就多了，千万不要推。一家人不说两家话，杨谭两家，一百年里，风雨同舟，肝胆相照，我们祖上，一直念叨着乾隆最后一年，杨家濒临破产，是你们谭家接的盘，最后也牵累了谭家又一次退出了十三行……钱财都是身外之物，乱世中，钱是最卑微的东西，千万别在意。

司成这才收下。

果然，一如杨公所料，这笔钱成了救命钱。

只是杨公一家，上了白银丸，遇上了南石头的"虎列拉"，恐怕比自己这一行人还惨得多。现在，更是生死未卜，凶多吉少，让人断肠。

辗转了几条街，问了几个站点。

最终的结果是，这两天都不会有韶关来的车，也没有开往韶关的车。战争期间，班车停停开开，本是寻常之事。

回到客栈,他把情况对大家说了。

他与两个妹妹,只能做了等候的决定。

其他几个,有说等的,也有说自己未必上韶关,看看有没有去始兴、南雄的车,那边有亲友,可以住下来。有两个说,这里离江西更近,已经有不少人去了江西,不如到那里找找机会,能在哪安家就到哪安家。

就这样,从香港出发,最后留下的不到十个人,就这么散了。当天就走了四五个。

分手时,大家恋恋不舍,毕竟,同甘共苦,不,应该说,同生共死了这么多日子,不是说走就走了的。

晓玉与一个比她大三四岁的小姐姐,一路上没少在一起说话,这一分手,都哭成了泪人。

可分手还得分。

小姐姐走后,晓玉忽地对司成说:大哥,我想小妹了……

司成不知如何说好。

晓玉说:要是小妹在,我们还能一起拉琴弹奏。

由于韶关的车迟迟没有消息,司成甚至产生了一个念头。在这里住上一段也无妨,找点临时的业务,不会没有,只是两个妹妹怎么办?大丈夫四海为家,这小县城让人心安,心安即是家了。

这天,他在县城转悠,居然找到了一所中学。

进去问,却见有不少学生在上课了。

这应该是县立中学。

找到了教务处,人家还很欢迎,第二天就可以来上学,学费实在是太便宜了,与香港没法比。

回客栈后,同闻瑛、晓玉一说,都高兴极了。

那就找个能租房的地方,不可以再住客栈了,客栈按天算,三个人一天比租一个月的房租还多……于是,又张罗去租房,这倒很顺利,三兄妹一看就是好人家的子女,谁都愿意租房给他们,开口,便一拍即合。

这都是一天之内办成的。

第二天,司成一心一意送两个妹妹去上学了。

然而,这却被一板车的石灰改变了命运。

寂灭：白银丸纪实

　　通往县立中学的路上，要经过一座石拱桥，这也应是古桥了。只是此刻，没有人有心了解它的历史，况且在珠江三角洲的老家，这种石桥并不稀罕，而且形态各异，颇有古韵。

　　但是，过去的石拱桥，当中的拱都很高，两边则与岸平。所以，上桥得有一二十级台阶，过去只是供人步行的，拾级而上，后来各种交通工具多了，大都是有车辘辘的，当然不能上台阶。无奈之下，只好把台阶改成斜坡，让车能推上去。不过，这一改，坡度大，上坡就很吃力。

　　如果从客栈过去，是另一个方向，不用经这座石拱桥，可新租的住房，却走的是另一个方向，务必过桥。

　　是巧，还是不巧？说不清的。

　　总之，这天一大早，三兄妹高高兴兴地去县立中学，乱世中有个地方读书，实在太难得了。这边司成给妹妹报上名，马上就可进教室了。

　　出门走了不到两里，便是这古色古香的石拱桥。

　　来到桥边，却见一个花白头发的半老头子，推着板车，走在他们前边。

　　上桥时，他还推了几米，可终于推不动了，板车停不住，反而在倒退，半老头想顶，也顶不住。

　　司成赶紧加快了几步，顶住了倒退的板车，而后又继续帮他往前推。这时，闻瑛、晓玉也赶了过来，帮着推，这部板车也就上到了变成平缓的拱顶上。

　　歇歇，半老头说。

　　司成也有点冒汗了，他看了看前边，说：这么陡，你下去，拉得住吗？拉不住，冲下去是会翻车的。

　　半老头叹了口气，说：平日，也就这么冲下去了，也没少翻车。

　　司成看车上黑黑白白的岩块，问：你这是运的什么？为什么往学校那边运？

　　是学校要的。

　　学校要这个干什么？

　　说是要做成生石灰，不仅把学校周围撒一遍，还画了一条线，一直撒到前边的山脚下，不可以漏掉一小块地方。

　　司成立时满腹狐疑了，这么撒生石灰，为的是什么？

　　我也不太清楚，只知道上边派人来了，说凡是日本飞机飞过的地方，都得这么做，尤其学校，更是重点中的重点。

日本飞机？

你们不知道么？

我们这两天刚到这里。

听说，日本飞机经过的地方，撒下了不少谷粒、麦粒，还有棉花毛，对，还有跳蚤。本来我们这个地方，哪会有什么跳蚤，南方人特别爱干净，从没长过跳蚤。

司成明白了：我知道，这些东西上边都有毒菌，人一沾上，不死也会生大病。

正是，正是这么说的，说还是专门针对学校撒的。

老人家，我们帮你把车推下去吧。

那太感谢了。

在推下去后，半老头继续往学校方向去了。

可司成却站住了，说：闻瑛、晓玉，我们不去学校了。

晓玉还不明白：我要去嘛。

闻瑛说：刚才你没听清楚么，日本飞机在这里撒播了有毒的细菌，一路上都是。

司成吸了一口冷气：好在牛粪里的大都是玉米粒，没有麦粒，要是我们半路上见到有麦粒，捡起来吃了，我们只怕也来不到这里了。

晓玉这才吓了一跳，说：日本仔真坏！

走吧，我们也不能在县城久住，一有车，还是上韶关。不知道日本飞机几时还来，这里离敌占区不算远，他们用枪炮打不过来，就用上了细菌。

闻瑛说：日本仔还是追着我们。

是一张怎样恐怖的大网，还在继续扩大，往前撒？香港难民，就这么无处逃遁了么？

翁源，是难民撤离广州后的第一个落脚地，自然成了日军细菌战首攻的目标。

那么，学校呢？

丧心病狂的，莫过于把学校作为最大的攻击目标！

无论在陆路逃亡的司成兄妹，还是陷于难民所的杨家老少和亲戚，都感到陷于一张有形与无形的网中，无处逃遁。这网是恐惧，是绝望，是死亡？无边无际？无论是逃出日占区到了翁源，还是下了瘟疫船登上南石头岸上，都一样无法得知，也无法看到但可以感觉到的死神，簇拥着不同的细菌铺天盖地而来，无须知晓你曾有多高贵或者多贫贱，都一视同"仁"。不仅仅在粤北、粤西，在湘北，在浙江，一直到东北，这张网早已撒了下来，让这个民族与国家，即时归于灭绝。

这在人类历史上，哪怕是在战争史上都是空前的，征服者的兽性与"科学"杀人的理性，竟如此有机地、完好地匹配在一起，不达目的绝不罢休。

这不是一个普普通通的平民或士兵能理解与接受的，同时不应该为历史所接受。

五、不仅仅是灭门

司成自然不知道麦欢。

更不知道麦欢,这么一个十岁的从香港回广州的小学生一样是无处逃遁。灯蛾扑火,是冲着火去的,可他分明要避开火,火舌却偏偏要舔到他,他不是灯蛾,却是什么?中国古谚里,还是那句老话:是祸躲不脱,躲脱不是祸。可他一再躲脱,却仍是祸。乱世的灾难,会放过谁?

是赵南天、颜蓉在第一时间,发现麦欢也被"带"到了同一个"省立传染病院"病房区的。

两个人百思不解,麦欢不是从船上逃出去了,上了渔民的小艇被送到了广州?艇上的辉哥后来也回复,人已送到了西关,上了岸,不会有事了。这孩子机灵,一闪,就不见了人。

麦欢进来的头几天,当然是频繁的检测,一时被吓坏了、镇住了,没有平常那么调皮,到处乱窜,所以他也没有发现赵南天和颜蓉,况且十来岁的这一批难民,住的是另外一排病房。

这么多日子都过去了,不着急这一时。

不过,两个人发现,病房的分配,有年龄段的划分,同时,也有轻症、中症、重症的区别。重症病房,自然被抬走的多,一般人也进不去。自己还是轻症,或者仅是带菌者,这不容你争辩,就是这么认定的。麦欢小,年龄低一个档次,更是轻症,病房虽说是另一排,也不算远。

正想着怎么与麦欢联系上,麦欢却找来了。

这已是第五天晚饭之后了。

晴了几天,就是连着的大暴雨,没有片刻的消停。天上似决了口子一样,洪水倾泻而下,病房就在江边,电闪雷鸣之际,房子也似轮船,在浪涛中摇晃、颠簸,甚至要倾侧、翻倒过去。一阵火光闪过,雷声仿佛要把

寂灭：白银丸纪实

这个世界炸裂……呼啸的急流，已让卷起的浪头拍到了病房的窗口……还没到天黑的时候，周围已伸手不见五指。

就是这个时候，一条小小的身影，借一阵雷声，推开了赵南天所在的病房门，倏忽间便到了房中。

门也被大风"呼"地即时关上了。

而后是麦欢熟悉的声音：赵叔叔，赵叔叔，我昨天才知道你在这里。

赵南天赶紧把他拉到身边：我也看到你了，只是没找到机会。

麦欢满眼是泪，问：这也是难民所吗？

应该不是，说是一个什么传染病院，治病的。

日本仔也这么说：我不信，他们不会发善心的，怎么会给我们治病。这边，不也是一个又一个的人被抬了出去，是死人，我们一定是给他们做实验的。

没想到，一个十岁的孩子，一句话就点穿了日本仔的黑心肠。赵南天本只是将信将疑，还心存侥幸。毕竟，这里的环境、条件，都比船上好得多。这几天，人也感到舒服了一些。当然，那些表格、记录，都无时无刻不在提醒他：你不过就是那上面的一个实验数据而已。

赵南天摸摸孩子的头：你说得一针见血！

而后，才问：你怎么到这里来的？

我，我是从那边难民所过来的。

你怎么又进了难民所？

抓进去的呗。

赵南天问：上回你说了，死也不再进难民所了，就没逃得了？

没逃得了，我和西关一群细蚊仔都没有逃得了。麦欢虽然自己也遭了难，却不怎么在乎自己，却在问：你到这里来了，那同你在一起的杨爷爷、颜奶奶呢？他们怎样了？

这让赵南天有点感动，年纪小小的，已经在惦记别人了，可自己不能不说真话：他们在船上就走了。

走了？死了么？

是的。

麦欢"哇"的一声哭了出来。暴雨中，他也不怕外边有人听到哭声，而后哽咽着说：他们很好人、很好人的，我就在你们舱里住了几天，有什么吃的,他们总是先关照我。艇上买来的饼呀、粥呀,都是好的,不会吃了拉肚子,还抵饿……就像我的爷爷、奶奶一样,对我特别照顾。

你爷爷、奶奶?

早几年被日本飞机炸死了,我在外边玩,没炸到,回去什么都没有了。不过,听说我爸爸、哥哥还是逃出来了。我这次回西关找他们,还没等找到,又被抓了回来。广州城里到处在抓人,不让香港人进城,把我们这群小朋友也抓了,当乞丐,当难民,一看不顺眼,就抓。

你在西关待了多久?

最多七八天吧。

然后就被发现,抓住了?

唉,其实,我们专门躲在被炸塌的楼房里,没人住的,不容易被人发现,一住两三天都不会有事。白天就出去找人,搵点吃的。谁搵得多,带回来就分给大家吃,都是广州人。我还是西关长大的,有认识的。我搵回来吃得最多,我遇到的都是好人,白天还让我穿得整齐点,不会被拉走。本来,那栋楼都不会有人进去的。谁想到,一天半夜,一阵狗吠,吓死人了,竟然有军犬扑了进来,后边跟了日本仔,还有那些汉奸——大人都这么骂的,把我们一个个拉了起来,押了出去,推到了军车上。

那是夜间搜查。

我想,是的,来了好几辆军车,我们被推上车时,车上才十几个人。后来,又有人被押过来,大人小孩都有。到半夜,就我那辆车,已装不下了,少说也有七八十个人。没多久,所有车都装满了人,说是上招待所。

招待所?

骗人的,过了海珠桥,就一直拉到了我到过的地方。

就是这里?

南石头难民所,一车车就这么开了进去,车上大人说他来过,是"二进宫"了,果然是我住过好几个月的地方。我的车在后边,到得晚,前边车的人都下来了,我一看,吓坏了。

什么吓坏了?

前边的车下来人后,就把旁边堆的死尸往上边扔。一车不是几十上百,而是更多,活人进来,死尸拉出去。

拉到哪里了?

不知道，这四五辆军车，活人至少三四百，装的死尸，太多了，堆了起来，只怕上千都有。

别说了，太可怕了。

麦欢停了一阵，说：我不说了，我该走了。

但雨还是很大，从一排病房到另一排病房，并没什么走廊可遮掩的。麦欢进来，全身也淋湿了，黑夜中还能看到衣领、肩头上的水光。又一个闪电照彻，赵南天看到的，是一个可怜巴巴的落汤鸡似的孩子，似乎随时要被淋塌下去，成一堆烂泥。

别走，雨还大，小一点再走，我给你换上干衣服……

麦欢进来时还不觉得自己淋湿了，这才觉得周身发冷，赶紧把湿衣服脱下，换上赵南天的一件冷衫，幸亏只是外衣湿了。

换了衣服后，麦欢话又多了。

其实，我们躲在炸过的楼房里，住得还算舒服，找到不少棉被，还有弹簧床，有的房间，一点也不漏雨，不透风，冻不着，好好的，心想，都能找到自己的亲人。没想到，日本仔居然会带狼狗来搜人，要跑也跑不了。本来，一个小妹说快找到奶奶家了，准备第二天就去的，就在西关，也不远。

她也被抓了么？

是呀……我想起了，她说，她也在南石头码头外的船上等上岸，同我一样，也是钻舷窗、上小艇出来的，与我也一样，都是在西关找家里人。

赵南天的心似被什么捏碎了，艰难地问：她是不是姓杨，杨小妹，她奶奶就姓颜，颜奶奶、杨爷爷，你在船上见过的。

我没问，只知道叫小妹。

颜奶奶家就在西关……天哪，她说过自己会弹钢琴么？

麦欢傻了：是说过，还说，打完仗，她还得回去学钢琴。她就是杨爷爷、颜奶奶的孙女么？比我只大两三岁。

那……小妹现在哪里？

同我一起进了难民所，她是女的，男女分开了，我就再也没见到过她。

你们进难民所多久了？

应该有十天了，进了那里，就没法计日子，麦欢黯然了，声音也变沙哑了，你是杨爷爷一家人的？

是，你在船上看到的。

小妹叫你什么？

姨父吧。赵南天不自觉地说。

这时，雨变小了，雷电也远去了，天空中似乎也有些微的亮光，病房也不似船那样摇荡了。

麦欢懂事地说：我该走了，不然让人发现，以后我们再见面就难了。

赵南天紧紧地抓住他的手，走到了门口，悄悄地把门拉开，看看左右没人，便点点头。

麦欢消失在黑夜里。

赵南天回到床上，捂住了脸，想大哭一场，却哭不出来。没想到，会在这里得到杨家最晚一代的消息。小妹到了难民所会怎样呢？麦欢已经不知道了。

他有点后悔，方才只顾得说小妹了，也没来得及问一问那边难民所的情况，麦欢是"二进宫"了，应该有更多的了解。况且，上次他进去，香港还没沦陷，难民所里也没有香港难民。

一连几天，都是雷电交加，淫雨不断。

这让赵南天更焦虑，因为在船上，麦欢就说过，难民所那边，不少号房都没了屋顶，只是用竹子、芭蕉叶搭在上面，怎么挡得住倾盆大雨呢？这比船上的环境还更恶劣，小妹受得了么？

可身陷囹圄，自己又能有什么办法呢？

只有向心爱的人倾诉。

其实，要找机会同颜蓉说话，也愈来愈难了，也不知道日本军医心怀怎样的鬼胎，好像对颜蓉格外关照，检测的内容比别人要多，检测的密度也比别人要大，时刻都假惺惺的，皮笑肉不笑的样子。好在颜蓉的忍耐力强，比一般人都大得多，虽然懂日语，但听到他们种种侮蔑的话，她都能忍住，没有发作。对一个女人来说，这实在是太难了。

终于到了一个礼拜天，没什么折腾的，病房区的看守人也少了些，而后有几分懈怠，他这才找到机会，在洗衣间遇上了颜蓉。颜蓉已十足的"黄脸婆"了，脸上还起了斑，当初那优婉、姣好的面容，几乎是找不到了。眼神里，也没有哀怨和愤怒——在船上，还不时地表现出来，而现在，却是茫然，只有茫然。

赵南天第一句话就是：杨小妹给抓到难民所了。

颜蓉终于有了反应：她没跑得了么？

不，跑出去了，又抓回来了，同麦欢一起被抓的。

是麦欢告诉你的？

赵南天讲了暴风雨之夜麦欢说的话。

颜蓉失色道：在船上，姑父还说，到底还有一个杨姓的跑了出去，留住了一个后代，他还有几分庆幸，以为小妹可以从此脱离苦海。

赵南天说：是呀，这对老人是个安慰。

可现在，这个安慰只怕也没了。颜蓉终于也从茫然中走了出来，我还记得姑父说，日本仔是要把我们灭门绝种呀！

我们已经亲眼看到了多少港人家庭不在了，十几家、几十家、上百家，真不敢往下想。这还只是在船上，大都是一家一家的，扶老携幼，一同上的船，很少是单个人。可这样，一家一家地没了，就没有人把这家人的不幸遭遇说出来，公之于世。就这样，一家人不留下任何痕迹就消失了，以后的世界，更无人知晓……这两个月，上了船的又是多少家？几百家？不，只怕上千家也不止，几千，上万……

颜蓉摇着头说：就算在船上没灭门，留下的到了难民所，只怕也出不去了，外边有谁知道？

赵南天猛地醒起：我们还得再找找麦欢。

又过了一个礼拜。

又是一个狂风暴雨的日子。

病房区的看守，都躲在房间里不出来。

趁这个机会，赵南天顺路去了颜蓉那里，又一起到了住青少年的那一排病房，找到麦欢。

麦欢的病房，有六张病床，不大。

一见两个人进来，麦欢便有点高兴：赵叔叔，颜阿姨，正盼着你们来呢。而后转向，向同房的五个大孩子介绍道：这就是从快沉的木船上把我救出来的赵叔叔。

这孩子还是很念恩的。

六个人中，看上去就麦欢岁数最小。稍问一下，得知他们不是九龙的，便是港岛的，上了船后，就与家人拆散了，被单独送到这个"传染病院"。

也许，他们原先的家境还过得去，没有麦欢这么多的经历，也没麦欢这么懂事，只是一味地沉默。

赵南天一再说：我想知道，你这次再进难民所，已与上次有半年时间了，有什么不同呢？

麦欢停顿了很久，才说：太不同了。

怎么不同？

之前，一天才抬出去十几、几十个人。这次，一天至少是一两百人。翻风落雨，那就是三四百人，还会更多。

你怎么知道的？

专门有人早上到号房里把死尸拖出来，堆在医疗室，也就是落气亭。在那里，用猪笼车一车车拖走，现在有两辆猪笼车，一次可以装十条尸，瘦的装得更多。平时，两辆车一天十回，后来，连晚上都得拖，车不够，还有人抬，一副担架，至少抬两具死尸……

你有心数的么？

同我关在一起的，有几个小孩，就是南石头村的人。有一个的爷爷就是抓到里边死的，他还在想法子逃出去，因为地方熟，知道哪里有排水沟可以爬出去，哪段墙上的电网未通电，冒险也得逃。我本来想跟他逃的，没想到被选中带这里来了，运气还是不好。还有一个，比我小，他爷爷被枪杀了，他父亲被抓来，专门抬尸，混口饭吃……

赵南天叹了口气：看来，没谁比你数得清楚了。

我住的号房，就在旁边，又臭又破……

那小妹住的地方？

那得往里边走，外面关的大都是广州抓来的。有一个大天井，后边还有一个大天井，有人叫运动场，连在一起，最后一排，是后来才建的，应该还有屋顶，不像我们住的上边只有芭蕉叶……不过，香港人被关在后边的天井四周的两层楼里，人太多了，而且都不见出来的，管得最严。

那你怎么被关在前边？

有人认得我，说我是上回来过的。

又怎么来这里，这里全是清一色的香港人？

也有人说我是从香港的船上拉来的，反正横竖都由他们说了算。好在把我又当香港人了，不然，还在里边，只怕现在都扔进化骨池了。

什么化骨池？

上回就有了，那时死的人不多，围墙里挖了两个化骨池，比我现在这个房子还大。难民死了，就扔进去，用石灰盖上一层，上面有个口子，随时可以封起来，可石灰哪压得住尸臭，像现在的天气，肯定臭气就冲上来了……是了，这次我还听里边住的人，编了一首打油诗，我也学会了。

> 笼中鸟，难高飞，不食味粥肚又饥。
> 肚痛必疴无药止，一定死落化骨池。

赵南天瞪大了眼，说：什么"味粥"，就是每天派发的……

麦欢说：船上不也一样？

赵南天说：我终于明白了……

六、杨家最后五个人

当麦欢给赵南天说到杨小妹之际，几乎就是同一时间，杨家的最后两代人——明训一代、小妹一代，也正好在南石头难民所靠江岸的那一排号房里重逢了。

这是怎样的一次重逢？

地狱里的重逢？或是临近天堂之际的最后一次重逢？

一个大家族无可避免地无声寂灭。

那天，在江岸边上，赵南天、颜蓉等被抽走之后，从船上下来的香港难民，默默无声地沿着运送木头的水道往东走去。在他们的右边，便是建立在南石头炮台中间的难民所，不是"井"字形底下多一横的两层用作"住人"的房子，而是高高的围墙。围墙的底部，当是炮台的基座，上面再砌上砖，看上去就很高了。角上还有更高的岗楼，有人持枪站岗，正俯视着脚下这支东倒西歪的队伍。

而在围墙与道路之间，还有一条至少一丈宽的水沟。这类似于过去的"护城河"，水很浑浊，看不出有多深，连天大雨。江水都浑了，何况这"护城河"呢？

围墙快到头了，队伍被带到往左转，过了跨过"护城河"的木桥，便得拾级而上，与来的方向相反，是往北走了。不过，不到一百米，便在一个大门楼前停住了。

这就是先前已远远看到的竖有日本旗的门楼，看上去有两层，但上边还有带斜窗的顶楼，楼没有翻新，风雨剥蚀，已经有点陈旧了，只是正门上边三个字"惩教场"还可以辨认得出来。明训已从父亲那里知道这个从惩教场到监狱，又从监狱到集中营、难民所的来龙去脉了。这又高又厚的围墙下，已淤积了多少中国人的鲜血？过去，就是把挨着江边的围墙一侧当作刑场的，把人枪毙之后，便在墙垛下挖个坑，把人埋了下去。依照迷信的说法，把"恶人"埋在监狱墙基下方，可以起到"镇邪"的作用。不过，围墙毕竟只有几百米长，太短了埋不了这么多人，所以有的就装进麻袋里，捆上石块，沉到江底，让鱼吃干净——这也许给了日本人启发。难民船载来的香港难民，集中营一下子收不了这么多，就让他们在船上"自生自灭"，先行死了的，也就用不着找地方埋，直接抛下了海。

得到批准后，这队难民才从门楼下走了进去。

进去后，又掉头往左，三十米左右，是个厕所，臭气愈来愈浓。过后，右转，便是两个并排的建筑物，两侧有阶石上去，上面被封住了，但都有一个很明显的盖口。看得出，这似水池，大部分在地下面。不过，这时一股很烈的石灰味扑鼻而来，里边夹着恶臭，让人发呕。

一般人都以为是用石灰消毒什么的，但明训他们直到遇上小妹之后，才知道这是让人恐怖的化骨池。

往前走，后手边则是一个不大的门洞，里面应该是一个天井，或者是一个空坪，有上千平方米大小。门洞旁有人，不知是看守还是什么人。

队伍没有停下来。

直到走到第二个门洞口，队伍才停住了。

明训心细，留意到，刚过去的两排两层的房子，已破烂不堪了。屋顶上是乱七八糟的竹子、芭蕉叶什么的。显然，原来的瓦顶已不复存在了，只能临时用这些树枝、叶片盖在上边。早几天大风大雨，旧的枝叶不行了，才换上了绿色的新叶片，刚刚盖上去的，但前边的一排，也就是临江的两层楼，顶上倒还是黑黑的。那是瓦片，看上去还很完整，墙体更是有几成新，不似已路过的那两排斑驳陆离，像脱了毛的癞皮猫。明训知道，这是广州沦陷之后，汪伪政府为了扩大难民所"收容"的能力，建造了这一排，而且从体量上看，比原先的还大一些。

只是他以为队伍停下来，是等候进入第二个门洞，但这个门洞的门是关着的，不似刚经过的第一个门洞，所以得停下来等候来人开门。然而，过了一阵，来了那个曾给他们在码头上训过话的难民所刘所长，说了几句。于是，这支队伍又一次分流了。

其中一小部分，还得继续往前走，不过不远，便可以看到一个在地表上的入口，看得出是老炮台的口子。往下便是通往炮台的甬道，过去是用来运送炮弹什么的……那里边已传出了嘈杂的声音，一小队人下去，声音更乱了。

不过，很快就静了下来。领队的伪军上来，顺手把入口的铁栅关上了。

这边，过了好一阵，门洞才被打开。

分流时，明训特地扯住了明俊和陈管家，以免被拆散。还好，他们走在队伍的尾部，分流的主要是前边的人。

老炮台的甬道怎么住人？又塞进去了多少人？里边有没有简单的铺位？临江，地下潮湿，人受得了么？

无从得知——也没有从里边走出过人。

这边余下的近百人走了进去，到了"口"状的空坪里，里边居然还有一口凸出地面的井台，空坪大约也有上千平方米大小。而四边都是两层楼房，上面一层，下面一层，估数一下，都有四十间，一排就有八十间，也够挤了，东西向两排就一百多间，南北向少点，也有八十间左右。加起来，共有两百多间，不知一间住多少人。

新来的近一百人，不是住进腾空的房间，而是穿插在各个房间里，多的有六七个，少的也有三四个，仅仅靠江边的底下一排，就把人插完了。

进去后才知道，一个号房，大约有十个人，里面有四五张上下铺的床，床已经摇摇欲坠，快散架了。没人还敢去睡上铺，于是在地上铺一层烂被絮，也就将就了，挤就挤点。

因为至少得有三个人进一个号房，所以明训、明俊和陈管家也就一同进了一个地方。先来后到，下边四张床已轮不上他们了，只能靠里面打个地铺，三个人挤在一块。几经辗转，随手的行李也所剩无几了。

住进去之后，外边的门闩就闩上了。

明俊说：完了，这比船上管得还严，就像监狱一样，出进房间都没了自由。

已在里边的难民，躺在床上，有气无力地说：让你多活几天，就已经够恩典的了，还要什么自由？

另一个说：我们也熬不了几天，你还想长住？

他们三个人听得毛骨悚然。

没多久，便是"开餐"时间了。

一个个门叩开，是一桶桶还冒着些许热气的粥，同船上送的一样。

寂灭：白银丸纪实

躺在床上的四个一下子爬了起来，抢在前面，先打上了。这边，明训还在行李里掏口盅。他们放下原先打好的一份，又用碗再去盛……另外两个也不甘落后。

你们九个人，打够了！派粥的雇员把门关了。

陈管家和明训都没打上。

明训问：谁打了我的一份？

别问了，你们刚进来，肚子里总还有点油水吧。

这时，明训才发现，住在里边的几个人，都因为长期饥饿，眼睛都发绿了，见到分发的味粥，便要从喉咙里多伸出一只手来，抢之而后快。明俊的一份拿到手，正在犹豫，是不是分给大哥与陈管家，没防旁边的一个，已不由分说，从他手中夺了过去，就往口倒去，想抢也抢不回了。

明俊想要生气，明训拉了他一下，说：算了。

不算了还能怎样？

只是到了第三天，没再发生抢夺，那个首先抢的人，已发高烧、抽搐，半夜就断了气。

一早，便有人把门打开，问都没问，便下令：把死人拖出来。

拖出来，放在了门口，不久，便有辆猪笼车过来，把尸体装了上去。门还没关上时，明训便已看见，猪笼车上已扔上去有五六具尸体了，装上这具后，又到别的号房去了。

两部猪笼车在运。

一时没运走的，有的则被拖出了门洞，有的也许咽气得迟，还留在了号房的门口。

死亡的恐怖，比在白银丸上更要逼近。

第二天早上醒来，发现又有两个，身上早已冰凉了，一点气息都没有，唯有被拉走。

但到中午之前，便有人填补进来。

进来的人说：这一次，一同来的，少说也有上千。也就是说明训这一批人，可能是最少的，而且几乎每天都有进来的。

明俊也开始感到身体不舒服了，开始拉肚子，好在杨公的拐杖里，还有黄连素之类的药物，能控制住。

这一天，天气稍微晴朗了一点，阳光照进了"天井"这片空坪里，从门缝和稍高的窗口，可以看到空坪有人在打扫、清理，开始不知道要干什么，但余下的三个"老号子"却说，好久没放风了，应该放风了。说"老号子"，他们也不过只在里边待了十天左右罢了，但总归比明训他们早。

明训他们才知道这里还会"放风"，本来，即便是真正的监狱里，每天都有规定的放风时间。

难民所不是监狱，难民当然不是罪犯。

然而，监狱有的规定，难民所却没有。

因此，放不放风，可有可无，这并不违法。战乱中讲法，岂不笑话？况且，有成文的难民法么？就算有，会得到遵守么？

只有傻子，才会追问下去。

不过，对于这个密封的只关香港难民的"口"字形大天井或运动场而言，也算是个盛大的"节日"了。

"老号子"果然说中了，他们在这之前多少经历过一两次"大赦"式的放风。虽说不是夏天，可这3月里，天气乍暖还寒，身上一会儿冷，一会儿热，浑身更是又酸又臭了，巴不得擦洗一下——香港人，冬天里，也几乎是天天冲凉，只是用热水罢了。

这里面，不可能有热水提供，可天井里的那口井，一定是恒温的，不会比外边冷。冲不了，用毛巾打湿，擦擦身也要轻松很多。忽然间，一阵喧闹声，接连响起了好几个号房的门闩声，一定是放人出来了。

首先放出来的，都是女难民。

果然，一放出来的，就是二百多人，也就是半层楼的人，四十个号房的一半。只是，这么多的女人，大都是披头散发、破衣烂衫、歪瓜裂枣的样子。不仔细看，也分不清是男是女，男人待久了，头发也都不短了，如不长胡子，更无法分辨出来。

一个个都似疯婆子，直扑向井口。

好在都已经没力气争先恐后了，一个接一个，用大大小小的盆子，在等候打水的一个女雇员，把一桶一桶的水从井下把水提上来，分别倒在各自的盆子里。

怎么说呢，井水比此刻的气温不会高，甚至有点冷。所谓恒温，那是温度零度时，井水有四度，才觉得暖和……只是现在管不了那么多，用毛巾打湿，挽起衣服，就往里擦。有的更是顾不得遮掩，索性把衣挽到下巴底下，这样擦洗得更方便、更快捷一些。虽然知道，四面好些都关的男性难民，上方的窗口，有人在踮起脚往外看，门缝里也有人在往外看。

明俊趴在门缝里往外看了一会，正想不看了，却发现一个似乎有点熟悉的身影，于是仔细看了看，这个女人，不高不矮，不胖不瘦，还有点年轻，但面容难以辨识，有点发黄发黑，应是皱纹一下子多了起来，是谁呢？

他终于喊了起来：大哥，你来看看，是不是嫂子？

明训大吃一惊：她原来已送到这里了么？

那次"检疫"，原以为已是走过场了。没想到，阿玲竟被突然带走，无法再知道她的下落，连杨公、老夫人，都认为是九死一生了，因为那种情况下带走，就再也没有人了。

还有可能在这里出现么？

明训索性攀上窗口，看得更清楚。

毕竟是自己的老婆，他一眼做出了判断，就是阿玲，没错，就是她。

她本来是微微发胖，不过现在虚胖了。微胖的脸上，多少有点红润，而虚胖的脸，却是发青的，尤其打了很多的褶子，所以更黑了。眼更是有点睁不开的样子，走路有点歪歪倒倒，走不了直线，不知道又经历过怎样的折磨。头发散乱，搭得满脸都是——纵然这样，明训还是认准是她。

阿玲，阿玲。明训叫了起来。

阿玲。明俊加入了喊话。

那个女雇员耳边嘈杂，当然听不到这边喊叫。

终于，那个女人站住了，茫然四顾。

她显然听到了。

是这边，这边，楼下，09号房，楼下。

她听到了"09"，转过身子，往这边看来。

我是明训，明训。

一下子，她的泪水奔涌而出，跌跌撞撞往这边走了过来。

二百多人，没人会留意到她。

她终于来到了"09"号门口不远的小水沟边上，没敢跨过去，会被发现了。她一屁股坐在沟沿上，哭声道：明训，明训，我可找到你了。你们怎么也进来了？

此刻，有多少话要说，有多少事要问？

很快，明训、明俊、陈管家三个人终于得知，她是先去了一个她不知道的地方，再转到这里来的。

不知道的地方？又是哪里？

原来，她是被选中去"喂蚊子"了。

至于用来"喂蚊子"的地方在哪里，她不知道。因为"检疫"时，她被"选中"后，被带到了检疫所，而后便被蒙上眼睛，带着不知转了几圈，便到了一个密室里。

在那里，她见到了不少人，有从船上来的，如她一样；也有从难民所挑来的，不过不是香港人；还有的，就是附近村子里的农民，大都是身强力壮、年轻，少不更事。似她这样的女人，也有几个，也都不瘦，身体看上去还好。

后来，她才明白自己为何被"选中"。

因为从船上下来的人，大都已面黄肌瘦、病恹恹的样子了，这些人不会"入选"。如是真正的病人，选中了，进的是隔离室，有去无回，没有利用价值。像她这样，大概是引起了检疫者的关注，为什么在船上已有时日了，身体还算健康——当然，他们未必知道渔民小艇卖饼粥的"秘密"，所以认为她有一定的抗疫能力。

接着，来了几个白大褂，听口音，有本地的，也有台湾地区的，甚至有朝鲜人——老百姓称"二鬼子"，让来的人把两手衣袖都捋了上去，而后左右手都戴上了长长的袖套，上头被松紧带扎住，不漏风的，手指这边有一个口子，是可以扎起来的。不过，这个口子先是开着的，插进了一个没有针头的针管，而针管里闪动着一片黑色，开始还不知道是什么，只是针管上头往下压，黑色的东西便从针头方向进入袖筒里了。这时，阿玲才感到，两只手都被无数的什么东西在咬着，感觉与平日被蚊子咬一样，密密麻麻，一片片地痛。这头则已扎好了，蚊子不能飞出来。

一个附近农村的农民说：我们皮糙，被蚊子咬惯了，不怕。这回，咬一咬，发一斤米呢……不过，听说还得打耳钉，不知是什么？

阿玲告诉他，是耳朵刺一下，挤一点血出来，用针抽走去做化验，这没什么可怕的。

可怕的是，为什么用蚊子来咬人，是不是特定的带菌的蚊子？如果是，这一斤米可就要了他的命了。不过，阿玲没敢给他说。

同人不同命。一个在难民所被抽中来的人说：我们别说给一斤米了，一勺味粥都稀得像水一样……

　　另一个则说：一斤米，一个人可以饱饱吃几餐了。

　　但也有的说，这蚊子从哪来，怎么这么多？一只咬了应该没什么，这么多来咬，会不会咬死人？

　　这话提醒了阿玲，毕竟婆婆颜老夫人一家是从医的，自己多少也有一点懂，蚊子是可以传播疟疾病的。无论什么病，重了不治，一样会死人的。

　　她故意叫了一声：好痛！

　　便从袖筒上往下拍。

　　那些白大褂们，把蚊子推进袖筒里之后便走人，没留下谁监督，所以阿玲拍下去，也没谁多事。

　　后来，她不怕了，而是用两只手互相掐住，再往下抹，尽可能把里边的蚊子弄死。

　　那个农民还笑她，到底是女人，不经咬。

　　我们女人细皮嫩肉的，咬起来，比你们痛多了，更加忍不住。别笑话，你要有新抱，合当怜惜才是。

　　农民不好意思了，说他刚刚结婚。

　　后来这个农民的生死如何，阿玲不会知道，但她心里明白，这么让蚊子咬过手，好人也扛不住几天，所以她尽力让自己减少伤害——而这也一时救了她。

　　阿玲还担心自己这么做会被发现，从而须面临可能的惩罚。结果还好，取下袖筒时，是沿着手臂往下捋，不让蚊子有机会飞出来，所以也不知道里边的蚊子是死是活，无从追究。

　　之后，果然还刺了耳朵，取了血样。其他人都有不同程度发烧，有的还顶得住，独阿玲几近无事，什么反应也没有。于是，还另外给她抽了血，做了其他测试。

　　原来难民所的几个都病倒了，给抬了出去。体魄还健壮的农民，也说是已领了米，回去了。

　　阿玲还多待了几天，最终，给带了出来，但没有回船上。有的船走了，有的船刚来，也不曾记下她来自哪一条船。于是，只有一个去处，那便是难民所。

这便是阿玲为何会现出在女号房放风的人群中的原因。

显然，她比明训他们来这还要早好些天。

而与她在同一个女号的难民，几乎也已全部"更新"了，抬走多少，没两天，就补充多少。

明训还想问什么，哨子却吹响了。

我那是对面的36号，你们放风，可以挨近那边，到时候让我好好看看你们。

阿玲不得不按哨声，回到了她那一排号房的36号。

只是这天，还轮不上明训这边"放风"。

人实在是太多了，能从里边走出来的，加起来不少于2000人，这也仅是这个"天井"空坪的四周号房。另外，还有个"天井"呢，还有甬道呢，还有原来惩教场内的六个厂房呢。难民们很难知道，同时关在里边的，有几千人？

第二天上午，阿玲的36号抬出去了两个，其中一个还是大肚婆，体虚流产，没人睬，只有死。这让阿玲悚然地想到了颜蓉，此时颜蓉的腹部也开始显了，不知她在哪里？为何明训他们进来了，却没见到她？这里边，已有过好几百的孕妇，没等到孩子生下来，人就没了，太惨，连回想都不敢。自己也算侥幸在喂蚊子之后活过来了，但自觉活不了几天。上苍垂怜，还在最后的几天里，见到丈夫明训，还有小叔明俊，以及陈管家，虽然只在窗口见到不完全的头部。

人抬走之后不久，又有好几百人被带进了"天井"。这自然是从船上下来的，不知是第多少批了。

门缝里看不分明，往女号房过来的，至少有上百。

快走近了，她忽地听到一个声音。

没有母亲更熟悉女儿的声音了。

自己是亲手将杨小妹从舷窗里边推带塞，弄到了外面的渔船上的。孩子再大一点，就过不去了。那一刻，她为女儿感到万分庆幸，后来听家公说，好歹为杨家留下一个后人，可今天，女儿怎么会出现在这里？

就在36号女房的门一拉开，她就不顾一切朝外跨了两步，大声喊了一句：小妹，妈妈在这里！

她没有看错，小妹一听她的声音，立即跛着脚从队伍的后边挤了过来，扑到她的怀里喊：妈妈！妈妈！

负责开门"派人"的女雇员，迟疑了一下，终于说：那就让你们母女住在一起吧。

阿玲赶紧把女儿拉了进去。

待另外两个难民进来，门又关上后，阿玲已满眼是泪，问：你不是跑了么？怎么又被抓到这里了？

小妹也问：爷爷、奶奶在哪里？

阿玲说：他们都走了，他们年纪大了，顶不住，在船上就走了。

小妹泪花花地问：爸爸呢？

男女分开，放风时，我们还可能会见到他。

都进这里来了？

是的。

都出不去了。

阿玲自然明白女儿的这句话，只是问：你怎么进来的？什么时候？

小妹依偎在母亲怀里，说：本来，我就要找到奶奶家了，就差一步，我被好心的渔民伯伯送到了西关，还上了杨巷，只是那里已问不到人，有的房子也被日本仔、汉奸霸占了。我记得颜家的地址，颜蓉姨说过，杨巷在西关东边，颜家却在西边。路上，有的房子挨了炸，人早没了，无论大白天，还是晚上，都有军车在路上巡逻，从东走到西，没那么容易，得绕来绕去。我都躲过好几次，在街上也认识了好多同我一般大，找爸爸妈妈、哥哥姐姐的孩子。我都快靠近龙津西了，他们也在帮我，但还是被哨卡挡住了。晚上又只好回到半截子的楼房里躲起来，没想到，半夜里狗叫，日本仔牵了狼狗在搜索，就这么被抓住了。

然后，直接送这里了。

还说是招待所呢，其实，是死牢。

你怎么这样说？

我是先关在靠大门那边。

是另一个"天井"、地坪四周的另几排号房。

正是。

怎么又到这里来了？

他们发现我是香港口音，本来，我是同一群小孩进来的，大家都是广州本地的，在那边也住了好些日子，后来才把我们拆开了，各自都不知带到哪里了。本来，那边比这里管得松一点，还有时挑人出去帮工、种菜什么的。要逃跑也不是没办法，有几个当地的孩子都偷偷跑了，没被发现。都说，到了这边，专关香港人，就做梦也别想逃了。

阿玲叹了口气：谁耳朵这么尖，都是白话。广州话与香港话本来就一样，很难分辨得出的。

其实，住那边，也一样死人，只是死得少一点，都有打油诗了。

> 笼中鸟，难高飞，不食味粥肚又饥。
> 肚痛必疴无药止，一定死落化骨池。

这几句诗，是说味粥有问题？

在那边，有人没马上吃，撕了棉絮什么的，烧热了再吃……

门闩又"咔哒"一声拉开了：放风！

快，出去，说不定能见到爸爸……

就这样，杨家最后五个人，夫妻、母女、兄弟，加上陈管家，就这么隔着门窗最后重逢了。

三个男人，都先后在窗口露出了脸，虽然都很憔悴、悲苦，且落了形，但仍有几分庆幸，只是埋在心中的，是更大的痛楚。杨家没任何一代人、任何一个人，能逃过此劫。

明训、阿玲，都不可能似杨公、老夫人相拥在一起离开这个人世，连彼此几时走的，都无从得知。

七、人类史上的空前绝后

岁月的沉滞，一如泥浆，似乎没有流动。

度日如年，没有比在"传染病院"的日子更搓揉人那颗伤痕累累的心。虽说这里没有似难民所那样，一车一车的尸体往外运，但就是一个一个地抬出去，让人仍心如刀割。

天气开始转暖了。

赵南天一抓到机会，便到临江的两排吊脚楼似的病房去，那里住得时间长的香港难民，对他的过来已见惯不惊了。虽说这已经"违规"，有风险，可在这里，生死早已微不足道。他们认为，赵南天是欣赏对面设有车歪炮台的江心岛的风光。炮台所在的小岛就似一个绿色的惊叹号，当然，它更蕴含很多的历史——赵南天没少对他们讲过，孙中山是怎样在永丰舰上，从这里冲了过去，最终到了香港，从而有机会东山再起。

他们认为，南天有一种怀旧，一种对历史割舍不开的拳拳之心，而孙中山冲出去后抵达的香港，正是大家刚刚离别的地方。

是想香港了。

那就任南天在这里遐想吧！

待在临江的窗口，车歪炮台所在的小岛近在咫尺，也许江水自北下来，被小岛分成两股水流，所以都顿时湍急了起来，有时更溅起水花，越过窗台，打在了病房里。再近点，水一急，连划艇过去都办不到，一下子便被水冲下去了。

只是，这里的空气比在船上，还是清新得多、鲜美得多，赵南天每每要在这里多深吸几口。

南方，雨水多，眼看，龙舟水又要来了。

由于上游雨水多，这里水就猛了，连日军的巡逻艇有时也不敢开到江心巡逻，因为隔了个日军码头，还有一道山坡，看不到南石头码头那边的情况，不时还有大木船拉到这边，可见码头那里已经挤不下了。

赵南天每次被带到病区办公室检测时，也趁机会瞅一下那里的日本报纸，多少知道一些形势，日军在南太平洋陷于苦战，急于掠夺那里的油田；香港第一批大规模"归乡"已成功让四十六万多港人离开，大多去的是广州或路过广州再西行、北上；粤北无战事，德军未能进抵莫斯科；等等。

这些，他同病友多少有点交流，而颜蓉讲得更多一些。

他和颜蓉算得上是这个"传染病院"的"老病号"了，他看到统计表上，三五天死亡的、一两周死亡的，乃至一个多月才死的，都有相应的比例。而他从报表上看到的，风雨天，气压变化大的日子，死亡率固然上升不少，但是气温高的几天内，甚至高达90%——太可怕了。

超过四十岁的，死亡率更是迅速攀升，从20%到30%，再直上40%、50%。

从报表上大致可以判断，一共分十类统计。

虽然有不少个案语焉不详，颜蓉当然是特别观察、研究的对象。

虽然得到的信息，还是相对支离破碎的，可赵南天强烈地感觉到，在他所知道的集中营、难民所，从世界范围而言，南石头这里，从规模上、性质上，都是令人恐怖的。可以说，叶大叔讲到的中山医总部大量生产鼠疫跳蚤，南石头检疫所，"检疫"的分流，"传染病院"有选择的"实验"，以及难民所中香港人的有进无出，尤其是以白银丸为代表的水上虐杀——互相之间是统一的、有关联的，并且存在分工合作。

在人类历史上，从来没有这么数量多的生命，如此明晰地、有层级地、被扼杀在这种具有医学技术、"知识智慧"和狂悖笃信甚至残忍、暴戾的手段下，而且扼杀的时间还是如此短促、迅速……

他常常在梦中惊起。

麦欢背出的难民所已人人传诵的二十七字打油诗里，仔细剖析，该包含多少可怕的，而且是常态的、仍在继续的杀人信息：抬尸人、化骨池、猪笼车、大军车的往来……

还有，香港无终止地驱逐，广州却"严防死守"——二者之间的几十万难民，还能有生路么？

科学成果的"获得"，技术理性的冷静"处理"，与一个发动战争的国家的偏执狂暴、盲目自信、妄自尊大，是怎么熔铸成原始、野蛮的毁灭性力量？

他不能坐以待毙！

在这里，无论怎么苟延残喘，也只有一死，这已经是被设计好了的。

在死之前，自己就不能做点什么？

他尽可能地从可以说话的病友那里，获得这样或那样的信息，不仅仅有炭疽杆菌的病状，还有鼠疫菌、霍乱、伤寒的病状，以及目前还不明晰的其他症状。

这绝不是日军所称的"大战引起的大疫"那么简单。

而他也有意识地引导麦欢，了解在难民所发生的一切，为什么会有那样的打油诗？

他没去过难民所，也许已经没机会去了。

狼狗、电网、酷刑，以及追杀从下水道逃到江中的难民。

化骨池，生石灰，过一段时间便清理出骨头运走，臭气熏天，再投下一批尸体。

猪笼车两部，日夜不停，运的地方不会远，不到一小时就可以回来，一天十几次、二十次……

麦欢还是太小了，只能讲一些直观的事实。

却还是让赵南天了解到很多、很多……

尤其是讲到同他关一起的姓肖的小孩，其爷爷与两个撑船佬半夜潜进难民所——当然只是那个有天井的地方，香港人那里是进不了的，结果被日军士兵抓住了，审的时候只承认是去偷东西，可难民有什么东西可偷？

最后，把这三个人枪毙在棣园村口不远的"日本山"——那里有挖出的战壕。

村民都钦佩他们，到死都没牵累任何人。

这让赵南天颇受鼓舞，证明一直有人，在力图搜集日本仔搞细菌战的罪证，在这里有，在船上也有，叶大叔、骆远就是，他们都付出了生命的代价……在中山医那边也有，只是被抓了，还搜出了手绘的地图。

中国人没有屈服，到处都有抵抗。

哪怕在最危险的地方。

而这个"广东省立传染病院"，在外边根本不曾听说过，没有人知道，这里面到底在做什么。

赵南天觉得，这是自己的责任了。

这天，几个人又被带到办公室检测了。

又是验血。

日本军医，不惜抽上一大针管的鲜血。不过，他的动作并不粗鲁，在慢慢抽，怕引起"患者"不适。

边抽，边同旁边另一个官员聊天。他也许是刚来不久，所以有点不解地问：为什么这里必须完全是香港人？

他们并不知道赵南天能听懂。

香港刚刚打完仗不久，有疫情嘛。

在难民所那边，也有当地人染上疫情的。

这不一样。

不都是支那人么？支那人固然是马鲁大，但香港人比马鲁大更贱。

这又为什么？

因为支那人被我们征服前，还是正常的国民。

那香港人呢？

他们不算，他们只是白人的奴仆，心甘情愿在香港被奴役，被当牛马，最多是二等国民，也是亡国奴。

这又怎么说？

他们先亡于白人，而今又亡于我们大日本帝国，是双重的亡国奴，所以奴性更强。

用他们做实验，更保险？

他们已习惯在白人面前不吭声，现在在我们面前，更不敢开声了，用他们做实验，不会传出去，双保险。

……

赵南天已听不下去了。

"支那人"，在日本人口中，已经是对中国人极其轻蔑的称呼，在日本已形成很久时间了。自从清政府一次又一次向日本割地赔款后，他们就已经很看不起中国人了。不再寻究了，赵南天知道，就算站出来反驳，一点用也没有。

可他还是忍不住了。

待那个军医把针头抽出来后，他故意指着桌面上的报纸，用中国话说：

你们的报纸上，不一半多用的是汉字么？

他比画了几下，扳了扳手指头，十个里有六个，再指指报上出现的汉字：中国字。

那个军医终于弄明白了，他并不傻，这又怎么？

你们可是用了一千多年了！

赵南天比画了一下，在桌面上用水画了"1000"的阿拉伯字：唐宋时期，用的就是这个，比现在还多，你们那里，只怕连文字都没有。

军医感到了他的轻蔑，大骂：八格牙路！

门外的翻译官闻声走了进来：怎么啦？

军医指着赵南天呜里哇啦地骂了一顿。

翻译官问：你刚才胡说了什么？

赵南天指指报纸：我只是问，上面好多是不是汉字？

翻译官竖起了眉毛：你胡说八道，那都是日本文字，与你们有什么关系？滚出去！

赵南天只能朝门外走了。

然而，这一小小不忍，却引起了怀疑。

显然，赵南天多少听懂了日本话。

就在第二天，颜蓉被又一次带到"上所"，也就是日军医院本部——他们把病房区称为"下所"，就在检查之际，听到了几个日本军医的对话。

其中一个称，昨天那个香港人，竟然说我们日本文字中，有一半多是汉字，来自中国，什么意思？

另一个称，他是死到临头还撑颈硬，想说支那人在历史上比我们日本人强。

落后、肮脏、愚蠢……

登记本上说，这个人不过是跑堂的，不会有什么教养，怎么这么口出狂言？

我在想，在香港开战前，已经有不少日本人在那里住下，他在跑堂时，或许学了几句日本话吧。

这倒有可能。

但至少是对我们大日本帝国怀有二心的家伙。

没错，得盯紧点。

后边的话，就没能听清了。

颜蓉有点紧张，说：看来，他们说的，只能是赵南天。她知道南天的个性，叮嘱别人一忍再忍，千万不可暴露，可他却未必忍得住，不小心就把自己暴露了。虽然这番对话，并没有确定赵南天是什么人，可一旦汇报上去，怀疑就会进一步加大，那就危险了。不管怎样，得告诉他一声。

于是，黄昏时，她在厕所里等了好一阵。

终于听到熟悉的脚步声。

她赶紧迎了上去，使了个眼色。

两个人走到一个僻静的角落。

颜蓉已抢先说了：这几天，你有没有不小心暴露懂日语？

赵南天把昨天的情况讲了讲，说：他们辱骂中国人，更把香港人说得下贱之极，实在忍不住。不过，我只是用手比画……

他们已经怀疑上你了。

只怪我一时不冷静。

恐怕你在这里待不了几天。

赵南天在领子里摸索了一下，从夹层里取出一张小纸片，说：这是我用英文记下的许多疑点，日本人在这里搞的是生化战。我发现，他们把患者的胃酸浓度记录得很细，并且有个初步结论，说酸度高，能杀死霍乱病菌，所以胃酸多的患者成活率要大一些。然而，你也发现了，说给我们治病的，却有苏打片等碱性药品，这用心就很明显，好在我们都没吃，所以比其他人似乎病得轻一点……另外，还有麦欢说的难民所的事，难民说那是杀人场，有进无出。这边是做实验，我们成了实验品，那边便是杀人场、屠宰场，死者何止万千……不说了，我尽可能把一切都记下了，炭疽、鼠疫、霍乱、伤寒……如果你有机会出去，一定要找到把消息揭露出去的地方……

你……打算怎样？

我一直在想办法逃出去，现在，只能提前，刚才说的一切，我都记在脑子里了。

怎么逃？

看机会，可现在，也未必等得到机会了……反正，是得冒险，也就拼死一搏，大不了，还是一个死。

颜蓉看到南天脸上冷静得几近木然的表情，暗暗透出刚毅和决绝来，不由得心如刀割，这只能是两个人的最后诀别了。她口角渗出了血，说：知道么，我比任何时候都更爱你。可惜，我们之间不再有机会了。

南天一把抱住了她，说：怎么没机会？这就是机会，千载难逢的机会。我听父亲讲过，1927年，有一对恋人，就在刑场上宣布了他们的婚礼，从容就义，这与我们今天并没有两样。我从没今天这么幸福，因为我们有了终身的承诺，比杨公、颜老夫人的"执子之手，与子偕老"更为庄严，也更为深情和永恒，我一直在等这一天，总算等到了！

我也等到了！

两个人紧紧相拥。

这不是生离死别，而是生死与共，同赴死节！

以赵南天的体魄，游过东岸到车歪炮台的小岛，是有七八成把握的。只待龙舟水过去，流水不那么急，稍从北面一点下水，借水流的裹挟，划到小岛上的可能性相当大，只是现在等不及了。

得当机立断，哪怕一天，就平添很大的变数。

果然，就在当天晚上，那个军医便领着几个日军士兵，来到了赵南天所在的病房里，只是把薄被一掀，却发现被子里只是一个包袱，并没人在里面。显然，人跑了。

这能跑到哪里去？

没多久，江面上便光柱乱扫，好几艘艇同时出动，"突突突"地在这一片珠江水面上发疯似的转起了圈。一时间，日军码头这一侧，如同白昼，水面上任何可疑的黑点，都会遭到机枪扫射……

当然，赵南天已做了最坏的打算。

因此，当晚他就没睡在自己的病房里，而是早早到了临江的那一排房中，趴在了床底下，连病房中的人都没惊动。夜一深，他便到了窗边，一个鹞子翻身，便从窗口轻轻地落到了江水中，几乎没一点水响。

但他只是从那排房子的底下，再度把自己隐藏起来。这吊脚楼式的病房，立柱差不多有大半个人体粗，所以人藏在水里，只露个鼻孔出来，是很难被发现的。在那里，他准备待上一阵，观察之后，有八分安全了，再设法潜泳出去，先沿岸往北，到了外国人的坟场下边，再冲往江心，让水流带到江心岛中。

因此，当日军巡逻艇发病似的在附近江面上打圈时，他在吊脚楼下一动也不动，水流为他做了掩护。直到巡逻艇搜索完之后，垂头丧气地回了日军码头，他还守候了一阵，才准备泅泳。

尽管地面上的温度已经升高了，可水流还是很凉的。时间久了，人已有点发抖，再不出发，活动起来，也会坚持不住的。他一头扎进了水中，潜泳出几十米，才探出头来吸一口气，又赶紧潜入水中。他估计，只要不被发现，随急流往南，很快便会被冲到江心岛上。

一直都如他所料，没多久，再探出头，便看到了江心岛的黑影了。

很快，手可以触到车歪炮台临水的水泥墙。

他沿着水泥墙体，慢慢往旁摸过去，一直摸到边上的软土，心想，可以上去了。然后，从岛上的东边走到西面，再一次下水，到西岸就很快了，因为这边的江面已更窄了。

上了岸，他开始还是匍匐着潜行。

可岛上什么动静也没有。

车歪炮台已是个废弃了很多年的炮台，而且上边的设施也都陈旧不堪，连墙体也坍塌了不少。面对现代武器，这样一个旧炮台，是一点用处也没有了，只能算是摆设，估计日军也没把它当回事。

南天爬着爬着，开始还留意不发出什么声响，后来则是半弓腰，加快了潜行的速度，只有轻微的沙响。

不知是踢动了一块乱石还是什么，滚落到水中，发出"哗啦"一声……

忽然，传出了日军士兵的喊声：有人！

南天赶紧趴到了地上，屏住了呼吸。

地面上传来了日军士兵的皮鞋声。

南天没预料到，这小岛上竟然还有日军士兵的岗哨。

此刻，别无他途，唯有拼死一搏了。

日军士兵走到了他身边时，他猛地从地上一跃而起，要扑到日军士兵身上，可这时，日军士兵已扣响了扳机，"哒哒哒"，一梭子弹，打在了他身上。

可他，还是把日军士兵扑倒了……

岛上还有另一个哨位，也一梭子打了过来。

在巡逻艇的"突突突"声平息之后，颜蓉已松了一口气，知道日军士兵没有发现赵南天。

她已安然入睡了。

可半夜，她被一连串的枪声惊醒——这么久了，南天还没出得去么？

她极力让自己相信，这不是针对南天的！

南天应该逃出去了！

然而，第二天，日军士兵却在"传染病院"的病房里抓人了，而且抓的是临江的那排病房里的人。

但是，并没有人知道，或者看到赵南天是怎么逃出病房区的。南天的谨慎保护了他们，他们被抓走后，大部分人还是被放回来了。

回来的人说，审问的内容便是有人出逃了。

这并不能证实南天没能逃出去。

却没问到颜蓉。

但噩耗最后还是得到了证实。

那是几天后，颜蓉被带到了"上所"，又做各方面的检查，日本军医显然把她当作一个最独特的实验品中的样本。

检查项目一多，听到的内容也多了。

一个军医说：那个要逃出去的人，只能是间谍，他分明是懂得日文的，最终露出了马脚。

另一个说：这病人中，不会再有另一个懂得日文的吧？这太危险了。

那个军医说：这几天，我们一个个排查了，重点的更一个个讯问，疑点多的就交给军队进一步查证。我看，不会有了，支那人没那么聪明，懂得英文，还能懂日文么？

对，这马鲁大，就是马鲁大。

那逃跑的，开膛破肚，也没发现什么隐秘，认为他是间谍，也抬举他了。

……

颜蓉这才一惊，明白赵南天已不在人世了。

那天他提起"刑场上的婚礼",恐怕已知道自己最后的命运了。

直到检测完毕,回到病房,她才痛哭了起来。

她不会让日本仔察觉自己懂日语的。

而她更要完成南天的遗愿,把这里的一切公之于全世界。

她摸了摸那用英文写下的小纸卷。

她更要利用自己懂日语的优势,来了解更多的内幕,做完南天没有做完的事!

直到在天堂与他相会!

八、同时撕裂的灵与肉

天气也渐渐溽热了起来。

在广州，6月底、7月初，三十多度已经是常态。南方人耐热，但最怕的却是湿热，动不动就浑身冒汗，不，冒油，黏巴巴的，最难捱了。"传染病院"内，正如赵南天发现的，死亡率在高温时最高，比刮风下雨时死的人要高一半多。饥饿加高温，使病房抬出的人天天增加，没法想象，难民所那边又会严重到什么程度——这边还有屋顶，吃的还不是味粥，仍这么死人，那边日头直晒，又喝难咽的味粥，该一天死多少人呀！

颜蓉的肚子已经相当大了，她也不再掩饰，更不愿去掩饰，病房区的病友，这么久了，也大都知道她有过怎样惨烈的遭遇。她挺着肚子，便是无声的控诉，让日本仔无法不去正视自己的罪恶，尽管这些丧尽天良的家伙不以为罪、不以为耻……

那些日本军医，大概也还有几个觉得，这个大肚子，对懂得医学的他们而言，未必是光彩的事，每每遇到颜蓉轻蔑的眼神，便要躲闪……

太久了，在这个"医院"里，颜蓉待的时间已经比任何一个病人的时间都要长——无论是活着的，还是死去了的，皆是如此。

颜蓉虽然平日一副冷漠的样子，可一到病房里把门掩上，她就不顾燠热，做起了激烈运动，不是跳就是在地上打滚……大家都知道她这是为什么，但没有一个去告发的。

终于有一天，下身出血了。

由于发现裤子上的血迹，军医把她提了去，又给她做了不少检查，并警告她，只能在床上躺着保胎，不可以漠视一条生命。

颜蓉心中说：你们已经漠视了多少生命？

军医见她没吭声，让翻译官强调，他们会派人看住她，不准她乱说乱动，直到分娩，他们可是花了不少工夫，才让她维持到今天……

颜蓉没说出口，是否孩子一生下来，就置我于死地，我倒愿早死了好。

后来翻译官啰唆了些什么，她再也没听进去。

军官一挥手，就把她押出去了。

回到病房区，军官果然向同房的几个"病友"交代，不准她乱走乱动，出了事，唯她们是问。

把几个病友都吓住了。

颜蓉更明白了，她这个"实验品"，已被进行了不少"实验"，成了"宝贝"。至于进行什么实验，对一个孕妇而言，更是特别的，不可半途而废，不是"保胎"那么简单——在这个"传染病院"获得的"实验"成果用出去，又该害死多少人？这在她不敢想了。

她想立即就死，不愿遂了日本军医的愿，也中断了其实验，可她还想把南天的英文记录传出去，实现南天的遗愿。这又不得不活下去，寻找机会……她陷于两难之中，怎么办？

那种肉体与灵魂同时被撕裂的感觉，从来就没有离开过颜蓉。

阿妹没有救过来，她意识到的生的责任便又失去了，再度把自己当作了死人，虽然这里没人背后指指点点，说她身子不干净，是什么脏女人。战争破坏了一切道德的、法律的乃至人伦的观念，可那份无以见人的沉重，照旧压得她透不过气来，真不如窒息，失去一切知觉和意识，死了的好。

之后，她又发现自己肚子里怀了那些野兽的孽种，更让她生不如死。

在饥饿、恐怖的状态下，再加上各种病毒侵入，身边的人一个个死去，她也知道自己的生命不会延续，更别说肚子里的孽种——那自然不可能生下来，不可能活着生下来，可她仍想要千方百计摆脱它。不摆脱，当日受辱的噩梦，更会日复一日、月复一月地纠缠住自己。

只是，她万万没想到，在被"分配"进了这个"传染病院"充当某种"实验品"之际，竟是这肚子中的孽种，让日本军医产生了更为猥琐、肮脏的想法，多重的想法——一是所谓"孕妇"当作实验品的多重"价值"；二是她肚子里的"日本仔"无论如何得保下来，成为"实验"成功的果实；三是……

不敢再往下想了。

这一来，自己的"身价"愈高，罪孽就愈重了。

也许，肚子里的生命是无辜的，它不可能知道造就它的是战争，最有罪的，是最可恶的兽性，人类的奇耻大辱。它本能地要出来，活下去，也不可能知道自己会去证明什么，作为怎样的"成果"……

天哪，这个世界什么地方是干净的，说得清么？

人类为什么要有人性，要有良知？

……

颜蓉又一次想要与这个孽种、这个世界同归于尽！

而"传染病院"却一直在阻止她的"妄为"！

一切都颠倒了，生与死，善与恶，人性与兽欲，理智与暴行——这却是战争的逻辑！

她被囚在了病床上，连饭也得让人端来。

她思考再三，得先绝了军医的念头。

于是，"病友"端水去了，她便在床上使劲用力挣扎，尤其是挺直身子，如用"鲤鱼板籽"一样，在床上一颠一颠的，外边一有动静，她又"老实"了。

几天下来，床上又出现了血迹。

军医很是恼火：这是怎么回事？

她说：是你们的保胎药不顶用吧。

我们大日本的药物是世界一流的。

未必吧，对我没用。

她成心要惹军医生气。

军医果然生气了，说：没用，那你就去死吧。

我早就不想活了，今天你们终于说了真话，那就让我去死好了。

没那么便宜。

我倒想死得高贵点。

你们支那人还高贵！

那还要我生干吗？

你肚子里有我们大和民族的高贵血统。

不怕被污染了？

男人是不会被女人污染的。

种族歧视、性别歧视，在这个军医的话语中暴露无遗，翻译官居然不加任何掩饰予以翻译。

这么说，我流产了，再高贵也保不住了，我这个实验品已经对你们毫无价值了。颜蓉讥讽道。

八格牙路！八格牙路！

平日还显得文质彬彬的军医终于被激怒了。

翻译官冷笑道：看来，你是敬酒不吃吃罚酒了，你别仗着肚子里有日本人的种，玩什么花招，没用了。

没用才好。

军医让翻译官译了出来，更是勃然大怒：滚出去！

颜蓉被押回了病房区，也没"固定"在床上，监视的人也撤了。

晚上，病房门被人从外拉开了，没见有什么人进来，却有个声音悄然入耳：颜阿姨，是我。

居然是麦欢，他个子小，从门下边闪进来，不易被发现。

好几天不见你了，没事吧？

没事，我是不见赵叔叔，特来问你的。

赵叔叔不在了。

送走了么？送到什么地方去了？

早几天晚上，江心小岛上的枪声，你没听见？

听见了，莫非是赵叔叔？

是的，他想逃出去。

要逃出去了，这里最难，一边是海，一边是坟山，一边是日本军用码头，另一边通医院，岗哨那么高，再远都看得见……赵叔叔救了我一命，却救不了自己。

那有什么地方能逃？

难民所总归有办法，有的墙没通电网，地下水道可以通海……他习惯用当地话，把江称为海。还有，外边关人的那一围，还常拉人出去做苦工，机会就更多了，赵叔叔太急了。

难道我们还会被送到难民所？

我听说了，只要在这里死不了，没地方送，总不能再送回船上，回香港吧，就只有去难民所了。

难民所死人不是更快么？

那就赶在死之前逃呀！

这麦欢说话，居然没把死当一回事。这让颜蓉心中一紧，孩子太小了，还不明白什么是死。似乎不尽然如此，想不透，这孩子面对这一切横逆、暴戾和死亡，究竟如何认识？或者说，如何入心的？他——毕竟还不到十岁呀！

那你上次在船上说，死也不愿再上难民所呢。

麦欢抓了抓乱蓬蓬的头发，说：那是我第一次进难民所，吓怕了，后来第二次再进难民所，知道的多了，虽然更可怕，但我习惯了……

他的表述只有这么多，但颜蓉倒是听出了很多，可怜一个不到十岁的孩子，他认知的这个世界，除了恐怖、逃亡，还有死，就没什么了。

现在，你已经在等第三次进难民所了？

是呀。

这次，你会找到机会？

大人说：事不过三，我会有机会的。

对，你会有机会。

颜姨，你也一样。

承你吉言。

麦欢虽小，但一样"耳听八方"，他果然是言中了。

几天之后，刚吃过早饭，便在点名了：麦欢、吴茵、胡梁氏、何方强、颜蓉、徐铮、吕方、雷张氏、胡苏、钱一文、孙明明……

一共点了三十个名字，麦欢居然排在第一名。

医生说：把你们的行李收拾好，你们的病在这里已经完全治愈了，恭喜你们，可以出院了，你们应该感谢大日本帝国皇军对你们的恩赐，救了你们一命，要懂得感恩戴德，知恩图报。

这三十个香港难民，最小的便是麦欢，最大的估计也到不了五十岁。十岁以上，活下来的微乎其微，这也许正是麦欢排名第一的原因。

有不少人是从船上来到这个"传染病院"的，七嘴八舌地问：出院？是放我们回家了么？

翻译官显得有点不耐烦：出院就是出院，出去了你们就什么都知道了。

也许，只有麦欢明白去的是什么地方。

跟上。

一头一尾，都有日军士兵押着，当中还有五六个伪军。三十个难民，成一字长蛇阵，逶迤着出了传染病院的病房区，向右转，一直又回到了日军码头。

日军的一艘机帆船正在"日本桥"江中的顶端停泊着，在等候这批"出院"的难民患者。

一队人，在"日本桥"上慢慢地前行，走向江中的机帆船。日本人照样集中在船头，与难民保持一段距离，而伪军则在中间，三十个"出院者"挤在了船尾。

还有人在问：这要上哪里？

没有人回答。

"突突突"的电机响了起来——这回是顺流而下了，先向江心开出几十米，再往左转。

江水仍很浑浊，水中有不少冲积在一起的杂物，各种色彩都有，黑的居多，但不会是尸体了。因为这是上游方向，但是顺流下去没多久，便看到东岸，也就是南石头这边，依旧是密密挤挤的客船、木船。比起过去，现在是木船占了一部分，客船也就只有五六艘。同过去一样，它们也都是被拦截在这里，不能进入广州。总的来说，比几个月前的七八百艘船聚集，还是相应少了一些，但四五百艘还是有的。船上的难民，同样一时下不来，等候"检疫"，等候难民所空出号房和床位……这种状况已经从1月的中下旬，到今天的7月下旬，足足有半年之多了，并没多少变化……

前方还有新来的船，大眼鸡载的依旧是香港难民，不知有没有2、3月间那么密集。

停泊在码头周遭的大木船，大都收了帆，看来，一时也不可能借风顺水返港。

客轮上，还能看到一些香港难民在张望。他们无法得知自己的命运，还在企盼着下船、登岸，回到广州的家——不知有多少"洋娃娃"一样的小女孩，扯住母亲的衣尾，一次又一次地问：妈妈，我们几时回家？

他们有谁能回得了家呢？

绕过这些客轮、木船，机帆船还往前开出了近百米，才又调过头来，

寂灭：白银丸纪实

往东岸靠去。

这时，颜蓉又悚然地发现，江水中再次出现了浮尸，男人匍匐着，衣衫冲开了；女人仰面朝天，身上半掩的衣裳，是让水泡散的……显然都是从船上被抛下来的，也不知流下去多远，才有人收尸？恐怕，绝大多数都会出了珠江口，漂进了大海——这用不了几天时间。

半年了，都是这样。

机帆船终于靠到了东岸，这就是几个月前颜蓉登船的临时码头，跳板已经从岸上搭到了船上，让难民一个个紧跟着下去。

终于有人说：还是让我们回难民所呀？

伪军冷笑道：你不回难民所还回哪里？上了医院，你是患者；出了院，不就还是难民么？

没有人再争辩了。

难民队伍默默地上了岸，上前沿着当初运木头的水道继续往前走。

直到右边高高的围墙走完，再往左转。

之后，进了难民所的大门。

进门后，又一次左转。

这时，另一队难民正在旁边，他们身上都带有不同的农具，显然，是出去干活回来的。这已是中午时分了，该回来休息一阵了。

这时，麦欢突然对并排走着的颜蓉说：颜阿姨，记住我说的，把咪粥烧热了再喝……

颜蓉还没反应过来，小麦欢已一弓身，闪进了刚出去干活回来的另一队难民中。

而这一队难民往前走了几十米，进了第一个门洞，那是东西的"天井"空坪……

颜蓉想起来了，麦欢说过，这边关的是广州本地人，以及附近收容的无家可归者，对他们管理得要松一些，有时还拉一批人外出干活……麦欢自然是摸清了这一情况，才瞄准了这个机会。

作为大人、女人，颜蓉没办法"变道"，只能目睹麦欢消失在第一个门洞里，愿他好运。

她不知道，麦欢在日后，同样是九死一生。

又走了几十米。

第二个门洞的大门打开了。

有人叹了一口气：又回到这个有进没出的地方了！

这让颜蓉浑身一颤。

也许是走了一段路，头上的太阳火辣辣，让人喘不过气，更一脚深一脚浅。她觉得，大腿上又有什么流了下来，一摸，很黏，是血！

她正想就此用力踏上几步，可押送的伪军正来到身边，厉声呵斥道：进去！

她只能随队伍进了第二个门洞。

进去后，男女便分开了。女的不到十个，待在了下边；男的则被带上了二楼，没有再点人数，走了个麦欢也不知道。

颜蓉是第一次来到这个地方，用眼一扫，估摸一层有四十间，两层就有八十间了，横的两排，也就一百多间，竖的两排，房间少些，当有一百间上下。靠西面江边的一排，还比较新一点，是早两年加建的……这也印证了不少人的说法。而东边一排，则已很残破了，几乎没了屋顶……

还没观察清楚，几个女人走近楼下的号房。

第一间打开，进去了两个；第二间没开，走到第三间，也没开；直到第五间，又进去了三个；再走，到第九间，轮到颜蓉，只她一个人进去了。

里边已有八九个女人。

她不知把行李放在哪，有一个无力的声音在指挥：新来的，靠里边，先躺地上，没你的床。

她只好往里走。

屋里光线不好，待她放下行李，回过头，竟悚然地发现，八九双发绿的眼睛，已狠狠地盯住了自己：你刚进来的，肚子这么大，是吃肥了还是怀了孩子？肚子里的油水多了？到这里，好日子到头了！

这些话似乎都是从那些发绿的眼睛中发出来的，是一种惊悚，一种感觉，不成语言。这八九个女人，已无法分辨出年纪、高矮，全部披头散发，形同干柴，斜搭在床上，枯槁、干瘪，哪还有人形？仿佛已是干尸，一点气息也没有。

颜蓉默默地把行李放在了最靠里面，蹲下来，解开，一件件摆好。

那些绿眼睛只死盯着她放下的东西，仿佛一旦有可以吞下的东西，就会扑过来。不过，她们应该知道，不，早知道，没有任何剩余的食物可以带进来。

从哪来的？

不都从香港来么？

船上？还是别的地方？

船上，又上了医院。

你送去治病了？有这种好事？

无非多活几天。

丈夫也进来了？

我没丈夫。

肚子肿了？

算是吧？

颜蓉无心回答任何问题。

本来，在这里边，谁都不愿多花一口气说话。她不回答，别人也就不问了，也好。

直到日落西山，难民所派送上第二餐味粥，颜蓉才觉察这八九个人居然是活的。当然，她的遭遇，与明训、明俊两兄弟第一天进来的遭遇，几乎一样。

门一开，得知是派饭，床上的难民奇迹般地挤到了门口。

轮到颜蓉，就打了最后一口盅。

打上后，她忽地想起了麦欢的最后一句话：把味粥烧热了再喝，竟有点感动。这孩子年纪小小的，就懂得关心人。作为医生，她自然知道这加热意味的是什么，因为细菌一般在高温下就会死亡，害不了人。于是，她发问：这里边有没有火柴？

传来怪异的笑声。

火柴，没有，想要火么？

她发现，屋角里已经出现了一束小小的火苗。

想加热么？

我吃不了凉的。

有人伸手接过了她的口盅。

只是，这口盅里的味粥，在送还时，却没有了。

你们……

你刚进来，就算行个善，让我们多吃一口，你还不知道饿是什么滋味。

在船上饿过，医院也吃不饱。

总比这里好。

……

说也没用，味粥加热后，已被人吃光，不，舔光了。颜蓉也没法计较，吃了就吃了。

此刻，她只是想起，在这女号房里，会不会有阿玲嫂？她是"检疫"时被带走的，当时肯定验不出什么病，所以也可能与自己一样送到了"传染病院"当实验品，之后也一样作为"治愈者"出院，送到了这里……只不知关在哪个号房？更不知道，是否还能活到今天？

很快，颜蓉得知，天气热，这几天，总会有一次"放风"，几个女号房同时放，那时，会不会有可能得知阿玲大嫂的消息？

她却万万没料到，她会见到的，竟会是杨小妹。

那本以为已逃出生天的杨小妹！

九、生命最后的尽情挥霍

这里并非监狱，关的更不是犯人。

如果是监狱，自然有明确的法规、制度，譬如说，每天都得"放风"，放风的时间得有多长，这是犯人最低的权利。而这里，当然不会有放风的时间规定，两三天才放一次，也不会违反什么制度。

这里只是难民所，所以没有关押的时间，当然也没有口粮的标准。只是正式的难民营，每每还有红十字会人员进行视察，甚至派放粮食，这里却没有，红十字会人员只限于上船视察、舍粥，不允许到这里。当然，如刘所长所云，船上也是难民所。到船上视察也就足够了，不能节外生枝。

日本仔还是要给自己立牌坊的。

从1942年，也就是日本昭和十七年一月算起，到1945年初为止，超过一千天，南石头关押的香港难民数量有多少，那时的日伪当局是有统计的，而且每天都有统计报表上报。但在日本军方"消灭痕迹"的指示下，这些报表是否能保留下来已不可知，迄今仍未能找到，证实送报表的中国职员，如今也已不在人世。

铁打的营盘流水的兵，难民所容满的数量在五千人以上，四百多个有八张床位的号房，外加几个惩教场用的工厂厂房，以及炮台用的甬道，数字就更大了。而按"传染病院"的研究报告的成果统计，送入的当天就有死亡的，最长的则有四十多天，一次"患病"的死亡率就达到40%。于是，不断有死人抬出去，也就有船上下来的难民补充进来。如此"吐故纳新"或"新陈代谢"，在一千多天的囚禁里，死亡人数当有多少？我们还无法推算，也不敢推算，实在是太可怕了。

而滞留在难民船上一时下不来，死在船上被"抛下海"的香港难民又有多少，更是无法计算。

罄竹难书！

颜蓉还是幸运的，进了难民所的第二天，赶上了第一次"放风"。

在医院里，每天都还可以冲凉，擦擦洗洗。"出院"了，到了这里，自然没有了病人的待遇，加上天气闷热，浑身汗臭得不行了。

到号子里的第二天一早，就有一个被抬出去了，是半夜里悄无声息地断了气，一早就有人来清理。只要抬出门洞，就有猪笼车拖走。

对于颜蓉而言，死亡的阴影逼得更近了。

下身的血总有流出来的，血腥味伴随着恶臭。可门一开，放风了，她还是不顾一切，一跛一跛地冲出门去，比号房的其他人都快。

当她端着面盆跛到井边，前面已有十多个人了。这次，一下子开了十多个号房，一百多人涌了出来。

她终于装上了一面盆的井水，踅到一边，用毛巾在身上认真地擦洗起来。她得仔细点、耐心点，谁知道下一次放风还得等几天。

就在她蹲下的角落不远处，有人吵了起来。

我妈还喘气，你们不能把她拖走！求求你们了！

这声音太熟悉了。

她站了起来，循声看了过去——凭感觉，她认出了说话的正是杨小妹，只是当日胖嘟嘟的杨小妹，已经变成了一根小竹竿，在摇摇晃晃地力争着。

颜蓉扔下面盆，跛着过去。

杨小妹马上就认出了她，说：颜姨，你帮帮我，他们要把我妈抬走了，我妈还没死……

颜蓉走近后，一下子跪了下去，抱住了还没有咽气的阿玲，说：阿嫂、阿嫂，我是颜蓉，我昨天晚上还梦见了你，你睁开眼看看我……

来拖尸的老陈退到了一边，虽然他已司空见惯，却还是走开了，而后又上了别的号房。天气一热，死的人多了起来，已清过一轮了。

小妹哭喊着：妈妈，颜姨来了，是颜姨……

颜蓉掐了掐阿玲的人中。阿玲终于睁开眼，问：是阿蓉么？你怎么也来了？明训说你带到别的地方……

颜蓉说：船上下来，最后也得到这里。

我……不行了，小妹就交给你了。

颜蓉不知怎么回答好，可还是说：我会好好照顾她的。

那……我可以走了。

话一落音，阿玲双眼就闭上了，头一歪，咽下了最后一口气。

小妹大哭了起来，喊：妈妈，等等我，我同你一起走。

颜蓉两行泪水也垂了下来，没想到，竟是这样见到阿玲的最后一面。她抱住了小妹，说：别哭了，会伤身的，妈妈不愿见你这样……

小妹却说：你以为我们还能捱上几天么？

你怎么这样说？

爸爸走了，叔叔走了，陈管家走了，现在就剩下我们两个人了，还会不走吗？

颜蓉没法回话了，只是把小妹抱得更紧，生怕一放手，真的就走了。

杨公让渔民小艇把小妹接走前的嘱托：杨家总要留下一个人……在颜蓉耳边响起，令她心碎。

颜蓉扶着小妹，往面盆走去，说：你同我一齐去擦洗擦洗，还想问你好多事……

你知道了又有什么用？

走吧。

颜蓉扶着小妹，离开了阿玲。

她们刚一走开，阿玲便被拖走了，好在是背着她们两个人，颜蓉也不让小妹回头看……小妹真的只剩一把骨头了，扶着几乎感觉不到重量。

到了面盆边，颜蓉拧好毛巾，递给小妹，说：你擦洗一下，几天没放风了吧。

小妹默默地把毛巾往衣服里抹去。

刚才你说爸爸、叔叔、陈管家走了，你是怎么知道的，出什么事了？

就算没出事，我们都会一个个死的。

这么说，他们出了事？

小妹断断续续讲了：每次放风，无论隔了多少天，我们都有意靠近他们三个人被关的号房，有时还能说上几句话……

哪一间？

小妹指了指对面的36号，现在，他们全不在里面了。

你慢慢说。

其实，这里比牢房更可怕，都说，这个天井就是死牢，不会有活人出得去的……不放风，闷也会闷死人，别说把人往死里逼。你得小心点，常常会突然把号门拉开，把人全赶出来，几个汉奸便冲了进去，把里边翻了个底朝天，哪还有什么东西可翻出来呀？进来时，一个包袱，一床烂被子，什么都没有，不就是成心让你受惊吓，让你早死……

颜蓉想到最后一支奎宁，问：你是说，爷爷拐杖里的药，被发现了？

是呀，不知怎么被发现的，本来说要给明俊叔叔打的，他烧得厉害，都说胡话了，都没来得及。突然就有汉奸冲进来搜查，当时就没防备，这种搜查，防不胜防，有时十天半个月才一次。可明明昨天才搜索，今天又来了，这是成心的，大都搜不出什么名堂，但也总会找个借口，整整人，罚跪，晒太阳……

如今，日头这么毒，受得了么？

就有人当场中暑死了拖走的。

那，你爸爸、叔叔怎样了？

那天，正准备给叔叔打最后一针，刚取出来，还没来得及，门就响了，针剂又赶紧塞回拐杖里去。太匆忙了，拐杖的盖没拧紧，汉奸进去了，不知道就怎么发现了这根拐杖，开始还扔到外边，称年纪轻轻，用什么拐杖。陈管家还挡了一阵，说我也老了，腿脚不方便，留给我……那汉奸竟把拐杖拿起，斜着一脚踩断，你留好了，没想到，这一折断，里面的针头、针管、针剂全脱落了出来。汉奸瞪大了眼，说：原来这里边还私藏了药物，好大的胆子。

哪个汉奸？

就是这里的所长。

陈管家惨了？

不，是我爸爸顶了上去。这是我的，不关老陈的事。

汉奸便把爸爸揪了出来，说：好哇，你有种，好汉做事好汉担，说吧，药从哪来？这下子，更惊动了岗哨上的日本仔，下来了两个，叽里哇啦乱叫。

你看到了？

妈妈让我踩在肩膀上，头高过窗子，看得到，平日我们也是这么往外看的，他们让爸爸交代，这药是怎么来的。爸爸说：从香港带来的，上船后一直带在身边，以备生病。汉奸不信，你们上船，一天就到广州，用得着带这么金贵的药么？肯定是别有用心，快说……日本仔就更凶了，不知从哪里抬来了一张门板，狞笑着，说：不交代有你好受的。

颜蓉悚然道：他们要干什么？

他们先从井里打上一桶水，往爸爸嘴里灌，扳开他的口，把井水往里灌，直到灌不下，肚子胀得很高很高……然后，再把他扳倒在地，仰面朝天，再把木板压在他的肚皮上；接着，日军士兵一边一个站上了门板，就似玩跷跷板一样，压得我爸爸的口里喷水、喷血……我不敢再看了，妈妈把我放了下来。

后来呢？

听在另外号房的人说，爸爸被压得七窍流血，日军士兵还在给他灌水，再压，直到不省人事。他们说，爸爸什么也没说，没牵连任何人，是条汉子。但汉奸还不甘心，逼他交代号房里有什么同谋。他说没有……

你爸爸当场就不行了？

没有，后来，又把好多男号房的人放出来，问有谁认得我爸爸，是谁给的奎宁……

结果呢？

结果我也没料到，出来指认爸爸的人中，有一个尿了裤子，你猜是谁？

颜蓉立时想到了沙仔，是沙仔？

正是。我爸爸已昏过去了，并没有指认他。他一尿裤子，便被汉奸揪了出来。他一下子便跪下了，说给了爸爸一共一盒好多支，不止这么一支。这下子，爸爸更惨了，灌水后，又压上两个日军士兵……爸爸也是好样的，昏过去时，大家还听到他在唱《杨家将》：

可怜我满门忠烈……

颜蓉记得，寄住在杨家时，没少听杨公不时放开嗓子唱上几句粤剧《杨家将》，所以儿女们也都耳熟能详，跟着哼上几句。杨氏家族，没少以杨家将的精忠报国为楷模。忠义之气，代代相传，尤其是遭到外侮之际，从杨令公，到孙辈杨宗保，从佘太君，到杨排风……满门忠烈，惊天地，泣鬼神！

小妹含泪说：爸爸最后是被抬进号房的，捱了两天，不行了，叔叔没了药，也跟爸爸同一天走了。

陈管家呢？

他不知道是哪天走的，后来放风，我到他们的号房旁小声地叫，没人回答。那号房的人，只怕已全部换上了新来的，没谁知道他。陈伯伯是个好人，见我爸爸、叔叔一走，一定也跟着走了。

颜蓉想：陈管家也只会这么做。他的忠厚、勤勉、恪守职责、尽心尽力，在杨氏家族中，有口皆碑。

说到这里，在吆喝声中，女号房的人纷纷回到自己的地方。

小妹说：颜姨，你就回我的地方，我好有个伴，反正，他们也搞不清谁住在那里。

颜蓉迟疑了一下，因为赵南天的那份英文纸卷在外衣领上，先脱了在号房里……她只好说，那，我准备好，下次同你一道回房间……

没行李么？妈妈的行李还在……

不是这个……

小妹哀怨道：还不知下一回放风有多久？

天气热，不会隔太久的。

小妹满眼含泪，说：颜姨，抱抱我。

颜蓉紧紧地抱了她一下。

两个人就此分手。

不，是永诀！

到下一次放风时，颜蓉已感到不行了，要与小妹告个别，却没见小妹出现了。

显然，小妹已先走了。

她不能回到港岛的杨家楼，在夹墙里的钢琴上弹奏出贝多芬的《第九交响曲》了，虽然晓玉一直在等她，拉响小提琴……

杨氏三代人，就这么最后终结——如杨公说的，被灭门、绝种！

其实，那个沙仔也没有好下场。

沙仔没能似过去随来广州的船再重返香港，实在是太失算了。对于这么一个精于计算的烂仔，之前可谓胜算无数，可这回，只怕是满盘皆输。

开始，他以为，只要讨好日本仔或"胜利友"，自己还会得到恩赐，有可能上另一条船重返香港。于是，他发挥了烂仔鹰隼般的目光，在船上搜索形迹可疑的人，即时向日本仔汇报。自然，他得到了不少夸奖，甚至还格外获得一些食品，可让他离开船的可能，却根本没有。夸他，给他多吃点东西，日本仔认为，这已是对他最大的恩赐了，而他也没法子提出返港的要求——这已几乎无可能性了。

临到从船上下来，送到了难民所时，他感到绝望了。在船上，他如果偷偷跳下水，还可以逃，哪怕九死一生，可在难民所里，高墙、铁丝网，还有狼狗，逃，想都别想。

充当鹰犬，讨好难民所职员，也不可能获得离开的恩准。况且，出卖了明训后，也无人可再出卖。一个个，都是要死的人，出卖将死之人，能出卖到什么？

他煞费苦心，终于想出一计。

于是，他"疯"了。

开始，一放风，他就抓大坪中的泥土吃将起来，装出狼吞虎咽的样子，可职员们正眼都不看他一眼。

末了，他吃了大粪，在地上爬，装成快死的样子。

唉，这小子真的疯了，留在这里白吃白住，多占一个铺位，不行，扔了。

这回他得逞了，终于给拉出了难民所。

可一出门后，他就给扔上了猪笼车。上面，又叠上了六七具尸体。他憋不住，想喊，动了动，可他失算了，因为如果他随同尸体被拖到了外面，还有可能在半路上逃出来。可这时，偏偏一个日本仔过来，用枪托砸了他几下，让他别动，他能经得起么？人早已虚弱不堪了，即便在号房里，吃了死人肉，也捱不了几天。

机关算尽太聪明，反误了卿卿性命。

放风回到号房后，颜蓉感到腹部一阵阵剧痛。不久，她下身的污血涌了出来。

同房的八九个难民，已更换了一半多。留下的几个老人，眼睛更绿了，直盯住她的肚子。

终于，颜蓉一声惨叫，昏厥了过去。

她坠入了无边的黑暗当中。

头顶上似乎有一点点微光，她使劲撑开眼帘，仿佛看到，杨公、颜夫人正在天上的飞毯上掠过，明训、明俊和陈管家拄着拐杖在冰雪中跋涉。

奇怪，香港人可从来没见过雪的。阿玲已挽住了小妹，在奋力直追……云端站的是叶大叔、骆远，还有赵南天。她想喊：等等，我来了，却无法发出声来！

一股似烧焦的、怪异的香味扑鼻而来，她一激灵，睁开了眼，却看见了屋角的一束火光。

她呻吟起来。

一个刚进来的新难民在叫：醒了，活了，活了……

说的是自己么？谁活了？

有人用湿毛巾抹着她汗津津的额头，小声地说：孩子生下来就是死胎，你也别伤心，就算是活的，在这里也活不了几天……脐带有人已给你咬断了，你不会有事，躺好，放松，合上眼，缓口气……

这是什么味道？好难闻？颜蓉受不了那刺鼻的气味，呻吟了起来。

没人回答。

却有人在抢什么，喊：分我一块，是我说这可以吃的。另一个说：这边熟了，那边是生的，火太小，得翻过来，还有个声音，脐带是我咬断的，我得先撕一块吃……

颜蓉在迷糊中隐隐有点明白，这是几个住得久一点的，她们烧的，正是自己生孩子带出来的胎盘。

天哪，她们是在抢烧的胎盘吃。

新来的几个，已吓得退到了最里边。

似乎又有另一个在说：这胎儿应该没死去多久，还新鲜，顾不了那么多了……

颜蓉又呻吟了起来，昏过去了。

不知又过了多久，门被"呼"地拉开了。有人在吼，你们在号房里干什么？要放火么？谁点的火？烧的什么？

颜蓉一下子被惊醒了。

没有人回答。

一阵皮鞋，而后是惊叫：你们在吃人！

似乎有谁轻声申辩：只是胎盘……

却有人狂叫着跑了出去：吃人了！吃人了！

惊醒了的颜蓉，支撑着坐了起来，疑惑地问：发生了什么？谁在叫？

似乎还是新来的一个难民在说：没你的事，我已经帮你把衣裤拉上了。别动，没事，没你的事。

颜蓉睁开了眼睛，屋角里的火光已经不见，但那几个早进来的难民仍在赶紧撕咬着什么。一双双眼睛绿得怵人，发出萤光……

又是一阵皮鞋声响了起来，近了。

门又轰然被拉开了。

颜蓉看见，这回来的是日军士兵，他们凶巴巴地指着地上，问：谁生的死孩子？

颜蓉是听得懂的，但已有人代她回答了，指着她说：是她生的。

日军士兵已经用刺刀，把地上的死婴挑了起来：你们还想吃么？不行！

死婴的肚子被破开了，小小的肠子流出了一两米长。

一个日军士兵揪住了颜蓉的领口，说：你们支那人，简直灭绝人性，自己的孩子也要吃！

他一把将颜蓉从地上提起，让她靠着床架站着，而且不让她滑跌下去，吃够了吧？有力气了吧？那就跟我们上大街走一趟。

没等翻译官开口，颜蓉已在反问：你们要干什么？

翻译官冷笑道：当然是好事，让这世界看到，支那人是怎么吃自己的孩子的，有着怎样凶残的本性？就是野兽。

日军士兵用刺刀再一挑，把死婴连同流出来的肠子，就挂在了颜蓉的脖子上，肠子更从两边垂到了地上。

颜蓉这才用日语大骂：你们才是野兽！

日军士兵一愣，说：你这就现学，反骂我们？有你好看的。招招手，让号房中的两个难民走过来，示意把颜蓉架住，说：走，跟我们出去！

虽然浑身虚弱之极，双脚直不起来，只能让人拖着走，双手也被架住，一任两肩挂的死婴和肠子荡来荡去，无法摆脱。颜蓉却发觉，自己的意识却愈来愈清醒，她只是怀疑，自己的生命已到了最后一刻，这种清醒仅仅是回光返照而已。就算是回光返照，可也是生的最后一搏……乃至绝唱！

她不知道自己是怎么被带出门洞，又怎么经过所谓的医疗室——其实是停尸间，连路过两个化骨池时嗅到的恶臭也没感觉到，可一出难民所的大门，她的眼前终于一亮。

一出门，拐个小弯，便是杨公所说的兴隆大街了，但街面上，那将近十个茶居已经辨认不出来，早已停业了，各个小商店也只留下颓丧了的没有色彩的门面。过去的"兴隆"之名因何而来，今日已经无法找到半点依据，只是架着颜蓉的同室难民被迫打着锣，吆喝着"看游街啰，看游街啰"，才多多少少引来一些附近的居民、农民和其他人等。

翻译官威迫道：你得自己喊，响一声锣，喊上一声！

喊什么？

吃人，吃了自己的婴儿！

颜蓉又猛一激灵：我喊！喊！

她其实早已想好了，她果然就喊了出来：我吃了自己的日本仔！

你喊什么？

那不是日本仔么？是日军士兵糟蹋我留下的，我吃的是日本仔，你们日本仔用刺刀挑起的也是日本仔，这挂在我身上的就是日本仔。你说我吃了孩子，我就是吃了日本仔，这还有错吗？

乱七八糟，什么话！半桶水的翻译官也给她绕懵了、绕昏了，不明白颜蓉说的是什么。

我喊啦！

再喊！翻译官自以为得计。

我吃了日军士兵挑的日本仔，日军士兵挑的仔子就挂在我的脖子上，日军士兵挑的就是他们的仔、他们的未来。他们不要自己的崽子了，所以挂在我身上出来游街。哈哈，是我吃了人，吃了日本仔，千刀万剐解不了气，那就只有用牙来咬了。我就这么吃了日本仔，是日本仔糟蹋的我，我吃下的就是日本仔，他们要我喊，我喊的就是真话！

扶着他的难民，听明白了。

兴隆大街上被赶来看热闹的居民、农民，也同样听明白了！

我吃了人，我把日本仔吃了！总有一天，我把他们全吃了！

走到街的尽头，回了头，还得重走一遍。

颜蓉忽地用一只手往胸前抹了一下，把死婴抹到了地上，使得扶人赶紧弯腰去捡死婴，无人觉察。她已把领口里那小卷英文纸片抓到手里，往街边扔了过去。只要有人捡起，总能传出去的。

她做完这事，忽地轻松了起来。

颜蓉知道，这是最后一次努力，也是无望的努力。她只是为了对得起自己的心，对得起那么多为了传出小纸卷上信息的人——赵南天、叶大叔、骆大哥，还有好些无名的，为探清楚船上、难民所、传染病院乃至远在另一个方向——中山医——那个日军什么总部制造、撒播、使用各种致命细菌的秘密。

没人留意她扔下的纸卷。

纸卷在一阵风吹过后，吹向了南石头村不知谁家的屋檐下，又再吹向了壕沟。如果风还再大一点，它会飘向半空，而后消失在缥缈的云天之中，不知去向。

这个令全人类心痛的秘密，十年、二十年、四十年、半个世纪，都无人知晓，日军"消灭痕迹"的最终指令，总是能不折不扣地贯彻。对于他们，人道、人性在战争中是不存在的，甚至在这南石头"传染病院"的非战争状态下，也是不存在的。而不间断的反人类、非人性的虐杀，则成了常态，即便在和平状态——那也是战争的连续之一环。人类也许永远摆脱不了这种凶残、这种兽性，因为它本就是人类生存的一部分。

无论如何，在把赵南天托付自己设法交出去的英文纸卷扔出去，企望路旁围观的村民能发现之后，颜蓉觉得，浑身一下子全虚脱了，连脸上的肌肉也在"哗哗"地化成水脱落了下来，身上的骨头更寸寸断裂、散开……她把最后的生命，做了一次尽情的挥霍！

肚里的孽种生下来时，本就是死胎，可日军士兵却给了她一次发泄、控诉的机会，这是她不可能预料到的，而日军士兵更认为，这是对她最后的羞辱……

在生命轰然倒塌之际，她的思维显然也紊乱了，死胎是自己生出来的，可那是日军士兵发泄兽性的结果。按传统的男性继承来说，这死胎自然是日本种，她总算杀死了日本仔，没让日本军医的妄想得逞——只是，有这么简单，这么直截了当么？

一个令世人、令全世界发指的，已经演绎成几重的恶，不仅对受害者，也对加害者，更对被毒化了的历史！

颜蓉忽地大叫了起来：日本仔就挂在我脖子上，他们要我吃了他，还要我上街告诉你们，你们要记住，我是吃人了，吃的是日本仔，别搞错了！吃人了，吃人了，这个世界吃人了！我也吃了，专吃日本仔啦！

她似乎狂喊了起来。

翻译官眉头皱了起来：疯了，疯了，全疯了！回去！

猛地，颜蓉喊出了一口的鲜血，"哇"地喷出好远。她挣脱了扶好她的人，挺直了腰，大步往前走，脸上焕发出贞女一般纯洁的光芒，而后似一座山样轰然倒下，世界在她脚下崩溃，在炸裂，在坍塌。

云端中，赵南天伸出手来，拉住了她！

她在飞升！

十、没有一个香港难民能活着走出南石头

在等了五天之后，司成终于把两个妹妹——闻瑛和晓玉，带上了开往韶关的班车。

战时的翁源，处于第七战区与敌占区之间，而广东省的战时省府，从曲江再转移到韶关、连县，后来因连县太偏，才整合到韶关合署办公。韶关遂成为临时省会，各个部门都汇集于此。

到韶关后，司成很快便找到了省建设厅里父亲的同事，之后，到了下面一个中学担任物理老师，以养活两个妹妹。

他们终于逃出生天。

在韶关，司成终于又读到了报纸。

他几乎不相信自己的眼睛。

可那白纸黑字印在一份报纸上，明明白白是六个大字"新加坡大屠杀"。

他不忍心去看正文。

这个世界在他逃亡的几十个日日夜夜中，变得更加血腥，更加冷酷，也更为恐怖……对这场大屠杀的描写，只能比他目睹的日军占领香港后三天的"放假"，更血淋淋，更惨不忍睹。

一张网，一张恐怖的网、死亡的网，同样罩住了谭家，罩住了谭家一代又一代的人。满以为自己带着两个妹妹逃出生天，可在这片土地更南端，爷爷颂之到底还是没逃出日军的魔爪，从香港到新加坡，无可逃遁。

爷爷颂之，生于清咸丰年间。在十三行最后被焚毁，谭家勉强保住一点家底之际，后人辗转香港，最终下决心，听从祖上留下的嘱咐，下了南洋——毕竟，当年的行商大都有自己的商船，乃至船队，往返在中国，他们留下一个地名，说在马来亚半岛的东海岸，有一个天然良港，那里可以运出当地可观的锡米，登陆后，更有一片片沃土，适合于种橡胶……于是，最迟光绪初年，祖父颂之，便携一笔巨款，到了祖先的"应许之地"，开

始了谭家新的开拓。祖父说，并不是所有下南洋的人，都是被"卖猪崽"去了，英国殖民者招募的"契约劳工"的确不少，那是因为鸦片战争后中国积贫积弱——南京条约赔款2100万银圆，中国能不穷么？所以不少人家庭中道衰落，更有人被迫签上"卖身契"，来到南洋不得不做苦工，赎得自由身，的确很惨。而颂之正是凭借自己的经济实力，为这些刚刚赎身的同胞提供机会，主要是培养他们开车、开船、运锡米，还有开橡胶园、割胶……几十年间，颂之在南洋建立了自己的产业。一晃眼，花甲之年过了，古稀之年也过了，甚至要办米寿了，没想到，日本鬼子在自己的祖国大开杀戒，南京大屠杀让他目瞪口呆，更是怒火中烧……

在太平洋战争爆发之前，日军已上了海南岛，打进越南，也对马来亚半岛虎视眈眈……华侨们在南洋义愤填膺，一个个摩拳擦掌，要回祖国参加抗战。

司成听父亲说，爷爷把自己雇佣的司机召集在一起，一人发了几百块光洋，对他们说，我年过八旬，走不动了，可我毕竟还是中国人，不能眼睁睁看着日本仔在自己国家的土地上烧杀掳抢，所以得尽一份力以表赤诚。关丹在马来半岛中间的东部，日本仔势必先打到这里来，锡矿、橡胶园在劫难逃，你们现在有一条路，我也已经给你们联系好了。按照约定，赶到槟榔屿，侨团正在组织一批南洋机工，回国去参加抗战，有技术的机工太缺了，你们在我这待了二三十年，至少也有上十年揸车的经历，有经验。现在，祖国太需要你们了……反正，我这里也办不下去了，我也只能上新加坡暂避一段时间，等抗战胜利后，我们再回这里重聚……

然而，不会有重聚了，因为太平洋战争爆发后，新加坡也同时被突然袭击……

那批南洋机工应命赴槟城，但是最终回到祖国，在西南开上车的，却只是少数，不少人都殒身于奔赴途中。

而现在，爷爷颂之也生死未卜。

他只怕逃不出这场大屠杀。

何况他已八十高龄。

司成忽地心中一惊，爷爷与南洋机工已再也无法重聚，而自己呢？还可能与杨家三代人，与颜蓉重聚么？

当日，聚集在杨公馆的三十余人，到最后活到抗战胜利后的就他们三个人。

司成一直设法找杨家的人，却一个也没找到。

卢沟桥事变，全面抗战开始，香港人口在一百万上下，上海、南京沦陷，武汉、广州失守，使香港人口一下子增加了五十万，及至太平洋战争爆发，香港人口已达一百七八十万。

但1945年抗战胜利后，直至1949年内地解放，香港地区的人口才恢复到五十五万。

一百多万人到哪去了？

有两个数字是日本人统计的，在第一次"归乡"中，香港减员46万多，这仅仅是1942年1至4月，而第二次"归乡"，又减员了44万多，那是1943年3至6月，二者累计达90万。

据当时亲日报纸报道，第一次归乡，走水路的占70%，走水路上广州的占70%，而被拦截在南石头的，又是一个70%。也就是说，至少十五六万人到了南石头，从此人间蒸发。

日本老兵丸山茂在半个世纪后揭发，往难民所的咪粥投放病毒是在1942年元月开始的，到他离开的8、9月份尚未停止，而这是第一次"归乡"之后四五个月了，直至1945年，南石头，包括船上，死了多少人？还有在"传染病院"当实验品的，在8604总部中山医"解剖"的，又有多少人？

丸山茂在日本杂志《短歌草原》（1992年8/9/10月号）发表的文章记载道：军方为了保证广州市区的治安，把来广州的难民安置在滩（南）石头收容所，但由于香港来的难民太多，收容所内人满为患，命令南水部，用细菌杀死他们。好像最先开始从这里在水井中投放伤寒菌或者疟疾菌，但是没有效果，因为中国人不吃生食，只喝开水，只吃炒熟的食物。因此，投放到水井中的细菌没发挥效果。

即使这样，难民还在单方面增加。部队长慌了，匆匆忙忙地与军医学校进行商谈。然后，送来了效果最强的病原菌，是（东京）军医学校研究的细菌，据说这种细菌致死率能达到20%。军医学校的菌种好像还不是那种细菌，它比霍乱还要厉害，香港周边的这片土地到广东，都没有过这种细菌。每个人也没有免疫抵抗力，好像那个细菌有惊人的死亡效果。根据的场守喜（直接投菌人）的话，后来撒放这种细菌，当天傍晚就出现了死亡者。的场守喜还这样描述了当时的情形，之后也不断增加死亡者。广东省政府人员搬运尸体到附近某处，进行埋葬。尸体堆叠，最后埋葬场所没有了，连掩盖尸体的土也没有了。因此，附近应该有很多人的尸骸吧！

20世纪50至80年代，在附近的邓岗斜（即山坡），发现了两个深2米以上有三层尸骨，长100多米、宽20多米的"万人坑"。

一个医学专家估算，"万人坑"几次尸体腐烂塌陷后，再填上新的尸体，三年下来，少说也超过六万具，还不算船上抛下海的。

遗憾的是，1946年，港英当局终止了香港人口的失踪调查，几十万、上百万港人的动向从此石沉大海。

回过头看看日军第23军制定的《港九地区人口疏散实施要领》。

在攻陷香港之前，预案已经有了。

准备长期抵抗，储存在香港可让百万居民充饥数年的粮食，立即便被调往了南太平洋前线，军舰上堆积如山。至于没了粮食的香港难民又怎么办？新的香港总督矶谷廉介很快就上任了，于是，一个清理计划迅速拿了出来，全港只允许留下十万多人，他们必须是水手、码头工人、菜农、"有恒产者"之类，完全为日军的日常事务出力，其余的一概予以驱离。据《香港日占时期（1941年12月—1945年8月）》记录：香港沦陷、英军投降前一日，日军第23军已制定《港九地区人口疏散实施要领》，准备接收香港后即时实施。《要领》明言为了支援第23军的（作战并维持治安），港九地区的下层阶级及流浪者将被疏散，但与军事相关的劳动力和技术人员则会被保留，《要领》列出以一组可以（保留）的香港人口：

一、需要恢复运作的工厂之工人（日军预计约3400人）。

二、需要封存的工厂之工人（约6100，另外需要12500名苦力）。

三、造船、机械工人、船坞技工、船员及其他相关人员（数万人）

四、有恒产和一定职业者。

五、农人以及生产生活必需品的工人。

六、其他军部认为需要逗留的人员。

《要领》要求疏散大量人口，却没有提及如何安置和照顾他们。

当然，直到日本战败，他们也未能实现这个目标。1941年有160多万人口的香港，到1945年9月，还余下50多万人，减少了100多万。这是一个非常惊人的数字，远大于南京大屠杀的30万。这100万中，活下来的有多少，至今仍未有清理与统计。

而广州的"严防死守"，无疑是一种合谋，请看当日广州街头贴满的告示：

如有港九难民留居家内，由户主向分局登记
广东省会警察局刑令二保字第H7号
会务分局局长

查港九难民归来本市日渐众多，本局对于每日返市难民确数亟应明了，以备随时查考。除分行外合行，令仰该分局长，即便遵照由即日起查明辖内，如有难民招待所设立者，应按日分上、下午两次派员前赴该所，查明新收难民，分别男女、小童，数日登记列表，即时送局以凭查考，又查归来难民中，其由在市亲友招待住宿而不投入招待所或由招待所转往亲友处，寄居者数亦不少，应并查明登记，以期确定仰并饬属通知辖内居民知照。如有新从港九来市留居家内之亲友，应即由房主负责向分局报明登记后，仍照上面办法，每日分上、下午两次列明转报备查。毋谓玩忽，干咎为要，切切。

　　此令

　　　　　　　　　　　　　　　　　局长　郭卫民
　　　　　　　　　　　　　　　　　民国三十一年一月十七日

下面又有"行政局长照办，一、十八"字样。

日本老兵井上睦雄在《第四课解剖室和昆虫室饲养跳蚤工作时的见闻》一文中，有如下文字：

我们为之敬佩的是，为了绘制出这支细菌部队总部地图的地下工作者，不惜冒着杀头的危险，打入该部队的劳工当中。可见，当时日军细菌生产的罪行，已经引起了地下工作者的严重关注与警觉。很可惜，他未能完成自己的任务，而这一罪恶也因此被隐瞒达半个世纪之久。只是这位勇敢的劳工，恐怕到死也未必知道，自己竟成了这伙法西斯分子活体解剖的对象，临终前还要忍受非人的痛苦。而这一类人，更是被刻意选择为活体解剖的对象。

即便能从白银丸等难民船下来，也没有一个香港难民能活着走出南石头难民所。

后　记

直到今天，多年不辍的十三行后裔的聚会，八大家中，独有杨家一直缺席，我们无法寻找到其后人。潘卢伍叶、谭左徐杨，殿后的杨家，始终没有出现。而颜家及其他十三行家族，则不断有加入者。

本书中唯一从南石头难民所活着出来的，不是香港人，而是广州仔麦欢。他一度高烧不止，奄奄一息，被一个劳工藏在箩筐里挑了出来。这才想方设法把他治愈，一直活到 20 世纪 90 年代，日本老兵丸山茂来华指证南石头之后。正如他说的，"命大，运气不好"。

司成于 2003 年 4 月去世，其时已得知丸山茂的文章，一再叮嘱我无论如何，要把这幕人间惨剧深挖下去。

闻瑛一直活到 2020 年 4 月，正是新冠肺炎疫情蔓延全球之日。

而调研者至今，仍没找到关进难民所的香港难民中的任何一个幸存者。

也就是说，没有一个香港人从南石头难民所走出来！

我的家族中，曾祖父一家正是困死在日军的新加坡之围，在马来亚关丹的百年产业毁于一旦；父亲一辈，如果不是从陆路逃离香港，一路上抠牛粪中未被消化的玉米粒吃从而活下来，而是上了日军安排的轮船回广州，恐怕也就没有我了。这种家族记忆，再度面对同一类型的灭绝人性的暴行，每每会勾起种种不幸的回忆，以至一夜又一夜的失眠、焦虑和惊恐，痛不欲生——我无法日日夜夜在这样恐怖的历史隧道中穿行，我无法预计，哪一天就会突然倒下……是的，任何人年轻时的遭遇，到晚年后，仍会在噩梦中重演，一辈子也摆脱不了。

2005 年，我在接受《南方日报》记者王雨吟采访时就已谈道，我非常理解，而且感同身受，张纯如在完成《南京大屠杀：第二次世界大战中被遗忘的大浩劫》一书后，在进行另一桩巴丹死亡行军的调查时，为何会突然自杀，结束了年轻的生命。

后 记

我清楚地感受到，她对人性的绝望。

而这种绝望是让人无以摆脱的。

时光在流逝。二十多年前，我采访过的近百名幸存者与见证人，已大都不在了。

从陈安良、梁檬，到不久前走了的肖铮、范九、钟瑞荣……

我实在不忍心一一列出他们的名字。

我也常常陷入张纯如临终前那种苍凉、无奈、无以解脱的可怕心境中。因此，自2005年南方日报出版社出版了《东方奥斯威辛纪事》，并举行了同名展览之后，我就告诉自己，不可以再度回到这个题材上，再度陷进这无限悲凉、极端绝望的境地之中。只是不知为什么，我又重新写出了这样一部更为沉重的作品。当然，不仅仅因为又有了更多揭秘出来的历史真相；也不仅仅因为我的曾祖父、曾祖母，死于香港沦陷后不久的新加坡被围，听父亲生前说过，那里面连老鼠都被吃光了，大多数人是活活饿死的；更不仅仅因为，作为战败国的日本，迄今仍然召唤其军国主义。

在南石头大屠杀发生的80年祭日到来之际，我忍住内心的疾痛，咬住牙，把这又一部历史之书写了下去——这已不仅仅是纸上的书了。我毕竟完成了它，还将继续写下去，对一切非人性的恶行宣战，把我所亲历亲闻的一切写出来，因为这不仅仅是我个人家族的遭遇。只有写出来了，方可以有效地阻止其重演。这其实是我年轻时立下的誓言，也代南石头的冤魂、代所有被法西斯虐杀的冤魂，发出本应发出来的呼喊！

如今，谍战片风行，有的作者则在不同的场合写文章对我表示感谢。20世纪80、90年代，最早写潘汉年、袁殊的自然是我，我早早为他们正名，这才有进入21世纪的谍片热。有人问我："你不是很会写小说吗，又是编剧出身，为什么不独占先机，不说别的，多挣几个钱也好，不辜负你早年的艰苦调查？"

我淡然一笑。

因为我已经在20世纪90年代，开始接触到了本书的题材，并已写了几部作品——这与少年时代读到集中营的作品太相近了。不，其惨烈程度更有过之而无不及。我放不下这个题材。而为了揭露南石头的罪行，多少打入难民船和难民所的抵抗战士献出了生命，以致这一次世界史上最大规模的细菌战大屠杀隐瞒长达半个世纪之久，才在日本内部揭露出来。

有人以为我执着这一事件,是一种病态。

对于一个作家而言,恐怕从来没有谁,会在如此之久的时间——已有四分之一个世纪了,一直"陷"在同一个题材中"不可自拔",以至《广州日报》还用这样的通栏标题《南石头屠杀的记录者谭元亨》报道我,副标题则是"20多年一直呼吁建立纪念馆"。

我会不停地写下去,直到我为此写的书、编的画册、做的展览,成为纪念馆的一部分。

我们没有把如此可怕的、大规模的屠杀,遗弃在历史的记忆之外的任何理由!

于是,就有了这部写了四分之一世纪之久的作品。

令人欣慰的是,2021年3月31日,南石头监狱遗址与海港检疫所旧址,在28年后终于被列入第九批广州市文物保护单位。